쉬운

탈무드

wisdom

원작 **마빈 토케이어**

엮음 **김영진**

유대인의 지혜와 삶의 방식을 배우는 책

법문 북스

탈 무 드

마빈 토케이어 지음
김 영 진 엮음

시작하면서

어떤 사람이 유태인에 대한 연구를 하기 위해서 먼저 《구약성서》를 공부하고, 유태인에 관한 여러 가지 서적을 탐독하였다. 그러나 그는 유태인이 아니었으므로 유태인을 쉽게 이해할 수 없었다. 그러는 동안에 그는 유태인의 규범이 되고 있는 《탈무드》를 공부하지 않고서는 유태인을 이해할 수 없다는 결론을 얻게 되었다. 그래서 어느 날, 랍비를 방문하며 의논키로 하였다. 랍비에 대해서는 뒤에서 상세히 설명하겠지만 유태교의 승려(僧侶)라고 할 수 있으나 그보다는 유태인에게 있어서는 선생도 되고 재판관이며, 또 어버이가 되기도 하는 유태에서는 가장 존경받는 훌륭한 사람이다.

랍비는 그 사람에게 "당신은 《탈무드》를 배우고 싶다고 말하고 있지만, 아직 《탈무드》를 배울 자격이 없소"라고 말했다. 그러자 찾아온 사람은 "저에게 그런 자격이 있는지 없는지 테스트라도 한 번 받게 해 주십시오!"라고 말했다. 랍비는 만약 그렇게 원한다면 간단한 테스트를 하나 해 보자고 하며 다음과 같은 문제를 제시했다.

"두 소년이 여름 방학을 이용하여 자기 집 굴뚝을 청소하게 되었는데 한 아이는 얼굴이 새까맣게 그을려 굴뚝에서 내려왔고 또 한 아이는 깨끗한 얼굴로 내려왔다. 이런 경우 어떤 아이가 얼굴을 씻을 것이라고 생각하시오?"

그 사람은 "물론 얼굴이 더러운 소년이 얼굴을 씻을 것입니다"라고 대답했다. 그러자 랍비는 냉정하게 "그러니까 당신은 아직 《탈무드》를 공부할 자격이 없다는 거요"라고 말했다. 사나이는, "그렇다면 정답이 무엇입니까?"하고 물었다. 그러자 랍비는 "당신이 만약 《탈무드》를 공부하면 이런 답을 스스로 알게 될 것이오."라고 말하며 다음과 같은 설명을 했다.

"두 소년이 굴뚝을 청소하고선 한 아이는 깨끗한 얼굴, 한 소년은 더러운 얼굴이 되어 내려왔다. 얼굴이 더러운 아이는 깨끗한 얼굴의 아이를 보고 자기도 얼굴이 깨끗할 것이라고 생각한다. 반면 깨끗한 얼굴의 소년은 상대방의 더러운 모습을 보고 자신도 더럽다고 생각할 것이다." 그러자 그 사람은 갑자기 "아, 알겠습니다."라고 외치며, "다시 한 번 테스트를 해 주십시오"라고 청했다. 랍비는 다시 같은 질문을 했다.

"두 소년이 굴뚝 청소를 하고서, 한 아이는 깨끗한 얼굴, 한 아이는 더러운 얼굴로 내려왔다. 이런 경우 어느 쪽의 아이가 얼굴을 씻을 것이라고 생각하는가?"

그 사람은 이미 답을 알고 있었기에 "그것은 물론 깨끗한 얼굴을 한 아이가 얼굴을 씻을 것입니다."라고 대답했다. 그러자 랍비는 다시 굳은 표정으로 "당신은 아직 《탈무드》를 공부할 자격이 없소."라고 말했다. 그는 매우 낙심하여 "그렇다면 도대체 《탈무드》에서는 무엇이라고 말하고 있습니까?"라고 물었다 랍비는, "두 아이가 굴뚝을 청소했다면, 똑같은 한 굴뚝을 청소하고 있었을 것이므로, 한 아이의 얼굴은 깨끗하고, 다른 아이는 더러운 얼굴을 하고 내려오는 일은 있을 수 없다."라고 잘라서 대답했다.

이것은 최근에 있었던 이야기이다. 어느 유명한 대학 교수가, 내게로 전화를 걸어 왔다. 《탈무드》를 연구하고 싶으니, 하룻밤이라도 좋으니 빌려 줄 수 없겠느냐는 것이었다. 나는 즉시 그렇게 하라고 했다. 그리고는 정중하게 다음 말을 덧붙였다.

"좋습니다. 언제라도 빌려 드리겠습니다만, 대신에 오실 때에는 트럭을 가지고 와 주십시오."

《탈무드》는 전부 합쳐 20권, 1만 2천 페이지에 달하며, 단어 수로는 250만 단어나 된다. 중량이 75킬로나 되는 방대한 책이기 때문이다.

《탈무드》란 무엇이며, 어떻게 해서 만들어졌고, 어떤 책이라는 것을 설명하기란 극히 어려운 일이라.

너무 단순하게 설명하면 《탈무드》가 무엇이라는 것을 곡해하게 되며, 자세히 설명하자면 지면을 많이 할애해야 할 것이다.

《탈무드》는 책이 아니라 하나의 학문인 것이다. 이 1만 2천 페이지는 기원전 500년에서 기원후 500년까지 구전(口傳)되어 온 내용을 10년 간 2천여 명의 학자들이 편찬한 것이다. 이것은 과거에 우리 조상들의 생활을 지배했듯이 현대의 우리들도 지배하고 있다. 말하자면 유태인 5천 년의 지혜이며, 모든 지식의 저수지라고 말할 수 있다.

그러나 이것은 정치가·관리·과학자·철학자·호부·저명인사 등에 의해서 만들어진 것은 아니다. 오로지 학자들의 손에 의해서 문화·도덕·종교·전통이 총망라된 종합편인 것이다.

이것은 법전(法典)이 아니지만 법을 논하고 있다. 역사책이 아니지만 역사를 언급하고 있다. 인물 사전(事典)이 아니면서 많은 인물이 소개되고 있다. 또한 백과 사전이 아니면서 백과 사전과 같은 구실을 하고 있는 것이다.

인생이란 무엇인가? 인간의 위엄(威嚴)이란 무엇인가? 행복이란 무엇인가? 사랑이란 무엇인가? 5천 년에 걸친 유태인의 지적(知的) 재산, 정신적·영양분이 모두 여기에 집대성되어 있는 것이다.

참다운 의미에서 탁월한 문헌이며, 장대하고 화려한 문화의 모자이크라고 말할 수 있다. 서양 문명의 소산인 문화 양식이나 사물에 대한 사고방식을 이해하기 위해서는 먼저 《탈무드》를 이해하지 않으면 안 된다.

이 책의 원류(源流)는 《구약성서》로서, 고대 유태인의 사상이라고 단정하기보다는, 《구약성서》를 보충하고, 《구약성서》를 더욱 발전시킨 것이라 할 수 있다. 그래서 기독교도들은, 그리스도 출현 이후의 문화는 모두 무시해 버리고, 《탈무드》의 존재를 계속 인정하려 하지 않고 있다.

《탈무드》는 글로 쓰여지기 전에는 구전(口傳)으로 교사로부터 학생에게 전해져 왔다. 그 때문에 내용의 전개는 대부분 질문과 대답이라는 형식을 취하고 있다. 그 내용의 범위는 극히 넓으며, 모든 테마가 히브리어와 아랍어로 이것이 책으로 편찬될 당시는 구두집 따위는 무시되었으며, 머리말이나 맺음말도 없는 내용만으로 이루어져 있다.

다만 당시의 《탈무드》는 너무나도 양적으로 방대하고 여러 곳에 산재해 있었기 때문에 유태인들은 《탈무드》의 여러 가지 귀중한 부분이 상실되는 것을 염려하며 전승자(傳承者)를 여러 지방에서 골라 뽑았다. 그 때 전승자들 가운데서 머리가 좋은 사람은 고의적으로 제외시켰는데, 그 이유는 자신의 의견을 삽입해서 전승이 왜곡되는 것을 막기 위해서였다.

이렇게 하여 수백 년 동안 구전되어 온 구전되어 온 《탈무드》 편찬이 많은 도시에서 추진되었다. 오늘날에 와서는 바빌로니아의 《탈무드》와 팔레스타인의 《탈무드》로 두 종류가 존재하고 있는데, 바빌로니아의 《탈무드》쪽이 더 중요시되어, 가장 권위가 인정되고 있다. 그래서 《탈무드》라고 하면, 일반적으로 바빌로니아의 《탈무드》를 가리킨다.

《탈무드》 안에 첨부되어 있는 색인이나 주는 히브리어를 비롯하여 바빌로니아어·프랑스어·독일어·스페인어·북아프리카어·터키어·폴란드어·러시아어·이탈리아어·영어·중국어 등 여러 나라 말로 주역(註譯)되어 있다. 세계의 많은 나라에서 이 《탈무드》는 읽혀지고 연구된 뒤에 새로운 말을 덧붙인 것이다.

《탈무드》의 새로운 인쇄판의 최후의 페이지는 반드시 백지로 남겨지게 되어 있다. 이것은 《탈무드》가 항상 첨가될 여지가 있다는 영속성을 상징하고 있다.

《탈무드》는 읽는 것이 아니라 배우는 것이다. 나의 작은딸은 내가 아침 일찍 일어나서 《탈무드》를 공부하고 있는 것을 보았는데 세 시간 후에 돌아와서 방 안을 살펴 보면, 역시 15단어 정도 밖에 진도가 나가지 않았음을 자주 발견하게 된다.

그러나 이 15단어를 자신이 이해하고, 그 의미를 진정으로 파악할 수 있다는 것을, 지금까지 나는 인생 경험을 풍부하게 해 주고 자신의 사물에 대한 사고법을 확립시킨 결과로서 자신을 매우 만족한 기분으로 충만시켜 준다. 사고 능력이나 정신을 단련하기 위해서는 《탈무드》만큼 훌륭한 것이 없다고 생각한다. 따라서 《탈무드》는 유태인의 영혼이라고 할 수 있다. 오랜 박해와 이산(離散)의 역사를 겪어 온 유태 민족에게 있어서 오직 《탈무드》만이 그들의 정신적 지주 역할을 해 왔다.

오늘날의 유태인 모두가 《탈무드》의 연구가라고 말할 수는 없다. 그러나 그들은 정신적인 영양분을 모두 《탈무드》에서 얻고 있으며, 거기에서 생활의 규범을 찾고 있는 것만을 사실이다.

그것은 유태인 생활의 일부가 되어 있으며, 유태인이 《탈무드》를 지켜 왔다기 보다는 《탈무드》가 유태민족을 지켜 주었다고 말할 수 있다.

본래 《탈무드》라는 말은 「위대한 연구」, 「위대한 학문」, 「위대한 고전 연구」라는 의미를 지니고 있다.

《탈무드》는 원래 어느 권(卷)을 펴 보아도 반드시 제 2페이지로부터 시작되고 있다. 그것은 《탈무드》를 읽지 않아도, 당신은 이미 《탈무드》의 연구자라는 것을 상징하기 위해서다. 첫 페이지는 당신의 경험을 쓰기 위해 남겨진 것이다.

이것은 출판 상식을 벗어난 것이지만, 《탈무드》는 원래 첫페이지와 마지막 페이지를 여백으로 남겨 두는 것이 원칙이다.

유태인은 《탈무드》를 「바다」라고도 부른다.

바다는 거대하고 온갖 것이 거기에 있다. 그리고 물 밑에는 무엇이 있는지 뚜렷이 알 수 없기 때문이다.

그러나 《탈무드》가 너무나 방대하다고 해서 미리부터 읽기를 포기할 필요는 없다. 《탈무드》가 제아무리 위대한 것이라 해도 역시 우리와 같은 인간의 손에 의해서 만들어진 것이므로 똑같은 인간인 우리들이 그것을 자기 것으로 소화시키지 못할 리가 없다. 다만 한 걸음 한 걸음 순서를 밟아 올라가지 않으면 안 된다는 이야기일 따름이다. 그러나 독자 여러분의 용기를 북돋아 주기 위해서 나는 다음과 같은 격려의 말을 하고자 한다.

당신이 알고 있는 세계의 위대한 인물 수백 명을 한 방에 모아 놓고 녹음기를 어딘가에 장치해 둔다. 그리고 이 위대한 인물들이 수백 시간에 걸쳐서 계속 이야기하고 토론한 내용을 녹음했다고 가정한다면, 그것은 매우 귀중한 것임에 틀림없을 것이다. 《탈무드》는 그것에 필적할 만한 충분한 매력을 지니고 있다.

그 한 페이지만 열어 보아도 위대한 사람들이 1천 년 동안에 걸쳐 이야기해 온 것을, 당신은 들을 수 있을 것이다. 이 책에서는 내가 충실한 안내역을 맡으려고 한다.

차 례

시작하면서 / 3

제 1 부. 탈무드

1 장. 탈무드의 마음
세 사람의 랍비 / 21

2 장. 탈무드의 귀
마법의 사과 / 32   못생긴 그릇 / 32
세 자매 / 33   입을 사용하지 않는다 / 34
혀 (1) / 34   혀 (2) / 35
혀 (3) / 35   하나님이 맡기신 보석 / 36
어떤 유서 / 36   붕 대 / 38
올바른 일의 차이 / 39   포도밭과 여우 / 40
복수와 증오 / 40   선과 악 / 41
묘목과 열매 / 41   소경의 등불 / 42
일곱 번째의 사람 / 42   약 속 / 43
가정의 평화 / 44   지 도 자 / 45
세 개의 관문 / 47   벌거숭이 / 49
빼앗기지 않는 재산 / 50   가난한 사람 / 51
천국과 지옥 / 51   술의 기원 / 52
효 도 / 53   어머니 / 54
처 형 / 54   맞지 않는 어울림 / 55
두 시간의 차이 / 55   일곱 가지 단계 / 56
자루 / 56   영원한 생명 / 57
거미와 모기와 미치광이 / 57 교훈적인 이야기 / 58

맹세의 편지 / 60   하늘 지붕 / 61
참다운 이득 / 62   남긴 것 / 62
여성 상위 / 63   유태인의 은자(隱者) / 64
법률 / 64   벌거숭이 임금님 / 64
만 찬 회 / 66   육체와 영혼 / 67
분 실 물 / 67   희 망 / 68
반(反)유태 / 69   암 시 / 70
무 언 극 / 71   마 음 / 73
기 도 / 73   암 시 장 / 74
시집가는 딸에게(현명한 어머니로부터) / 75
숫 자 / 75   사 랑 / 77
비유태인 / 78   꿈 / 79
바보 어버이 / 79   교 육 / 80
공 로 자 / 81   감 사 / 82
문 병 / 83   결 론 / 83
강 자 / 84   칠계(七戒) / 84
신(神) (1) / 85   신(神) (2) / 86
작별 인사 / 87   6 일 째 / 87
향 료 / 88   말의 덫에 걸리다 / 89
솔로몬의 재판 / 90   중 용(中庸) / 92
답 례 / 92   비즈니스 / 92
팔고 사기 / 95   토 지 / 96

3 장. 탈무드의 눈

인 간 / 98   인 생 / 99
평 가 / 101   벗 / 103
우 정 / 103   여 자 / 104
술 / 105   가 정 / 106
돈 / 107   섹 스 / 108

교 육 / 109   악(惡) / 110

중 상(中傷) / 112   판 사 / 114

동 물 / 115   처 세 (處世) / 116

4 장. 탈무드의 머리

애 정 / 122   죽 음 / 123

「진실」이라는 말 / 123   맥 주 / 124

죄 / 124   손 / 125

교 사 / 126   성스러운 것 / 126

증 오 / 127   담 / 130

학 자 / 131   유태인의 숫자 (數字) / 131

먹을 수 없는 것 / 132   거 짓 말 / 134

착한 사람 / 134   주 즈 / 134

두 개의 머리 / 135   간 통 / 137

자 백 / 137   섹스(性) / 137

동 성 애 / 140   사 형 / 141

물레방아 / 141   계 약 / 142

광 고 / 143   소 유 권 / 144

두 개의 세계 147

5 장. 탈무드의 손

형 제 애 / 150   개와 우유 / 152

당나귀와 다이아몬드 / 154   벌금의 규칙 / 155

아기냐? 어머니냐? / 157   불공정한 거래 / 159

위기를 면한 부부 / 160   곤경에 빠진 2천 달러 / 162

단 하나의 구멍 / 164   개의 무리 / 166

부부 싸움 / 167   진실과 거짓 / 169

새로운 약 / 170   세 사람의 경영자 / 172

보트의 구멍 / 174   축복의 말 / 176

위생 관념 / 178   왜 우는가? / 178
어떤 농부 / 180   살아 있는 바다 / 182
중국과 사자 / 183

6 장. 탈무드의 밤

수난의 탈무드 / 185   내 용 / 187
랍비라는 직업 / 189   유태인의 생활 / 195
유태인의 장례 / 196

제 2 부. 유태인은 누구인가?

유태인에 얽힌 신화 / 201
환경의 작품인 유태 민족 / 205
절대적인 진리인 유태교 / 209
배움의 민족 유태인 / 213
박해 속에서 얻은 자신과 지혜 / 217
유태의 독자성을 지킨 정신의 벽 / 221
광신을 배제하고 알맞음을 존중하는 유태인 / 224
꿈 많은 낙관주의자 / 227
유태인을 오해하게 된 근원과 진상 / 229

제 3 부. 유태인의 처세술

1 장. 학문에 대해서

어느 랍비의 유서 / 239
넓은 지식보다 배우려는 태도가 더 중요하다 / 239
지식보다도 지혜를 더 소중히 한다 / 240
학식이란 시계와 비슷한 것이다 / 243

교육에는 두 가지 종류가 있다 / 244
다른 사람을 넘는 것보다 자신을 넘어라 / 247
어버이가 아들에게 주어야 할 것 / 251
어버이와 선생은 산과 같다 / 251

2 장. 역경에 대한 도전
아직도 최후의 한 수가 남아 있다 / 253
하루는 잎물로부터 시작된다 / 256
말이 하늘을 날지 못 한다면 / 258
고난은 인간을 강하게 만든다 / 260
생명은 빼앗길지언정 신념은 절대로 바꾸지 않는다 / 261

3 장. 균형에 대해서
돈이나 섹스는 절대로 더러운 것이 아니다 / 266
수전노가 되지 말라 / 268
시간은 인생이다 / 269
잡초나 녹슨 것도 필요할 때가 있다 / 272
실패를 기념해야 할 일로 돌려라 / 274

4 장. 애정에 대해서
여자가 남자를 지배해서는 안 된다 / 277
질투는 천리안을 가진다 / 281
조혼에는 문제점이 많다 / 283

5 장. 웃음과 기지
유머는 강력한 무기 / 288
유태인은 조크 만발의 민족 / 292

6 장. 어리석음에 대한 충고

자만은 어리석음이다 / 294

어리석음에 대한 교훈 / 296

수다스러움은 해롭다 / 297

인간은 자기 자랑의 바다에서 사는 물고기다 / 300

7 장. 삶이라는 것

갈대처럼 살아간다 / 305

무엇 때문에 계속해서 달리는가? / 306

자신이 1이 되도록 노력하라 / 307

8 장. 죄와의 대결

"노오"라고 말할 수 있는 용기를 가져라 / 310

명성에 도전하는 사람이 되어라 / 312

제 4 부. 유태의 격언

1 장. 돈의 가치

두툼한 지갑이 훌륭하다고 수 없지만, 빈 지갑도 좋은 것은 못 된다. / 317

당신이 가진 물건을 그것을 필요로 하는 사람에게 파는 것은
장사가 아니다. 당신이 가지지 않은 물건을
그것이 필요하지 않은 사람에게 파는 것이 장사다 / 318

가난한 사람한테 돈을 빌리는 것은 못생긴 여자와 키스하는 것 같다 / 319

매춘부의 얼굴에 침을 뱉으면 그 매춘부는 비가 온다고 말한다 / 320

격언 모음 / 321

2 장. 마음의 양식

하늘과 땅을 웃기려면 고아를 웃겨라,

고아가 웃으면 하늘과 땅이 모두 웃을 테니까 / 323

남을 행복하게 만드는 것은 향수를 뿌리는 것과도 같다.
뿌릴 때에 자기에게도 몇 방울 정도는 묻으니까 / 324

행복을 추구하려면 만족에서 멀어지지 않으면 안 된다 / 325

언제나 아직도 더 불행이 있을 것이라고 생각하라 / 326

이미 해 버린 일을 후회하는 것보다
하고 싶었던 일을 하지 않았을 때의 후회가 더 크다 / 328

포도송이는 무거울수록 아래로 처진다 / 329

마음을 밭갈이하는 것은 두뇌를 밭갈이하는 것보다 더 소중하다 / 330

사람이 죽으면 시체는 벌레에게 먹혀 버린다. 그런데
살아 있으면서도 근심에게 먹혀 버리는 수가 흔히 있다 / 331

내일 일을 너무 걱정하지 말라.
오늘 이제부터 일어날 일조차도 모르고 있지 않은가 / 332

하루하루 조금씩 자살해 가는 인생은 이 세상에도 저 세상에도 속할 수 없다 / 332

행복에서 불행으로 바뀌는 것은 한 순간으로 충분하다. 그러나
불행에서 행복으로 옮기기 위해서는 영원한 시간이 필요할 수도 있다 / 333

격언 모음 / 334

3 장. 가르침의 집

이상이 없는 교육은 미래가 없는 현재와 같다 / 337

바른 것을 배우기 보다는 실천하는 것이 훨씬 어렵다 / 338

자기의 결점을 고칠 수 없다고 자기 향상의 노력을 체념해서는 안 된다 / 339

생물 중에서 인간만이 웃는다. 인간 가운데서도 현명한 자일수록 잘 웃는다 / 340

아주 어리석은 자보다 반쯤 어리석은 자가 더 어리석다 / 341

염소에게 수염이 있다고 해서 랍비가 될 수는 없다 / 341

어리석은 자에게는 노년이 겨울이고 현명한 자에게는 노년이 황금기다 / 342

노인을 존중하지 않는 젊은이에게는 행복한 노후를 기대할 수 없다 / 343

격언 모음 / 344

4 장. 남자와 여자

연애가 아무리 좋아도 테니스에는 무용지물 / 349

금과 은은 불 속에서 충분히 단련된 다음에야 비로소 빛난다 / 350

정열은 불과 마찬가지로 없어서는 안 되지만, 불 만큼이나 위험하다 / 350

결혼의 굴레는 무거운 것이다. 때로는 남녀 둘이서뿐 아니라,

아이들도 함께 운반해야 하기 때문이다 / 351

훌륭한 말에는 채찍이 있고 현인에게는 충고가 있다.

마음이 아름답고 재주 있는 여자도 남자가 없으면 제 구실을 못한다 / 352

자식은 결혼할 때 신부에게 결혼 증서를 주고

어머니에게는 이연장(離緣狀)을 내밀지 않으면 안 된다 / 353

초혼은 하늘에 의해 맺어지고 재혼은 사람에 의해 맺어진다 / 354

이상적인 남성은 남자의 강함과 여자의 상냥함을 겸비하고 있다 / 355

격언 모음 / 355

5 장. 입과 혀의 재앙

쓸데없는 수다는 장례식장에 흥겨운 음악을 틀어 놓은 것과 같다 / 358

사람은 지껄이는 것은 쉽게 배우지만, 침묵은 좀처럼 배우기 힘들다 / 359

인사 치레로 하는 말은 고양이처럼 남을 핥킨다.

하지만 그러는 사이에 걸려들고 만다 / 359

거짓말을 입 밖에 내지 말라.

진실 가운데도 입 밖에 내서는 안 되는 말이 있다 / 360

거짓말쟁이는 뛰어난 기억력을 가지고 있어야 한다 / 361

남에게 말할 수 없는 고통 만큼 큰 고통은 없다 / 362

그대의 친구는 친구를 가졌고, 그 친구도 친구가 있고,

그 친구에게도 또 친구가 있다. 그러니 친구에게 말하는 걸 조심하라 / 363

격언 모음 / 364

6 장. 교제에 대해서

아무리 친한 벗이라도 지나친 접근은 삼가라 / 367

애매모호한 친구보다는 명확한 적이 낫다 / 367

꿀을 만지다 보면 조금은 맛볼 수 있다 / 368

방앗간집과 굴뚝집이 싸우면 방앗간집은 검어지고 굴뚝집은 하얘진다 / 368

손님과 생선은 사흘만 지나면 악취가 난다 / 369

평판보다 좋은 최선의 소개장은 없다 / 370

스스로 웃을 수 있는 자는 남의 비웃음을 사지 않는다 / 370

표정은 최악의 밀고자다 / 371

요리는 냄비에서 만들어지는데 사람들은 접시를 칭찬한다 / 372

지성으로써 사람들에게 사랑받으려는 것은
사막에서 물고기를 잡으려는 것과도 같다 / 373

격언 모음 / 373

7 장. 삶의 지혜

양배추에 붙어서 사는 벌레는 양배추가 이 세상의 모두라고 생각한다 / 377

영에서 하나까지의 거리는 하나에서 천까지의 거리보다 멀다 / 378

행운에 의지하려고만 해서는 안 된다. 행운에 협력해야 한다 / 378

선행에 대한 최대의 보수는 한 번 더 선행을 할 수 있게 된다는 것이다 / 379

착한 일보다 나쁜 것이 더 빨리 퍼진다 / 380

사람은 시간보다 돈을 더 귀중히 여기지만
돈 때문에 잃어버린 시간은 돈으로 사지 못한다 / 381

악인은 눈과 비슷하다. 처음 만났을 때는 순백하고 아름답게 보이지만
금방 흙탕과 진창으로 변한다 / 382

아무리 길고 훌륭한 쇠사슬이라도 고리 한 개만 부러지면 무용지물이 된다 / 382

아무리 고급시계라도 한 시간의 길이는 같으며,
아무리 위대한 사람에게 있어서도 한 시간의 길이는 다르지 않다 / 383

열쇠는 정직한 자를 위해서만 존재 가치가 있다 / 384

따분한 남자가 방에서 나가면 누군가가 들어온 듯한 느낌이 든다 / 384

성공의 문을 열기 위해서는 밀거나 당겨야 한다 / 385

격언 모음 / 386

제 1 부. 탈 무 드

1장. 탈무드의 마음

《탈무드(TALMUD)》는 우리말로(위대한 연구)라는 뜻을 가지고 있다. 유태 민족 5천 년의 정신적 지주 역할을 해온 생활규범인 것이다. 이 장에서는 이 방대한 성전에 대해서 충실히 해석해 보고자 한다.

《탈무드》라는 보고(寶庫)의 문을 여는 것은 당신 자신의 마음이다. 그리고 《탈무드》의 마음을 붙잡는 것도 또한 당신의 명석한 두뇌와 끊임없는 노력에 달려 있다.

세 사람의 랍비

나는 《탈무드》의 신학교 면접 시험장에서, "어째서 당신은 이 학교에 입학하려고 하는가?"라는 질문을 받았다.

"이 학교가 마음에 들어서입니다."라고 대답했다. 그러자 시험 관은 "만약 당신이 공부를 하고 싶다면 도서관으로 가는 편이 나을 것이다. 학교는 공부하는 곳이 아니다"라고 말하는 것이었다.

그래서 나는 반대로 시험관에게 "그렇다면 나는 학교에 입학할 필요가 없는 것이 아닙니까?"하고 물었다. 그는 "학교라는 곳은 위대한 사람 앞에 마주 앉는 것이다. 그들이라는 살아 있는 본보기로부터 모든 것을 배우는 것이다. 학생은 위대한 랍비나 교사를 지켜봄으로써 배워가는 것이다."라고 말했다.

여기서 나는 《탈무드》에 나오는 세 사람의 위대한 랍비를 하나 하나 소개하고자 한다.

랍비 히렐

그는 2천여 년 전에 바빌로니아에서 태어났다. 20세가 되던 해에 이스라엘에 와서 두 사람의 위대한 랍비 밑에서 공부했다. 그 당시의 이스라엘은 로마의 지배하에 있었기 때문에 유태인의 생활은 무척이나 곤궁했다. 그는 생계를 위해 벌이에 나섰으나, 불운하게도 하루에 동전 한 닢밖에 벌 수가 없었다. 그 동전의 반은 그의 최저 생계비에 쓰이고, 나머지 반은 수업료로 쓰였다.

어떤 때에 그는 일자리가 없었기 때문에 한 푼의 수입도 없을 때가 많았다. 그러나 그는 어떻게 해서라도 학교의 강의를 듣고 싶었다. 그래서 남몰래 학교의 지붕 위에 올라가 굴뚝구멍에 귀를 대고, 하룻밤 내내 아래쪽 교실에서 흘러나오는 강의를 들었다. 그는 어느 사이엔가 잠들어 버렸다. 한창 추위가 기승을 부리는 겨울 밤이었으며, 마침 내리기 시작한 눈이 그의 몸을 덮어버리고 말았다.

아침이 되어서, 다시 강의가 시작되었다. 그런데 교실 안이 여느 때보다 어두웠기 때문에 모두가 천장을 올려다보니 천장의 채광용 유리창에 사람이 엎어져 있었다. 히렐은 끌어내려졌으며 얼은 몸을 녹혀 생기를 되찾았다. 그로부터 그는 수업료를 면제받게 되었으며, 이것을 계기로 하여 유태 학교의 수업료는 무료가 되었다.

히렐의 이야기는 가장 많이 칭송되고 전해져 왔으며, 그리스도의 말도 실은 히렐의 말을 인용한 것이 많다. 그는 천재였으며, 퍽 점잖고 예의바른 사람이었다. 그 뒤에 히렐은 랍비의 대승정(大僧正)이 되었다.

어느 날 비(非)유태인이 한 사람 찾아와서 "내가 한 다리로 서 있는 동안에 유태의 학문을 모두 가르쳐 보시오"라고 말했다. 그러자 히렐은 "당신이 하고 싶지 않은 일을 남에게 강요하지 말라!"고 대답했다.

또 한 번은 히렐을 화나게 만들 수 있는가 없는가 하는 문제를 놓고 내기를 한 사람이 있었다. 안식일을 준비하기 위해 금요일 낮에 히렐이 목욕탕에 들어가 몸을 씻고 있을 때, 한 사나이가 문을 두드렸다. 히렐은 젖은 몸을 닦고 옷을 걸치고 문을 열고 나왔다.

그러자 그 사나이는 "인간의 머리는 왜 둥글까요?"라는 싱거운 질문을 되풀이했다. 히렐이 대답하고 나서 목욕탕으로 돌아가면 사나이는 다시 문을 두들기고 "흑인은 어째서 검은가요?"라는 엉터리 질문을 되풀이했다. 어째서 흑인이 검은가를 열심히 설명하고 나서 다시 목욕탕에 들어오자 문을 두들기는 소리가 다시 들렸다. 이런 일이 거듭 다섯 차례나 되풀이되었다.

결국에는 그 사나이가 히렐을 향해서 "당신 같은 사람은 이 세상에 없었더라면 좋았을 걸! 나는 당신 때문에 내기를 했다가 큰 손해를 보았소."하고 털어놓았다.

그러자 히렐은 "내가 인내력을 잃기보다 당신이 돈을 잃는 편이 낫다."라고 대꾸했다.

또 어느 날 히렐이 거리를 서둘러 걷고 있었다. 학생들은 그를 보고 "선생님, 무슨 바쁜 일이라도 생겼습니까?"라고 묻자 "선행을 하기 위해서 바삐 가고 있는 거다."라고 대답했다. 무슨 뜻인지 학생들도 궁금하여 함께 따라가 보니, 히렐은 공중 목욕탕에 들어가서 몸을 씻기 시작했다. 학생들이 놀라서 "선생님 그것이 선행입니까?"라고 물었다.

"인간이 자신을 깨끗이 하는 것은 대단한 선행이다. 로마인을 보아라. 로마인들은 많은 동상들을 깨끗이 씻고 있다. 그러나 인간은 동상을 씻기보다는 자신을 깨끗이 씻는 편이 훨씬 좋은 일을 하는 것이다"라고 말했다.

이 밖에도 히렐은 여러 가지 위대한 말을 남기고 있다. 동양의 채근담처럼 씹으면 씹을수록 맛이 좋아지는 것뿐이다.

* 당신이 지식을 쌓지 않는 것은, 지식을 감소시키고 있는 것과 같은 결과가 된다.

* 자기의 높은 지위를 여러 사람들에게 과시하려는 인간은, 이미 자기의 인격을 손상시키고 있다.

* 상대방의 입장에 서 보지 않고는 그 사람을 판단하지 말라.

* 배우려는 학생은 부끄러워해서는 안 된다.

* 인내력이 없는 사람은 교사가 될 수 없다.

* 만약 당신 주위에 특출한 사람이 없다면, 당신 자신이 특출

한 인물이 되어야 한다.

* 자신이 자신을 위하지 않으면, 누가 당신을 위해 줄 것인가?

* 지금 그것을 하지 않으면, 언제 할 수 있는 날이 있을지 모른다.

* 인생 최대의 목표는 평화를 사랑하고, 평화를 찾고, 평화를 가져오게 하는 일이다.

* 자신의 일만을 생각하는 인간은 그 자신조차도 될 자격이 없는 인간이다.

랍비 요한나 벤 자카이

유태 민족이 사상 최대의 정신적인 위기에 직면했을 때, 크게 활약한 랍비이다. 기원후 70년에 로마인이 유태의 사원을 파괴하고 유태인을 멸망시키려고 했을 때, 요한나는 온건파(派)였다. 그래서 반대파인 강경파는 항상 이 랍비의 행동을 감시했다. 요한나는 유태 민족이 영원히 살아 남기 위한 방법을 골똘히 생각하고 있었다. 마침내 그는 로마의 장군과 어떤 담판을 하지 않으면 안 되겠다는 결론에 도달했다.

그런데 그 무렵, 유태인은 모두 예루살렘의 성벽 안에 갇혀 있었으므로 일체의 출입이 금지되어 있었다. 그러나 요한나는 한 계교를 생각해 내어 탈출에 성공했다. 병자 행세를 했던 것이다. 그는 대승정이었기 때문에, 많은 문병객이 몰려들었다. 마침내 그는 곧 죽는다는 소문이 퍼졌고, 며칠이 지나자 그가 죽었다는 소문이 퍼졌다. 제자들은 그를 관 속에 넣어, 성벽 밖으로 들고 나가려고 했다.

예루살렘의 성벽 안에는 묘지가 없었으므로 시체를 성 밖의 묘지에 매장할 수 있도록 허가를 신청했다. 그러나 반대파의 수비병들은 랍비가 죽었다는 것을 믿지 않고 "칼로 한 번 찔러 확인해 보자"고 말했다. 그러나 유태의 전통에 의하면 시체를 눈으로 보는 일은 절대로 금해져 있었으므로 시체를 눈으로 확인하는 일 없이, 관 위에서 칼로 찌르려고 했다.

"그것은 죽은 이를 모독하는 일이 된다"고 제자들은 필사적으로 항의했다.

보통 유태의 장례식은 관을 노천(露天)에 방치해 두지만 제자들은 "랍비는 대승정이기 때문에 정중히 매장하지 않으면 안 된다"고 주장하여, 마침내 로마 군의 전선 쪽을 향해 가게 되었다.

그런데 전선을 통과할 때 로마 병사도 역시, "관을 칼로 찔러 확인해야겠다"고 하며, 느닷없이 칼을 곧추세워 관을 찌르려고 했다. 제자들은 당황하여, "만약 로마의 황제가 죽었다고 한다면, 당신들은 관을 칼로 찌를 것인가? 우리들은 전원 무장도 하고 있지 않다"고 주장하여, 드디어 전선의 후방으로 가는 일에 성공했다.

랍비는 관을 열고 나와서 사령관에게 담판을 요청했다. 그리고 그는 로마의 사령관의 눈을 가만히 바라보며, "나는 당신에 대해서 로마 황제를 대하는 예절로 경의를 표한다"고 말했다.

황제라고 불린 사령관은 황제를 모욕했다면서 벌컥 화를 냈다. 그러자 랍비는 "아니 내 말을 믿으시오. 당신은 반드시 이 다음의 로마 황제가 될 것입니다"라고 잘라서 말했다.

그러자 사령관은 "그 말은 그만 둡시다. 그런데 당신은 도대체 무슨 일로 왔소?"라고 물었다. 랍비는 "단 한 가지 소원이 있소"라고 대답했다. 그런데 독자라면 무엇이라고 대답했을 것인가. 잠시 생각해 주기 바란다.

랍비의 대답은 이러했다.

"조그만 방이라도 좋으니 열 명 가량의 랍비가 들어갈 학교를 하나 만들어 주시오. 그리고 그것만은 파괴하지 말아 주었으면 합니다."

랍비는 조만간 예루살렘이 결국 로마에 의해서 점령되고, 파괴되리라는 것을 예견하고 있었다. 그러나 학교만 있으면 유태의 정통은 전승되리라고 생각했던 것이다.

사령관은 "좋소, 그렇게 해 드리죠"라고 약속했다. 얼마 지나서, 로마의 황제가 죽고, 이 사령관이 황제가 되었다. 새 황제는 로마 병사에게 "한 개의 작은 학교만은 파괴하지 말라"고 명령했다.

그 때 그 학교에 남아 있던 학자들이 유태의 지식, 유태의 전통, 유태의 신앙을 지켰다. 전쟁이 끝난 이후 유태인의 생활 양식도 또한 그 학교 덕에 계속 지킬 수 있었다.

그는 "착한 마음을 갖는 것이 최대의 재산이다"라는 말을 강조했다. 유태교의 제단은 돌만을 사용하고 금속은 절대로 쓰지 않는다. 왜냐 하면 금속은 무기를 만들 수 있기 때문이다. 제단은 신과 인간 사이에 평화를 가져다 주는 것이며, 동시에 신과 인간 사이를 연결하는 상징이다. 즉 말할 수 없는 돌이라도 신과 인간 사이를 이어 줄 수 있다. "당신은 인간이므로 남편과 아내 사이, 나라와 나라 사이에 평화를 가져다 줄 수 있을 것이다."라는 말도 요한나의 명언이다.

랍비 아키바

아키바는 《탈무드》 가운데서도 가장 존경을 받고 있는 랍비이다. 그는 유태의 민족적인 영웅이기도 하다.

그는 양치기로서 큰 부잣집에 고용되어 일하고 있었다. 그러는 동안에 그 집 딸과 사랑하게 되었는데, 부친의 반대를 무릅쓰고 결혼했기 때문에, 내쫓기는 신세가 되었다. 아키바는 공부를 전혀 하지 않았으므로 문맹이었다.

아내는 남편에게, "단 한 가지 소원이 있습니다. 부디 공부를 해 주세요!"라고 말했다. 그래서 그는 연령 차이가 많은 어린아이들과 함께 학교에 다니게 되었다.

13년 동안 학교에서 배우고 돌아왔을 때 그는 당대에서 가장 우수한 학자로서 성망(聲望)을 얻고 유명해져 있었다. 후에 그는 《탈무드》의 최초 편집자가 되었는데, 그는 의학·천문학을 공부하고, 많은 외국어도 구사할 수 있었다. 또 몇 번씩이나 유태인의 사절로 선출되어 로마를 내왕했다. 기원후 132년 유태인이 로마의 지배하에서 벗어나기 위해 반란을 일으켰을 때, 그는 그 정신적인 지도자였다.

이 반란이 진압되자, 로마인은 누구라도 학문을 하는 유태인은 사형에 처한다고 포고문을 발표했다. 왜냐 하면 그들은 유태인은 그들의 전통적인 책을 공부함으로써 참다운 유태인이 된다는 것을 잘 알고 있기 때문이었다. 이 때 아키바는 다음과 같은 여우 이야기를 했다.

어느 날 여우가 시냇가를 걷고 있는데, 물고기들이 바삐 헤엄쳐 다니는 것을 보고, "왜 그렇게 바삐 헤엄쳐 다니느냐?"고 물었더니 고기들이 "우리들을 붙잡으러 올 그물이 무섭기 때문이에요"라고 대답했다. 그러자 여우는 "그렇다면 뭍으로 나오렴! 언덕으로 올라오면 내가 지켜 줄 테니 걱정하지 않아도 돼"라고 말했다.

물고기들은 "여우님, 당신은 매우 영리하다고 들었는데 왜 그렇게 어리석지요?"하고 말했다. "우리들이 늘 살아 왔던 물 속에서조차 이렇게 무서워하고 있는데, 언덕에 올라가면 어떤 해를 입을지 모르고 하시는 말씀인가요?"

요컨대 "유태인에게 있어 학문은 물과 같은 것이어서, 물을 떠나서는 한시도 존재할 수 없는 것과 마찬가지로 유태인은 어떻게 해서든지 배우지 않으면 안 된다"고 아키바는 말했다.

로마인에게 붙잡힌 아키바는 로마에 호송되어 처형이 확정되었다. 그런데 로마인은 그를 십자가에 매달아 죽이기에는 너무 형이 가볍다 해서 불에 달군 인두로 온몸을 지져 태워 죽이기로 했다.

처형되는 날 유태인의 지도자라고 해서 로마의 사령관이 현장에 입회했다. 때마침 아침 해가 산 위로 떠오르기 시작하여 아침 기도가 시작되려는 시간이었다. 랍비는 새빨갛게 달군 인두가 몸에 닿자, 아침 기도를 올리기 시작했다.

이 광경을 본 로마의 사령관이 놀라움에 눈을 크게 뜨고 "이렇게 심한 고통을 받는 순간에도 기도하는가?"라고 묻자 랍비는 대답했다. "나는 신을 사랑하므로 지금까지 기도를 한 번도 쉬지 않았다. 지금 이렇게 죽음을 당할 때에도 기도할 수 있는 자신에게서 참으로 신을 사랑하고 있는 자신을 발견하여 기뻐하고 있다"라고 조용히 대답하고는, 생명의 등불을 서서히 껐다.

2장. 탈무드의 귀

귀에는 듣는 사람의 의지와 상관없이 여러 가지 정보가 날아든다. 중요한 것은 그것들 중에서 무엇을 선택하느냐 하는 것이다. 이 장에서는 《탈무드》의 이야기 중에서 특히 흥미있고 교훈적인 일화들만을 골라 보았다. 일화는 생각의 재료가 된다. 맛있게 간을 맞추는 것도, 적당히 연하게 만드는 것도 요리사인 당신의 솜씨에 달려 있다

마법의 사과

임금님에게 외동딸이 있었다. 그 딸이 우연히 무서운 병에 걸려 백약이 무효였다. 의사는 신약(神藥)을 먹이지 않는 한 소생할 가망이 없다고 말했다.

그래서 임금은 자기 딸의 병을 고쳐 주는 자에게 딸을 시집보내고 다음 왕으로 삼겠다는 포고(布告)를 내렸다.

그 때 아주 먼 변경 지방에 삼 형제가 살고 있었는데, 한 사람이 망원경으로 그 포고를 보았다. 그리고 그 공주를 동정하여, 어떻게 해서든지 그녀의 병을 고쳐 주자고 의논했다.

삼 형제 중 한 사람은 마술의 융단을 갖고 있었다. 그리고 또

한 사람은 마술 사과를 갖고 있었다. 마술 사과는 먹으면 무슨 병이라도 낫게 만드는 신통력을 가지고 있었다. 세 사람은 마술의 융단을 타고 왕궁으로 찾아갔다. 공주에게 사과를 먹였더니 그 병이 깨끗이 나아 모두들 대단히 기뻐했다. 임금님은 큰 잔치를 베풀고 새로운 왕위 계승자를 발표하려고 했다.

그러자 맨 위의 형은 "나의 망원경이 없었더라면 우리들은 공주가 아픈 사실을 모르지 않았겠느냐!"라고 주장했고 둘째 형은 "마술 융단이 없었더라면 이렇게 먼 곳까지 도저히 올 수가 없었다."고 말하였고, 막내는 "만약 사과가 없었더라면 병은 낫지 못했을 것이 것이다!"라고 말했다. 당신이 왕이라면, 세 사람 중 누구에게 공주를 시집보낼 것인가? 답은 「사과를 가진 사나이」이다.

융단을 갖고 있던 사나이는 융단을 그냥 가지고 있고, 망원경을 갖고 있던 사나이도 역시 망원경을 갖고 있다. 하지만 사과를 갖고 있던 사나이는 사과를 공주에게 먹였기 때문에 아무것도 갖고 있지 않다. 그는 모든 것을 공주에게 주었다. 《탈무드》에 의하면 「무엇인가를 해 줄 때는 전부를 그것에 거는 것이 가장 귀중하다」고 말한다.

못생긴 그릇

매우 총명하지만, 못생긴 랍비가 로마 황제의 왕녀(王女)와 만났다. 왕녀는 "그처럼 뛰어난 총명이 이렇게 못생긴 그릇에 들어 있다니"하고 말했다.

랍비는 "왕궁 안에 술이 있습니까?"라고 물었다. 왕녀가 고개를 끄덕이자 "어떤 그릇에 들어 있습니까?"라고 거듭 물었다. 왕녀가 "보통의 항아리라든가, 술병과 같은 그릇에 들어 있죠."라고 대답하자 랍비는 놀란 체하며, "로마의 왕녀님같이 훌륭하신 분이 금이나 은그릇도 많이 있을 텐데 어쩌면 그런 보잘것없는 항아리를 쓰시다니!" 하고 말했다. 그 말을 들은 왕녀는 값싼 항아리에 들어 있던 술을 금이나 은그릇에 넣었다. 그러자 술맛은 변해 맛이 없게 되었다. 왕이 화를 내며 "누가 이런 어리석은 짓을 했느냐?"라고 묻자 왕녀는, "그렇게 하는 쪽이 어울릴 것 같아서 제가 했습니다."라고 말했다. 그리고는 랍비에게로 가서 "당신은 어째서 내게 이런 일을 권했습니까?"라고 말하며 화를 냈다. 랍비는 "나는 단지 당신에게 대단히 귀중한 것이라 할지라도 싸구려 항아리에 넣어 두는 쪽이 좋은 경우가 있다는 것을 가르쳐 주고 싶었을 뿐입니다."라고 말했다.

세 자매

옛날에 세 딸을 가진 아버지가 있었다. 그 딸들은 모두 미인이었으나 제각기 한 가지씩 결점을 갖고 있었다. 한 사람은 게으름뱅이고, 한 사람은 도벽이 있었으며, 한 사람은 남을 중상하기를 좋아했다.

어느 사나이가 자기에게 세 사람의 아들이 있으니, 그 딸들을 자기의 며느리로 줄 수 없냐고 말했다.

아버지가 저 애들에게는 이러이러한 결점이 있다고 말하자 그런 것은 자기가 책임을 지고 고쳐 나가겠다고 말했다. 시가의 아버지는 게으름뱅이 딸을 위해서 많은 몸종을 고용했다. 도벽이 있는 딸을 위해서는 큰 창고의 열쇠를 넘겨 주며 무엇이든지 가지라고 했다. 험담을 좋아하는 막내딸에게는 아침 일찍 일어나게 해서 오늘은 무언가 사람을 헐뜯을 일이라도 없느냐고 하루도 거르지 않고 물었다.

어느 날 친정아버지가 딸들이 잘 살고 있는지 살펴 보려고 찾아왔다. 맏딸은 나는 하고 싶은 대로 게으름을 피우며 살 수 있어서 무척 즐겁다고 했다. 둘째 딸은 나는 물건을 가지고 싶을 때 얼마든지 가질 수 있어서 행복하다고 했다. 막내딸은 시아버지가 자기를 유혹해서 괴롭다고 말했다.

그런데 아버지는 막내딸의 말만은 믿지 않았다. 어째서일까?

그녀는 시아버지까지도 헐뜯고 있었기 때문이다.

입을 사용하지 않는다

이 세상의 동물들이 뱀에게 물었다.

"사자는 먹이감을 넘어뜨리고서 먹는다. 늑대는 먹이감을 찢어 발겨서 먹는다. 그런데 뱀아, 너는 먹이감을 통째로 삼키니 그건 어째서냐?" 그러자 뱀은 "나는 중상하는 자보다는 낫다고 생각하네. 입으로 상대방을 상하게 하지는 않으니까"라고 대답했다.

혀 (1)

장사꾼이 거리를 걷고 있었다. 그는 큰 소리로 "인생의 비결을 살 사람 없습니까?"라고 외치고 다녔다. 온 동네 사람들이 모여 들었다. 그 중에는 랍비도 몇 사람 있었다. 모두 모여들어 서로 "내가 사겠다!"하면서 서로 나서자 장사꾼은, "인생을 참되게 사 는 비결은 자기 혀를 조심해서 쓰는 것이오."라고 말했다.

혀 (2)

어느 랍비가 학생들을 위해 만찬회를 베풀었다. 소의 혀와 양의 혀 요리가 나왔는데, 그 중에는 딱딱한 혀와 부드러운 혀가 있었다. 학생들은 다투어 부드러운 혀를 먹으려고 했다. 그 때 랍비는 학생들을 향해 말했다. "여러분들도 자신의 혀를 언제나 부드럽게 해 두시오. 딱딱한 혀를 가진 인간은 남을 사람을 노하게 하거나 불화를 초래할 거요."

혀 (3)

어떤 랍비가 하인에게 시장에 가서 무언가 맛있는 것을 사 오라고 시켰다.

하인은 혀를 사 왔다.

이틀쯤 지나서 랍비는 같은 하인에게 오늘은 싼 음식을 사 오라고 명했다. 그러자 하인은 이번에도 또 혀를 사 왔다. 그래서 랍비는 "네가 너에게 맛있는 것을 사 오라고 했을 때도 혀를 사 오더니 오늘은 싼 음식을 사 오라고 시켰는데 또 혀를 사 왔다. 어찌 된 일인가?"라고 물었다. 그러자 하인은 "혀가 좋을 때는 그보다 좋은 것이 없지만 나쁘면 그보다 나쁜 것이 없으니까요." 라고 대답했다.

하나님이 맡기신 보석

메이어라는 랍비가 안식일에 예배당에서 설교하고 있을 때 두 아이가 집에서 죽었다.

아내는 두 아이의 시체를 이층으로 옮기고 흰 천으로 덮어 주었다. 랍비가 돌아오자 아내는, "당신에게 묻고 싶은 것이 있습니다. 어떤 사람이 제게 잘 보관해 달라고 말하며, 아주 귀중한 보석을 맡기고 갔습니다. 그 주인이 갑자기 맡겼던 보석을 돌려달라고 요구해 왔습니다. 그럴 때 저는 어찌하면 좋을까요?" 라고 말했다. 랍비는, "그것을 주인에게 곧 돌려주시오."라고 대답했다. 그러자 아내는, "실은 지금 막 하나님이 두 개의 귀중한 보석을 하늘로 가지고 돌아가셨습니다."라고 말했다. 랍비는 그 말의 뜻을 깨닫고 아무 말도 하지 않았다.

어떤 유서

예루살렘에서 멀리 떨어진 곳에 살고 있던 한 현명한 유태인이 아들을 예루살렘의 학교에 입학시켰다. 아들이 학교에서 공부하고 있는 동안 병석에 눕게 된 아버지는 죽기 전에 도저히 아들과 만날 수가 없을 것 같아서 유서를 썼다. 그는 전 재산을 한 사람의 노예에게 물려준다는 것, 다만 그 중에서 아들이 바라는 것 하나만을 아들에게 주도록 하라는 내용이었다. 부친은 마침내 죽고 노예는 자기의 행운을 기뻐하며 예루살렘으로 뛰어가서 아들에게 부친의 사망을 알리고 유서를 전했다. 아들은 크게 놀라며 슬퍼했다.

장례가 끝나자 아들은 어떻게 하면 좋은가를 곰곰이 생각했다. 그는 랍비의 집으로 가서 상황을 설명하고 "어째서 아버지는 제게 재산을 남기지 않았을까요? 저는 아버지를 실망시키는 일은 한 번도 한 적이 없는데요."라고 불평을 했다. 랍비는 "천만에, 당신의 아버님은 매우 현명하고 또 자네를 진심으로 사랑하고 계셨다네. 이 유서를 보면 그것을 잘 알 수 있지 않은가?"라고 말했다. 아들은 , "노예에게 전 재산을 주고 아들에게는 아무것도 남기지 않으신 것을 보면 애정의 흔적도 없고 어리석은 짓을 하셨다고밖에 생각되지 않습니다."라고 원망스럽게 말했다.

랍비는 "당신도 아버님처럼 현명하게 머리를 써 보게! 아버님이 무엇을 바라고 있었는지를 생각하면, 당신에게 훌륭한 유산을 남긴 것을 알게 될 걸세"라고 했다. 이 같은 입장에서 당신이라면, 이 유서에서 무엇을 취할 것인가.

랍비는 아들을 향해서 다음과 같이 이야기했다.

"부친은 자기가 죽었을 때, 노예가 재산을 갖고 도망치거나 재산을 써 버리거나, 자기가 죽은 일조차 아들에게 전하지도 않을지도 모른다고 생각하여 전 재산을 노예에게 주었네. 재산을 전부 주면, 노예는 기뻐서 서둘러 아들을 만나러 갈 것이며, 재산을 소중하게 간수해 둘 것이라고 생각했던 것이지"

그러자 아들은, "그것이 내게 무슨 소용이 있습니까?"라고 물었다. 랍비는 "자네는 역시 지혜가 모자라는구먼. 노예의 재산은 전부 주인에게 속한다는 것을 모르는가? 자네의 아버님은 자네가 원하는 것 하나만 너에게 주겠다고 하지 않았는가? 자네는 노예를 소유하면 되는 걸세. 그러니 이거야말로 얼마나 애정이 깊은 현명한 생각인가!"하고 말했다

젊은이는 그제서야 겨우 깨닫고는 랍비가 말한 대로 행하고는 뒤에 노예를 해방시켜 주었다. 그리고는 입버릇처럼 "나이 많은 사람의 지혜에는 따르지 못한다."고 말하곤 했다.

붕　대

법률이라는 것은 약(藥)과 흡사한 점이 있다.

어느 나라의 왕이 상처를 입은 자기 아들에게 붕대를 감아 주면서 "아들아, 이 붕대를 감고 있는 동안만은 먹거나 달리거나 물에 들어간다 해도 아프지 않을 것이다. 그러나 이 붕대를 풀어 버리면 상처는 심해진다."라고 말했다.

인간도 똑같은 것이다. 인간의 마음 속에는 성악설에서와 같이 나쁜 짓을 하려는 성질이 있다. 그러나 법률을 마음 속에 간직하고 있는 한 성질이 나빠지는 않는다.

올바른 일의 차이

알렉산더 대왕이 이스라엘에 왔을 때의 일이다. 유태인이 대왕에게, "대왕께서는 우리들이 갖고 있는 금과 은을 갖고 싶으신가요?"라고 물었다. 대왕은, "나는 금과 은은 많이 가지고 있으므로 조금도 원하지 않는다. 단지 당신들의 습관과 당신들에게 있어서 올바른 것이 무엇인가를 가르쳐 달라."고 말했다.

대왕이 머물고 있는 동안 우연히 두 사나이가 상담차 랍비에게 의논하러 왔다. 내용은 그 중의 한 사나이가 또 한 사나이에게서 쓰레기더미를 샀는데 그것을 산 사나이가 쓰레기 속에서 아주 값비싼 금화가 섞인 것을 발견했다는 내용이었다.

그래서. "나는 이 쓰레기만을 샀을 뿐 금화의 값까지는 지불하지 않았다."라고 판 사람에게 말했다. 판 사나이는

"내가 당신에게 판 것은 쓰레기더미 전부이므로 그 속에 무엇이 들어 있건 모두 당신 것이요."라고 말했다. 그 이야기를 들은 랍비는,

"당신에게는 딸이 있고 또 당신에게는 아들이 있지 않습니까. 그렇다면 두 사람을 결혼시켜서 두 사람에게 그 금화를 주는 것이 올바른 일입니다."라고 판결을 내렸다. 그 후에 랍비는 알렉산더 대왕에게 물었다.

"대왕님! 당신 나라에서는 이런 경우에 어떻게 판결을 내립니까?" 대왕은 의외로 아주 간단하게 대답했다.

"우리 나라에서는 두 사람을 죽이고 내가 그 금화를 갖는다. 그것이 나에게 있어서 올바른 일."

포도밭과 여우

어느 때 한 마리의 여우가 포도밭 부근에서 어떻게든지 그 속에 침입하려고 벼르고 있었다. 그러나 울타리가 있어서 좀처럼 들어갈 수가 없었다. 간신히 울타리 틈을 빠져 들어가는 데 성공했다. 포도밭에 들어간 여우는 포도를 실컷 먹은 다음 포도원을 빠져 나가려고 했지만, 너무나 배가 불러 울타리의 틈을 빠져 나갈 수가 없었다. 그래서 할 수없이 다시 3일간 단식하여 몸을 가늘게 만든 되에야 겨우 빠져 나올 수가 있었다. 이 때 여우는, "배고픈 것은 들어갈 때와 나갈 때와 마찬가지군!" 하고 말했다.

인생도 그와 마찬가지이다. 벌거숭이로 태어나고, 죽을 때에도 역시 벌거숭이로 가지 않으면 안 된다.

사람은 죽어서 가족과 부귀와 선행 세 가지를 이 세상에 남긴다. 그러나 선행 이외는 과히 대단한 것은 못 된다.

복수와 증오

어떤 사나이가 "솥을 좀 빌려 달라."고 말했다. 그러자 상대는, "싫어"라며 거절했다. 얼마 지나서 반대로 그 거절한 사나이가, "말을 좀 빌려 달라."고 말했다. 그러자 그는, "네가 솥을 빌려주지 않았는데, 내가 왜 말을 빌려 줘?"라면서 거절했다. 이것은 복수인 것이다.

어떤 사나이가 "솥을 좀 빌려 달라!"고 말했다. 상대는, "싫어!"

하며 거절했다. 얼마 지나서, 그 거절한 사나이가, "말을 좀 빌려 달라."고 말해 왔다. 처음의 사나이는 말을 빌려 주면서, "너는 솥을 빌려 주지 않았지만, 나는 너에게 말을 빌려 주겠다."고 말했다. 이것은 증오인 것이다.

선과 악

지구를 휩쓴 대홍수 때의 이야기다. 모든 동물이 노아의 방주(方舟)를 찾아와 태워 주기를 호소했다. 선(善)도 서둘러 달려왔다. 그러자 노아가 선을 태우기를 거절하며,
"나는 짝이 있는 것만을 태우기로 하고 있다."라고 말했다.
그래서 선은 숲으로 돌아가, 자기의 짝이 될 상대를 찾았다. 그리하여 악을 데리고 배로 돌아왔다. 그 때부터 선이 있는 곳에는 언제나 악이 있게 되었다.

묘목과 열매

어떤 노인이 뜰에서 묘목을 심고 있었다. 그 곳을 지나가던 한 나그네가 노인에게
"당신은 그 나무에서 열매가 열리는 것이 언제쯤이라고 예상합니까?" 하고 물었다. 노인은
"아마 70년 정도 지나면 열매가 열릴 것이요."라고 대답했다. 나그네는 다시 물었다.

" 당신이 그토록 오래 사실 것 같습니까?" "아니오! 그렇지 않습니다. 내가 태어났을 때 과수원에는 풍부하게 열매가 맺어 있었습니다. 그것은 내가 태어나기 전에 아버님이 나를 위하여 묘목을 심어 주셨기 때문이었습니다. 그와 마찬가지일 뿐입니다."라고 노인은 대답했다.

소경의 등불

어떤 사나이가 어두운 밤길을 걷고 있었다. 그 때 반대편에서 소경이 등불을 들고 걸어왔다. 그래서 사나이는,

"보아하니 당신은 소경인데 어째서 등불이 필요합니까?"라고 물었다. 소경은

"등불을 들고 걷고 있으면 내가 걷고 있는 것을 눈뜬 사람이 알 수 있기 때문입니다."라고 대답했다.

일곱 번째의 사람

어떤 랍비가, "내일 아침에 6명의 사람이 모여서 어떤 문제를 해결하기로 했다."고 말했다. 그런데 이튿날 아침이 되자 7명의 사람이 모였는데 그 중 한 사람은 초대도 하지 않은 불청객이었다.

그래서,

"여기에 올 필요가 없는 사람이 있으니, 당장 돌아가라!"고 말

했다. 그러자 그 중에서 누가 보아도 꼭 참석해야 할 가장 유명한 사람이 일어나서 나가 버렸다.

그는 왜 그렇게 했을까?

혹시 부름을 받지 않았거나 어떤 잘못으로 그 자리에 나오게 된 사람이 굴욕감을 느끼지 않도록 하기 위해 자신이 먼저 나가 버린 것이다.

약 속

아름다운 아가씨가 가족과 함께 여행을 하고 있었다. 어느 날 혼자서 잠깐 산책을 하고 있는 사이에 길을 잘못 들어 우물가까지 오게 되었다. 그녀는 매우 목이 말랐으므로, 두레박을 타고 내려가서 물을 마셨다. 그런데 올라올 수가 없어서, 큰 소리로 울면서 구원을 청했다.

때마침 한 젊은 청년이 지나가다가 그녀를 도와 주었고 두 사람은 사랑을 맹세하는 사이가 되었다.

그러다 청년은 다시 여행을 떠나야 했기 때문에 그녀와 헤어지기 전에 마지막으로 만나서 서로 사랑을 계속 지키기로 굳게 약속했다. 그녀와 그는 결혼할 수 있는 날까지 언제까지라도 기다리자고 말했다.

두 사람은 약혼을 했는데, 누군가 증인될 사람을 찾아 보자고 청년이 말했을 때, 때마침 족제비가 그들 옆을 지나 숲속으로 달려갔다. 그녀는,

"지금 족제비와 우리 두 사람 옆에 있는 우물이 증인이지요."

라고 말했고 두 사람은 헤어졌다. 그 후 몇 년이 지나도록 아가씨는 계속 정절(貞節)을 지켜 그를 기다리고 있었으나, 그 청년은 먼 고장에서 딴 여자와 결혼하여 아이도 낳고 즐거운 생활을 하고 있었다.

어느 날, 그 아이가 놀다가 지쳐서 풀 위에서 잠들고 있을 때, 족제비가 잠들고 있는 아이의 목을 물어 아이는 그만 죽고 말았다. 부모는 매우 슬퍼했다.

그러나 그 후 또 한 아이가 태어나, 두 사람은 다시 행복하게 되었다. 그 사내아이는 자라서 걸음마를 하게 되자 우물가에서 놀았다. 아이는 우물물 속에 비친 여러 가지 그림자가 재미있어서 한참 동안 들여다보다가 그만 우물에 빠져 죽었다.

그 때서야 남자는 옛날에 아가씨와 맹세했던 그 약속을 생각하게 되었고, 그 때의 증인이 바로 족제비와 우물이었다는 것도 생각해 냈다.

그는 아내에게 그 이야기를 하고 이혼하기로 했다. 그는 아가씨가 있는 마을로 돌아왔다. 그 때까지도 아가씨는 변함없이 그를 기다리고 있었다. 두 사람은 결혼하여 행복하게 살았다.

가정의 평화

메어리라는 랍비는 설교를 매우 잘 하는 것으로 유명하다. 그는 매주 금요일 밤에 예배소에서 설교를 했는데 몇백 명이나 되는 사람들이 그의 설교를 듣기 위해 모여들었다.

그 중에 그의 설교를 대단히 좋아하는 여성이 있었다. 보통 유태인 여자들은 금요일 저녁에는 다음 날 안식일에 대비해서 요리를 만들거나 다른 일을 해야 하는데도, 그 여성은 그의 이야기를 듣기 위해 만사를 제쳐 놓고 참석했다.

랍비는 장시간 동안 설교를 했고, 그녀는 그의 이야기에 만족해서 집으로 돌아갔다. 그런데 남편이 문 앞에서 그녀를 기다리다 내일 안식일인데 아직 요리도 해 놓지 않았다고 화를 냈다.

"당신 대체 어디 갔다 왔어?"라면서 윽박질렀다. 그녀는 "나는 예배소에서 랍비 메이어의 이 설교를 들었어요."라고 말했다. 그러나 그는 몹시 화를 내며, "네가 랍비의 얼굴에 침을 뱉고 돌아올 때까지는 집에 들여 놓지 않겠다."고 말했다.

그래서 그녀는 할수없이 남편과 별거생활을 하지 않을 수 없게 되었다.

메이어는 그 소식을 듣자 자기의 이야기가 너무 길었기 때문에 한 가정의 평화가 파괴된 것을 깨닫고, 그녀를 초대하여 자기의 눈이 쑤신다고 호소했다. 그리고 "이것은 침으로 씻어야 좋아질 거요. 그렇게 하면 약이 될 테니까, 당신이 좀 수고해 주시오."라고 말했다. 그러자 그녀는 그의 눈을 향해 침을 뱉었다.

제자들이 "당신은 대단히 덕망 높은 랍비인데 어째서 여자가 얼굴에 침을 뱉게 내버려 두었습니까?"라고 물었다. 그러자 랍비는 "가정의 평화를 되찾기 위해서는 어떤 일이라도 해야 합니다."라고 대답했다.

지 도 자

뱀에 대한 이야기다. 뱀의 꼬리는 항상 머리 뒤에 달라붙어 따라다니게 마련이었다. 어느 날, 마침내 꼬리가 불만을 폭발시키며 머리를 향해 말했다. "어째서 나는 너의 부속물처럼 맹목적으로 달라붙어 다니며, 네가 언제나 내 대신 의견을 말하고 가는 방향도 정하는가? 이것은 정말 불공평하다. 나도 뱀의 일부분인데 언제나 노예처럼 달라붙어 따라다니기만 하는 것은 말도 되지 않아"

머리가 대꾸했다.

"아니, 무슨 말을 하는 거야. 너에게는 앞을 볼 눈도 없고, 위험을 알아차릴 귀도 없으며, 행동을 결정할 두뇌도 없지 않은가? 나는 내 자신을 위해서가 아니고 너를 생각해서 언제나 너를 인도하는 거야"

꼬리는 큰 소리로 비웃으며, "그런 말은 이제 싫증이 났다. 어떤 독재자나 어떤 압정자(壓政者)라도, 모두 따르는 자를 위하여 하고 있다는 말을 구실로 제 마음대로 하고 있는 거야"라고 응수했다. 머리는,

"그렇게 불만이 있다면, 네가 내 역할을 해 봐라."고 말했다 그러자 꼬리는 좋아하며, 자기가 앞장서서 움직이기 시작했다. 그런데 바로 도랑에 떨어져 버렸다. 머리가 천신만고 고생한 끝에, 간신히 도랑에서 기어나올 수 있었다.

이윽고 조금 나아가자 꼬리는 가시 투성이인 관목 속으로 들어가 버렸다.

그러나 꼬리가 애를 쓰면 쓸수록 가시덤불 속에 더욱 더 끼어서 꼼짝도 할 수가 없었다. 간신히 머리의 도움을 받아 상처투성이가 된 채 가시덤불 속에서 나올 수 있었다.

꼬리가 다시 앞장서서 나아가자 이번에는 불이 타고 있는 한가운데로 들어가 버렸다. 점점 몸이 뜨거워지고, 별안간 주위가 캄캄해지자 뱀은 무서워지기 시작했다. 절박해진 머리가 필사적으로 탈출해 보려고 했으나 때는 이미 늦었다. 몸은 불타고 머리도 함께 죽고 말았다.

이 머리는 결국 맹목적인 꼬리 때문에 희생된 것이다.

지도자를 선택할 때에는 언제나 머리를 선택하여야 하며, 이 꼬리와 같은 자를 선택해서는 안 된다.

세 개의 관문

예루살렘의 한 주민이 여행 도중에 병이 들어 드러눕게 되었다. 그는 아무래도 소생할 수 없다고 판단하고 여관 주인을 불러, "나는 아무래도 더 이상 살지 못할 것 같소 내가 죽은 뒤에 예루살렘에서 누군가가 찾아오면 내 소지품을 전해 주시오. 그러나 세 가지 착한 행동을 하게 전에는 절대로 건네 주지 마시오. 왜냐 하면 내가 여행길에 나서기 전, 내 아들에게 만약 내가 여행 중에 죽게 되어 내 유산을 상속받기 위해서는 세 가지 착한 행동을 하지 않으면 안 된다고 말하고 왔기 때문입니다."라고 말했다.

사나이는 죽고, 유태의 장례식에 의해 매장되었다. 동시에 동네 사람들에게도 이 남자의 죽음 알려졌고, 예루살렘에 소식이 전해졌다.

아들이 예루살렘에서 아버지의 부음을 듣고 부친이 죽은 도시의 성문 가까이까지 왔다. 그는 부친이 죽은 여관을 알 수가 없었다. 사실은 아버지가 자기가 죽은 여관을 아들에게 가리켜 주지 말라고 유언했기 때문에, 아들은 자신이 그 집을 직접 찾아야만 했다.

때마침 땔나무 장수가 땔나무를 한 짐, 가득 진 채 지나가고 있었다. 아들은 그를 불러 세워 예루살렘에서 온 나그네가 죽은 여관에 그 땔나무를 갖고 가도록 이르고 땔나무 장수의 뒤를 따라갔다.

여관집 주인은 , "나는 땔나무를 사려고 한 일이 없다."고 말했다. 그 땔나무 장수는, "아니 지금 내 뒤에 따라오는 사람이 이 땔나무를 사서 이 집에 갖다 주라고 말했습니다."라고 했다. 그것은 첫번째 착한 행동이었다.

여관집 주인은 기뻐하며 그를 맞아들여 저녁 식사를 마련해 주었다. 식탁에는 다섯 마리의 비둘기와 한 마리의 닭이 요리로 나왔다. 그 외에 집주인과 그의 아내, 그리고 두 아들과 두 딸 등 모두 일곱 명이 식탁 주위에 앉았다.

집주인이, "청컨대 음식을 모두에게 좀 나눠 주십시오,"라고 말하자, 그는 "아닙니다. 당신이 주인이니 당신이 하시는 것이 좋겠습니다."라고 말했다.

그러자 주인은, "당신은 손님이니 당신이 좋으실 대로 해 주십시오."라고 말했다. 아들은 음식을 나누기 시작했다. 먼저 한 마리의 비둘기를 두 아들에게 주었다. 또 한 마리의 비둘기를 두 딸에게 주고, 또 한 마리의 비둘기를 두 부부에게 조고서 그는 두 마리의 비둘기를 자신을 위해 남겼다.

이것은 그에게 있어서 두 번째의 착한 행동이었다.

집주인이 이것을 보고 난처한 얼굴이 되었으나 아무 말도 하지 않았다. 다음에 닭을 나누기 시작했다. 먼저 머리를 주인 부부에게 주었다. 두 아들에게는 다리를 주었다.

두 딸에게는 날개를 주고 나머지 큰 몸통은 자신이 먹었다. 그것은 세 번째의 영리한 행동이었다.

집주인은 마침내 화를 내기 시작하며 "당신네 나라에서는 이렇게 합니까? 당신이 비둘기를 나눠 줄 때 나는 아무 말도 하지 않았지만, 닭을 나누는 것을 보고 있으니 이제 견딜 수가 없소! 도대체 이것이 무슨 짓이요?"라고 소리쳤다.

젊은 사나이는,

"나는 음식을 나누는 일을 맡고 싶지 않았습니다. 그래도 당신이 간청하시므로 나는 최선을 다한 것으로 알고 있습니다. 당신과 부인과 비둘기로 셋, 두 아이들과 비둘기로 셋, 딸 둘과 비둘기로 셋, 거기에 두 마리의 비둘기와 나와 셋이 됩니다. 이것은 매우 공평합니다. 또 당신은 첫째의 가장이므로 닭의 머리를 드렸습니다. 당신의 아들 둘은 이 집의 기둥이므로 두 개의 다리를 주었습니다. 딸들에게는 날개를 준 것은 , 언제라도 날개가 자라면 다른 집으로 시집을 가 버리기 때문입니다. 나는 배를 타고 여기에 와서 다시 돌아가야 하기 때문에 몸통 부분을 가졌던 것입니다. 빨리 아버지의 유산을 돌려 주십시오!"라고 말했다.

벌거숭이

어떤 사나이가 한 아가씨를 짝사랑하다가 병이 들었다.

의사가 그를 진찰하더니 "이것은 당신의 소망이 이루어지지 않아서 병이 된 것이니, 그 여성과 성적인 관계를 가지면 틀림없이 낫는다."라고 말했다.

그래서 사나이는 랍비에게로 가서 의사가 그렇게 말했는데 어떻게 해야 좋겠느냐고 의논했다. 랍비는 절대로 그와 같은 야다(성 관계)를 가져서는 안 된다고 말했다. 그래서 그는 만약 그 여자가 그의 병을 낫게 하기 위해서 실오라기 하나 걸치지 않은 모습으로 자기의 앞에 서 주면 자신의 울적함을 풀 수가 있어 병이 나아진다면 좋을 것이 아닌가라고 묻자, 랍비는 그것도 역시 안 된다고 했다. 그렇다면 자기와 그녀를 울타리 너머로 만나 보게 하여 서로 대화라도 나누게 하면 어떻겠습니까라고 묻자, 랍비는 그것도 역시 안 된다고 말했다.

물론 탈무드에 이 여성이 결혼했는지 독신이었는지 명시되어 있지는 않다. 그러나 그 당사자나 다른 사람들 모두가 랍비에게 어째서 당신은 모든 일에 강력하게 반대만 하는가라고 따지자 그는

"인간은 정숙해야 하며 만약 사람이 서로 깊이 좋아한다고 해서, 이내 성 관계를 가질 수 있다면 이 사회의 규율은 지켜지지 않는다."라고 힘주어서 말했다.

빼앗기지 않는 재산

어떤 배 위에서의 있었던 이야기이다. 선객(船客)들은 모두 큰 부자들이었으며 그 중에는 랍비도 한 사람 타고 있었다.

부자들은 서로 자기들의 재산을 비교하며 자랑하고 있었다. 그

러자 랍비가 "내가 제일 부자라고 생각하지만, 지금은 내 재산을 여러분에게 보여 줄 수가 없다."고 말했다.

마침 그 때 해적이 배를 습격했다. 부자들은 금은 보석 등 자기들의 모든 재산을 잃었다. 해적이 사라진 뒤, 배는 가까스로 미지의 어떤 항구에 닿았다.

랍비는 곧 학식과 교양이 높다는 것이 항구 사람들에게 알려져 학교에서 학생을 모아 가르치게 되었다.

얼마 후 이 랍비는 배를 함께 타고 여행했던 지난날의 부자들과 만났는데 모두 비참하게 몰락되어 있었다.

그 사람들은, "확실히 당신의 말이 옳았다. 교양이 있는 자는 모든 것을 갖고 있는 것과 같소."라고 말했다. 여러 가지 지식은 항상 빼앗기는 일 없이 가지고 다닐 수 있으므로, 교육이 가장 중요한 것이라는 사실이 입증되었다.

가난한 사람

옛날에는 가난뱅이었던 벼락부자가 한 사람 있었다. 랍비 히렐이 그에게 말 한 마리와 마부를 주었다. 어느 날 마부가 어딜 가고 없었다. 그러자 그 벼락부자는 자신이 3일 동안이나 말을 끌고 걸어갔다.

천국과 지옥

어떤 사나이가 아버지에게 닭을 잡아 대접해 드렸다. 아버지는 "이 닭을 어디서 구했는냐?"하고 물었다. 아들이 "그런 걱정은 하지 마시고 많이 잡수세요!"라고 말했으므로, 아버지는 더 이상 아무 말도 하지 않았다.

또 한 사람의 사나이는 연자방앗간에서 밀가루를 갈고 있을 때, 국왕이 포고를 내려 온 나라의 방앗간 주인들을 모은다고 하므로, 아버지에게 자기 대신 방앗간을 돌보게 하고 자기는 성으로 갔다.

이 두 아들 가운데 어느 아들이 천국으로 가고, 어느 아들이 지옥에 떨어진다고 생각하는가? 또 그 이유는?

두 번째 사나이는 왕이 끌어 모은 노동자를 혹사하여 때리거나 좋은 음식을 주지 않는 것을 잘 알고 있었기 때문에 자신이 대신해서 갔다. 그러므로 천국에 갈 수 있었지만, 부친에게 닭을 먹게 한 사나이는 부친의 질문에 자세한 대답을 하지 않았기 때문에 지옥에 갔다.

진심으로써 대하지 못할 바엔, 차라리 부친을 일하게 하는 쪽이 더 낫다.

술의 기원

이 세상에서 최초의 인간이 포도를 재배하고 있었다. 거기에 악마(惡魔)가 찾아 와서, "무엇을 하고 있는가?"라고 묻자, 인간이 "멋진 식물(植物)을 심고 있지!"하고 말했다. 악마는 "이런 식물은 본 일이 없는데……"라고 되물었다. 인간은 악마에게, "이것은 아주 달콤하고 맛있는 열매가 열려서, 그 즙을 마시면 당신을 행복하게 만들 것이다."라고 말했다.

악마는 그렇다면 나도 끼워 달라고 말하면서 양과 사자와 돼지와 원숭이를 데리고 와, 이 네 마리를 죽여서 그 피를 비료로 쏟아 부었다. 이것이 포도주가 생긴 유래이다.

처음으로 마시기 시작할 때는 양처럼 순하고, 그보다 더 마시면 돼지처럼 더럽게 된다, 너무 지나치게 마시면 원숭이처럼 춤추거나 노래 부르거나 한다. 이것이 악마가 인간에게 준 선물인 것이다.

효도

어떤 비(非)유태인이 고대 이스라엘의 「디마」라는 도시에 살고 있었다. 그는 천 개의 금화에 해당되는 값어치의 다이아몬드 한 개를 소유하고 있었다. 어떤 랍비가 사원 침전(寢殿)의 장식에 쓰려고 6천 개의 금화를 갖고 그의 집으로 사러 갔다. 그런데 하필이면 다이아몬드를 넣은 열쇠 고리를 그의 부친이 베개 밑에 넣고 잠들어 있었다. 사나이는 "아버지를 깨울 수 없으니 다이아몬드를 팔지 않겠습니다."라고 말했다.

그러한 이익을 얻기가 쉽지 않을 텐데도 잠들고 있는 아버지를 깨우지 않는 것은 대단한 효자라고 랍비는 감탄하며 이야기를 사람들에게 퍼Em렸다.

어 머 니

　어떤 랍비가 어머니와 둘이서 길을 걷고 있었다. 자갈이 많고 울퉁불퉁한 길이어서 걷기가 매우 힘들었다. 랍비는 어머니가 한 걸음 내디딜 때마다 자기의 손을 어머니의 발 밑에 옮겨 넣었다.

　탈무드 중에는 양친이 등장하면 언제나 반드시 부친이 먼저 나오고 모친이 나중에 등장하는데 이것은 그 중에서 모친만이 나오는 유일한 이야기이다. 어머니도 아버지와 마찬가지로 귀중하다는 것을 나타내기 위한 것이다.

　그러나 부모가 다 같이 물을 마시고 싶다고 하면, 물은 아버지에게 먼저 가져간다. 왜냐 하면 어머니도 아버지를 소중하게 여기므로 어머니에게 먼저 가져가도 다시 부친에게 건네 줄 것이기 때문이다.

처 형

　어느 곳에 닭이 한 마리 있었다.

　그 닭이 아이를 쪼아 죽였다고 해서 재판에 넘겨졌다. 조그마한 요람에 넣어 둔 갓난아기의 머리를 닭이 쪼아서 아기가 죽었기 때문이었다. 증인이 불려 나가서 여러 가지 증언을 했다. 불쌍하게도 닭은 유죄 판결이 내려 처형되었다.

　이 교훈은 비록 미물인 닭이라 할지라도 살인자로서 확실히 유죄라는 것이 확정되지 않는 한 간단히 처형할 수 없다는 것을 훈계한 것이다.

맞지 않는 어울림

양과 호랑이는 같은 우리 안에서 살 수 있을 까? 답은 「아니다」이다. 이와 마찬가지로 사람도 시어머니와 며느리가 한 지붕 밑에서 살 수 없는 것이다.

두 시간의 차이

어느 임금님이 포도원을 갖고 있어서 많은 노동자를 고용하고 있었다. 그 중의 한 노동자는 대단한 능력이 있어서 다른 일꾼들보다 일을 잘 했다. 어느 날 왕은 포도원을 방문하여 뛰어난 재능을 가진 그 노동자와 둘이서 포도원 안을 산책했다.

유태의 관례에 따라 품삯은 매일 동전으로 지불한다. 하루의 일이 끝나자 일꾼들은 줄을 지어 임금을 받으러 왔다. 일꾼들은 모두 똑같이 임금을 받았다.

그런데 그 뛰어난 노동자가 임금을 받았을 때 다른 일꾼들이 화를 내며, "그 사나이는 두 시간 동안 밖에 일하지 않았고, 나머지 시간은 왕과 함께 빈둥거리고 있었을 뿐이다. 그 사람도 우리들과 똑같은 임금을 받다니 말도 안 된다."라면서 왕에게 항의했다. 그러자 왕은, "너희들이 하루 종일 걸려서 한 일보다도 더 많은 일은 이 사나이는 두 시간 동안에 해치웠다."라고 말했다.

오늘 죽은 28세의 랍비도, 다른 사람이 백 년 산 것보다 더 많은 업적을 이룩했다. 문제의 핵심은 몇 년 살았느냐가 아니고, 얼마만큼 업적을 남겼느냐는 점에 있다.

일곱 가지 단계

《탈무드》에 의하면 남자의 생애는 7단계로 나눌 수 있다.

1. 한 살은 임금님 - 모두가 모여서 왕을 모시듯이 달래거나 어르거나 비위를 맞춘다.

2. 두 살은 돼지 - 흙탕 속을 뛰어다닌다.

3. 열 살은 양 - 웃고 떠들며 뛰어다닌다.

4. 열여덟 살은 말 - 크게 자라서 자기의 힘을 남에게 과시해 보려 한다.

5. 결혼을 하면 당나귀 - 가정이라는 무거운 짐을 지고, 터벅 터벅 걸어가지 않으면 안 된다.

6. 중년은 개 - 가족을 먹여 살리기 위해 사람들의 호의를 구걸하지 않으면 안 된다.

7. 노년은 원숭이 - 어린이로 되돌아가지만 아무도 관심을 기울여 주지 않는다.

자루

쇠가 처음으로 만들어졌을 때, 온 세계의 나무들이 벌벌 떨었다. 하나님이 나무를 향해서 "걱정하지 말라! 쇠는 너희가 자루를 제공해 주지 않는 한 너희를 상하게 만들지 못한다."라고 말했다.

영원한 생명

랍비가 어느 시장에 찾아왔다.

"이 시장에는 영원한 생명을 약속하기에 알맞은 사람이 있다."고 말했다. 그러나 누가 보아도 그런 사람은 어디에도 없을 것으로 생각했다.

그 때 두 사람이 랍비가 있는 곳으로 들어왔다. 그러자 랍비는 "이 두 사람이야말로 훌륭한 선인(善人)이다 영원한 생명이 주어져도 좋을 것이다."라고 말했다.

주위 사람들이, "당신들의 직업은 도대체 무엇입니까?"라고 물었다. 그러자 그들은,

"우리들은 익살 광대입니다. 쓸쓸한 자에게는 웃음을 주고, 다투는 사람들에게는 평화를 준답니다."라고 대답했다.

거미와 모기와 미치광이

다윗 왕은 평소에 거미는 장소를 가리지 않고 아무 데나 집을 짓는 더러운 동물이며, 아무런 쓸모도 없다고 생각하고 있었다.

그런데 어느 전장에서 그는 적에게 포위되어 달아날 길을 잃고 말았다. 궁여지책으로서 그는 어떤 동굴에 숨어들었다. 이 동굴의 입구에서는 마침 한 마리의 거미가 집을 짓기 시작하고 있었다.

이윽고 추격해 온 적의 병정은 일단 동굴 앞에 멈춰 섰으나, 거미줄이 쳐져 있는 것을 보고는 되돌아가 버렸다.

어느 날, 다윗 왕은 적장의 침실에 숨어들어가 검을 훔치고 이튿날 아침에, "나는 당신의 검을 빼앗을 정도이니 당신을 죽이는 일은 간단히 해낼 수 있었다."라고 큰소리를 치려고 했다.

그러나, 그런 기회가 좀처럼 오지 않았다. 간신히 침실에 숨어들어가기는 했으나 검은 장군의 발 밑에 있었기에 그런 상태에서는 도저히 빼앗을 수가 없었다.

다윗 왕은 마침내 단념하고 되돌아가려고 했다.

그런데 바로 그 때였다. 한 마리의 모기가 날아와서, 적장의 다리에 앉았다. 적장은 무의식중에 다리를 움직였다. 그 순간 다윗 왕은 칼을 훔치는 데 성공했다.

또 한번은 다윗 왕이 적에게 포위되어 위기일발의 순간에 있을 때 그는 별안간 미치광이 흉내를 내었다. 병정들은 설마 이 미치광이가 왕이라고는 생각지 못하고 돌아가 버렸다.

무엇이든 세상에서 필요 없는 것이라고는 하나도 없다. 아무리 사소한 것이라 할지라도 소홀히 해서는 안 되는 것이다.

교훈적인 이야기

어떤 배가 항해를 하던 중 세찬 물결과 거센 파도가 말려와 항로에서 이탈하여 버렸다.

다음 날 아침이 되자 바다는 다시 고요해졌고, 아름다운 만이 있는 항구에 도착했다. 배는 그 곳에 닻을 내리고 한동안 쉬기로

했다. 그 섬에는 아름다운 꽃들이 만발해 있고 맛있게 보이는 과일들이 주렁주렁 열려 있었고, 시원한 녹색의 숲에서는 새들이 즐겁게 지저귀고 있었다.

배의 손님들은 다섯 개의 그룹으로 나뉘었다.

첫째 그룹은, 자기들이 섬에 상륙해 있는 동안에 순풍이 불어 배가 떠나가 버릴지도 모르므로, 아무리 섬이 아름다워도 목적지에 빨리 갈 계획으로 아예 상륙하지 않고 배에 남았다.

둘째 그룹은, 서둘러 섬에 상륙하여 향기로운 꽃향기를 맡고 푸른 나무 그늘 아래서 맛있는 과일을 따 먹고는 원기를 회복하자 곧 배로 돌아왔다.

셋째 그룹은, 상륙하여 섬에 너무 오래 있었기 때문에 때마침 순풍이 불어왔을 때 배가 출항해 버리리라 생각하고 허둥지둥 뛰어오느라고 소지품을 잃어버리거나 자기들이 애써서 차지하고 있던 배의 안의 좋은 자리를 빼앗기고 말았다.

넷째 그룹은, 바람이 일고 선원들이 닻을 올린 것을 보고도 아직 돛이 올려지지 않았으니 선장이 자기들을 남기고 출항할리는 없으리라고 갖가지 이유를 붙이며 계속해서 그 섬에 남아 있었다. 그러나, 정말로 배가 항구를 떠나려는 것을 보고는 당황하여 헤엄쳐서 배의 옆구리에 기어올랐기 때문에 바위나 뱃전에 부딪쳐 상처를 입었고 그 상처는 항해가 끝날 때까지 낫지 않았다.

다섯 번째의 그룹은, 너무 많이 먹고 또 아름다운 섬에서 한껏 들떠 있었기 때문에 배가 출항할 때 울리는 뱃고동 소리도 듣지 못했다. 그러다가 숲 속에 있던 맹수에게 잡아먹히거나 독이 든 과일 따위를 먹고 병이 들어 모조리 죽고 말았다.

당신이라면 어느 그룹에 속했을까. 잠깐 생각해 보기 바란다.

이 이야기에 나오는 배는, 인생에 있어서의 선행(先行)을 상징하고 있다. 섬은 쾌락을 상징하고 있다.

첫째 그룹은, 인생에서의 쾌락을 조금도 맛보려고 하지 않았다. 둘째 그룹은 조금은 쾌락에 젖었지만, 자신이 배를 타고 목적지에 도착하지 않으면 안 된다는 의무는 잊지 않았다. 가장 현명한 그룹이다. 셋째 그룹은 쾌락에 빠지지 않고 돌아왔지만, 역시 좀 고생을 했고, 넷째 그룹은, 돌아왔지만 너무 늦게 도착했기 때문에 목적지에 도착할 때까지 상처가 아물지 않았다.

그러나 인간이 빠지기 쉬운 것은 다섯 번째 그룹이다. 일생을 허영 때문에 살거나, 장래의 일을 잊어버리거나, 달콤한 과일 속에 독이 들어 있는 것도 모르고 마구 먹어 대는 것들이다.

맹세의 편지

어느 곳에 젊은 남자와 아름다운 아가씨가 있었다. 두 사람은 사랑에 빠졌으며, 남자는 아가씨에게 일생 동안 성실하게 살겠다고 맹세했다.

얼마 동안은 두 사람의 사랑이 순조로워서 행복한 나날을 보낼 수 있었다. 그러나 어느 날 남자는 그녀를 남겨 두고 여행길에 나서야만 했다.

그녀는 그가 돌아오기를 기다렸으나 오랜 세월 동안 그는 돌아오지 않았다. 친구들은 그녀를 불쌍히 여겼고, 그녀를 시기하는 자들은, "그는 절대로 돌아오지 않을 거야."라고 말하며 비웃었다.

그녀는 집으로 돌아가, 그가 일생 동안 성실히 살겠다고 맹세했던 편지를 꺼내 들고 남몰래 눈물을 흘리면서 읽었다. 편지는 그녀를 위로했고 그녀의 힘이 되어 주었다.

어느 날 연인이 돌아오자 그녀는 그 동안의 괴로움을 그에게 호소했다. 그러자 그는 "그렇게 괴로웠는데, 어떻게 정절(貞節)을 지킬 수 있었고?"라고 물었다. 그녀는, "나는 이스라엘과 똑같은 몸입니다."라고 대답하며 웃었다.

[註] 이스라엘이 다른 나라에 지배를 받고 있을 때, 다른 나라 사람들은 모두 유태인들을 비웃었다. 이스라엘이 독립한다는 이야기를 듣자, 주위의 사람들은 또 이스라엘의 현인(賢人)들을 바보 취급했다. 유태인은 학교나 예배소에서만 이스라엘을 지켜 왔다. 유태인은 하나님이 이스라엘에 주신 맹세를 계속 읽어 내려 왔으며 그 속에 있는 거룩한 약속을 믿고 살아 왔다.

하나님은 약속을 지키셨다. 그녀도 그의 맹세의 편지를 읽음으로써 그를 믿고 그가 돌아오는 것을 기다렸기 때문에 이스라엘과 똑같다고 말했던 것이다.

하늘 지붕

유태의 풍습으로는 사내아이가 태어나면 삼(杉)나무 묘목을 심고, 계집아이가 태어난다면 소나무 묘목을 심는다. 두 사람이 결혼할 때, 소나무 가지와 삼나무 가지로 하늘 지붕을 만들어 두 사람을 감싸 준다. 누구라도 신부가 하늘 지붕 안으로 들어가는 것은 알지만 거기에서 무슨 일이 일어나는지 말해서는 안 된다.

참다운 이득

몇 사람의 랍비들이 악인의 무리와 마주쳤다. 이 악인들은 흡사 흡혈귀와도 같은 악질 인간들이었다. 그만큼 교활하고, 그만큼 잔인한 인간들은 이 세상에 더 없을 것이다.

한 랍비가 이러한 인간들은 물에 빠져서 모두 죽어 버렸으면 좋을 것이라고 말했다. 그러나 랍비 중에서 가장 위대했던 랍비는, "아니야, 유태인으로써 그런 생각을 가져서는 안 되오. 아무리 이 인간들이 죽어 버리는 게 좋다고 생각하더라도 그러한 일을 기도해서는 안 되오. 악인들이 멸망하는 것을 기대하기보다는, 악인들이 참회하는 것을 바라야 하오."하고 말했다.

악인을 벌하는 것은 다른 사람에게는 아무런 득이 되지 않는다. 그들은 회개시키거나, 이쪽 편에 끌어들이지 않는 한 손해가 될 뿐이다.

남긴 것

《구약성서》에 인류 최초의 여성은 아담의 갈비뼈를 한 개 훔쳐서 만들어졌다고 쓰여져 있다. 로마의 황제가 어떤 랍비의 집을 방문하여,

"신은 도둑이다. 어째서 남자가 잠들어 있는 사이에 허락도 받지 않고 갈비뼈를 훔쳐 갔는가?"라고 물었다.

그러자 랍비의 딸이 곁에서 대화에 끼어들었다.

"황제의 부하를 한 사람 빌려 주십시오. 조금 곤란한 문제가 생겨서, 그것을 조사시키는데 쓰려고 합니다."

황제는, "그건 별로 어려운 일이 아니지만 도대체 그 문제란 무엇인가?"라고 물었다. 딸은,

"어젯밤에 도둑이 집에 들어와 금고를 하나 훔쳐 갔습니다. 그 대신에 도둑은 금으로 만든 그릇을 두고 갔습니다. 어째서 그렇게 했는지 조사해 보고 싶어서입니다."라고 말했다. 황제는 "그것 참 부럽구나. 그런 도둑이라면, 내게도 들어 왔으면 좋겠는데!"라고 말했다.

그러자 랍비의 딸은,

"그럴 겁니다. 그것은 결국 아담의 몸에 일어난 것과 똑같은 일입니다. 하나님은 갈비뼈를 하나 훔쳐 갔지만, 이 세상에 여자를 남긴 것입니다."라고 말했다.

여성 상위

어떤 선량한 부부가 이혼을 했다.

남편은 곧 재혼했으나, 나쁜 여자와 재혼했기에 그는 새로 얻은 여자와 똑같은 나쁜 사람으로 전락하고 말았다. 아내 쪽도 역시 나쁜 사나이와 재혼했다. 그러나 나쁜 사나이는 선량한 사람이 되었다. 남자는 언제나 여자의 조종에 따르는 법이다.

유태인의 은자(隱者)

만일 유태인이 세속(世俗)으로부터 일체 떠나 10년 동안 공부만 한다면, 10년 후에 하나님에게 희생물을 바쳐 용서를 받지 않으면 안 된다.

그 까닭은 아무리 훌륭한 공부를 했더라도, 사회와 자기를 스스로 단절시킨 것은 죄가 되기 때문이다. 그러므로 유태에는 은자가 존재하지 않는다.

법률

유태의 법률에는, 대부분의 사람이 지킬 수 없는 법률을 만들어서는 안 된다는 원칙이 있다.

벌거숭이 임금님

매우 상냥하고 친절한 부자가 살고 있었다. 그는 하인이었던 노예를 기쁘게 해 주려고 많은 물건을 실어 배와 함께 통째로 그에게 주었다. 그리고 어디든지 좋은 데로 가서 이 물건들을 팔아서, 그 곳에서 행복하게 살라면서 해방시켜 주었다.

배는 바다 한가운데로 나갔다. 그런데 마침 폭풍우가 불어닥쳐 배는 좌초되어 침몰하고 말았다. 짐은 모두 없어지고, 노예는 가까스로 목숨만 건진 채 근처의 섬으로 헤엄쳐 갔다. 그러나 모든 것을 잃고 고독했기에 큰 슬픔에 잠겨 있었다.

그런데 성 안을 좀 들어가 보니 큰 동네가 있었다. 그는 옷조차 걸치지 않고 있었다. 그러나 그가 마을에 들어가자, 마을 사람들이 환호하면서 그를 맞아들이고 '임금님 만세!'라고 외치며 그를 왕으로 추대했다.

그는 호화스런 궁전에 살게 되어, 내가 지금 꿈을 꾸고 있는 것이 아닌가? 하고 생각했다. 아무래도 믿을 수 없어서 그는 어떤 사람에게,

"도대체 이게 어찌 된 일인가? 나는 돈 한 푼 없는 빈털터리인데도 임금이 되다니, 도대체 어찌 된 일인가?"하고 물었다.

그 사람은, "우리는 살아 있는 사람이 아니라 영혼입니다. 우리는 1년에 한 번씩 살아 있는 인간이 이 섬에 찾아와서, 우리들의 왕이 되어 주기를 바라고 있습니다. 그러나 조심하십시오. 1년이 지나게 되면 당신은 여기서 쫓겨나, 생물(生物)도 먹을 것도 없는 섬에 홀로 보내어질 것입니다."라고 말했다.

임금님이 된 노예는 "정말 고맙소, 그렇다면 이제부터 1년 후를 위해 여러 가지 준비를 해 둬야겠군요."라고 말하며 감사했다. 그리하여 그는 사막과 같은 섬에 가서 꽃을 심고, 과일을 심어 1년 후를 대비해 준비하기 시작했다.

1년이 지나자, 그는 그 즐거운 섬에서 쫓겨났다. 그는 왕이었으면서도, 왔을 때와 똑같이 벌거숭이가 되어 죽음의 섬에 보내졌다.

황폐한 섬에 도착해 보니, 과일이 열리고 야채가 자라서, 아주 살기 좋은 땅으로 변해 있었다. 또 먼저 그 곳으로 쫓겨났던 사람들도 따뜻이 그를 맞아들였다. 그래서 그는 그 사람들과 함께

행복하게 살 수 있었다.

이 이야기는 여러 가지 의미를 내포하고 있다.

먼저 처음의 친절한 부자는 고마우신 하나님, 노예는 사람의 영혼, 그가 갔던 처음의 섬은 지상 세계, 그 곳에 살고 있던 주민들은 인류, 1년 후에 간 황폐한 섬은 내세(來世), 그 곳에 있던 야채나 과일은 선행을 상징하는 것이다.

만 찬 회

왕이 하인들을 만찬에 초대하겠다고 약속했다. 그러나 언제 만찬회가 열릴지는 말하지 않았다.

그 중 현명한 하인은,

"왕이 하시는 만찬회는 언제라도 열릴 것이다. 그 만찬회를 위해 준비를 해 두자."는 생각에 만찬회가 언제 열려도 좋도록 왕궁의 정문 앞에 가서 기다렸다. 그러나 어리석은 하인은 만찬회는 준비하는 데 시간이 걸릴 테니 열리기까지는 아직 시간이 있다고 생각하며 아무런 준비도 하지 않았다.

만찬회가 열렸을 때, 현명한 하인은 곧 정문을 지나서 만찬회에 참석할 수 있었지만 어리석은 하인은 만찬회의 요리를 먹지 못했다.

당신은 언제 하나님의 부르심을 받을지 전혀 모른다. 창조주로부터 만찬회에 초대되었을 때 당황하지 않도록 언제라도 준비가 되어 있어야 할 것이다.

육체와 영혼

왕은 「오차」라고 하는 매우 맛있는 과일이 열리는 과일나무를 가지고 있었다.

그것을 지키기 위해서 두 사람의 파수꾼을 고용했다. 한 사람은 소경이었고, 또 한 사람은 절름발이였다.

그런데 두 사람은 공모하여 과일을 훔치기로 했다. 소경이 절름발이를 무동 태우고 맛있는 과일을 실컷 훔쳐 먹었다.

왕이 대단히 노해 두 사람을 심문하자, 소경은 나는 앞을 보지 못하니 따 먹을 수 없다고 말하고, 절름발이는 저렇게 높은 곳에 내가 어떻게 올라갈 수가 있겠느냐고 말했다.

왕은 그건 확실히 그럴 듯하다고 생각했지만 두 사람의 말을 믿지는 않았다. 무슨 일이라도 두 사람의 힘은 한 사람의 힘보다도 훨씬 위대하다.

인간은 육체만으로는 아무것도 할 수 없으며, 영혼만으로도 마찬가지이다. 양쪽을 합하면 좋은 일이든 나쁜 일이든 무엇이든지 할 수 있다.

분 실 물

어떤 랍비가 로마에 갔을 때 거리에 포고(布告)가 내려 있었다. 거기에는 「왕비가 매우 비싼 고급 장식을 분실했다. 30일 이내에 그것을 발견한 자에게는 막대한 상금을 주겠으나, 만약 30일 이

후 그것을 갖고 있는 자가 발견되면 사형에 처한다.」라고 쓰여져 있었다.

랍비는 우연히 그 장식물을 발견했으나, 31일이 되어서야 그것을 갖고 왕궁에 가서 왕비 앞에 내놓았다.

그러자 왕비가 랍비를 향해서 "당신은 30일 전에 포고가 내렸을 때 여기에 있었습니까?"하고 물었다. 그러자 랍비는, "네!"라고 대답했다.

왕비는 "30일이 지나서 그것을 가지고 오면 당신이 어떤 벌을 받게 되는지 압니까?"라고 물었다. 그는 역시 "네!"라고 대답했다.

그러자 그녀는, "그렇다면 어째서 30일째까지 이것을 가지고 있었는가. 만약 당신이 어제 이것을 돌려주었다면 아주 큰 상을 받았을 텐데, 당신은 목숨이 아깝지 않은가?"라고 물었다.

그러자 그는 "30일 이내에 누군가가 이것을 돌려주었다면 당신을 두려워하든가, 당신에게 경의를 표하기 위하여 돌려주었다고 생각했을 것입니다. 그런데 내가 오늘까지 기다렸다가 돌려주는 것은, 나는 결코 당신을 두려워하고 있지 않으며, 내가 두려워하고 있는 것은 오직 하나님이라는 것을 사람들에게 가르치고 싶었기 때문입니다."라고 대답했다.

그 말을 들은 왕비는 경건한 태도로, "그와 같은 훌륭한 하나님을 가진 당신에게 깊은 경의를 표합니다."라고 말했다.

희 망

랍비 아키바가 여행길에 올랐다. 그는 당나귀와 개와 작은 램프를 갖고 있었다.

어둠의 장막이 내리기 시작하자, 아키바는 헛간을 발견하고 그곳에서 하룻밤을 보내기로 했다. 그러나 아직 잠자기에는 이른 시간이었기에 램프를 켜고 책을 읽기 시작했다. 그런데 바람이 불어와서 램프의 불이 꺼져 버려 그는 할수없이 잠자리에 들었다.

그 날 밤 여우가 와서 그의 개를 죽여 버렸고, 사자가 와서 당나귀를 죽여 버렸다. 아침이 되자 그는 램프만을 갖고 혼자서 쓸쓸히 출발했다.

어떤 마을 가까이 이르렀는데 사람이라고는 그림자도 보이지 않았다. 그는 지난 밤에 도적이 들이닥쳐 마을을 파괴하고 사람들을 몰살시켰다는 것을 알게 되었다.

만약 램프가 바람에 꺼지지 않았더라면 틀림없이 도적에게 발견되었을 것이다. 또 개가 있었더라면 개가 짖어 대어서, 도적이게 들켰을지도 모른다. 당나귀도 역시 틀림없이 소란을 피웠을 것이다. 그는 모든 것을 잃어버린 덕분으로 도적에게 발견되지 않았던 것이다.

랍비는 「최악(最惡)의 상태에서도 희망을 잃어서는 안 된다. 나쁜 일이 좋은 일로 연결되는 일도 있을 수 있다는 것을 믿어야 된다.」라는 것을 깨달았다.

반(反)유태

역대 로마 황제들 가운데 유태인을 몹시 혐오하던 헤도리우스라는, 황제가 있었다. 어떤 유태인이 헤도리우스의 앞을 지나가면서 "황제 폐하, 안녕하셨습니까?"라고 인사를 했다. 그러자 황제가 "너는 도대체 누구냐?"라고 물었다.

"저는 유태인입니다."라고 대답하자 황제는

"당장 저놈의 목을 쳐서 죽여라"하고 명했다.

이튿날 유태인이 또 황제 곁을 걷고 있었는데, 그는 아무런 인사도 하지 않았다.

그러자 황제는,

"로마의 황제에게 경의를 표하지 않은 죄로 저 놈의 목을 쳐라"하고 군사에게 명했다. 그러자 황제의 주위에 있던 측근들이

"폐하, 폐하는 폐하에게 인사한 사람도 죽였고, 이번에는 인사를 하지 않았다는 이유로 죽였는데, 도대체 어찌 된 까닭입니까?"라고 물었다. 그러자 황제는,

"내가 한 일은 양쪽 다 옳은 것이다. 너희들은 잘 모르겠지만, 나는 유태인을 다루는 방법을 알고 있다."라고 대답했다.

반 유태인이었던 헤도리우스 황제는 그 정도로 유태인을 혐오하여 유태인이라는 이유만으로 사람을 죽였던 것이다.

암시

어떤 로마의 장교가 랍비와 만나 "유태인은 매우 현명하다고 들었는데, 오늘 밤 내가 무슨 꿈을 꾸면 좋은가를 가르쳐주오."라고 말했다.

당시 로마의 가장 큰 적은 페르시아였다.

"페르시아가 로마에 대하여 기습(奇襲)을 감행해, 로마 군을 대파하고 로마를 지배하여 로마 인을 노예로 삼고, 로마 인이 가장 싫어하는 꿈을 꿀 것이오."

이튿날 로마의 장교가 랍비한테 찾아 와서,

"어떻게 당신은 내가 어저께 밤에 꾼 꿈을 미리 예언할 수 있었소?"하고 물었다.

그 장교는 꿈이 암시에서 생긴다는 것을 알지 못했고, 자기가 암시에 걸려 있다는 사실도 깨닫지 못했던 것이다.

무 언 극

로마의 황제가 이스라엘의 가장 위대한 랍비와 친교를 맺고 있었다. 그 까닭은 두 사람이 같은 날에 태어났기 때문이었다.

양국 정부의 관계가 그다지 원만하지 못할 때에도 두 사람은 변함없이 친하게 지냈다. 그러나 황제가 랍비와 친구지간이라는 것은 양국 정부의 관계로 보아 과히 환영받을 일은 아니었다. 그래서 황제가 랍비에게 무언인가 물어 보고 싶을 때에는, 사자(使者)를 매개로 하는 간접적인 방법을 쓰지 않으면 안 되었다.

어느 날 황제는 랍비에게 메시지를 보내어, "나는 두 가지 이루고 싶은 일이 있다. 하나는 내가 죽은 뒤 아들이 황제로 즉위하는 것이고 두 번째는 이스라엘에 있는 타이페리아스라는 도시를 관세 자유 도시로 만드는 것이다. 그 두 가지 중 한 가지밖에 이룰 수가 없는데, 두 가지 일을 한꺼번에 성취하려면 어떻게 해야 좋은가?"라고 물었다.

양국 관계가 대단히 험악해지고 있었기 때문에, 황제의 질문에 랍비가 대답했다는 사실이 알려지면 국민들에게 대단히 큰 악영향을 끼칠 것이 명백했다. 따라서 랍비는 그 질문에 대해서 답을 보낼 수가 없었다.

황제가 돌아온 사자에게

"메시지를 전했을 때 랍비가 무엇을 하고 있었나?"라고 물었다. 그러자 사자는

"랍비는 아들을 무동 태우고, 비둘기를 아들에게 주었습니다. 아들은 그 비둘기를 하늘에 날려 보냈습니다. 그 이외에는 아무 것도 하지 않았습니다."라고 대답했다.

황제로서는 랍비가 말하려는 뜻을 짐작할 수 있었다.

'먼저 왕위를 아들에게 물려 주고, 그 다음에 아들이 관세 자유도시로 만들면 된다.'

다음에 또 황제로부터 질문이 내려졌다. "나의 신하들이 내 마음을 괴롭히고 있다. 나는 어떻게 하면 좋겠는가?"라는 질문이었다.

랍비는 역시 똑같은 판토마임으로, 정원 앞 밭으로 나가서 야채를 한 포기 뽑아 왔다. 몇 분 뒤에 다시 밭에 들어가 또 야채 한 포기를 뽑았다. 조금 지나서 다시 똑같은 일을 했다. 그것으로 끝이었다. 로마의 황제는 랍비의 메시지를 알 수 있었다.

「한 번에 당신의 적을 멸망시키지 말라. 몇 번으로 나눠서 하나하나 제거시켜라」

인간의 의사는 말이나 문장에 의지하고 않고도 충분히 전달될 수 있다.

마 음

인간의 육체는 마음에 좌우되고 있다. 마음은 보고, 듣고, 걷고, 서고, 기뻐하고, 굳어지고, 부드러워지고, 슬퍼하고, 무서워하고, 파괴하고, 오만해지고, 남에게 설득되고, 사랑하고, 미워하고, 부러워하고, 원망하고, 찾고, 반성한다.

가장 강한 인간은 마음을 알맞게 조정할 수 있는 인간이다.

기 도

어떤 배에 여러 나라에서 모여든 사람들이 타고 있었다. 갑자기 폭풍우가 불어왔다. 사람들은 제각기 자기 나라의 신에게 제각기의 방법으로 기도했다. 그런데도 폭풍우는 점점 거세게 불어닥쳤다.

사람들은 모두 유태인을 향해서

"당신은 어째서 기도하지 않는가?"라고 말하자 유태인도 기도하기 시작했다. 폭풍우는 즉시 잠잠해졌다.

배가 항구에 닿자 사람들은,

"우리들이 정성들여 기도했을 때는 우리 의사(意思)를 들어 주지 않고, 당신이 기도하자 어째서 폭풍우가 잠잠해졌을까요?"라고 물었다. 유태인은,

"나도 잘 알 수 없지만, 여러분은 제각기 자기 나라에서 믿는

신에게 기도했습니다. 바빌로니아 사람은 바빌로니아의 신에게 기도하고, 로마 사람은 로마의 신에게 기도했습니다. 그러나 바다는 어느 나라에도 속해 있지 않습니다. 우리들의 신은 전 우주를 지배하는 넓고 큰 신이기 때문에, 바다에서 기도한 내 소원을 들어 주셨던 것입니다."라고 말했다.

암 시 장

한 사람의 재판관이 있었다. 어느 날 시장을 걷고 있자니, 많은 장물이 매매되고 있는 것이 눈에 띄었다. 그는 사람들이나 도둑을 가르치기 위해, 재판소에서 무언가 하나 시위 행위를 해야겠다고 생각했다.

그는 족제비 한 마리를 꺼내 놓고 작은 고기 조각을 주었다. 그러자 족제비는 그것을 입에 물고 자기의 작은 구멍에 감추러 갔다. 보고 있던 시민들은 족제비가 어디에 고기를 감췄는지 곧 알 수 있었다.

재판관은 거기에 가서 그 구멍을 메워 버렸다. 그리고 또 족제비에게 더 많은 고기를 주었다. 그러자 족제비는 다시 구멍이 있던 장소로 향하여 달려 갔으나, 구멍이 막혀져 있는 것을 깨닫고, 그 고기를 문 채 다시 재판관 앞으로 돌아왔다.

족제비는 자기가 갖고 있는 고기를 처치하기 곤란해지자 마침내 고기를 준 사람 앞으로 다시 돌아온 것이다. 이 광경을 본 시민들은 시장에 있는 물건들을 조사해 보고, 자기가 도둑 맞은 물건을 그 시장 안에서 팔고 있는 것을 비로소 알게 되었다.

시집가는 딸에게 (현명한 어머니로부터)

내 딸아 만약 네가 남편을 왕처럼 존경한다면, 그는 너를 여왕처럼 다룰 것이다. 그러나 네가 노예계집처럼 행동하려고 하면, 남편은 너를 노예처럼 다룰 것이다. 만약 네가 너무 자존심이 높아서 그에게 봉사하기를 게을리한다면 그는 너를 하녀로 만들어 버릴 것이다.

만약 남편이 그의 친구의 집을 방문할 때는, 그를 목욕시키고 옷차림을 단정하게 하여 방문토록 해야 한다. 그렇게 하면 남편은 너를 소중하게 여겨질 것이다.

항상 가정에 신경을 쓰고, 그의 소지품을 소중하게 해라. 그러면 남편은 기꺼이 너의 머리 위에 관을 바칠 것이다.

숫 자

내가 어떤 사람을 말로써 중상(中傷)했다고 가정하자. 다음에 내가 그 사람과 만났을 때,

"지난 번에는 도가 지나친 실례되는 말로 당신을 중상했습니다. 대단히 죄송하게 되었습니다."라고 사과할 수는 있다. 그런데도 상대가 용서하지 않을 경우에는 어떻게 할 것인가?

유태인은 열 명의 사람들에게,

"나는 전번에 어떤 사람에게 이러이러한 실례되는 말을 해서

화나게 했습니다. 사죄하러 갔지만 용서해 주지 않았습니다. 나는 정말로 내 자신이 나빴다고 생각하고 있는데 여러분은 나의 행위를 용서해 주시겠습니까?"라고 묻고, 그 열 명이 모두 용서해주면 용서를 받게 된다.

모욕한 상대가 사망하여, 사죄할 수가 없게 되면, 열 명의 사람들을 무덤 앞에 데려가서, 무덤을 향하여 그 사람들 앞에서 용서를 빌지 않으면 안 된다.

열 명이라는 숫자가 나오는 이유는 유태교의 예배소에서 기도할 때는 열 명이 있지 않으면 기도를 드릴 수 없기 때문이다. 아홉 명 이하의 숫자는 개인이 된다. 열 명이 되어야 비로소 집단(集團)이 된다.

정치적인 결정이 아닌 종교적인 공식 결정에는 어느 경우든지 열 명이 넘지 않으면 안 된다. 결혼식에서도, 사적인 결혼과 공식적인 결혼식이 있으며 공적인 결혼식 때에는 열 명 이상의 하객이 있어야 한다.

그 밖에 동양에서처럼 특별히 꺼리는 숫자는 없지만 기피하는 날은 있다. 여름의 어떤 특정일인데 역사적으로 나쁜 일이 잇달아 일어났었다.

예루살렘에 두 개의 사원이 있는데, 어느 것이나 5백 년쯤 전의 건축물이다. 그 두 사원이 다 똑같은 날에 불타서 파괴되었다. 1492년에 유태인이 가톨릭 교회에 의해서 스페인으로부터 추방된 것도 똑같은 날이다. 모세가 십계(十戒)를 깨뜨린 날도 똑같다. 이와 관련하여 내가 처음으로 실직한 것도 똑같은 날이었다.

히브리의 달력에서 「아」가 붙는 달의 9일째, 대략 8월 1일경이 되는데, 그 날은 아무것도 먹어서는 안 되며, 마셔서도 안 된다.

해가 떠오르고 해가 지기까지 아무것도 입에 넣어서는 안 된다.

예배소 안에서는 언제나 의자에 앉지만, 이 날만은 바닥에 앉는다.

바로 부친이 죽었을 때와 똑같은 것이다. 유태인은 슬퍼하고 있을 때에는, 의자에 앉지 않고 바닥에 앉는다. 장송곡을 연주하고 촛불 아래서 일을 한다. 이 날은 어디를 가든지 가죽구두를 신어서는 안 된다.

아시는 바와 같이 가죽구두라는 자아의 상징이었다. 회교도가 회교의 사원에 갈 때 구두를 갖고 가는 것은 유태의 습관을 본뜬 것이다. 유태에서는 자기의 부친이 사망했을 때에는, 결코 가죽구두를 신어서는 안 되며, 1주일 동안은 절대로 자기 일을 생각해서는 안 된다. 거울을 보게 되면, 자연 자기 얼굴이 비쳐서 자기 일에 신경을 쓰게 되기 마련이므로, 모두 감추어 버린다. 구두를 벗는 것은 자기보다도 더욱 위대한 것이 있음을 생각하기 위해서이다.

정월 초하루에서 10일째 되는 날은 유태의 가장 큰 성스러운 날로, 이 날도 구두를 신지 않는다. 유태인이 독립하기까지 참으로 슬픈 날이 많았었다.

사원이 파괴되었다는 것은 독립을 잃었다는 것이 된다. 이스라엘이 독립한 이래, 이 날이 가장 슬퍼해야 할 날이었다.

사랑

솔로몬 왕에게는 매우 현명한 미모의 딸이 있었다. 왕이 어느 날 꿈을 꾸고는 딸의 미래의 남편이 그녀에게 어울리지 않는 나쁜 사나이라는 것을 예감했다. 그래서 솔로몬은 하나님의 섭리를 시험해 보아야겠다고 생각했다.

그리하여 딸을 작은 섬에 데려가서 그 곳에 있는 이궁(離宮)에 감금하고 둘레에는 높은 담을 둘러쌓고 감시병을 배치해 두었다. 그리고 열쇠를 가지고 돌아와 버렸다.

왕이 꿈에서 본 상대의 사나이는 어딘가의 황무지에서 헤매고 있었다. 그는 밤에 추위를 견디기 위해 사자의 시체가 있는 곳에 기어들어가 잠을 자고 있었다. 그런데 큰 새가 날아와서 털가죽 채로 사나이를 들어 올려 공주가 갇혀 있는 왕궁 위에서 그것을 떨어뜨렸다. 그는 그 곳에서 공주와 만나 사랑에 빠졌다. 사랑은 모든 것을 초월하는 것이며, 먼 섬에 데려가서 감금해도 허사인 것이다. 일어날 일은 반드시 일어나게 되어 있다.

비유태인

하나님은 유태화한 비유태인을 좋아하신다. 어떤 왕이 양치기에게 시켜 양 떼를 매일 방목(放牧)하고 있었다. 어느 날 양과는 생김새가 전혀 다른 짐승 한 마리가 그 양 떼 속에 섞여들었다.

양치기가, "낯선 동물이 섞여 들어왔는데 어떻게 할까요?"하고 왕께 아뢰었다. 왕은 "그 동물은 특히 잘 보살펴 주어라."하고 말했다. 양치기가 의아스런 표정을 짓자, "이 양들은 본래 내 양으로서 키워지고 있으므로 걱정할 것 없지만, 이 동물은 전혀 다른 환경에서 자라왔는데도 이렇게 똑같이 내 양 떼와 어울려 행동하고 있으니 대단히 기쁜 일이 아닌가!"라고 말했다.

　유태인은 내어날 때부터 유태의 전통 속에서 자라나지만, 유태인의 전통 아래서 자라지 않은 사람이 유태 문화를 이해하며 유태화한 경우는 본래의 유태인보다도 더 존경받는다.

　《탈무드》는 세계의 모든 인류들이 어떤 신앙을 갖고 있다 하더라도 선량한 자는 모두 구원을 받을 수 있으므로, 애써 유태화시키려고 노력하지는 않는다고 쓰여져 있다.

꿈

　어떤 사나이가 이웃집 부인을 흠모한 나머지 한 번 성적 관계를 가져 보았으면 하는 생각을 있었다. 어느 날 밤, 드디어 성적인 관계에 성공한 꿈을 꾸었다. 《탈무드》에 의하면 그것은 길조인 것이다.

　왜냐 하면, 꿈은 하나의 소망의 나타남이며 실제로 관계했다면 꿈을 꿀 리가 없기 때문이다. 그만큼 자기를 억제하고 있다는 증거로서 그것은 매우 좋은 일인 것이다.

바보 어버이

　어떤 사나이가 자기 유서를 썼다.

　「내 아들에게 재산을 전부 남기지만, 아들이 진짜 바보가 되지 않는 한 유산을 상속할 수 없다.」

이 말을 듣고 랍비가 찾아와서

"당신은 터무니없는 유서를 썼군요. 당신의 아들이 바보가 되지 않으면 재산을 주지 않는다고 한 까닭이 무엇이오?"하고 물었다. 그러자 사나이는 그 때 갈대를 한 잎 입에 물고, 괴상한 울음 소리를 내면서 마루 위를 엎드려 기어다녔다.

그가 암시(暗示)한 것은 자기의 아들에게 아이가 생겨서 아이를 어르게 되면 자신의 재산을 상속시킨다는 것이었다. 「아이가 생기면, 인간은 바보가 된다.」라는 격언이 거기에서 생겼다.

유태인에 있어서, 아이라는 것은 대단히 귀중한 존재로서 모든 것을 아이를 위해서 희생한다.

하나님이 유태민족에게 계명을 내리셨을 때, 유태인들은 반드시 그것을 지킨다는 서약을 하라고 했다.

유태인은 유태인의 맨 처음의 위대한 선조, 예를 들면 아브라함·이삭·야곱의 이름을 걸고 반드시 지킨다는 것을 맹세했지만 하나님은 승낙하지 않았다.

그래서 유태인이 낳은 모든 철학자들의 이름으로 맹세한다고 말했으나, 역시 마찬가지였다.

마지막으로 아이에게 십계명을 반드시 전할 것이니, 그 아이들을 걸어서 맹세한다고 말하자, 하나님은 비로소 '좋다'고 승낙의 의사를 표시하셨다.

교 육

가장 훌륭한 랍비가 두 사람의 시찰관(視察官)을 북쪽 나라에

파견했다. 시찰관이 그 도시를 지키고 있는 사람과 만나서, 잠깐 조사할 일이 있다고 말했다. 그러자 치안을 담당한 최고 책임자가 나왔다. 시찰관이 "아닙니다. 우리들은 도시를 지키는 사람과 만나고 싶을 뿐입니다."라고 말했다. 다음에는 도시의 수비대장이 찾아왔다.

시찰관은 "우리들이 만나고 싶은 것은 경찰서장이나 수비대장이 아니라, 학교의 교사입니다. 경찰관이나 군인은 파괴할 뿐, 진정으로 도시를 지키는 것은 교사입니다."라고 말했다.

공 로 자

어떤 임금님이 병이 들었다. 그 병은 세상에서 보기 드문 희한한 병으로서 "암사자의 젖을 먹으면 나을 수 있다."고 의사가 말했다. 그러나 암사자의 젖을 구해 오는 방법이 문제였다.

어떤 머리 좋은 사나이가 사자가 살고 있는 동굴 가까이에 가서 새끼 사자를 한 마리씩 주었다. 그리하여 10일 후에 그는 암사자와 퍽 친숙하게 되었다. 그래서 임금님의 약으로 쓸 젖을 조금 짜낼 수가 있었다.

궁전으로 돌아오는 도중에 그는 자기 몸의 여러 부분이 서로 싸움을 하는 백일몽(白日夢)을 꾸었다. 그것은 몸 안에서 어디가 제일 중요한가를 놓고 서로 다투고 있는 꿈이었다. 다리는 만약 자기가 없었더라면 사자가 있는 곳에 갈 수 없었을 것이라고 말했다. 심장은 또한 자기가 있지 않았더라면 도저히 여기까지 올 힘이 없었을 것이라고 말했다. 그러나 갑자기 혀도 주장을 했다.

"만일 말을 할 수 없었더라면, 너희들은 아무런 쓸모도 없었을 것이다."라고 주장했다. 몸의 각 부분은 제각기 일제히 "뼈도 없고, 전혀 값어치도 없는 조그만 일부분인 주제에 건방진 말을 하지 말라!"고 하며 혀의 입을 막았다.

그런데 궁중에 사나이가 도착했을 때, 혀가 "누가 제일 중요한지 알려 주고야 말 테다"라고 말했다. 임금님이 사나이에게,

"이 젖은 무슨 젖인가?"라고 묻자 사나이는 갑자기

"개의 젖입니다"라고 외쳤다. 앞서 일제히 책망하던 몸의 모든 부분은 혀가 얼마나 강력한 것인가를 알게 되어 모두 사과했다. 혀는 그제서야, "아닙니다. 제가 말을 잘못한 것입니다. 이것은 틀림없는 암사자의 젖입니다."라고 말했다. 중요한 부분일수록 자제심(自制心)을 잃어버린다면, 어처구니없는 일이 생기는 것이다.

감 사

이 세상 최초의 인간이었던 아담은, 빵을 먹기 위해서 얼마만큼의 일을 하지 않으면 안 되었을까? 먼저 밭을 일구고, 씨를 뿌리고, 그것을 가꾸고, 걷어들이고, 갈아서 가루를 만들어 반죽하거나 굽거나 하는 등 15단계의 과정을 거쳐야만 빵을 먹을 수 있었다.

지금은 돈만 있으면 빵집에 가서 다 만들어 놓은 빵을 사 올 수가 있다. 옛날에는 혼자서 하지 않으면 안 되었던 15단계의 복잡한 작업을, 많은 사람이 분업해서 만들고 있는 것이다. 빵을 먹을 때는 여러 사람에게 감사하는 마음을 잊어서는 안 된다.

인류 최초의 단 하나뿐이었던 인간은, 자기 몸에 걸칠 옷을 만들기 위해서 많은 수고를 해야 했다. 양을 사로잡아 그것을 키워서 털을 깎고 옷감을 짜고, 바느질해서 입기까지는 상당한 노고가 필요했다.

지금은 돈만 있으면 즉석에서 좋아하는 옷을 사 입을 수가 있다. 옛날에는 혼자서 하지 않으면 안 되었던 일을, 많은 사람들이 해 주는 것이다. 옷을 입을 때도 많은 사람에게 감사하는 마음을 잊어서는 안 된다.

문 병

병자를 문병하면 그 병자는 60분의 1만큼 병의 상태가 호전된다. 그러나 60명이 한꺼번에 간다고 해서 병자가 완쾌되지는 않는다.

죽은 이의 무덤을 찾아가는 것도 가장 고상한 행동이다. 병자의 병문안은 병자가 나으면 그 사람의 감사를 받게 되지만, 죽은 이는 아무런 인사도 하지 않는다.

감사를 바라지 않는 행동이야말로 아름다운 행동인 것이다.

결 론

탈무드에는 장장 4개월, 6개월, 아니 7년이란 긴 세월 동안 여러 가지 문제에 대해서 사람들의 의문을 제기한 내용들이 많이 쓰여져 있다. 그 가운데에는 결론에 도달하지 못한 사항도 있는 데, 이런 이야기에의 맨 마지막에는 「알 수 없다.」고 쓰여져 있 다.

이 교훈은 「알 수 없을 때에는 알 수 없다고 솔직히 인정하는 것이 낫다」는 내용이다.

《탈무드》가운데는 여러 가지 결론이 내려진 이야기가 많은데, 그것에는 반드시 소수의 이견(異見)이 소개되고 있다. 소수의 의 견을 기록해 두지 않으면 사라져 버리기 때문이다.

강 자

세상에는 약하지만 강자(强者)로 하여금 공포감을 갖게 만드는 것이 네 가지 있다.

모기는 사자를 두려워하게 하고, 거미는 코끼리를 두려워하게 하고, 파리는 전갈을 두려워하게 하고 파리잡이 거미는 매를 두 려워하게 한다.

아무리 크고 힘이 강한 자라도 반드시 절대적인 것이라고는 할 수 없다. 아주 약한 것이라도 어떤 조건이 갖추어지면 강자에게 이길 수 있다.

칠계(七戒)

탈무드 시대의 유태인은 자주 비(非)유태인들과 함께 협력하여 일을 하거나, 생활하거나 했다. 유태인에게는 천사가 지킨다고 한 603개의 계율이 있다.

그러나 유태교에서는 결코 비유태인을 유태화시키려고 하지 않았으므로 선교사를 보내는 일 따위는 하지 않았다.

다만 서로 평화스런 관계를 유지하기 위해 비유태인에게는 일곱 가지만 지켜 달라는 부탁을 했다.

1. 살아 있는 동물을 죽여서 즉시 날고기로 먹지 말라.
2. 사람을 욕하지 말라.
3. 훔치지 말라.
4. 법을 어기지 말라.
5. 살인하지 말라.
6. 근친상간(近親相姦)을 하지 말라.
7. 불륜 관계를 맺지 말라.

신(神) (1)

로마인이 어떤 랍비에게 와서,

"당신들은 하나님 이야기만 하고 있는데, 신이 어디에 있는지 말해 보라."고 했다.

어디에 있는가를 가르쳐 주면 나도 그 신을 믿겠다는 것이었다. 랍비는 물론 그 로마인의 심술궂은 질문을 묵살해 버릴 수 없었다.

랍비는 로마 인을 밖으로 데리고 나가 태양을 가리키면서,

"저 태양을 쳐다보시오!"라고 말했다.

로마 인은 잠깐 태양을 힐끗 쳐다보고는,

"그런 엉터리 같은 말을 하지 말라. 태양은 똑바로 바라볼 수는 없지 않는가!"라고 소리쳤다. 그러자 랍비는,

"당신은 신이 창조하신 많은 것 중의 하나인 태양조차 바로 볼수가 없으면서, 어찌 위대한 신을 볼 수 있단 말인가!"라고 말했다.

신(神) (2)

영어나 프랑스 어로도 「신」이라는 말은 단 하나밖에 없다. 그러나 유태의 경우에는 12개 이상이나 있다.

작별 인사

그는 매우 장기간 여행을 하고 있었으므로 피로에 지치고, 굶주려서 목이 타는 듯했다.

사막을 오랫동안 걸은 끝에 간신히 나무들이 우거진 오아시스에 다달았다.

나무 그늘에서 쉬며, 열린 과일로 굶주림을 면하고 옆에 있는 물을 마시고는 안도의 숨을 내쉬었다. 그러나 그는 여행을 계속하기 위해 다시 출발하지 않으면 안 되었다.

그는 이 나무에 깊은 고마움을 느끼며,

"나무여! 정말 고맙다. 나는 너에게 어떻게 신세를 갚아야 할까? 너의 과일이 달게 되도록 기원하고 싶으나 너의 과일은 이미 충분히 달콤하다. 상쾌한 나무 그늘이 드리우도록 기원하고 싶으나 너는 이미 그것을 갖고 있다. 너를 다시 더욱 더 자라게 하기 위해 충분한 물을 주도록 기원하고 싶으나 물은 이미 충분히 있다. 내가 너를 위하여 기원할 수 있는 것은 네가 될 수 있는 대로 많은 열매를 맺게 하고, 그 열매가 많은 나무가 되어서 너처럼 아름답고 훌륭한 많은 나무로 자라기를 바랄 수밖에 없구나."라고 말했다.

당신이 작별하는 사람에게 무언가를 바랄 때, 그 사람이 더욱 현명하게 되도록 바랐더라도 이미 충분히 현명하며, 많은 돈을 벌 수 있도록 바랐더라도 이미 넉넉한 부자이며, 사람들에게 사랑을 받을 착한 사람이 되라고 바랐더라도 이미 충분히 착한 사람이었을 때는 당신은 "당신의 아이들이 당신처럼 훌륭한 사람으로 자라도록"이라고 바라는 것이 가장 현명하다.

6 일 째

성서에 의하면, 세계는 1일, 2일, 3일…… 의 차례를 따라 만들어졌으며 6일째에 완성되었다. 인간은 그 마지막 6일째에 만들어졌다. 왜 인간이 최후로 만들어졌을까? 그 의미를 당신은 어떻게 해석하는가?

《탈무드》에 의하면 파리 한 마리라도 인간보다 먼저 만들어졌다는 것을 생각한다면 인간은 절대로 그렇게 오만해질 수 없을 것이다. 인간을 최후에 만든 것은 자연에 대한 겸손함을 가르치기 위해서였다.

향 료

어느 안식일(토요일)의 오후, 로마 황제가 교분이 두터운 랍비의 집을 방문했다.

황제는 예고도 없이 갑작스럽게 랍비의 집에 나타나 거기서 매우 즐거운 시간을 보냈다.

식사는 매우 맛이 있었고, 식탁 둘레에서는 사람들이 목소리를 모아 노래를 부르며 《탈무드》에 나오는 이야기를 하느라고 시간 가는 줄을 몰랐다.

황제는 매우 만족해하며 다음 수요일에 다시 오고 싶다고 말했다.

수요일에 그가 오자 사람들은 처음부터 준비하고 기다리고 있었으므로, 제일 좋은 식기가 놓여지고, 지난번엔 안식일이라 쉬었던 하인들도 줄을 서서 접대했다. 요리사가 없어서 찬 음식밖에 내어놓지 못했던 지난번과는 달리 따뜻한 요리도 많이 나왔다.

그럼에도 불구하고 황제는 "식사는 역시 지난 토요일 것이 맛이 더 있었다. 토요일에 쓴 향료는 도대체 무엇이었나?"라고 물었다. 랍비가 "로마의 황제로서는 그 향료를 손에 넣을 수 없습니다."라고 말했다. 황제는 "아니야, 로마 황제는 어떤 향료라도 손에 넣을 수가 있어!"라고 단호하게 말했다. 그러자 랍비는 다시,

"유태의 안식일이라는 향료, 이것만은 로마 황제인 당신이 아무리 노력해도 손에 넣을 수가 없을 겁니다."라고 말했다.

말의 덫에 걸리다

어떤 상인 한 사람이 도시에 찾아왔다.

며칠 후에 할인 판매가 있다는 사실을 알고 그는 물건 사는 것을 며칠 미루기로 했다. 그런데 많은 현금을 소지하고 있었으므로 휴대에 불편을 느꼈다.

그래서 조용한 장소에 가서 지닌 돈을 몽땅 파묻었다. 이튿날 그 곳에 가 보니 돈이 없어져 버렸다.

그는 여러 가지로 생각해 보았으나, 자기가 파묻은 것을 본 사람이 없었기 때문에 어째서 돈이 없어졌는지 알 수가 없었다.

그런데 저 멀리 한 채의 집이 있고 그 집의 벽에 구멍이 뚫려 있음을 발견했다. 아마도 그 집에 살고 있는 사람이 그가 돈을 파묻는 것을 구멍을 통해 보고 있다가, 나중에 파낸 것이 틀림없다고 생각했다.

그는 그 집에 가서 거기에 살고 있는 늙은 영감과 만나,

"당신은 도시에 살고 있으므로 대단히 머리가 좋을 것입니다. 나는 당신에게 지혜를 빌릴 일이 있습니다. 실은 나는 이 도시에 물건을 장만하러 왔습니다만, 지갑을 두 개 갖고 왔습니다. 하나는 5백 개의 은화가 들어 있고 또 하나의 지갑에는 8백 개의 은화가 들어 있습니다. 나는 작은 쪽의 지갑을 남몰래 어떤 곳에 파묻었습니다. 이제부터 큰 지갑도 파묻는 것이 좋을까요, 그렇지

않으면 누군가 믿을 수 있는 사람에게 맡기는 것이 좋을까요?"라고 물었다.

늙은 영감은

"만약 내가 당신이라면 아무도 믿지 않겠습니다. 앞의 작은 지갑을 파묻은 장소에 큰 지갑도 파묻겠습니다."라고 대답했다.

욕심쟁이 영감은 상인이 집에서 나가자 자기가 훔쳐 온 지갑을 전에 파묻었던 곳에 도로 갖다 묻었다. 상인은 숨어서 그것을 지켜보고 있다가 무사히 지갑을 되찾았다.

솔로몬의 재판

안식일에 세 명의 유태인이 예루살렘에 도착했다. 당시에는 은행이 없었기 때문에 세 사람은 가지고 있던 돈을 모두 함께 다당에 묻었다. 그런데 그들 중의 한 사람이 은밀히 그 장소에 돌아가서 돈을 몽땅 가져가 버렸다.

이튿날 세 사람은 현인으로 알려진 솔로몬 왕을 찾아가서 세 사람 중의 누가 훔쳤는가를 재판해 달라고 요청했다. 그러자 솔로몬 왕은,

"당신들 세 사람은 대단히 영리한 분들이니 내가 지금 골치를 앓고 있는 문제에 대해 먼저 협조해 주시오. 그러고 나서 당신들의 문제를 해결해 주겠소."라고 말했다.

그러고는 이렇게 이야기했다.

어떤 젊은 아가씨가 어떤 남자와 결혼하기로 약속했다. 그러나 얼마 후에 아가씨는 다른 남자와의 사랑에 빠져 약혼자와 만나서

헤어지자고 청했다. 그녀는 그에게 위자료를 줄 수도 있다고 말했다. 그러자 남자는 위자료는 필요 없다고 말하며 그녀와의 약혼을 취소했다.

후에 그녀는 많은 돈을 갖고 있었기 때문에 어떤 노인에게 유괴되었다. 그녀는, "내가 결혼하려고 약속했던 남성에게 파혼을 청했더니 그는 위자료도 받지 않고 나를 자유롭게 해 주었습니다. 당신도 똑같은 일을 내게 해야 합니다."라고 요구했다. 노인은 돈을 받지 않고 그녀를 유괴에서 풀어 주기로 했다.

이들 중에서 누가 제일 칭찬받아야 할 행위를 한 사람일까요? 하고 솔로몬 왕은 물었다. 그러자 첫째 사나이는,

"그녀와 약혼했지만 약혼을 최소하고 위자료도 받지 않은 남자가 가장 칭찬받아야 합니다. 그녀의 의사를 무시하면서까지 결혼하려고 하지 않았으며 돈도 받지 않았으니까요."

라고 말했다. 다음 사나이는,

"아닙니다, 그 아가씨야말로 칭찬받아야 마땅합니다. 그녀는 용기를 갖고 약혼자에게 파혼하자고 했고 진정으로 사랑하고 있는 사나이와 결혼했습니다. 그녀야 말로 칭찬받아야 합니다."라고 말했다.

세 번째 사나이는, "이 이야기는 뒤죽박죽이여서 나는 종잡을 수가 없습니다. 첫째, 유괴한 사람의 경우만 보아도 돈 때문에 유괴했는데도 돈을 빼앗지 않은 채 풀어 주다니, 이야기 줄거리가 전혀 잡히지 않습니다."라고 말했다.

솔로몬 왕은 큰 소리로, "네가 돈을 훔친 범인이다!"라고 외쳤다.

"다른 두 사람은 애정이라든가 아가씨와 약혼자 사이에 존재하

고 있던 인간 관계, 그 사이에 있던 긴장된 기분 같은 것을 곧 알아차렸는데도 너는 돈밖에 생각하고 있지 않았다. 네가 틀림없이 범인이다!"라고 단정했다.

중용(中庸)

군대가 행진하고 있었다. 길 오른편에는 눈이 내리고, 얼음이 얼어 있었다. 왼편은 불의 바다였다. 이 군대가 만약 오른쪽으로 가면 얼어 죽고, 왼쪽으로 가면 불타 버린다. 가운데는 따뜻함과 시원함이 적당히 조화된 길이었다.

답 례

나치의 수용소에서 6백만 명이나 되는 유태인이 살해된 뒤 구출되어 살아 남은 자가, 트루먼 대통령에게 답례로서 《탈무드》를 선사했다.

이것은 전후 독일에서 인쇄된 것인데, 그만큼 유태인의 전멸을 꾀했던 나라에서도 역시 《탈무드》를 인쇄 발행하고 있었다는 것은 《탈무드》의 위대함을 나타내는 증거이다.

비즈니스

유태의 역사는 매우 길다. 성서 시대의 유태인 사회는 농경 사회였다.

따라서 교역은 별로 성행하지 않았고 상인이라는 말은 비유태인이라는 말과 같은 뜻으로 사용되었다. 따라서 유태인들은 자신들이 있는 것에서는 물건의 매매 행위를 거의 하지 않았다. 다만 유태인이 상업에 종사할 때에는 「계량(計量)을 정직하게 하라」「속이지 말라」고 하는 간단한 도덕율이 있었을 뿐이었다.

그러나 《탈무드》 시대가 되자 교역 또는 비즈니스가 상당히 발달되었으므로, 《탈무드》에 있어서도 비즈니스에 대하여 매우 큰 관심을 기울이고 있다.

《탈무드》를 쓴 사람들은 세계가 점점 진보한다는 전제 아래서 진보한 세계의 모습을 교역이 매우 발달한 세계로 그리고 있다. 그래서 그는 비즈니스를 행함에 있어서 어떤 한 도덕을 지킬 것인가라는 점에 많은 지면을 할애하고 있다.

나는 《탈무드》를 편찬한 사람들이 비즈니스가 장차 세계에서 가장 중요한 기능을 하리라고 예견한 것은 매우 비상한 선견지명(先見之明)이 있었기 때문이라고 생각한다.

그들은 장차 그와 같은 세계가 성립될 것을 예견하고서 여러 가지로 준비하려고 했었다. 그래서 여기서는 비즈니스라는 생각이 원칙이 되었고 따라서 그 비즈니스의 규칙은 일반 생활의 테두리 밖에 있는 특별한 규칙이 있어야 한다고 생각되었다.

따라서 비즈니스라는 것은 결코 《탈무드》적인 세계는 아니다. 말하자면 아무리 경건한 사람이라도 비즈니스는 비즈니스로서 행하여도 좋다는 것을 말할 수 있다는 이야기이다.

그러나 《탈무드》는 어떻게 해야 도덕적인 비즈니스맨이 될 수 있는가를 생각하고 있었던 것이지, 결코 어떻게 해야 훌륭한 비즈니스맨이 될 수 있는가하는 것에 대해서 쓴 것은 아니다. 그것은 《탈무드》에서는 자유방임주의적인 비즈니스에 대해서 절대 반대하고 있는 것으로도 알 수 있다.

예를 들면 바이어(구매자)의 권리로서 사는 쪽은 우선 어떤 보증이 없어도 산 물건이 좋은 품질이어야 한다는 것을 요구할 권리가 있다. 물건을 산다는 것은 결함이 없는 것을 산다는 것이다.

만약 그 상품에 결함이 있어도 반품할 수 없다는 조건을 붙여서 팔았을 경우에도 산 사람은 그 상품에 결함이 있을 경우에 그 상품을 반환할 권리가 있다.

단 한 가지 예외는 흠이 있는 물건인 줄 알고서 상대가 샀을 경우이다. 예를 들면 자동차를 팔았을 때 이 차에는 엔진이 없다고 알리고서 팔면 상대는 반품하지 못한다.

《탈무드》에서는 파는 사람에 대해서도 결함이 있는 상품을 판다면, 그 결함을 구체적으로 상대에게 설명하지 않으면 안 된다라고 쓰여져 있다.

따라서 사는 사람은 우선 결함·사기(詐欺), 그리고 파는 사람은 실수나 고의로 빠뜨린 착오에서 보호받는다.

물건을 판다는 것은 두 가지 요소에서 성립된다. 하나는 그 물건의 대가를 지불하는 것, 또 하나는 그 물건이 구매자 쪽으로 간다는 것이다. 그것은 구매자의 손에 그 물건이 안전하게 넘어가야 할 의무가 있다는 말다.

그 까닭은 《탈무드》에서는 어디까지나 사는 사람을 보호하고 있기 때문이다. 파는 사람 쪽은 물론 그 물건을 확실히 갖고 있지 않으면 안 된다. 그것은 딴 사람의 물건을 팔거나 해서는 안 된다는 말이다.

팔고 사기

《탈무드》 시대로부터 계량(計量)을 감독하는 관리가 있었다. 여름과 겨울에는 토지의 크기를 재는 로프도 각기 다른 것을 사용했다. 왜냐 하면, 로프에 신축성이 있기 때문이다.

또 액체를 살 경우 특히 그 항아리 밑바닥에 전에 들어던 것이 굳어서 남아 있어서는 안 되기 때문에 항아리 바닥을 언제나 깨끗이 하도록 엄하게 감독했다.

물건마다 다소 다르겠지만 물건을 산 후에 하루 내지 1주일 동안 사람들에게 보여서 의견을 듣는 권리가 구매자에게 주어져 있었다. 왜냐 하면, 자기가 전혀 알지 못하는 물건을 샀을 경우 산 사람은 그 물건의 진가를 옳게 판단할 수 없기 때문이다.

《탈무드》의 시대에는 일정한 가격이 정해져 있지 않았다. 오늘날에는 어느 자동차는 얼마라는 것이 거의 정해져 있지만, 옛날에는 파는 사람이 마음대로 값을 매겼다. 만약 상식적인 값보다도 6분의 1이상 어 비싼 값으로 사게 된 경우, 이 매매는 무효가 된다는 것이 《탈무드》의 통례이었다.

또 파는 사람이 계량을 잘못했을 경우, 올바른 계량을 요구할 권리가 구매자측에 있었다.

파는 사람을 보호하기 위해서 사는 사람이 사려는 의사가 없으면서 상담을 해서는 안 된다. 또 다른 사람이 이미 사겠다는 의사를 나타내고 있는 물건을 사서는 안 된다는 구정도 정해져 있었다.

토 지

두 사람의 랍비가 어떤 토지를 서로 사려고 했다. 처음의 랍비
가 그 토지의 값을 매겼다. 그러자 나중의 랍비가 와서 그 토지
를 당장에 사 버렸다.

그래서 어떤 사람이 나중의 랍비한테로 가서,

"어떤 사람이 과자를 사려고 마음먹고는 과자집에 가 보니 이
미 다른 사람이 그 과자의 품질을 살피고 있었다. 나중에 온 사
람이 그 과자를 사 버렸다면, 그 사람을 어떻게 평해야 하겠소?"
라고 물었다. 나중의 랍비는,

"그것은 나중에 온 사람이 나쁜 사람일 것이다."라고 말했다.

그러자 이번에는 처음의 랍비가,

"당신이 지금 이 토지를 산 것은 나중에 과자를 사러 온 사람
과 같소. 내가 먼저 이 토지에 값을 매겨서 흥정하고 있던 중이
었소. 그런데 당신은 그런 엉터리 같은 짓을 해도 좋은가?"라고
말했다.

그래서 도대체 어떻게 해결하면 좋을까 하는 것이 문제가 되었
다. 한 가지 해결책으로서 제안된 것은 나중의 랍비가 앞의 랍비
에게 그 토지를 다시 판다는 것이었다.

그러자 나중의 랍비는,

"안 돼! 내가 물건을 사서 이내 판다는 것은 제수가 없는 일이
니 싫소!"라고 말했다.

두 번째 해결책은, 앞의 랍비에게 선물로 그 토지를 주면 어떻겠느냐는 것이었는데 앞의 랍비는 도저히 선물로 그 토지를 받을 수는 없다고 주장했다.

그래서 결과적으로 나중의 랍비는 그 토지를 학교에 기부했다.

3 장. 탈무드의 눈

눈은 얼굴 중에서 가장 작은 부분이다. 그러면서도 입에 못지 않게 말을 할 수 있으며 실로 격언이나 속담이 갖는 모든 매력을 그대로 갖추고 있다. 《탈무드》는 한없는 보고(寶庫)이기도 하다. 그것은 오래도록 계속 전해 내려온 유태인의 지혜가 응집된 것이라고 할 수 있으리라. 이 장에서는 그 가운데서 아주 일부분만을 다루어 보았다. 당신의 사색이 보다 심원(深遠)하게, 보다 고매(高邁)하게 되기 위한 자양분이 될 것이다.

인 간

* 인간은 심장 가까이에 유방(乳房)이 있으며, 동물은 심장에서 멀리에 유방이 있다. 이것은 신의 깊은 배려이다.

* 반성하는 자가 서 있는 땅은 가장 위대한 랍비가 서 있는 땅보다 더 가치가 있다.

* 세계는 진실·법(法)·평화라는 세 가지 기반 위에 서 있다.

* 휴일은 인간에게 주어진 것이지, 인간이 휴일에게 주어진 것은 아니다.

* 백성의 소리는 하나님의 소리이다.

* 하나님은 "나에게는 네 아이가 있다. 당신에게도 네 아이가 있다. 당신의 네 아이는 아들·딸·남자 하인·여자 하인, 나의 아이는 미망인·고아·이방인·승려이다. 나는 당신의 아이의 뒤를 보살핀다. 당신들은 내 아이의 뒤를 보살펴라."라고 말씀하셨다.

* 인간은 사소한 남의 피부병은 걱정하면서도 자기의 중병(重病)은 아랑곳하지 않는다.

* 거짓말쟁이에게 주어지는 최대의 벌은, 그가 진실을 말했을 때에도 사람들이 믿어 주지 않는 것이다.

* 인간은 20년 걸려서 배운 것을 2년 안에 잊을 수 있다.

* 사람은 누구나 세 가지 이름을 갖는다. 태어났을 때 양친이 붙여 주는 이름, 친구들이 정을 담아 부르는 이름, 그리고 자기 생애가 끝났을 때 얻어지는 명성(名聲) 이 세 가지이다.

인 생

* 인간은 환경에 의해서 명예가 높아지는 것이 아니라, 인간이
  그 환경의 명예를 높이는 것이다.

* 전 인류는 오직 한 조상으로부터 시작되고 있다. 그러므로 어
  느 인간이 어느 인간보다 우수하다는 것은 일을 수 없다. 만일
  당신이 한 인간을 죽였다고 한다면 그것은 전 인류를 죽인 것
  과 마찬가지이다. 또 한 인간의 목숨을 구하면 그것은 전 인류
  의 목숨을 구한 것과 같다. 왜냐 하면, 세계는 한 인간에 의해
  서 시작되었고, 그 최초의 인간을 죽였다고 한다면 인류는 오
  늘날 존재할 수 없기 때문이다.

* 요령이 좋은 인간과 현명한 인간의 차이 — 요령이 좋은 사나
  이는 현명한 인간이었더라면 절대로 모면하기 어려운 상황을
  잘 빠져 나갈 사람을 말한다.

* 어떤 사람은 젊고도 늙었고, 어떤 사람은 늙었어도 젊다.

* 자기의 결점만을 걱정하고 있는 인간은, 딴 사람이 갖는 결점
  은 알지 못한다.

* 음식을 장난감으로 취급하는 사람은 배고프지 않은 자다.

* 수치스러움을 모르는 것과 자부심은 형제지간이다.

* 하루 공부하지 않으면 그것을 되찾기 위해 이틀이 걸린다. 이틀 공부하지 않으면 그것을 되찾기 위해 나흘이 걸린다. 1년 공부하지 않으면, 그것을 되찾기 위해 2년이 걸린다.

* 천성이 나쁜 사람은 이웃 사람의 수입에 신경을 쓰고, 자기의 낭비에는 마음을 쓰지 않는다.

* 눈이 보이지 않는 것보다는, 마음이 보이지 않는 쪽이 더 두렵다.

* 만난 사람 모두에게서 무언가를 배울 수 있는 사람이 세상에서 가장 현명하다.

* 강한 사람 — 자기를 억제할 수 있는 사람.

* 강한 사람 — 적을 벗으로 바꿀 수 있는 사람.

* 풍족한 사람이란 자기가 갖고 있는 것으로 만족할 줄 아는 사람이다.

* 사람을 찬미할 수 있는 사람이야말로 참다운 명예스런 사람이다.

평 가

* 유태인에게는 인간을 평가하는 세 가지 기준이 있다.

    키소(지갑을 넣는 주머니)
    코소(술을 마시는 잔)
    카소(인간의 분노)

[註] : 돈을 어떻게 쓰고, 술 마시는 법은 깨끗한가 더러운가?
       또 인내심이 강한 인간인가 어떤가를 말한다.

* 인간의 유형은 네 가지로 분류된다.

 1. 내 것은 내 것이고, 네 것은 네 것이라는 인간. (일반적인 유
    형)
 2. 내 것은 네 것이고, 네 것은 내 것이라는 인간. (별난 유형)
 3. 내 것은 네 것이고, 네 것은 네 것이라는 인간. (정의감이 강
    한 사람)
 4. 내 것은 내 것이고, 네 것도 내 것이라는 인간. (나쁜 인간)

* 현인(賢人) 앞에 앉아 있는 사람은 세 가지로 분류된다.

    스폰지형 - 무엇이라도 흡수한다.
    터 널 형 - 오른쪽 귀에서 왼쪽 귀로 흘려 보낸다.
    체 형 - 중요한 것과 그렇지 않은 것을 체로 거르듯 선
            별한다.

* 현인이 되는 일곱 가지 조건.

 1. 자기보다 현명한 사람이 있을 때는 침묵을 지킨다.
 2. 상대방의 이야기를 가로채지 않는다.
 3. 대답할 때는 당황하지 않는다.
 4. 항상 적절한 질문을 하고, 조리 있는 대답을 한다.
 5. 선후의 순서를 잘 선택하여 처리한다.
 6. 자기가 알지 못할 때에는 알지 못한다고 사실을 인정한다.
 7. 진실을 인정한다.

* 인간은 세 가지 벗을 가지고 있다. 아이·돈·선행

벗

* 아내를 고를 때에는 한 계단을 내려가고, 벗을 고를 때에는 한
  계단을 올라가라.

* 벗이 화가 나 있을 때에는 달래려고 하지 말라, 그가 슬퍼하고
  있을 때에도 위로하지 말라.

우 정

* 당신의 친구가 당신에게 있어서 벌꿀처럼 달더라도, 전부 핥아 먹어서는 안 된다.

여 자

* 어떤 남자라도 여자의 야릇한 아름다움에는 버틸 수 없다.

* 여자의 질투심의 원인은 한 가지밖에 없다.

* 여자는 자기의 외모를 가장 소중히 여긴다.

* 여자는 남자보다 육감이 예민하다.

* 여자는 남자보다 정이 두덥다.

* 여자는 불합리한 신앙에 빠지기 쉽다.

* 불순한 동기에서 시작된 애정은, 그 동기가 사라지면 바로 소멸된다.

* 사랑을 하고 있는 자는 사람의 충고에 귀를 기울일 줄 모른다.

* 여상이 술을 한 잔 마시는 것은 매우 좋은 일이다. 두 잔 마시면 그녀는 품위를 떨어뜨린다. 석 잔째는 부도덕하게 되고, 넉

잔째에 거서는 자멸(自滅)한다.

* 정열(情熱) 때문에 결혼하지만, 그 정열은 결혼보다 오래 지속
되지 않는다.

* 최초로 하나님이 만든 남자는 양성을 겸하고 있었다. 그러므로,
남자의 육체에도 여성 호르몬이 있고, 여성의 육체에도 남성
호르몬이 있다.

* 남자가 여자에게 끌리는 이유는, 남자로부터 갈비뼈를 빼앗아
여자를 만들었으므로 자기가 잃은 것을 되찾으려고 하기 때문
이다.

* 하나님이 최초의 여자를 남자의 머리를 빌어 만들지 않은 이유
는, 남자를 지배해서는 안 되기 때문이다. 그리고 발을 빌어 만
들지 않았던 것도, 그의 노예가 되어서는 안 되기 때문이다. 갈
비뼈로 만든 것은 여자가 언제나 그의 마음 가까이에 있을 수
있도록 하기 위해서이다.

술

* 술이 머리에 들어가면, 비밀이 밖으로 밀려 나온다.

* 웨이터의 매너가 좋으면, 나쁜 술이라도 미주(美酒)가 된다.

* 악마가 사람을 방문하기에 너무 바쁠 때에는 그 대리로 술을 보낸다.

* 포도주는 새 술일 때에는 포도와 같은 맛이 난다. 그러나 오래 되면 오래 될수록 맛이 좋아진다. 지혜도 이 포도주와 똑같은 것이다. 해를 거듭할수록 지혜는 닦여진다.

* 아침 늦게 일어나고 낮에는 술을 마시며, 저녁에는 이야기로 소일하게 되면 인간은 일생을 간단히 헛되게 만들 수 있다.

* 포도주는 금이나 은그릇으로는 잘 양조(釀造)되지 않지만, 지혜로 만든 그릇이라면, 매우 잘 양조된다.

가 정

* 부부가 진정으로 서로 사랑하고 있다면, 칼날 폭만큼의 좁은 침대에서도 누워 잠잘 수 있지만, 서로 미워하기 시작하면, 10 미터나 되는 넓은 침대도 좁다.

* 세상에서 가장 행복한 사람은 누구인가? 그는 현처(賢妻)를 가진 남자다.

* 남자는 결혼하면, 죄가 늘어간다.

* 아내를 이유 없이 학대하지 말라. 하나님은 그녀의 눈물 방울의 수를 헤아리고 계신다.

* 모든 병 중에서, 마음의 병만큼 괴로운 것은 없다. 모든 악 중에서 악처(惡妻)만큼 나쁜 것은 없다.

* 세상의 무엇과도 바꿀 수 없는 것 — 젊었을 때 결혼하여 살아온 조강지처.

* 남자의 집은 아내이다.

* 아내를 고를 때는 겁쟁이가 되라.

* 여자와 만나 보지 않고 결혼해서는 안 된다.

* 아이를 키울 때 차별하지 말라.

* 아이는 어렸을 때 엄하게 꾸짖고, 자라서는 꾸짖지 말라.

* 어린아이는 엄하게 가르쳐야 하나, 기가 죽게 해서는 안 된다.

* 아이를 꾸짖을 때는 한 번만 따끔하게 꾸짖어야지 언제나 잔소리로 계속 꾸짖어서는 안 된다.

* 어린이는 양친이 이야기하는 모양을 흉내낸다. 성격은 그 이야기하는 모습으로 알 수 있다.

* 아이에게 무언가 약속하면, 반드시 지켜야 한다. 지키지 않으면, 당신은 아이에게 거짓말을 가르치는 것이 된다.

* 가정에서 부도덕(不道德)한 일을 하는 것은 과일에 벌레가 붙은 것과 같다. 알지 못하는 사이에 번져 가기 때문이다.

* 아이는 부친을 존경하지 않으면 안 된다.

* 아버지의 자리에 아기가 앉아서는 안 된다.

* 아버지에게 말대꾸를 해서는 안 된다.

* 아버지가 만약 다른 사람과 다투고 있을 때에는 다른 사람의 편을 들어서는 안 된다.

* 부친을 존중하고 부친에게 순종하는 것은, 부친이 자녀를 위해 식량과 의복을 주기 때문이다.

돈

* 사람에게 상처를 입히는 것 세 가지가 있다. 번민·말다툼·텅

빈 지갑. 이 중에서도 가장 크게 상처를 입히는 것은 텅 빈 지갑이다.

* 몸의 모든 부분은 마음에 의존하고 있다.

* 돈은 장사에 쓰여야 할 것이며, 술을 위해 쓰여서는 안 된다.

* 돈은 악이 아니며, 저주도 아니다. 돈은 사람을 축복하는 것이다.

* 돈은 하나님으로부터의 선물을 살 기회를 제공한다.

* 돈을 빌려 준 사람에 대해서는, 화가 나도 참아야만 한다.

* 부귀는 요새(要塞)이며, 빈곤은 폐허(廢墟)이다.

* 돈이나 물건은 주는 것보다도 빌려 주는 편이 낫다. 저저 얻으면, 얻은 쪽은 준 사람보다 아래에 있지 않으면 안 되지만, 빌려 주고 빌린다면 대등한 입장에 있다.

섹 스

* 야다(YADA)라는 말은 히브리어로 섹스라는 뜻이다. 동시에 야다라는 것은 「상대방을 안다」라는 뜻이기도 하다. 예를 들면

성서 가운데는 아담이 이브를 알고 아이가 생겼다고 쓰여져 있는데, 「안다」는 말은 섹스를 했다는 의미도 겸하고 있다. 「사랑하는 것은 아는 것이다」라고 흔히 말하는데, 사랑하는 것은 함께 잠자는 것이라고 해석해도 좋다.

* 야다는 창조적인 행위이다. 이것이 없이는 자기 완성이 이루어질 수 없다.

* 섹스는 일생에 있어서 오직 한 사람만 상대하여 쓰여지지 않으면 안 된다.

* 섹스는 매우 개인적인 관계로 이뤄지고, 매우 조용한 분위기 속에서 이루어지지 않으면 안 된다. 자기를 통제할 수 없을 것 같은 환경에서 섹스를 행해서는 안 된다.

* 아내의 동의 없이, 아내와 관계를 가질 수는 없다. 아내가 거절하는데도 남편이 일방적으로 요구하는 것은 금해져 있다.

교 육

* 향수 가게에 들어가서 향수를 사지 않아도, 가게에서 나올 때는 향수 냄새가 풍긴다.

* 가죽 상점에 들어가서 가죽을 사지 않아도, 매우 나쁜 냄새가

몸에 밴다.

* 칼을 갖고 있는 자는 책을 갖고 설 수 없다. 책을 갖고 서 있는 사람은 , 칼을 갖고 설 수 없다.

* 자기를 아는 것이 최대의 지혜이다.

* 의사의 충고를 지킨다면 돈을 내고 병원에 다닐 필요가 없다.

* 비싼 진주가 없어졌을 때 그것을 찾기 위해서는 값어치가 없는 양초를 사용한다.

* 가난한 집안의 아들은 찬미받으리라. 인류에게 예지(叡智)를 가져다 주는 것은 그들이기 때문이다.

* 기억을 더해 주는 가장 좋은 약은, 감탄하는 것이다.

* 학교가 없는 곳에서는 사람이 살지 못한다.

* 고양이로부터 겸허함을 배울 수 있고, 개미로부터 정직함을 배우고, 비둘기로부터 정절을 배우고, 수탉으로부터는 재산의 권리를 배울 수 있다.

* 이름은 팔리면, 곧 잊혀진다.

* 지식이 얕으면, 곧 잃게 된다.

* 아이들을. 가르친다는 것은 어떠한 것인가? 그것은 아무것도
  쓰여져 있지 않은 백지에 무엇을 그리는 것과 같은 것이다. 노
  인에게 가르친다는 것은 어떠한 것일까? 이미 많이 쓰여진 종
  이에, 여백을 찾아 글씨를 쓰려는 것과 같은 것이다.

악(惡)

* 악에의 충동은 구리와 같은 것이어서, 불 속에 있을 때는 어떤
  모양으로도 만들 수 있다.

* 만약 인간에게 악에의 충동이 없다면, 집도 짓지 않고, 아내도
  얻지 않고, 아이들도 낳지 않고, 일도 하지 않을 것이다.

* 만약 당신이 악에의 충동에 사로잡힌다면 그것을 내쫓기 위해
  서 무엇인가를 배우기 시작하라.

* 다른 사람들보다 뛰어난 사람은, 악에의 충동도 그만큼 강하다.

* 세상에 올바른 일만 하는 사람은 있을 수 없다. 반드시 나쁜
  일도 저지르고 있다.

* 악에의 충동은 처음엔 아주 달콤하다. 그러나 끝났을 때는 아

주 쓰다.

* 13살 때부터 마음 속에 있는 악에의 충동은, 점점 선에의 충동보다도 강하게 적용한다.

* 죄는 태아(胎兒)였을 때부터 인간의 마음에 싹트기 시작해서, 인간이 자라남에 따라 강하게 된다.

* 죄는 미워하되 사람은 미워하지 말라.

* 죄는 처음에는 여자처럼 약하나, 방치해 두면 남자처럼 강하게 된다.

* 죄는 처음에는 거미집의 줄처럼 가늘다. 그러나 마지막에는 배를 잇는 밧줄처럼 강하게 된다.

* 죄는 처음에는 손님이다. 그러나 그대로 두면, 손님이 그 집 주인이 되어 버린다.

중상(中傷)

* 남을 헐뜯는 것은 살인보다도 위험하다. 살인은 한 사람밖에 죽이지 않지만, 중상은 반드시 세 사람의 인간을 죽인다. 즉 다른 사람을 헐뜯는 바로 그 사람, 그것을 반대하지 않고 듣고

있는 사람, 그 대화의 화제가 되고 있는 사람이다.

* 중상자(重傷者)는 무기를 사용해서 사람을 해치는 것보다 죄가 무겁다. 무기는 가까이 가지 않으면 상대를 해칠 수 없으나, 중상은 멀리서도 사람을 헤칠 수 있기 때문이다.

* 불타고 있는 장작에 물을 뿌리면 심지까지 차갑게 되지만, 중상으로 노하고 있는 사람에게 사죄해도 마음 속의 불을 끌 수 없다.

* 아무리 선인이라도 입버릇이 나쁜 인간은, 훌륭한 궁전의 이웃에 있는 악취가 심하게 풍기는 가죽 공장과 같다.

* 인간은 입이 하나, 귀가 둘이다. 이것은 듣는 것을 두 배로 하라는 뜻이다.

* 손가락이 자유롭게 움직이는 것은, 중상하는 소리를 듣지 않기 위해서이다. 중상하는 소리가 들려 오면 얼른 귀를 막아라.

* 물고기는 언제나 입으로 낚인다. 인간도 역시 입 때문에 걸리게 된다.

판 사

* 판사의 자격은 겸허하고, 언제나 선행만을 행하며, 무언가 결정을 굳힐 만큼의 위엄을 가지며, 현재까지의 경력이 깨끗한 사람이다.

* 극형(極刑)을 언도하기 직전의 판사는, 자기 목에 칼이 꽂혀지는 것 같은 심경이야만 한다.

* 판사는 반드시 진실과 평화를 모두 구하지 않으면 안 된다. 그렇지만, 진실을 추구하면 평화는 혼란에 빠진다. 그래서 진실도 파괴하지 않고 평화도 지킬 수 있는 길을 찾지 않으면 안 된다. 그것이 타협인 것이다.

동 물

* 고양이와 쥐는, 먹이를 함께 먹고 있을 때에는 다투지 않는다.

* 여우의 머리가 되기보다는 사자의 꼬리가 된다.

* 한 마리의 개가 짖기 시작하면, 많은 개들이 따라서 짖는다.

* 동물은 자기와 같은 종류의 동물끼리만 생활한다. 늑대가 양과 어울리는 법이 없고, 하이에나가 개와 어울리는 법이 없다. 부자와 가난뱅이도 그와 마찬가지이다.

처세(處世)

* 선행(善行)에 문을 닫는 자는, 다음에는 의사를 위하여 문을 열지 않으면 안 된다.

* 좋은 항아리를 가지고 있으면, 그 날 안에 사용하라, 내일이 되면 깨어질지도 모른다.

* 올바른 자는 자기의 욕망을 조종하지만, 올바르지 않은 자는 욕망에 조종된다.

* 남의 자선으로 살기보다는 가난한 생활을 하는 편이 낫다.

* 남 앞에서 부끄러워하는 사람과, 자기 앞에서 부끄러워하는 사람 사이에는 커다란 차이가 있다.

* 세상에는 도를 벗어나면 안 되는 것이 여덟 가지 있다. 여행·여자·부(富)·일·술·잠·약·향료이다.

* 세상에는 너무 지나치게 쓰면 안 되는 것이 세 가지 있다. 그것은 빵의 이스트·소금·망설임이다.

* 항아리 속에 든 한 개의 동전은 시끄럽게 소리를 내지만, 동전이 가득 찬 항아리는 조용하다.

* 전당포는 미망인의 소유물을 전당받아서는 안 된다.

* 명성을 얻으려고 달리는 자는, 명성에 따라붙지 못한다. 그러나 명성을 피해 달리는 자는, 명성에게 붙잡힌다.

* 물건을 훔치지 않은 도둑은, 자기가 정직하다고 생각한다.

* 결혼의 목적은 기쁨, 장례식 참석자의 목적은 침묵, 강의의 목적은 듣는 것, 사람을 방문할 때의 목적은 빨리 도착하는 것, 가르치는 목적은 집중(執中), 단식(斷食)의 목적은 돈으로 자선(慈善)하는 것.

* 인간에게는 여섯 개의 쓸모 있는 부분이 있다. 그 중에서 세 가지는 스스로 조종할 수 없는 것이고, 세 가지는 인간의 힘으로 조종되는 부분이다. 눈·귀·코가 전자의 것이고, 입·손·발이 후자의 것이다.

* 당신이 혀에게 "나는 잘 모릅니다."라는 말을 열심히 가르치십시오.

* 장미꽃은 가시 사이에서 자란다.

* 공짜로 처방전을 써 주는 의사의 충고는 듣지 말라.

* 항아리의 모양을 보지 말라. 안에 들어 잇는 것을 보라

* 나무는 그 열매에 의해서 알려지고, 사람은 업적에 의해서 평가된다.

* 갓 열리기 시작한 오이를 보고 그 오이가 장차 맛있게 될지 어떨지는 알 수 없다.

* 행동은 말보다 소리가 크다.

* 남에게 자기를 칭찬하게 하는 것은 좋으나, 자기 입으로 자기를 칭찬해서는 안 된다.

* 훌륭한 사람이 아랫사람이 말하는 것을 듣고, 노인이 젊은이가 말하는 것에 귀를 기울이는 세계는 축복받아야 할 것이다.

* 노화(老化)를 재촉하는데 네 가지 원인 — 공포·분노·아이들·악처(惡妻)이다

 * 사람의 마음을 안정시키는 세 가지 — 명곡·조용한 풍경·깨끗한 향기이다.

* 사람에게 자신을 갖게 하는 세 가지 — 좋은 가정·좋은 아내·좋은 의복이다.

* 자선을 행하지 않는 인간은 아무리 풍부한 부자일지라도, 맛있는 요리가 즐비한 식탁에 소금이 없는 것과 마찬가지이다.

* 자선에 대한 사람의 태도에는, 네 가지 유형이 있다.

1. 스스로 물건이나 돈을 남에게 주지만, 남이 자기와 똑같은 돈이나 물건을 주는 것을 기뻐하지 않는다.
2. 남이 자선을 행하는 것을 바라고, 자기는 자선 따위를 베풀고 싶어하지 않는다.
3. 자기도 기꺼이 자선을 하고, 남도 자선을 베풀 것을 바란다.
4. 자기도 자선을 베풀기를 좋아하지 않고, 남이 자선을 베푸는 것도 싫어한다.

첫째 유형은 질투심이 많고, 둘째 유형은 자기를 낮추고 있으며, 셋째 유형은 착한 사람, 넷째 유형은 완전한 악인이다.

* 한 자루의 촛불로 많은 촛불에 불을 붙여도, 처음 촛불의 빛은 약해지지 않는다.

* 하나님이 칭찬하시는 세 가지 일
1. 가난한 사람이 물건을 주웠을 때, 그것을 임자에게 반환시키는 일.
2. 부자가 남몰래 자기 수입의 10%를 가난한 사람에게 주는 사람
3. 도시에 살고 있는 독신자로 죄를 범하지 않는 사람.

* 세상에 살고 있어도 무용지물인 남자란, 식사를 할 수 있는 내 집을 갖지 못하고, 언제나 여편네의 엉덩이에 깔려서 지내고 몸의 여기저기가 아프다고 신음하고 있는 사람.

* 일생에 한 번 닭을 실컷 먹고, 다른 날에는 굶주리고 있기 보다는 일생 동안 양파만을 먹는 편이 낫다.

* 자기 보존은 다음 세 가지 경우를 빼고 모든 것에 우선한다. 단지 다음 세 가지 경우에는 자기를 버리고, 목숨을 버리는 편이 낫다.

 1. 남을 죽였을 때.
 2. 불륜한 성 관계에 들어갔을 때.
 3. 근친상간을 했을 때

* 상인이 해서는 안 되는 것 세 가지.
 1. 과대 선전을 하는 것.
 2. 값을 올리기 위해 저장하는 것,
 3. 계량을 속이는 것.

* 달콤한 과일에는 그만큼 벌레도 많이 붙고,
 재산이 많으면 걱정도 많으며,
 여자가 많으면 잔 소리도 많고,
 하녀가 많으면 그만큼 풍기도 문란해지고,

남자 하인이 많으면 집의 물건도 많이 도둑맞는다.

스승보다 깊이 배우면 인생이 보다 풍부해지고,
사람과 만나서 유익한 이야기를 들으면 좋은 길이 열리고,
자선을 보다 많이 베풀면, 보다 빨리 평화가 찾아온다.

* 벌거숭이가. 되지 말라. 다른 사람이 모두 옷을 입고 있을 때에
  는.
  옷을 입지 말라, 사람이 모두 벌거숭이일 때는.
  일어서지 말라, 다른 사람이 모두 앉아 있을 때는.
  앉지 말라, 다른 사람이 모두 서 있을 때는.
  웃지 말라, 다른 사람이 모두 울고 있을 때는.
  울지 말라, 다른 사람이 모두 웃고 있을 때는

4 장. 탈무드의 머리

머리는 인간에게 있어 모든 행동을 총괄하는 사령부와 같다. 《탈무드》에 나오는 일화나 격언은 단지 읽는 것만으로는 아무런 의미가 없다. 머리를 써서 생각함으로써 비로소 《탈무드》의 가르침은 살아난다. 나도 한 가지 말을 놓고 반나절이나 하루를 생각하고 또 생각하는 때가 자주 있다. 이 장에서는 내가 생각한 일단을 피력하고자 한다. 현명한 독자 여러분은 더욱 깊이 생각하기 바란다.

애 정

세상에는 12개의 강한 것이 있다. 첫째 돌이다. 그러나 돌은 쇠로써 파괴된다. 쇠는 불에 녹아 버린다. 불은 물로 꺼져 버린다. 물은 구름 속에 흡수된다. 그 구름은 바람에 흩날린다. 그런데 바람이 인간을 날려 버리는 일은 절대로 불가능하다. 그 인간도 공포에 의해서 비참하게 분쇄되어 버린다. 공포는 술로 제거된다. 술은 잠에 의해서 깨게 된다. 그 잠은 죽음 만큼 강하지 않다. 그러나 이 죽음조차도 애정에는 승리하지 못하는 것이다.

죽 음

화물을 가득 실은 두 척의 배가 항구에 떠 있다. 한 척은 출항하려는 것이고 한 척은 막 입항한 것이었다. 사람들은 대부분 배가 출항할 때에는 성대한 전송을 하지만 입항할 때에는 별로 환영하지 않는다.

《탈무드》에 의하면 이것은 대단히 잘못된 습관이다. 떠나가는 배의 미래는 알 수 없다. 폭풍을 만나 배가 침몰할지도 모른다.

그것을 왜 성대하게 전송하는 것일까. 긴 항해를 끝내고 배가 무사히 돌아왔을 때야말로 커다란 기쁨인 것이다. 그것은 맡은 바 임무를 완수했기 때문이다.

인생에 대해서도 마찬가지로 말할 수 있다. 아이가 태어났을 때는 모두가 축복한다. 이것은 아이가 마치 인생이라는 바다에 돛을 단 것과 같은 것으로서, 그 미래에 무엇이 있을지 알 수 없다. 병으로 죽을지도 모를 것이며, 그 아이가 무서운 살인범이 될지도 모른다.

그러나 사람이 영원히 잠들게 된 때는 그가 인생에서 무엇을 해 왔는가를 모든 사람이 알고 있으므로, 이 때야말로 사람들은 축복해야 하는 것이다.

「진실」이라는 말

히브리어의 알파벳을 아이들에게 가르칠 때는, 하나하나 알파벳의 의미를 알게 한다. 히브리어의 「진실」이라는 말은 맨 앞의 히브리어 알파벳 문자와 맨 끝의 알파벳의 문자 그리고 한가운데 문자를 사용하고 있다.

왜냐 하면, 진실이라는 것은 유태인에게 있어서 왼쪽 것도 올바르고 오른쪽 것도 올바르며, 한가운데도 역시 올바르다는 것을 아이들에게 가르치기 위해서이다.

맥 주

《탈무드》에 따르면 하인 또는 노예도 주인과 똑같은 것을 먹게 해야 한다고 가르치고 있다.

주인이 안락의자에 앉으면 하인에게도 똑같은 안락의자를 주지 않으면 안 된다. 높은 사람이라고 해서, 높은 데에 앉아서는 안 된다.

내가 이스라엘에 갔을 때, 전선의 부대장에게 초대되어 식사를 함께 한 일이 있었다. 사병이 맥주를 날라 왔다. 그러자 사령관이, "병사들도 먹었는가?"라고 물었다.

"오늘은 맥주가 남은 것이 적어서, 여기만 가져왔습니다."라고 사병이 말하자, "그렇다면 오늘은 나도 마시지 않겠다."라고 말했다. 이것이 바로 유태인의 전통적인 사고방식이다.

죄

인간은 누구나 죄를 범한다. 따라서 유태의 가르침에는 동양의 도덕에서와 같이, 엄하고 긴장된 느낌은 없다. 유태인은 죄를 범해도 역시 유태인이다.

유태의 죄의 관념은 예를 들면, 화살을 표적에 맞추는 능력이 있음에도 맞히지 못할 경우가 있는 것처럼 본래는 죄를 범할 생각이 없었는데도 어쩔 수 없이 범해 버렸다고 말할 뿐이다.

유태인이 죄에 대한 용서를 빌 때에는, 「나」라고 하지 않는다. 반드시 「우리들」이라고 말한다. 자기 혼자서 범한 죄라고 할지라도 반드시 여러 사람이 저지른 것이라고 생각한다. 그 까닭은, 유태인은 하나의 큰 가족이라고 생각하고 있기 때문에 자기가 죄를 범하여도 전원이 죄를 범한 것이 되는 것이다.

설사 자기가 물건을 훔치지 않았더라도, 훔치는 행위가 행해진 것에 대하여, 하나님에게 용서를 빌어야 한다. 그것은 자기의 자선이 부족했기 때문에, 일어난 일이라고 생각하기 때문이다.

손

인간이 태어날 때는 손을 쥐고 있으나, 죽을 때에는 반대로 손을 펴고 있다. 왜 그럴까?

사람은 태어날 때에는, 세상의 모든 것을 붙잡으려고 하기 때문이며, 죽을 때에는 모든 것을 뒤에 남은 사람에게 주어서, 아무것도 없는 빈손이기 때문이다.

교 사

유태인의 가정에서는, 반드시 부친이 아이들에게 《탈무드》를 가르친다. 부친이 지나치게 화를 잘 내거나, 너무 엄격하면 아이들은 부친을 무서워한 나머지, 배울 만한 마음의 여유가 없어져 버린다. 「파더」는 히브리어에서 「교사」라는 뜻으로도 통한다. 가톨릭의 신부를 영어로 어째서 「파더」라고 부르는가 하면, 히브리어의 개념을 갖고 있기 때문이다.

유태에서는 자기의 부친보다도 교사 쪽이 더 중요하며, 부친과 교사가 둘이 감옥에 들어갔을 경우 한 사람만 구할 수 있다면 아이는 교사를 구할 것이다. 그 까닭은 유태에서는 지식을 전하는 교사가 대단히 중요하기 때문이다.

성스러운 것

이것은 영어에는 없는 개념인데, 인간에게는 동물에서 천사에 이르기까지 폭넓은 차등이 있어서, 천사에 가까워질수록 거룩한 것에 접근한다는 관념이 있다.

"거룩한 것이란 무엇인가?"라고 랍비가 학생에게 묻자, 대부분의 학생은 그것은 하나님을 위해 목숨을 버리는 것이라고 말했고, 어떤 학생은 항상 기도하는 것이라고 하는 등 여러 가지로 답했다. 그러자 랍비는,

"무엇을 먹을 것인가와 네가 어떻게 「야다(성)」를 행하는가에

있다."라고 말했다. 학생들은 떠들기 시작했다.

"돼지를 먹지 않는다든가, 어떤 때는 섹스를 하지 않는다든가 하는 그러한 일이 거룩한 것입니까?"라고 ·물었다.

이유는 이렇다. 안식일을 지키고 있는 상태는 누구라도 알 수 있는 일이다. 하나님을 위해 죽는다는 것도 당장에 알 수 있는 것이다.

그러나 당신이 자기 집에서 무엇을 먹고 있는지 다른 사람은 알 수가 없다. 남의 집을 방문하거나 또 거리에 나갔을 때 유태인 모두가 계율에 따른 식사를 했더라도 집에 돌아가면 다른 것을 먹을지 모른다.

또 성적(性的)인 행위도 남이 보고 있는 것이 아니다.

그러므로, 집에서 식사하고 있을 때와 성적 행위를 하고 있을 때는, 인간이 동물과 천사 사이의 어디에나 해당될 수 있다. 이때 자기 인격을 높일 수 있는 사람이 진정으로 거룩한 자이다.

증 오

유태인은 오랫동안 박해받고 살해당한 역사를 갖고 있으나, 증오를 이야기한 문학서나 문헌은 찾아 볼 수 없다. 그 까닭은, 유태인은 격한 증오의 감정을 품지 않기 때문이다.

나치에 의해서 몇 백만 명이나 되는 사람들이 살해되었으나, 반(反)독일 또는 독일인을 저주하는 글 같은 것은 하나도 없다. 이스라엘인은 아랍인과 전쟁은 하지만, 증오하고 있지는 않다. 기독교도로부터 박해를 받고 있으나, 기독교도를 증오하는 일도 없다.

따라서 샤일록이 증오심에 불타서,

"만약 당신이 돈을 갚지 않으면 한 파운드의 살을, 특히 심장을 도려내어 갚아야 한다!"라고 한 이야기(셰익스피어 작 〈베니스의 상인〉)는 가공적(架空的)인 것으로 현실의 유태인에게는 있을 수 없는 일인 것이다.

베드로가 바울에 대해서 이야기하는 것은, 바울이 어떠한 인물인가 하는 것보다도 베드로가 어떠한 인물인가 하는 것을 이야기하고 있음에 지나지 않는다. 그와 마찬가지로 셰익스피어는 기독교도였으므로, 이것은 기독교도의 사고법을 나타내고 있는 것이지 유태인과는 전혀 무관한 것이다.

만약 유태인이 교활하고, 잔인하고, 욕심이 많고, 불정직하고, 사람에 대해 증오에 불타고 있다면 왜 가톨릭 협회가 자금을 필요로 했을 때, 같은 기독교도에게로 가지 않고, 유태인에게로 왔겠는가? 이것은 유태인이 가장 동정심이 많고, 자상 정직하며, 가장 신뢰할 수 있는 사람이기 때문이다. 유태인은 항상 마음이 온화한 민족으로 알려져 있다. 유태인에게 슬픈 이야기를 하면, 틀림없이 동정해 줄 것이다.

유태인은 돈을 빼앗겨도 절대로 그것을 벌하려고 하지 않는다. 어디까지나 유태인은 상대를 벌하기보다는, 돈을 되찾는데 관심이 있다. 그러므로 돈 대신에 자동차를 잡거나, 시계를 잡거나 하기는 하지만 팔이나 심장 따위를 잡지는 않을 것이다. 그것을 받아 봤자 별로 쓸데가 없다는 것을 잘 알고 있기 때문이다.

《탈무드》에서는 인간은 모두 한가족이며 하나의 커다란 부분이므로, 예컨대 오른손을 써서 무엇을 만들고 있을 때, 왼손을 잘라 냈다고 해서, 왼손이 보복으로 오른손을 잘라 내는 일 따위는 하지 말라고 쓰여져 있다.

《탈무드》대의 대금업자(貸金業者)라는 것은 유태인 사이에서 존재하지 않았다. 그 당시의 유태사회는 농경사회였으며, 대단히 가난한 사회였기 때문이다. 그러므로, 셰익스피어를 읽을 때에는 먼저 기독교도가 얼마나 유태인을 증오하고 멸시했는가를 전제로 하지 않으면 안 된다.

기독교도들 사이에서는 금전에 대한 멸시를 한다. 특히《신약성서》중에서는 예루살렘의 환전상(換錢商)은 유태인들이 거의 독점하고 있다고 쓰여져 있다. 그러나 만약 환전상이 하나도 없었다고 가정한다면, 외국인은 결코 그 나라에서 체류할 수 없을 것이다.

유태인은 예루살렘에 연간 3회쯤 오게 되어 있었으므로, 거기서 자기가 갖고 있던 시리아의 돈이라든가, 바빌로니아의 돈이라든가, 그리스의 돈을 환전하지 않으면 안 되었다.《신약성서》에서는 돈이라는 것은 악이라고 말하고 있는데, 유태인은 한 번도 돈이 악이라고 생각한 적이 없다.

만약 누군가가 어떤 사람에게 돈을 빌렸을 경우, 돈을 빌려 준 쪽은 자기가 빌려 준 돈을 받을 수 있도록 되돌아오는 것을 보증받아야 한다. 그러나《탈무드》에 의하면 돈을 빌려 주고 담보를 잡았을 경우 그 물건이 두 개 이상이 없으면 그것을 자기 소유로 받을 수 없게 되어 있다. 가령 의복을 담보했을 경우, 그가 그것밖에 갖고 있지 않다면, 그것을 저당잡을 수 없다. 접시를 담보로 했을 경우도, 그것이 하나밖에 없으면 소유권을 바꿀 수가 없다. 또 그 집을 담보했을 때, 살고 있는 사람이 노숙을 하지 않으면 안 될 상태라면, 그 집을 자기 것으로 할 수 없다.

단 한 개일 경우라도 그것이 사치를 위한 것이라면 예외다. 그러나 생계를 유지하기 위해서 꼭 필요한 것이라면 돈을 떼이더라도 자기 소유로 못한다. 가령 생계를 유지하기 위해서 당나귀를 한 마리 갖고 있다면, 그 당나귀를 잡을 수는 없어도, 그가 쓰고 있지 않은 밤에는 당나귀를 저당잡을 수 있다. 의복을 잡았을 경우 이스라엘의 밤은 몹시 춥기 때문에, 밤이 되면 그 의복은 되돌려 주지 않으면 안 된다. 왜냐 하면, 그것은 인간의 존엄성을 침해하는 행위가 되기 때문이다.

담

유태인은 수도원이나 아내가 없는 승려의 존재를 인정하지 않았다. 인간은 자연스럽게 사는 것이 가장 합리적이라고 생각해서이다.

《탈무드》 중에는 「1미터의 담장이 100미터의 담장보다 낫다」라는 말이 있다.

즉, 1미터의 담장은 틀림없이 서 있지만, 100미터의 담장은 무너지기 쉽다. 인간이 평생 동안 섹스를 하지 않는다는 것은 전혀 불가능한 일이어서, 100미터의 담장과 같다는 것이다. 아내를 갖지 않는 유태인은 즐거움이 없고, 하나님으로부터의 축복도 없으며, 선행도 쌓을 수 없다. 《탈무드》에는 또한 남자는 18세가 되면 결혼하는 것이 가장 합리적이라고 쓰여져 있다.

학 자

모든 재산을 다 팔아서라도 딸을 학자에게 시집보낼 것, 또 학자의 딸을 얻기 위해서는 집안의 모든 재산을 써도 좋다.

유태인의 숫자(數字)

유태인에게 있어서 7이라는 숫자는, 대단히 중요하다. 첫째 7일째에 안식일이 온다. 7년째에는 밭을 쉬게 한다.

49년째는 매우 경사스런 해로 밭을 쉬게 하는 것 외에 채무가 소멸되는 축복의 해이다.

1년에 두 번 있는 대축제 — 패스 오버(출애급 기념)와 스콧(수확제)은 각각 7일 동안 계속된다.

유태의 달력은 세계에서 가장 정확하다. 전원이 노예로 있었던 이집트에서 탈출한 날, 이것은 유태의 역사에 있어서 대단히 중요한 일인 만큼 그것을 첫째 날로 하여 그로부터 7개월 후에 신년이 된다.

미국의 신년은 1월 1일이다. 그러나 미국에서 제일 중요한 최초의 날은 독립한 7월이 된다. 예산 연도도, 학교의 연도도 모두 7월에서 시작된다. 그와 마찬가지로, 유태인들도 이집트에서 탈출한 때가 최초의 첫 달이 되는 것이다. 패스 오버가 첫째 달이고 그로부터 7개월째에 신년을 맞고 스콧의 축제를 갖는다.

먹을 수 없는 것

유태인은 고기를 먹을 때, 그 고기에서 모든 피를 완전히 빼내지 않으면 안 된다. 피는 생명이기 때문이다. 물고기나 짐승의 고기를 먹을 때, 그 피는 철저히 빼어 버리게 되므로 유태인이 먹는 고기는 매우 메말라 있다.

동물을 때려 잡으면 피가 굳어 버리므로, 그렇게 죽이는 일은 전혀 없다. 전기로 죽이더라도, 피가 굳어 버리므로, 절대로 그렇게 죽이지 않는다.

유태인은 옛날부터 동물에 고통을 주지 않고 피를 전부 빼내는 방법을 생각했다. 먼저 동물을 죽여서 고기를 30분간 물에 담그고 소금을 뿌린다. 그 소금이 피를 흡수한다. 소금을 뿌리면 소금 둘레에 피가 빨려 들어서, 붉은 피의 테가 형성되는 것을 육안으로 볼 수 있다. 흡수된 피는 물로 씻어 낸다. 간장이나 심장과 같은 핏기가 많은 부분은, 먼저 피를 전부 증발시키기 위해서 불에 그슬린다. 그러나 그렇게 하는 것은 피가 더럽다는 관념에서가 아니다.

닭이나 소를 잡는 사람은 대단한 프로여서, 랍비와 같은 훈련을 받은 해부학의 권위자들이다. 신앙심도 대단히 두터워서 사람들로부터 존경을 받는 입장에 있다.

유태인은 4천 년 전부터 이미 해부학에 대해서는 조예가 깊었다.《탈무드》의 이야기에도, 랍비가 사람의 해부까지 했다는 이야기가 나올 정도이다. 아마도 당시에 이미 인체 해부의 지식에 대해서는 완전히 알고 있었던 것으로 생각된다.

해부를 할 때에는, 매우 날을 잘 세운 칼이 사용된다. 칼은 쓸 때마다 다시 날을 갈며 먼저 도살하는 동물을 거꾸로 매달아서 목을 베어, 피가 울컥울컥 솟게 한다.

동물을 죽인 사람은 그 동물을 자세히 살핀다. 이것은 어떤 나라의 식육 검사보다도 엄격하다. 유태인의 감별 기준은 대단히 엄하므로, 미국의 농림성이 검사필한 식품이라 해도 랍비는 먹지 못할 경우가 있을 정도이다. 미국의 농림성의 검사 방법은 그 역사가 2백 년밖에 안 되지만, 유태인은 수천 년간 계속해 온 긴 역사를 가졌기 때문인지도 모른다.

우리들에게는 피에 대해 기피할 생각은 없다. 제단에 양을 바칠 때에도 피를 더러운 것으로 다루고 있지는 않다.

또 《탈무드》에서 어떤 사람은 새우를 먹고, 자기는 먹지 않는다고 해서 자기 쪽이 더 건강하다고는 말하지는 않는다. 내가 새우를 먹지 않으므로 새우는 좋지 않다고는 말할 수 없다. 이것은 아무런 이유도 없고, 단지 하나님이 유태인에게 새우를 먹지 말라고 해서 먹지 않을 뿐이다.

또 네 발 가진 동물은 두 개 이상의 위가 있고, 발굽이 두 개로 갈라져 있는 동물이 아니면 먹어서는 안 된다. 돼지는 위가 하나뿐이므로 먹지 못한다. 말도 발굽이 갈라져 있지 않기 때문에 식용으로는 못 쓴다. 물고기는 지느러미와 비늘이 없으면 먹어서는 안 된다. 그러므로 장어는 먹으면 안 되는 것이다. 또 고기를 먹는 새도 먹어서는 안 된다. 독수리 매 따위는 먹을 수 없다.

거 짓 말

어떤 경우에 거짓말을 하면 용서받을 수 있을까?

《탈무드》에서는 두 가지 경우에는 거짓말을 해도 좋다고 말하고 있다. 첫째, 이미 누군가가 사 버린 물건에 대해서 의견을 물어 왔을 때는, 가령 그것이 나빠도, 훌륭하다고 거짓말을 하라.

다음에 친구가 결혼했을 때에는 반드시 부인을 대단히 미인이며 행복하게 살라고 거짓말을 하라.

착한 사람

세상에는 네 가지 필요한 것이 있다. 금·은·철·동이다. 그러나 이것들을 그 대용품을 구할 수가 있다. 진정으로 바꿀 수 없으면서 필요한 것은 「착한 사람」뿐이다. 《탈무드》에 의하면, 「착한 사람」이라는 것은 커다란 야자나무처럼 무성하고, 레바논의 커다란 삼나무처럼 늠름하게 하늘 높이 솟아 있는 것이라고 한다. 야자나무는 한 번 잘라 버리면 다시 자라는 데 4년이라는 세월이 소요되며, 레바논의 삼나무는 아주 멀리서 보아도 볼 수 있을 정도로 큰 나무다.

주 즈

《탈무드》시대의 유태인의 가정에서는, 안식일 전날의 금요일 저녁에, 반드시 어머니가 촛불을 켠다. 부친은 아이들의 머리에 손을 얹고 축복을 해 준다. 그 촛불에 불을 켤 때 — 반드시 유태인의 집에는 "JEWISH NATIONAL FUND"라고 쓰여진 상자가 있어서 아이들에게 주즈(동전)가 주어지고, 촛불을 켤 때 아이들은 자선을 위해 그 상자에 돈을 넣는다. 이것은 자선 행위를 어릴 때부터 가르치기 위한 것이다.

[註] 히브리어로 동전을 「주즈」라고 한다. 이것은 동시에 화폐 단위이기도 하며 「또 움직인다」라는 뜻도 있다.

금요일 오후에는 가난한 사람들이 자선을 빌러 부자들의 집을 돈다. 그러면 그 집의 모친이나 부친이 가난한 사람들에게 직접 돈을 주는 것이 아니라, 반드시 아이들을 시켜서 그 상자 속의 돈을 주게 되어 있다.

이것은 아이들에게 자선심을 심어 주기 위해서이다. 지금도 유태인은 세계에서 가장 많이 자선을 위해서 돈을 쓰고 있는 민족이다.

두 개의 머리

《탈무드》에는 하나의 사고법(思考法)을 단련시키기 위해, 현실적인 방법이 아니더라도 어떤 원리(原理)와 같은 이야기가 많이 쓰여져 있다. 그 한 가지를 예로 들어 여러분과 함께 생각해 보기로 하자.

이러한 가설적인 설문이 있다. "만약 아이가 두 개의 머리를 가지고 태어났다면, 이 아이를 두 사람으로 인정해야 하는가? 아니면 한 사람으로 인정해야 하는가?"

이 질문은 얼핏 터무니없는 질문으로 생각된다. 그러나 인간은 두 개의 머리가 있어도 몸통이 하나라면 한 사람이라든가, 한 개의 머리를 한 사람으로 여겨야 한다는 식으로 생각하는 원칙을 확립하기 위해서는, 극히 필요한 가설이다.

유태교에서는 아이가 태어나서 만 1개월이 되면 예배소에 데리고 가서 축복을 받게 한다. 그 경우, 머리가 두 개 있으면 두 번 축복을 받아야 하는가? 아니면 몸이 하나이니까 한 번으로 좋은가?

또 기도할 때에는 작은 주발을 머리에 얹는데 한 사람이니까 한 개면 되는가? 아니면 머리가 두 개이니 두 개를 얹어야 하는가? 독자라면 이 가설에 대해서, 어떤 방법으로 결론을 내릴 것인가.

《탈무드》의 답은 명백하다. 한쪽 머리에 뜨거운 물을 부어, 딴 머리가 비명을 지르면 한 사람이고, 딴 머리가 아무렇지도 않은 얼굴을 하고 있으면, 두 사람이라고 되어 있다.

나는 유태인이 어떠한 민족인가 하는 이야기를 할 경우, 이 이야기를 자주 응용한다. 즉 이스라엘에 있는 유태인들이 박해를 받거나, 러시아에 있는 유태인들이 박해를 받았다는 이야기를 듣고 자기도 그 고통을 느끼고, 비명을 지른다면, 그는 유태인이고 비명을 지르지 않았다고 한다면, 유태인이 아닌 것이다.

이와 같은 응용 범위가 넓은 우화는 《탈무드》에 아주 많다. 왜 랍비들은 설교할 때에 이렇게 어려운 우화를 인용했을까? 설교라는 것은 사람들이 곧 잊기 쉬우나, 우화의 교훈은 오랫동안 기억에 남아 많은 도움이 되기 때문이다.

간 통

《탈무드》 시대에는, 만약 아내가 외간 남자와 성적인 관계를 가졌을 경우, 이것은 물론 남편에게 대한 죄이며, 남편이 아내 또는 아내의 정부에 대해 어떤 심판을 내려도 좋게 되어 있다. 남편은 그들을 처벌할 수도 있었고 용서할 수도 있었다.

그러나 그것은 다른 민족의 경우이고, 유태인에게 있어서는 이것이 신에 대한 모독이며 따라서 남편은 용서할 권리도 벌할 권리도 없었다. 왜냐 하면 이것은 인간에 대한 죄가 아니고, 신에 대한 죄라고 생각했기 때문이다.

자 백

유태인의 법에서는 자기에게 불리한 것을 증언하면 무효가 된다. 따라서 자백이란 인정되지 않는다. 왜냐 하면, 자백은 오랜 경험에 의해서, 고문(拷問)으로 얻어지는 경우가 많다는 것을 알고 있기 때문이다. 그러므로 이스라엘에서는 오늘날에도 자백은 무효가 된다.

섹스(性)

성 교섭은 올바르고 깨끗하게 행하면 즐거움이다. 성적 교섭이 추하다든가 부끄럽다는 말을 쓰는 일이 있어서는 안 된다.

「모든 교사는 아내를 가지지 않으면 안 되며, 모든 랍비는 결혼한 사람이어야 한다.」라는 말이 《탈무드》에 나오는데, 이것은 아내를 거느리지 않은 사람은 인간이 아니라는 사상이 있기 때문이다.

《탈무드》에서는 성(性)을 생명의 강이라고 부르고 있다. 강은 넘쳐서 홍수를 이루고 여러 가지 것을 파괴하는 수가 있으나, 때로는 쾌적하게 열매를 맺게 해 주고 이 세상에 도움이 되는 일도 많이 한다.

남자의 성적 흥분은 시각(視覺)을 통하여 일어나고, 여성의 성적 흥분은 피부감각에 의해서 일어난다.
《탈무드》에서는 남자에게는 「여자와 닿을 때는 주의하라!」고 가르치고, 여자에게는 「옷을 입는 법에 주의하라!」고 가르치고 있다.
계육이 엄한 유태인 사회에서는, 상인이 거스름돈을 줄 때에도 여성에 대해서는 절대로 손으로 직접 건네 주지 않는다. 반드시 무엇인가에 놓아서 가져가게 한다.
또 계율을 엄히 지키는 이스라엘 여성은, 미니 스커트 같은 옷을 절대로 입지 않는다. 긴 소매에 긴 스커트를 착용하고 있다.

랍비는 남자가 흥분이 절정에 이를 때와, 여자가 도달할 때와의 사이에 시간적인 차이가 있음을 알고 있었다. 여성이 절정에 이르기 전에 남자는 끝낼 수가 있다.

아내의 동의 없이 아내를 품에 안는 것은 강간이나 다름 없으므로 남편이 아내와 관계를 맺을 때에는 매번 동의를 얻을 필요가 있다. 상냥하게 말을 걸고, 부드럽게 애무할 시간을 충분히 갖도록 해야 된다.

월경(月經) 때는 아내를 멀리 해야 된다. 월경 후에도 7일간은 금하고 있다. 부부라 하더라도 12, 3일 간은 절대로 손을 댈 수가 없으므로, 그 동안에 남편의 아내에 대한 그리움이 깊어져 계율의 날짜가 끝났을 때, 부부는 언제나 신혼 시절과 같은 관계를 되풀이할 수가 있다.

결혼한 여자는 다른 남자와 절대로 성적 관계를 맺어서는 안된다. 그러나 남자는 다른 여자와 성관계를 가져도 용서된다.

《탈무드》 시대에는, 두 사람 이상의 아내를 가져도 된다고 허용하고 있었지만, 일부 일처제가 확립된 이후부터는, 아무도 한 사람 이상의 아내를 가지지 않게 되었다. 아내 이외의 여자를 갖는 것은 성실성이 없는 남편이라는 개념이 지배적이다.

그러나 《탈무드》에는 매춘부를 사는 이야기가 몇 가지 소개되어 있다. 자위 행위(自慰行爲)보다는 매춘부에게로 가는 쪽이 낫다. 아내가 계속 거부할 때에는, 결혼한 남자가 그러한 곳에 가는 것도 부득이하다고 생각되고 있다.

유태인 사회는 학문을 중히 여기고 계율을 중히 여기며, 종교를 중히 여겼기 때문에, 매춘 행위가 성행할 요소는 매우 희박했다.

당시의 랍비는 피임법에 대해서 정통하고 있었다. 그렇기 때문에 어떤 피임법을 쓰면 좋은가 하는 것은 모두 랍비가 지도했다. 그리고 피임은 여자만 행했던 것이다.

《탈무드》에서는 피임술을 행하여도 좋은 세 가지 경우가 있다. 임신한 여자, 어린아이들을 키우고 있는 여자, 소녀이다.

임부(姙婦)를 피임 허용의 범위 안에 포함시킨 것은 당시의 랍비의 지식으로는 임신하고 있는 동안에도 다시 한 번 임신할 수도 있지 않을까 하고 생각되었기 때문이다.

아이들을 키우고 있는 여자는, 네 살까지는 태어난 아이를 보살펴 주는 것이 당연하다고 해서, 4년 동안은 다음 아이를 낳는 것을 장려하지 않았다.

소녀의 경우는 약혼했든, 또 어려서 결혼했든 몸에 해롭다고 생각되었기 때문이다.

기근(饑饉)일 때나, 민족적인 위기일 때나, 유행병이 퍼지고 있을 때도, 역시 여성이 피임을 행하도록 장려했다.

동 성 애

랍비들에게 있어서 동성애는 용서할 수 없는 행위였다. 유태인에게는 동성애의 예는 극히 적었는데, 그 까닭은, 대단히 강한 아버지와 상냥한 어머니라는 것이, 유태의 이상형이었기 때문이다.

사 형

사형 판결을 내릴 경우, 재판소에서 판사가 전원 합의로 이루어진 것은 무효이다. 그 까닭은, 재판에 대해서는 언제나 두 가지 견해가 있어야지 한 가지 의견밖에 나타나지 않는다는 것은 공정한 재판이 아니라는 생각에서였다. 따라서 사형이라는 극형을 정할 때만은, 전원의 의견이 일치할 경우 그 판결은 무효라고 정해져 있다.

물레방아

갑, 을 두 사람이 있었다. 갑이 을에게 물방앗간의 물레방아를 빌려 주었다. 계약 조건은 을이 갑의 곡물을 무료로 전부 찧어 주는 대신에 을이 갑의 물레방아를 사용한다는 것이었다.

그 동안에 갑은 부자가 되어서, 다른 물방앗간을 몇 개 더 샀다. 그래서 이제는 자기의 밀가루를 제분하는 데 굳이 을에게 부탁할 필요가 없어졌다. 그래서 을에게로 가서, 사용료를 돈으로 지불해 달라고 말했다. 그런데 을은 사용료로서 가루를 계속 빻아 주고 싶었다.

이 경우 어떻게 하면 좋은가?

《탈무드》의 판결은 다음과 같다.

만약 갑이 가루를 빻지 않음으로써 을이 돈을 지불할 수가 없다면 계약대로 갑의 가루를 계속 빨아 줌으로써 사용료를 지불해야 하며, 만약 갑의 가루를 빨지 않고 제 3자의 가루를 빨아서 돈을 지불할 수 있다면 돈으로 지불해야 한다.

계 약

고용주와 종업원 사이에 다음과 같은 계약이 성립되었다. 종업원은 고용주를 위하여 일하고, 1주일마다 임금을 받기로 되어 있었는데, 그것은 현금이 아니고 가까운 슈퍼마켓에서 그 금액에 상당하는 물건을 사고, 슈퍼마켓의 책임자가 그의 고용주로부터 현금을 받는다는 계약 조건이었다.

1주일이 지났다. 종업원이 불만스런 얼굴로 고용주에게 찾아와서 "슈퍼마켓에서 현금을 갖고 오지 않으면 팔지 않겠다고 하니 현금으로 지불해 주세요."하고 말했다.

그런데 갑자기 마켓의 책임자가 와서,

"댁의 종업원이 이만큼의 물건을 가지고 갔으므로, 대금을 받으러 왔습니다."라고 말했다.

이 경우 고용주는 도대체 어떻게 해야 좋은가?

먼저 사실을 확인할 필요가 있었기에 충분히 조사해 보았지만 종업원도 슈퍼마켓의 책임자도 사실을 증명할 만한 것이 아무것도 없었다. 그러니 《탈무드》에서도 어찌하면 좋을지 몰랐다.

이 두 사람은 신의 이름으로 선서(宣誓)했음에도 불구하고 자기 주장을 굽히지 않았으므로 《탈무드》는 고용주에 대하여 양쪽 모두에게 지불하라고 명령을 내렸다.

그 까닭은, 종업원은 슈퍼마켓의 청구와는 직접 관계가 없다. 그러니 양쪽 모두에게 지불하라고 명령한 것이다.

이것은 《탈무드》 중에서 오랫동안 여러 가지 토론이 행해졌던 항목인데, 이 결정이 가장 타당하다. 어느 쪽인가가 거짓말을 하고 있는지는 모르지만, 선서를 했고, 경영자는 양쪽 모두 계약했으므로 어쩔 수 없다. 이 이야기의 교훈은 함부로 계약해서는 안 된다는 것이다.

광 고

오늘날의 사회에서는 광고를 할 때 과장 또는 허위 광고를 해서는 안 되게 되어 있다. 그럼에도 불구하고, 자동차·맥주, 또는 담배 등 오늘날 범람하고 있는 광고를 보면 반드시 올바른 정보를 전달한다고는 볼 수 없다. 예를 들면 한 상품 쪽이 어떤 상품보다도 좋다고 칭찬만 하고 있지만, 반대로 다른 상품을 보면, 역시 똑같은 말을 하고 있다.

그리고 상품과 관계가 없는 포장이나 디자인도 상당한 영향을 주고 있다. 그러나 오늘날 이러한 것은 관습적으로서, 좋은 판매 방법이라고 인식되고 있다.

예를 들면 미국 담배의 광고를 보면 아름다운 아가씨가 차 안에서 담배를 맛있다는 듯이 피우고 있는 장면이 나온다. 물론 거짓말을 하고 있는 것은 아니지만, 실제로 담배를 피우는 사람은 그 아가씨와는 아무런 관계가 없는 것이다.

《탈무드》에서는 이와 같은 판매 방법은 금하고 있다. 이것은 어떤 의미에서는 사람을 속이는 행위라고 말할 수 있기 때문이다.

《탈무드》에서는 소를 팔 때 가죽털에 다른 색을 칠하는 것을 금하고 있고, 또 여러 가지 도구에 색을 칠해서 새 것으로 위장하는 행위도 금지하고 있다. 즉 속이기 위한 목적을 갖고 그것에 색을 칠하는 것을 금지하고 있는 것이다.

어느 곳에 노예가 있어서, 그 노예가 머리를 물들이고, 얼굴에 화장을 하여 젊게 보이게 해서 사는 사람을 속였다는 예가 실려 있다. 또 채소장수가 신선한 과일을 오래 된 과일 위에 얹어 파는 것도 안 된다고 말하고 있다.

또《탈무드》는 건물의 안정 규정에 대해서도 쓰여져 있는데, 예를 들면 차양 길이의 제한, 발코니 기둥의 굵기에 이르기까지 상세하게 지적하고 있다. 노동 시간에 대해서는, 그 비장의 상식적인 관례의 노동 시간을 넘어서 사람을 일하게 해서는 안 된다고 말하고 있는데, 예를 들면 과일을 따는 노무자를 고용했을 경우, 그 노무자가 어느 정도 과일을 몰래 먹는 것을 금할 수가 없다고 말하고 있다.

또《탈무드》에서는 상품을 팔 때에, 그 물건과 성질이 판이한 이름을 붙이는 것을 금하고 있다. 오늘날 미국 광고에서는 킹사이즈니 풀야드니 하는 과장된 말이 사용되고 있는데 풀야드라는 말은 1야드밖에 안 되는 것이므로 유태에서는 그러한 말이 일찍부터 금지되어 있었다.

소 유 권

소유권에 대해서 이야기해 보자. 동물의 소유권은 낙인으로 증명할 수 있다. 시계 따위는 이름을 새겨 넣을 수 있다. 양복은 이름을 짜넣을 수 있다. 자동차나 건물 같은 것의 소유권은 관청에 가서 등기할 수가 있다.

그러나 물건에 따라서는 이름을 쓰거나 등기하기가 곤란한 경우가 있다. 그와 같은 경우에는 어떻게 하여 소유권을 증명하면 좋을까?

맨 처음에 여러 가지 예를 생각한 다음 원칙을 확립한다는 것이 《탈무드》의 방법이다. 그 까닭은 이러한 경우 1원에서 백억 원 가량까지의 거액이 거래되므로 원칙을 확립해 두지 않으면 판단을 내리지 못하기 때문이다.

두 사람이 극장에 가서 서로 다른 문으로 들어가, 마침 한 가운데에 두 개의 좌석이 비어 있어서 거기에 앉으려고 했다. 그때 소유권을 확인하기 어려운 물건이 그 자리에 놓여져 있었다. 두 사람은 동시에 그것을 발견하고는 서로 자기 것이라고 주장했다. 이 경우 어떻게 해결해야 좋을까?

《탈무드》에도 여러 가지 의견이 제시되어 있다. 첫째로 나누면 좋겠다는 의견이 있는데, 이것은 원칙으로서 채택될 수 없다. 그 까닭은 재판소에 가서 나누게 되면, 뒤에 앉아 있던 사람들도 손을 내밀지 모르며, 모두가 내 것이라고 주장할지도 모르기 때문이다. 발견한 사람에게 권리가 있다는 것을 전제로 한다면, 보지 못했으면서도 나중에 나도 보았다는 사람에게까지 권리가 생기게 되므로 곤란해진다.

그래서 《탈무드》는 "성서에 손을 얹고 선서하라! 양심에 비추어서 자기 것이라고 생각한다면 나누어라!"라고 했으나, 《탈무드》의 경우에서는 언제나 누군가가 무슨 말을 하면 그것을 반박할 이견이 나오기 마련이다. 그래서 누군가가 선서도 쓸데없지 않은가? 라는 의견을 말했다. 즉 자기 것이라고 말하고 선서했는데도 그것을 반밖에 갖지 못한다는 것은 선서 자체를 모독하는 행위라는 것이다.

그래서 반은 자기 것이라고 하는 투로 선서하면 되지 않겠느냐고 했다. 그러나 그 경우는 갑이 백 퍼센트, 을이 50퍼센트를 주장해서 재판소에 가면, 먼저 갑은 반은 인정된다. 50퍼센트라고 주장한 을은 반의 반밖에 인정되지 않는다.

그러나 의논은 어느 쪽이든 절반은 자기에게 권리가 있다고 해서 선서하는 것으로 낙찰이 된다.

그런데 주운 것이 금화가 아니고 고양이었을 경우는 어떻게 될까. 이것은 반으로 나눌 수가 없다. 그 경우는 두 사람이 고양이를 팔아서 해결한다. 또 고양이 값의 반을 상대에게 주고, 한 사람이 고양이를 가지면 된다.

단지 고양이의 경우는 소유주가 나타날 때까지 일정 기간 기다리는 등의 여러 가지 수속이 필요하지만 천 달러짜리 지폐라면 처음부터 임자를 찾지 못할 것으로 보고 나눈다.

돈을 길에 떨어뜨려서 누군가가 이미 주운 뒤에 돌아와서,

"내가 조금 전에 여기서 만 원을 떨어드려서, 되돌아온 것입니다." 라고 말해도, 그 사람이 정말 떨어뜨렸는지 입증할 수 없다. 그러나 아주 특별한 편지 따위가 함께 들어 있어서, 그것이 자기 것이라고 증명할 수 있는 경우는 예외이다.

결국 극장의 경우 먼저 만진 사람이 「이긴다」라고 결론을 맺고

있다. 그 까닭은 보았다는 것은 아무도 입증할 수 없지만 만졌다는 것은 입증하기 쉬우므로, 그것이 하나의 원칙으로 되어 있다.

두 개의 세계

한 사람의 랍비와 두 명의 사나이가 있었다. 랍비가,

"나는 랍비이므로 사람들은 나를 전적으로 믿는다. 나는 두 사람 중의 한 사람에게서 천 원을 빌리고, 또 한사람에게서 천 원씩 두 번 2천 원을 빌렸다. 어느 날 두 사람이 찾아와서, 두 사람 다 2천 원을 갚으라고 아우성쳤다. 그런데 나는 누구에게 더 많이 빌렸는지 기억할 수가 없었다. 어떻게 하면 좋은가?"라고 말했다.

《탈무드》에는 두 가지 의견이 있다. 다수의 의견은, 「천 원씩 빌린 것은 틀림없다. 이 중에 누군가는 천 원만 주었지만, 누군지 알 수 없으므로 일단 천 원씩 갚는다. 또 나머지 천 원은 앞으로 증거가 나올 때까지 재판소에 맡겨 둔다.」라는 의견이다.

그런데 한 사람의 랍비가,

"잠깐, 두 사람 중의 한 사람은 도둑이다. 천 원밖에 주지 않았는데도 다시 천 원을 더 빼앗으려고 한다. 천 원씩 갚아 버린다면 도둑은 아무것도 잃는 것이 없다. 그래서는 사회정의가 바로 서지 않는다. 도둑이나 악인에게 이득을 주거나, 아무런 벌도 주지 않은 채 그대로 지나쳐 버린다는 것은 사회 정의에 어긋나는 것이다. 그러니 두 사람 다 1전도 갚지 않는 것이 좋겠다. 법정은 전액을 보관해야 할 것이다."라고 말했다.

그러나 도둑 쪽에 천 원이 돌아가지 않는다는 것은 도둑이 아주 천 원을 잃는 것이 되므로, 집에 돌아가서 수첩을 잘 살펴 보니, 내가 천 원이라고 해서, 천 원을 되찾아올 가능성이 있다. 그래서 앞의 극장의 이야기로 되돌아가는데, 극장에서도 같은 원칙을 적용해야 한다고 생각했다. 한쪽은 거짓말임에 틀림없다. 그럼에도 불구하고 반을 얻는다는 것은 거짓말쟁이가 득을 본다는 것이어서, 이것은 사회 정의의 원칙에 위배된다. 따라서 재판소는 앞으로 증거가 나올 때까지 그것을 보관해야 한다고 했다.

그러나 극장의 경우는 양쪽이 함께 발견했다는 사실이 있을 수 있는 일이므로, 선서를 시켜 볼 수가 있다. 그러나 천 원과 2천 원의 경우는 어느 쪽인가 거짓말을 하고 있을 가능성이 확실하므로, 선서시키지는 못한다.

거짓 선서를 해서는 안 된다는 것은 천주(天主)의 십계(十戒) 중의 하나인데, 만약 거짓 선서를 하면 서른아홉 번 채찍으로 맞는다. 선서를 했으면서도 거짓말을 한다는 것은 큰 수치가 된다.

그런데 《탈무드》에서는, 극장에서 돌아온 두 사람의 경우 한 사람은 내가 발견했으니 전부 내 것이라고 말하고, 다음 사나이도 이것은 전부 내 것이라고 말하며 자기 주장을 굽히지 않으므로 선서를 해도 어떻게 할 수가 없다는 것이다.

《탈무드》는 아무리 지면을 많이 사용하고 있는 책이라 해도, 긴 역사를 이 정도의 한정된 분량에서 논하고 있으므로, 지나치게 지면을 낭비할 수는 없다. 하지만 이 논쟁에서는 대단히 반복이 많다. 이것은 《탈무드》에서 대단히 드문 경우이다.

그러나 잘 생각해 보면, 이것은 두 개의 모순을 되풀이하고 있는 것이다. 그 까닭은 두 개의 세계가 있다는 것을 나타내기 위해 고의로 그렇게 하고 있는 것이라고 생각된다.

5장. 탈무드의 손

손은 두뇌의 판단에 의해서 움직인다. 두뇌와 손은 주종의 관계이다.
《탈무드》 연구에 열을 올린 사람으로서 오로지 탈무드적 사고법을
취해 온 내 손은 어느 사이엔가 탈무드의 심부름꾼이 되어 버렸다. 이
장에서는 날마다 나에게 문의해 오는 여기서는 매일처럼 들먹여지는
난문(難問)·고문(苦問)들을, 내가 어떻게 해결해 왔는가라는 실례를 들어
소개하겠다. 다시 말하자면, 지금까지의 일화·격언의 응용이라고 말할
수 있다.

형 제 애

두 형제가 죽은 어머니의 유언을 문제 삼아 다투고 있었다. 유
언에 대한 두 사람의 해석에는 제각기 일리가 있었다.
이 두 형제는 어릴 때부터 독일·러시아·시베리아·만주를 지나
며 전쟁 중에 이리저리 도망쳐 다녔으므로, 대단히 의가 좋았다.
그런데 이 유언을 둘러싼 싸움 과정에서 서로 중상하고, 반목했
기 때문에 형은 동생을, 동생은 형을 잃어버리게 되었다. 서로 말
도 하지 않고, 같은 방에는 절대로 들어가지 않았다.
어느 날 따로따로 내게로 찾아와서 형은 동생을 잃고, 동생은

형을 잃은 것을 슬퍼했다. 두 사람 모두 싸울 마음은 전혀 없었다고 호소했다.

나는 아메리칸 클럽의 회합이 있어 내가 강사로 초빙되었을 때, 주최자에게 두 형제를 서로 알지 못하게 파티에 초청하도록 부탁했다.

평소 같으면 얼굴을 대하자마자 곧 돌아서서 가 버렸겠지만, 초대자의 체면도 있고 해서 두 사람 다 돌아갈 수가 없었던지, 그 자리에 앉았다. 나는 인사를 끝내자 다음과 같은 《탈무드》의 이야기를 했다.

어느 때 이스라엘에 두 형제가 살고 있었다. 형은 결혼하여 아내와 아이들이 있었고, 동생 쪽은 독신이었다. 두 사람 모두 부지런한 농부였는데, 부친이 죽자 재산을 두 사람이 나눠 가졌다.

수확한 사과나 옥수수는 서로 공평히 2등분하여 제각기 곳간에다 간수했다. 밤이 되자 아우는 형님은 형수와 아이들이 있어 대단히 고생이 될 터이니, 자기 것을 조금 나눠 주자고 생각하여, 형님 쪽의 곳간에 상당한 양을 옮겨 놓았다.

형은 또 반대로, 동생은 처자가 없으니 노후 문제를 대비한 준비가 되어 있지 않으면 안 된다고 생각하며, 역시 옥수수와 사과를 동생의 곳간에 날랐다.

아침이 되자, 형제가 깨어나 각기 곳간에 가 보니, 어제와 똑같은 양의 수확물이 쌓여져 있는 것이 아닌가.

다음 날 밤도 또 다음 날 밤도 똑같은 일이 되풀이되며, 사흘 밤 동안이나 계속되었다. 그 다음 날, 형제가 서로 상대방의 곳간으로 곡식을 나르던 도중, 중간에서 마주치고 말았다. 그래서 두 사람 모두 서로를 얼마나 생각했던가를 알게 되었다. 두 사람은 들었던 농작물을 내던진 채 부둥켜안고 울었다.

이 두 사람이 부둥켜안고 울었던 장소가 바로 예루살렘에서 가장 고귀한 장소라고 오늘날에도 전해 내려오고 있다.

나는 아메리칸 클럽에서 가족간의 애정이 얼마나 중요한 것인가를 거듭해서 강조했다. 그 결과 이 두 형제의 오랜 세월에 걸칠 반목도 얼음 녹듯이 사라졌다.

개와 우유

어떤 가정에서 개를 기르고 있었다.

가족들과 함께 오랫동안 생활했으므로 가족들은 모두 그 개를 귀여워했다. 특히 아들 중의 하나가 더 그러했다. 그는 잠잘 때도 자기 침대 밑에 재우는 등 완전히 일심 동체의 생활을 하고 있었다.

어느 날 그 개가 죽었다. 부친은 개라는 것은 언젠가 죽는 것이므로, 어쩔 수 없지 않느냐고 위로했다. 그러나 아들은, 자기의 형제처럼 귀중하게 여기던 충실한 친구를 잃은 것을 너무나 슬퍼하여, 그 개를 자기 집의 뒤뜰에 매장하겠다고 말했다. 물론 개와 인간이 다르다는 것은 그 아들도 알고 있었지만, 개의 시체를 어딘가에 내버린다는 것은 상상할 수도 없는 일이었던 것이다.

부친은 뒤뜰에 개를 파묻는 것에 반대하여, 가족간에 일대 논쟁이 벌어졌다. 마침내 부친이 나에게 상담을 요청해 왔다. 유태의 전통에 개를 매장하는 의식이 있느냐고 물었다.

나는 그 이야기를 전화로 들었을 때, 어떻게 답변해야 좋을지 전혀 알 수가 없었다. 지금까지 여러 가지 질문을 받은 일은 있지만, 개에 대해서는 처음이었다. 그러나 내 마음에 걸린 것은 슬퍼하고 있는 아들의 일이었다. 나는 어쨌든 당신 집을 한 번 방문하겠다고 약속했다. 랍비는 관례상 그런 이야기는 전화로 하지 않는다. 본인과 만나서 이야기하는 것이 하나의 습관으로 되어 있기 때문이다.

나는 그 집에 가기 전에 《탈무드》를 펼쳐 놓고 개에 대한 전례가 있는가 연구해 보지 않으면 안 되었다. 그런데 마침 《탈무드》 중에 좋은 이야기가 있었다.

집 안에 우유가 놓여져 있었다. 그런데 뱀이 그 우유 속으로 들어가 버렸다. 고대 이스라엘의 농촌에는 뱀이 무척 많았다. 그런데 그 뱀은 독사였기 때문에, 우유 속에 독이 녹아들기 시작했다. 개만이 그것을 알아차렸다.

가족들이 그릇에 우유를 따르려고 했을 때 개가 맹렬히 짖기 시작했다. 모두 개가 왜 그렇게 요란하게 짖어대는지 그 이유를 알 수가 없었다. 그러는 동안 한 사람이 우유를 마시려고 했을 때 개가 뛰어들어 우유를 엎지르고, 그것을 먹기 시작했다. 개는 곧 죽어 버렸다. 그 때야 비로소 가족들은 우유 속에 독이 들어 있음을 알게 되었다. 그래서 이 개는 당시의 랍비에 의해서 대단한 칭찬과 경의의 대상이 되었다.

나는 그 집에 가서 가족들에게 그 《탈무드》의 이야기를 했다.

부친의 반대는 차차 누그러지고, 결국은 아들이 희망하는 대로
그 개를 뒤뜰에 묻었다.

당나귀와 다이아몬드

한 유태인 부인이 백화점에 물건을 사러 나갔다. 돌아와서 물
건을 살펴 보니, 상자 속에서 자기가 사지 않은 물건이 나왔다.
그것은 대단히 비싼 보석 반지였다. 그녀는 양복과 외투만 사 왔
을 뿐이었다.

부인은 그다지 부자는 아니었지만 아들과 단 둘이 살고 있었으
므로, 어린 아들에게 그것을 이야기하고, 둘이서 랍비한테로 의논
하러 왔다. 그래서 나는 《탈무드》의 이야기를 했다.

어느 랍비가 나무를 해다 팔아서 생계를 유지하고 있었다. 그
는 산에서 마을로 언제나 나무를 실어 날랐다. 그는 그 왕복 시
간을 될 수 있는 한 단축하여 《탈무드》 공부에 열중하고 싶어서
당나귀를 사기로 했다.

그래서 마을의 아랍인으로부터 당나귀를 샀다. 제자들은 랍비
가 당나귀를 샀으므로, 더 빠르게 마을을 왕복할 수 있게 된 것
을 기뻐하며, 냇물에서 당나귀를 씻겨 주었다. 그러자 당나귀의
목구멍에서 다이아몬드가 나왔다. 제자들은 그것으로 랍비가 가
난한 나무꾼 신세에서 벗어나 자기들을 가르치며 공부할 시간이
더 많아지게 되었다면서 기뻐했다.

그런데 랍비는 곧 마을로 돌아가서 아랍 상인에게 다이아몬드

를 되돌려주라고 제자에게 명했다. 한 제자가,

"선생님이 산 당나귀가 아닙니까?"라고 묻자 랍비는,

"나는 당나귀를 산 일을 있지만 다이아몬드를 산 일은 없다. 나는 내가 산 것만을 갖는 것이 옳지 않으냐?"고 말하고는 아랍인에게 다이아몬드를 되돌려주었다. 아랍인은 오히려.

"당신은 이 당나귀를 샀고, 다이아몬드는 그 당나귀에 딸려 있었던 것인데 어째서 되돌려줄 필요가 있습니까?"라고 말했다. 그러자 랍비는,

"유태의 전통에 의하면 산 물건 외에는 우리들이 가져서는 안 됩니다. 그러니 당신에게 돌려드려야지요."라고 답했다. 아랍 상인은,

"당신들의 신은 훌륭한 신임에 틀림없습니다."라면서 감탄했다.

이 이야기를 듣고 있던 그녀는, 그러면 즉시 되돌려주러 가겠지만, 뭐라고 말하며 돌려주는 게 좋겠느냐고 나에게 의논했다. 나는,

"그 반지가 백화점의 것인지 백화점 판매원의 것인지 알 수 없지만, 만약 왜 돌려주느냐고 물으면, 내가 유태인이기 때문이라고만 대답하십시오. 그리고 돌려줄 때는 반드시 아들을 데리고 가십시오. 아들은 자기 모친이 정직한 사람이라는 것을 일생 동안 잊지 않을 것입니다."라고 말했다.

벌금의 규칙

어떤 유태인 회사에서 유태인 사원을 고용하고 있었다. 그런데 그가 회사의 공금을 가지고 도망쳤다. 유태인 사장은 노하여 경찰에 신고하려 했으나 회사의 간부가 내게 찾아와서 "어떻게 하면 좋을까요?"라고 의논 했다. 그래서 나는 "정말 돈을 갖고 도망쳤는지 어떤지 확인해 보는 것이 좋을 겁니다. 만약 그가 정말 횡령한 것이 밝혀져 경찰에 고발되어 기소(起訴)되면 틀림없이 교도소에 들어가게 될 것입니다. 다만 이것은 유태인이 취할 태도가 아닙니다."라고 말했다.

왜냐 하면, 그가 감옥에 들어가 버리면 회사는 돈을 돌려받을 수 없다. 그렇기 때문에 그를 감옥에 넣기 보다는 먼저 돈을 돌려주게 하여, 그것에 덧붙여 벌금을 내게 해야 할 것이라고 말했다.

돈을 갖고 도망친 유태인 사원을 찾아 내어 이 이야기를 하자, 자기에게는 가진 돈이 한 푼도 없다고 했다. 그는 경찰에 가지 않고 내 방에서 재판을 받게 되었다. 그래서 감옥에 가기보다는 일을 하여 일한 임금 중에서 분할지불로 되돌리기로 합의가 되어, 내가 재판장이 되어서 그는 횡령한 돈을 일해서 갚음과 동시에 벌금을 내게 물게 하도록 결정하여 그 벌금은 자선 자금에 보태기로 했다.

유태인 사회에서는, 예컨대 A라는 사람이 백만 원을 훔쳤을 경우, 랍비의 재판에 회부되어 유죄가 되고, 벌금을 가해 백십만 원을 갚으라는 판결이 내려진다. 그 사람이 그 백십만 원을 갚은 뒤에는, 그는 아무런 전과(前科)도 없게 되고 결백한 사람과 똑같이 된다. 횡령당한 쪽에서 "저놈은 돈을 횡령한 놈"이라고 말한다면, 오히려 욕을 한 사람이 나쁘게 된다.

벌금은 대체로 20% 이상이지만 이것에는 엄격한 규칙이 있다. 예를 들면 무엇을 훔쳤는가, 밤에 훔쳤는가. 낮에 훔쳤는가, 아침에 훔쳤는가 하는 등의 여러 가지 조건에 의해서 제재 방법이 달라진다.

《탈무드》에서는 말(馬)을 훔쳤을 경우, 벌금이 매우 많게 부가된다. 말을 사용해서 돈을 벌 수도 있고 도둑맞은 쪽은 아주 곤란을 받기 때문이다. 현대에선 말에 해당되는 것이 트럭이겠지만, 이 경우는 400% 가량의 벌금을 물게 한다.

일반적으로 당나귀 쪽이 말보다 벌금이 적다. 말 쪽이 온순하고 훔치기 쉽기 때문이다.

훔친 사람도 그 입장이 감안된다. 굶주리고 있는 사람이라면, 20%정도로 적은 벌금이 된다.

고대 이스라엘에서는 벌금이나 돈을 물지 않거나, 금리(金利)를 지불하지 못하면 대신 노동으로 갚아야 했다. 최악의 경우는 감옥에 넣게 되는데, 근본적으로는 감옥에 넣음으로써 문제가 해결되지 않는다는 것이 유태인의 사고방식이다.

아기냐? 어머니냐?

어떤 유태인 어머니가 난산(難産) 때문에 위독한 상태에 빠지게 되어 나는 그녀의 남편에게 불리어 한밤중에 병원에 도착했다. 산모는 출혈이 심해서 괴로워하고 있었다. 그것은 부부가 처음으로 갖는 아이였다.

의사가 와서 산모는 살지 못할 것이라고 말했다. 아기의 상태를 물었더니 의사는 잘 알 수 없다고 말했다.

결국 최후에는 아기를 구하느냐. 어머니를 구하느냐 하는 심각한 입장에 서게 되었다.

이 부부는 처음의 아기였기에 대단히 갖고 싶어했다. 어머니는 자기가 죽더라도 아기를 살리고 싶다고 말했다. 여러 가지로 의논한 결과, 나에게 결정권이 맡겨졌다.

나는 먼저 내가 결정하면 그것은 나 개인의 결정이 아니고, 《탈무드》 또는 유태인의 전통이 내리는 결정이므로, 반드시 그것에 따르겠느냐고 물었다. 그러자 부부는 그것이 유태의 전통이라면 받아들이겠다고 동의했다.

그래서 나는 어머니의 목숨을 살리고, 아기를 희생시키기로 결정했다. 어머니는 그것은 살인이라면서 반대했다. 그러나 유태의 전통에 따르면, 아기는 태어나기 전까지는 생명이 없는 것으로 되어 있다. 태아는 어머니의 일부분임에 지나지 않는다. 목숨을 살리기 위해서는 몸의 일부분, 예컨대 팔을 잘라 내는 일도 있을 수 있다. 유태의 전통에서는, 그럴 때에는 반드시 모친을 살리도록 되어 있다.

그 곳에 가톨릭 신부가 있었는데 신부는 아기를 살리고 모친이 죽어야 한다고 말했다. 가톨릭에서는 포태(胞胎)했을 때에 이미 새로운 생명이 생겼다고 생각하므로, 가톨릭의 사고 방식에 따르면, 모친은 이미 세례를 받고 구원되고 있으나 아기는 아직 세례를 받지 못하고 있다는 것이다. 그 신부는 유태의 결정은 이상하다고 말했다.

부부는 나의 결정에 따라 어머니의 목숨을 건졌다. 그 뒤 얼마 지나지 않아서 다시 귀여운 아기가 태어났다.

불공정한 거래

어떤 상인이 나를 찾아와 다른 상점에서 가격을 부당하게 할인하여, 자기의 고객을 빼앗아 가고 있다고 호소했다. 《탈무드》에서는 부당 경쟁에 대해 대단히 많은 지면이 할애되고 있는데, 그때까지 나는 《탈무드》에 그러한 것이 쓰여져 있다는 것을 깨닫지 못하고 있었다. 어쨌든 1주일 동안 시간을 얻어서, 《탈무드》를 공부한 후에 결정을 내리기로 했다.

《탈무드》는 다음과 같이 가르치고 있다.

어떤 상품을 취급하고 있는 상점 이웃에 같은 품목의 상점을 열고, 똑같은 상품을 팔아서는 안 된다. 그런데 두 개의 상점이 있어서, 한 상점 쪽에서 아이들에게 경품을 붙였다. 옥수수로 만든 팝콘과 같은 하찮은 것이지만, 아이들이 그것을 좋아하고 어머니까지 데리고 와서, 거기서 물건을 사게 되는 경우가 되면, 의견은 여러 가지로 엇갈린다.

값을 내려 경쟁하는 것은, 사는 손님의 이익이 되니 좋다는 랍비도 있다. 또 어떤 랍비는, 손님을 유혹하기 위해서 값을 내리거나, 경품을 붙이거나 하는 것은 부당한 경쟁이라고 말하고 있다.

그런데 대다수의 랍비의 결정으로, 「그 경쟁은 불공정한 것이 아니다. 사는 손님이 이득을 얻는 일이 있으면, 그것으로 좋지 않은가」라는 것으로 결론지어졌다.

이튿날 찾아온 남자에게 나는 이렇게 대답했다.

"훔친다는 행위는 명확히 금해져 있지만, 값을 어떠한 사정으로 얼마간 내리는 것은 정당한 행위다."

자유 경쟁의 원리에서 소비자가 이득을 보는 일은 바람직한 것이다. 내 아내는 언제나 물가가 비싸다고 불평하고 있다.

위기를 면한 부부

결혼한 지 10년 지난 부부가 있었다. 금슬이 대단히 좋은 부부여서, 표면적으로는 매우 행복하게 보였다. 그런데 어느 날 남편이 이혼 허가를 내게 요청해 왔다. 나는 그 부부를 전부터 잘 알고 있었으므로, 설마 결혼생활이 원만치 못하리라고는 생각하지도 않았다.

그는 두 사람 사이에 아이가 없으니, 이혼하라고 자기 친족들로부터 강요받았다고 말했다. 유태의 전통에 따르면, 결혼하여 10년이 지나서도 아이가 없으면 이혼할 조건이 된다.

그러나 남편도 아내도 헤어지기가 싫었다. 그들은 이 일을 진지하게 생각하고 있었다. 그러나 그의 가족 쪽에서 매우 강력한 압력을 가하므로, 그는 어찌할 바를 몰라, 나에게 의논하러 온 것이다.

다음에 두 사람이 함께 찾아왔을 때, 나는 이 부부가 진실로 사랑하고 있음을 발견했다. 일반적으로 말해서 랍비는 이혼에는 언제나 반대하는 입장에 서 있다. 왜냐 하면 나쁜 아내를 한 번 얻은 사람은, 헤어져 다시 재혼을 하더라도 똑같은 잘못을 무의미하게 되풀이할 뿐으로, 또 나쁜 아내를 얻게 된다는 것을 잘 알고 있기 때문이다.

그는 사랑하고 있는 아내와 이혼함에 있어, 아내에게 굴욕감을 느끼게 하고 싶지 않았으므로, 가능한 한 평온하게 헤어지기를 바라고 있었다. 그래서 나는 《탈무드》적 발상법(發想法)을 썼다.

아내를 위해 성대한 파티를 열고, 그 자리에서 몇 년간이나 자기와 함께 살아온 아내가 얼마나 훌륭했던가를 여러 사람 앞에서 이야기하도록 권했다. 그는 나의 충고를 기꺼이 받아들였다. 그 까닭은 아내가 싫다는 이유로 헤어지는 것이 아니라는 것을 명백히 해 두고 싶었기 때문이다.

나는 그가 다음 말을 하도록 유도했다. 그가 헤어지는 아내에게 무언가 선물을 하고 싶다기에 무엇을 선물하겠느냐고 물었더니 아내가 귀중하게 생각할 것을 주고 싶다고 대답했다. 그래서 파티가 끝났을 때 나는 그에게,

"내가 갖고 있는 모든 것 중에서 하나만 갖고 싶은 것을 말하면 무엇이든지 그것을 주겠소"라고 말하도록 권했다. 그의 아내에게도 똑같은 말을 했다.

파티가 끝난 뒤, 내가 충고한 대로 남편은,

"무엇인가 갖고 싶은 것을 하나 주겠으니 어서 말하시오"라고 말했다. 이튿날 내가 입회한 가운데 아내는 헤어진 남편에게 무엇을 갖고 싶은지 말하게 되었다.

그녀는 오직 하나, 남편을 선택했다. 그리하여 두 사람은 이혼을 취소했고 그 후에 아이를 둘이나 낳았다.

곤경에 빠진 2백만 원

어느 날 두 사나이가 숨을 헐떡이며 나를 찾아왔다. 두 사람의 말을 들어 보니, 한쪽 남자가 친구가 돈이 필요하다고 해서 다른 사나이가 돈을 빌려 주었다. 그런데 갚을 날짜가 되자, 빌려 준 쪽은 5천 달러를 주었다고 하는데, 빌린 쪽은, 2천 달러밖에 빌리지 않았다고 주장한다는 것이다.

나는 어느 쪽이 거짓말을 하고 있는지 판단하지 않으면 안 되었다. 그래서 먼저 두 사람을 따로따로 만나 이야기를 듣고, 이번에는 두 사람을 함께 불러 셋이서 이야기를 나누었다. 나는 두 사람과 만나서, 이튿날 아침 다시 한 번 여기에 오면, 그 때까지 내가 결정을 내릴 것이라고 말했다.

두 사람이 돌아간 뒤, 나는 서재에 있는 여러 가지 책을 펼쳐 보았다. 5천 달러를 빌려 주었다고 주장하는 사람과, 2천 달러밖에 빌리지 않았다고 주장하는 사람이 어떤 심리 상태에 있는가를 연구했다. 물론 증서가 있으면 문제는 간단한데, 유태인의 사회에서는 친구들끼리 빌려 주고 빌리고 할 때는 증서를 만들지 않는 것이 관례로 되어 있다.

어쨌든 나는 2천 달러밖에 빌리지 않았다는 남자가 거짓말을 했을 경우, 한 푼도 빌리지 않았다고 해도 실제로는 마찬가지가 아닌가 하고 생각했다. 동시에 5천 달러를 빌려 주지 않고서도 5백만 원을 빌려 주었다고 주장하는 것도 역시 의아하게 생각되었다. 그런데 《탈무드》에는 다음과 같은 가르침이 있다.

거짓말쟁이가 거짓말을 할 때에는 그는 철저하게 거짓말을 한다. 그러나 만약에 어떤 사람이 거짓말일망정 자기에게 불리한 일이 조금이라도 말할 경우, 그가 말하는 것은 믿어지기 쉽다. 그에게는 아직 얼마간의 양심이 남아 있기 때문이다. 따라서 당사자 두 사람이 모이면 거짓말하는 정도가 가볍게 된다.

그래서 나는, 가설적으로 '5천 달러를 기일 안에 틀림없이 갚을 수 있다고 생각했다가 막상 기일이 되었는데 2천 달러밖에 없었을 경우, 2천 달러밖에 빌리지 않았다고 주장하는 일도 있을 수 있다'고 생각했다. 그러나 또, 5천 달러를 주었다고 말하는 쪽도 잘못된 기억을 주장하고 있는지도 모른다고 생각했다.

그래서 나는, 5천 달러를 당신에게 빌려 준 사람은 대단히 부자이므로, 별로 돈이 필요할 까닭은 없다. 하지만 만약 누군가 제3자가 이스라엘에 돌아가야 한다든가, 어떤 이유로 갑자기 돈이 필요해서 빌리러 갔을 때, 그는 두 번 다시 남에게 돈을 빌려 주지 않을 것이다. 유태인 사이에서는 돈이 항상 돌고 있지 않으면 안 된다. 그래도 당신은 2천 달러밖에 빌리지 않았다고 주장하겠는가 하고 말하자, 그렇다! 고 대답했다.

그래서 나는 예배소에 가서 《구약성서》에 손을 얹고, 2천 달러밖에 빌리지 않았다고 서약할 수 있겠는가라고 물었더니 그는 갑자기 "참으로 죄송하게 되었습니다. 저는 확실히 5천 달러를 빌렸습니다." 실토하는 것이었다.

이것은 다른 나라 사람들은 상상할 수도 없는 일일지 모르지만, 유태인에게 있어서 예배소에서 《구약성서》에 손을 얹고 서약한다는 것은 대단히 중요한 일이다. 《구약성서》에 손을 얹고 거짓말을 할 수 있는 사람은, 직업적인 범죄자 외에는 없다. 그

대신 성서라는 것은 귀중한 것이므로, 그다지 중대한 일이 아니면 사용하지 않는데, 성서에 손을 얹으면 99.8%의 인간들은 절대로 거짓말을 하지 않는다. 그만큼 서약이라는 것은 중대한 것으로서, 매우 두려운 일로 여겨지고 있다.

미국이나 유럽의 기독교 법정에서, 손을 들고 서약하는 풍습도 여기에서 비롯된 것이다.

단 하나의 구멍

한 남자가 어떤 회사에 근무하고 있었다. 그런데 자기는 부당한 대우를 받고 있다고 생각하고 회사의 경영자에게

"나는 당신에게 명예를 손상당했으니 당신을 위해서 계속 일할 필요가 없게 되었다. 퇴직금이나 받고 그만 두고 싶다."고 사의를 표했다. 그러자 경영자 쪽에서는 "당신의 근무 성적이 불량하여 마침 파면시키려고 하고 있던 참인데, 퇴직금이라니 당치도 않다."고 일축했다.

어느 날 그는 회사 금고에서 돈을 꺼내고 서류까지 탈취해 외국으로 도망쳤다. 사람들은 그가 어디에 갔는지 전혀 알 수가 없었다.

그런지 1개월 후에, 그가 외국의 어떤 도시의 거리를 걷고 있는 것을 어느 사람이 발견하게 되었다. 경영자는 항공권을 갖고 내게로 찾아와서

"이걸로 그에게 가서, 그에게 이야기를 좀 해 주십시오."라고 부탁하는 것이었다. 매우 먼 곳이었으나, 나는 비행기를 타고 출

발했다.

도착해서 이틀이 지나서야 겨우 그를 찾아 낼 수 있었다. 그는 깜짝 놀랐다. 돈을 갖고 도망쳤으며, 자기에게는 중요하지 않지만 그 회사에 있어서는 귀중한 서류를 훔쳐갔던 것이다. 나는 그와 3일 가량 서로 이야기를 나눈 뒤에 내가 왜 여기에 왔는가를 설명했다. 여러 가지 세세한 문제는 별도로 치고, 문제의 핵심이 무엇인가를 생각했다.

왜냐 하면 나는 세세한 일에는 관심이 없었다. 그것은 법률로 처리할 수 있는 문제였기 때문이다. 나로서는 두 사람의 유태인의 일을 해결하는데 중점을 두었다. 두 사람의 유태인이 서로 다투는 것과 같은 충돌은 허용되지 않는다. 나는 《탈무드》를 인용하여, "유태인은 서로 가족이며 형제지간이니 평화롭게 일을 진행시키지 않으면 안 된다."고 설명했다.

그는 자기의 행동이 옳다는 것을 증명하기 위해서였는지 "내가 하는 것은 모두 내 자유입니다!"라고 말했다. 그래서 나는, "나로서는 잘 모르겠지만 아마 당신의 주장이 옳을지도 모릅니다. 하지만 자기 멋대로 하는 것은 허용되지 않습니다."라고 하며, 《탈무드》의 이야기를 전했다.

많은 사람들이 배를 타고 항해하고 있었다. 한 사나이가 자기가 앉아 있는 배 밑바닥에 끌로 구멍을 뚫고 있었다. 사람들이 놀라서 아우성을 치자, 그는,

"여기는 내 자리이니 내가 무슨 짓을 하든 상관하지 마시오"라고 태연하게 말했다. 이윽고 그 배는 가라앉아 버렸다.

한 사람의 유태인이 회서의 돈과 서류를 갖고 사라져 버렸다. 주위의 사람들이 무엇이라고 할 것인가, 유태인은 훌륭한 사람들이라고 말할 것인가? 아니다. 이것은 유태인의 오점(汚點)이 된다.

그는 마침내 수긍하고 "당신이 정당하다고 결정하는 것이라면, 그것에 따르겠다."고 말하며 자기가 훔친 돈과 서류를 나에게 맡겼다.

나는 돌아와서, 경영자와 만나 이야기하고 최종적인 해결을 하게 되었다. 물론 그의 주장이 옳다면, 맡아 두었던 돈과 서류를 그에게 돌려주려고 생각하고 있었다. 그래서 여러 가지로 이야기한 결과, 그가 바라고 있던 만큼은 되지 않지만 어느 정도의 퇴직금도 받게 되어 일은 원만하게 해결되었다.

개의 무리

JCC(유태 커뮤니티 센터)는 유태인 사회에서는 대단히 색다른 사회이다. 단일한 유태 인종의 사회가 아니기 때문이다. 러시아계, 영국계, 프랑스계, 이스라엘계, 미국계 등 여러 계통의 유태인들이 제각기 작은 그룹을 형성하고 있기 때문이다. 따라서 계율을 제대로 지키는 사람도 지키지 않는 사람도, 또 자선심이 많은 사람도 자비심이 적은 사람도 있어 제각기 출신지의 국민성을 반영시키고 있어서 매우 통일성이 없는 커뮤니티가 되어 있다.

이러한 군집(群集) 사회에서는 아무래도 일종의 긴장 상태가 어쩔 수 없이 존재하게 된다. 이 커뮤니티가 서로 반목하는 두 개의 그룹으로 분열될 조짐을 보이고 있었다.

나는 이 두 개의 그룹을 향해 다음과 같은 탈무드의 이야기를 했다.

한 개의 갈대는 쉽게 부러지지만, 백 개의 갈대를 다발로 묶으면 매우 튼튼해진다. 개의 무리는 그냥 두면 서로 싸움을 하지만, 늑대가 나타나면 서로 싸움을 그친다.

유태인은 오늘날에도 안전이 보장되지 않고, 아랍인이나, 러시아인, 반(反) 유태주의자들에게 둘러싸여 있으므로, 서로 싸우는 일은 가급적 피하는 것이 좋을 것이라고 이야기했다.

이 기본적인 양해 아래 오늘날에는 그다지 큰 충돌 없이 서로 생활하고 있다.

부부 싸움

미군이 주둔하고 있는 곳에는 군목(軍牧)으로서 랍비가 있다. 대부분의 경우 그들은 학교를 갓 나온 젊은 사람이었다. 따라서 그들에게 있어서 나는 장로와 같은 입장이어서 무언가 문제가 생기면 나에게 자문을 청하거나 전화를 걸어온다.

어느 날 젊은 랍비 한 사람이 지방에서 나를 찾아왔는데, 마침 그 때 한 쌍의 부부가 문제를 자기고 왔다. 그래서 부부에게 또 한 사람의 랍비와 함께 들어도 좋은가 묻고, 동의를 얻었다.

부부간의 문제를 들을 때에는, 두 사람을 함께 동석시킨 채 들으면 서로 다투기만 하므로, 두 사람을 나누어 따로따로 들어야 한다. 한 사람 한 사람 나누어서 들으면 결국 서로 배우자를 아끼고 상대방을 생각하고 있다는 것을 짐작할 수 있다. 인내심을 갖고 이야기를 듣고, 동정심을 갖고 대하면 대개 부부간의 문제는 해결된다.

이 때에도 나는 먼저 남편의 이야기를 듣고, 그가 말한 것에 모두 찬성하며 계속 수긍하면서 그의 주장을 모두 인정했다. 그리고는 아내의 차례가 되었다. 나는 그녀가 말하는 것도 모두 수긍하며 당신의 주장은 모두 정당하다고 말했다.

두 사람이 나간 뒤, 나는 그 랍비에게,

"당신이라면 어떻게 결정하겠는가?"라고 물었다. 그러자 그 랍비는 "나는 전혀 납득이 되지 않습니다. 당신은 남편의 이야기를 들었을 때는 전부 남편에게 수긍하고, 이번에는 아내가 들어오자 아내의 이야기를 하나하나 수긍하며 당신의 주장은 전부 옳다고 인정했습니다. 두 사람이 전혀 다른 주장을 하고 있는데 어째서 두 사람의 주장이 다 옳다고 했습니까?"라고 말했다.

그래서 나는 당신의 주장이 가장 옳다고 말했다.

그러면 이 같은 결정을 보고 독자 여러분은 어떻게 생각할 것인가? 나를 팔방미인으로 받아들일 것인가.

나는 생각하기를 여러 사람들이 어떤 문제에 갖가지 다른 의견을 가지고 왔을 경우 당신이 옳다든가, 당신은 틀렸다든가 잘라서 결정해서는 안 된다. 그것은 쓸데없는 마찰을 가중시킬 뿐이다. 이 때 중요한 것은 양자의 열전(熱戰) 상태를 냉각시키는 데 있다. 그러기 위해서는 양자의 주장을 인정해 줌으로써 서로가 안정을 되찾아 서서히 화해의 실마리를 찾아내는 것이라고 생각한다.

진실과 거짓

많은 사람들이 나에게 여러 가지 문제를 들고 와서, 그것을 해결해 달라고 부탁한다. 이와 같은 문제는 백만 가지나 되는데도, 단 한 가지도 같은 것이 없다. 단 한 가지 공통되는 점은, 누가 거짓말을 하고 있는지, 그렇잖으면 스스로 거짓이라는 것을 모르는 채 말하고 있는가를 어떤 방법으로 가려내야 하는가라는 것이다. 무엇이 진실이며 무엇이 거짓이라는 것을 가려내는 일은 대단히 어렵다. 《탈무드》에서는 이 두 가지를 가려내는 법을 다음과 같이 가르치고 있다.

솔로몬 왕은 매우 현명한 사람으로 알려져 있었다. 어느 날 두 여자가 한 어린아이를 데리고 와서, 서로 자기 아이라고 다투며, 솔로몬 왕에게 재판을 요청했다.

［註］유태의 왕은 무사나 정치가가 아니고 역시 랍비이다.

솔로몬 왕은 여러 가지 사실을 조사했지만, 결국 자기도 어느 쪽의 아이인지 알 수 없었다. 유태인의 경우 소유물이 어느 쪽에 속하는지 모를 때에는, 공평하게 둘로 나누는 것이 통상적인 관례였다. 그래서 솔로몬 왕은 이 아기를 칼로 두 토막으로 나누도록 명했다.

그러자 한쪽 어머니가 갑자기 미친 사람처럼, 그렇게 할려거던 차라리 그 아이를 저쪽 여자에게 넘겨 주라고 울부짖었다. 그 광경을 보고 솔로몬 왕은, "너야 말로 진짜 어머니다!"라고 말하며 아이를 넘겨 주었다.

부부에게 두 아이가 있었다. 둘 다 사내아이였는데, 한쪽 아이는 여자가 딴 남자와 불의의 관계를 맺어 태어난 아이였다. 남편은 어느 날 아내가 어떤 사람에게, 두 아이 중 하나는 아버지가 다른 아이라는 이야기를 하고 있는 것을 듣게 되었다. 그러나 그는 어느 쪽이 자기 아이인지 가려 낼 수가 없었다.

그 후에 남편이 중병에 걸렸다. 그는 죽음을 예측하고 유서를 써서, 자기의 혈통을 이어받은 아들 쪽에 전 재산을 준다고 했다.

그가 죽자 그 유서는 랍비에게로 넘어왔고 랍비가 죽은 아버지의 혈통을 이은 아이를 가려 내지 않으면 안 되게 되었다.

랍비는 두 아들을 불러 아버지의 무덤에 가서 무덤을 모욕하는 뜻으로, 막대기로 힘껏 무덤을 치라고 명했다. 그러자 한쪽 아들이,

"나는 도저히 아버님의 무덤을 욕되게 하는 일은 할 수 없습니다."라며 울었다. 랍비는 드디어 그 무덤을 치지 못했던 쪽이 진짜 아들임에 틀림없다고 판단을 내렸다.

새로운 약

나의 친구인 한 사람이 중병에 걸려서, 어떤 새로운 약을 복용

해야만 소생할 수 있는 사태에까지 이르렀다. 그런데 그 약은 좀 처럼 구하기가 어려웠다. 왜냐 하면, 수요가 너무 많아서 생산이 따르지 못하기 때문이었다.

그래서 그의 가족들이 내게로 와서, 당신은 교수나 훌륭한 의 사들을 많이 알고 있을 테니 어떻게 하든 그 약을 좀 구해 달라 고 부탁했다. 나는 몇 사람의 의사에게 이야기를 해서 친구를 살 려 줄 수 없겠느냐고 간청했다. 의사는,

"만약 그 약을 당신 친구에게 주게 되면 대신 약을 못 먹을 사 람이 생긴다. 그 때문에 약을 얻지 못한 사람은 죽을지도 모른다. 그래도 당신은 나에게 약을 달라고 부탁하겠는가?"라고 말했다. 그래서 나는 생각할 여유를 달라고 해 놓고 《탈무드》를 펼쳐 보 았다.

어떤 사람을 죽이면 자기 목숨이 살아날 경우 어떻게 할 것인 가? 만일 그 사람을 자기가 죽이지 않으면 자기가 죽을 경우 어 떻게 할 것인가?

자기의 목숨을 구하기 위해 남을 죽여서는 안 된다. 어떻게 자 기의 피가 상대방 피보다 붉다고 말할 수 있을까. 어떤 인간의 피도 다른 인간의 피보다 더 붉다고는 할 수는 없다.

이것을 내 경우와 비교해 보면, 내 친구의 피가 누군가 그 약 을 입수하지 못했기 때문에 죽을지도 모를 사람의 피보다 붉다고 는 말할 수 없는 것이다.

그래서 나는, 그러한 사실을 친구의 가족에게 어떻게 설명해야 할지 아주 난처했다. 내 교구 사람의 목숨이 위태롭게 되어, 그의

가족이 일부러 내게로 도움을 청해 왔는데도 《탈무드》에 따르면, 나는 그 친구의 죽음을 보고만 있어야 했다. 나는 약을 구하지 않기로 했다. 그 결과 나의 친구는 죽고 말았다.

세 사람의 경영자

두 사람의 공동 경영자가 있었다. 무(無)에서 출발하여 작은 임대 빌딩을 만들고, 현재는 누구나 인정하는 비즈니스맨으로서 성공했다. 두 사람 모두 경험은 없었지만, 매우 근면했기 때문에 기업은 점점 번성했다.

어느 날 갑자기, 자기들이 크게 성공했음을 새삼스레 인식했다. 그러나 두 경영자 사이에는 아무런 계약도 없었기 때문에, 두 사람이 건강할 때는 문제가 없었지만 아이들의 대(代)에 이르러서는 말썽이 일어나지 않도록 계약서를 써 두기로 했다.

그런데 일단 계약이 끝나자, 이 두 사람은 사사건건 반목하게 되었다. 우선 계약서를 만들 때부터 의견의 충돌은 있었다. 왜냐하면 너는 공장의 책임자이고 나는 본사의 책임자라는 따위 사소한 것까지 규정하려고 했으므로, 서로 상대가 자기보다 유리한 조건을 취하려 하고 있다고 생각했던 것이다.

사업을 시작해서 성공하기까지, 두 사람 사이에는 아무런 충돌도 없었던 만큼 두 사람은 함께 나에게 해결책을 요청했다. 이것은 어느 쪽이 옳고 어느 쪽이 그르다는 문제가 아닌 만큼, 나로서도 간단히 결론을 내리지 못했다. 한 사람은 영업, 또 한 사람은 생산을 담당하고 있었는데, 서로

"내가 아니었으면 이 회사는 없었을 것이다."라고 다투고 있었다.

나는 자신은 없었지만, 다음과 같은 대답을 했다.

"두 사람이 다투기 전까지는 사업이 아주 잘 되어 갔다. 따라서 두 사람이 서로 반목(反目)하여 회사가 무너지게 만드는 것은 대단히 어리석은 짓이다. 이대로는 도저히 사업을 순조롭게 계속해 나갈 수 없을 것이다. 무언가 타개책을 찾지 않으면 안 된다"라고 말한 뒤에 탈무드를 펼쳐 보고, 다음과 같은 간단한 말을 찾아 냈다.

아이가 태어날 때 그 아이는 아버지와 어머니와 하나님에 의해서 생명이 주어졌다. 성장함에 따라서 그 아이에게는 또 한 사람 생명을 주는 자가 더해진다. 그것은 교사이다.

"당신 회사의 경영자는 누구와 누구인가?"라고 내가 두 사람에게 묻자, 두 사람 다라고 말했다. 그래서 나는 말했다.

"그렇다면 하나님도 경영진에 참가시키면 어떤가? 어쨌든 전 우주에 하나님은 참가하고 계신다. 서로 자기 쪽이 잘 했다고 주장하지 말고, 모든 우주의 활동은 하나님의 행위이므로, 하나님을 그 중에 넣어도 되지 않겠는가?"

그 때까지는 두 사람이 대표자여서, 이 회사에는 사장이 없었다. 그러나 서로 사장이 되고 싶어했다. 그래서 나는,

"당신들의 회사인 것은 물론이지만, 동시에 하나님의 회사이기도 하다. 당신들은 유태인을 위해 일하고 있고, 당신들의 회사는 이 나라를 위해서도 일하고 있으니 자기의 것이라는 의식을 너무 강하게 갖지 말고, 자기들은 하나의 의무를 다하고 있는 것이라

고 생각한다면, 어느 쪽이 사장이 된다는 것은 신경 쓸 일이 아님을 깨닫게 될 것이다. 영업 담당은 영업을 하고, 공장 담당자는 공장을 맡도록 하면 된다."고 조언을 해 주었다.

그로부터 이 회사는 더욱 발전해 가고 있다. 자선 사업을 위해 몇%의 돈을 할애하게 되고, 그것이 하나의 목표가 되었기 때문에 누가 사장이라는 문제는 해소되고, 수익은 높아지는 것 같다.

보트의 구멍

어느 회사에서나 가끔 종업원을 해고시키는 때가 있는데, 이것만큼 언짢은 일은 없으며, 때로는 이것이 큰 사회 문제로 발전하는 경우도 있다.

어떤 유태인 회사에서 유태인 종업원을 많이 고용하고 있었다. 이런 경우 그 유태인을 해고시키기는 매우 어렵다. 그 까닭은 아내와 아이들이 매달려 있다는 것 외에도 유태인의 경우에는 다른 직업을 좀처럼 얻기가 힘들기 때문이다. 특히 외국에서 사는 경우, 취직할 수 있는 기회는 매우 적고 또 다른 나라로 옮기거나 모국으로 돌아가려 해도 이것 역시 돈이 많이 든다. 그러므로 어떤 이유가 있든 유태인 종업원을 해고시키는 것은 지극히 어렵다.

그래서 나는 언제나 종업원이 해고되지 않도록 마음을 쓰고 있다. 만약 그 남자가 직업을 잃으면, 자기 가족으로부터 위신을 잃게 되고 비참하게 될 뿐만 아니라, 그러한 경우에는 유태인 사회가 그를 부양하게 되므로 유태인 사회 모두의 부담이 되기 때문이다. 그리고 유태인은 본래부터 동정심이 많으므로, 실제로 종업원을 해고시키는 일은 극히 드물다.

그 드문 경우가 어느 날 발생했다. 어떤 고용주가 내게로 의논하러 왔다.

"나는 한 사람을 해고시키려고 합니다. 그는 내가 해고시키지 않더라도, 어차피 누군가에게 해고당할 것입니다. 그런데 계속 있게 해도 아무것도 할 수 없는 바보 같은 녀석이니, 딴 직장을 가져 보았자 결국은 마찬가지일 것입니다. 그러나 내가 이렇게 말하기는 하지만 사실은 그를 해고시키고 싶지 않습니다. 내 스스로 무언가 그를 해고시키지 않아도 될 구실이 없는지, 랍비인 당신에게서 듣고 싶습니다."라는 것이었다.

그래서 나는 《탈무드》에서 인용한 한 이야기를 했다.

어떤 사나이가 작은 보트를 갖고 있었다. 그는 여름이 되면, 가족을 태우고 호수로 나가 물고기를 낚거나 하면서 소일했다.

여름이 끝나서, 배를 육지에 올렸을 때, 배 밑바닥에 작은 구멍이 있는 것을 발견하게 되었다. 그러나 그것은 아주 작은 구멍이었으며 어차피 겨울 동안 육지에 놓아 둘 것이므로, 내년 여름에 보트를 사용할 때 고치려고 그대로 놓아 두었다. 그리고 겨울 동안에 그는 페인트공을 불러 보트에 색을 다시 칠했다.

다음 해 봄은 일찍 찾아왔다. 그의 두 아이들은 빨리 보트를 타고 호수에 나가려고 했다. 그는 배에 구멍이 뚫려 있는 것을 까맣게 잊고 아이들이 배를 호수에 띄우는 것을 허락했다.

두 시간 가량 지난 후, 그는 배에 구멍이 뚫려 있었던 기억이 순간적으로 되살아났다. 아이들은 별로 헤엄을 잘 치지 못했다.

그는 당황하여 누군가에게 도움을 청하려고 뛰어 나갔다. 그 때, 두 아이들이 배를 끌고 돌아오는 것이 보였다. 그는 아이를 끌어 안으며 배를 살펴 보았다. 그런데 배의 구멍은 막혀 있었다.

그는 페인트공이 고쳐 준 것이라고 생각하고, 선물을 갖고 답례하러 갔다.

그러자 페인트공은,

"내가 배를 칠했을 때에도 돈을 받았는데 어째서 이런 선물을 주십니까?"라고 물었다. 그러자 그는,

"배에 작은 구멍이 뚫려 있는 것을 당신이 고쳐 주지 않았습니까? 물론 올해 배를 다시 사용하기 전에 고치려고 생각했지만, 까맣게 잊고 있었습니다. 당신은 내가 구멍을 막아 달라고 부탁하지 않았는데도 말끔히 고쳐 주었습니다. 당신 덕택으로 아이들의 생명을 구할 수 있었습니다."라고 말하며 감사해했다.

아무리 작은 착한 일이라도, 그것이 어떤 사람에게는 얼마나 크게 도움이 될지 모른다고 생각한다는 것은, 보통 사람들로서는 좀처럼 할 수 없는 일이다.

나는 고용주에게 이렇게 이야기하고, 다시 한 번만 그에게 기회를 주라고 부탁했다.

축복의 말

나와 의사와 환자 세 사람이 어떤 병실에 함께 있은 적이 있었다. 환자는 심한 내출혈로 괴로워하고 있었다. 주위는 지독한 냄

새로 가득 차 있었고, 환자는 물론 의식 불명이었다. 의사는 그의 목숨을 살리려고 무척이나 애를 쓰고 있었다.

대량의 수혈(輸血)이 행해졌다. 수혈이 멈추면 그는 죽게 될 상태였기에, 의사는 절망적인 표정을 짓고 있었다.

의사가 나에게

"도대체 당신은 지금 무엇을 생각하고 있습니까?"라고 물었다. 나는 "지금 나는 생사에 대해서는 생각하고 있지 않습니다. 가느다란 혈관이 붉은 귀중한 액체를 흘려 보냄으로써 이 사람이 위태롭다는 것을 생각하고 있습니다."라고 대답했다.

마침내 수혈이 멈춰지고 그는 죽었다. 의사는 피로에 지쳐 나에게 구원을 청했다. 그래서 나는 의사에게 《탈무드》 이야기를 해 주었다.

"유태인은 임금님과 만나거나, 식사를 하거나, 해돋이를 보든지 간에 매사에 축복의 말을 합니다. 예컨대 변소에 갈 때도 축복의 말이 있지요."

그러자 의사는,

"그렇다면 당신은 변소에 갈 때 뭐라고 말합니까?"라고 물었다. 그래서 나는 "몸은 뼈와 살과 여러 가지 부분으로 형성되어 있습니다. 그러나 몸 속에 갇혀 있어야 할 것은 갇혀 있고, 열려 있어야 할 것은 열려 있어야 합니다. 이것이 거꾸로 되면 아주 곤란하므로, 언제나 열릴 것은 열리고, 닫힐 것은 닫혀 달라고 기도합니다."라고 말했다.

그러자 의사는,

"그 기도의 문구는 해부학에 정통하고 있는 사람의 말과 똑같습니다."라고 말했다.

위생 관념

《탈무드》의 가르침에 따르면 유태인은 보건 위생에 대한 관념이 대단히 엄격하다. 다음은 그 중의 몇 가지 가르침이다.

1. 컵으로 물을 마실 때에는, 사용하기 전에 헹구고 사용한 뒤에도 다시 헹구어라.

2. 자기가 사용한 컵을 씻지 않은 채 남에게 건네서는 안 된다.

3. 안약을 넣는 것보다 아침 저녁 눈을 물로 씻는 게 낫다.

4. 의사가 없는 곳에서 살지 않아야 한다.

5. 변소에 가고 싶을 때에는 잠시라도 참지 말라.

왜 우는가?

어느 외국의 수도에 살고 있는 유태인으로, 평판이 좋고, 자선심이 많으며, 예의바른 남자가 살고 있었다. 그러나 그는 유태인 사회에서는 전연 활동을 하고 있지 않았다.

나는 어느 날 호텔에서 그와 함께 식사를 함께 했다. 유태인

사이에서는, 장사를 하고 있는 사람과 만나면,

"요즘 재미가 어떻습니까? 사업은 잘 돼 갑니까?"라는 인사말을 하고, 랍비에 대해서는,

"무언가 재미있는 책을 읽으셨습니까?"라든가,

"요사이 무언가 재미있는 일이라도 생각해 내습니까?"라는 투로 묻는 습관이 있다.

배우는 것을 직업으로 하는 랍비는 항상 무언가 이야기를 할 수 있도록, 주머니 속에 여러 가지 이야기를 간직해 놓고 있다.

과연 그는 최근에 재미있는 책을 읽었느냐고 물었다. 그래서 나는,

"최근에 《탈무드》에서 아주 재미있는 이야기를 찾아냈소. 당신도 《탈무드》를 배울 때에는 그 부분을 읽으시면 어떻겠습니까?"라고 말하고 다음의 이야기를 했다.

매우 위대한 랍비 한 사람이 있었다. 그는 사람들로부터 숭배되고 행동도 고결하고 친절하며, 자애가 깊은 사람이었다. 심성(心性)이 자상함과 동시에, 하나님을 대단히 깊이 공경하고 있었다. 개미 한 마리 밟지 않도록 걸었고, 하나님이 만든 물건을 깨뜨리지 않도록 신중하게 생활하고 있었다. 그는 물론 제자들로부터 존경받고 있었다.

80세가 되던 어느 날, 그의 육체가 갑자기 쇠퇴해져 가는 것이 보이고 갑자기 나이를 먹은듯 늙어 버렸다. 그도 그것을 깨닫고, 자기에게 죽음이 임박했음을 알았다. 높은 제자들이 머리맡에 모였을 때, 그는 울기 시작했다. 제자들은,

"왜 우십니까?"라고 물었다. "선생님은 공부할 것을 한시도 잊

은 날이 있습니까? 무심히 가르친 적이 하루라도 있습니까? 자선을 베풀지 않았던 날이 하루라도 있었습니까? 선생님은 이 나라에서 가장 존경받고 있는 사람입니다. 하나님을 가장 깊이 공경하고 있었던 것도 당신입니다. 게다가 당신은, 정치와 같은 더러운 세계에는 한 번도 발을 들여 놓은 적이 없지 않습니까? 선생님이 울 만한 일은 아무것도 없을 것입니다."라고 말했다.

그러자 랍비는,

"그렇기 때문에 나는 울고 있는 것이다. 나는 죽는 순간에 자신에게, 너는 공부했는가? 너는 하나님에게 기도했는가? 너는 자선을 베풀었는가? 너는 올바른 생동을 해 왔는가? 라고 물으면, 전부 '예'라고 말할 수 있다. 그러나 당신은 일반적인 인간 생활에 어울려 본 적이 있는가? 라고 물으면, '아니오'라고밖에는 대답하지 못한다. 그래서 나는 울고 있는 것이다."라고 말했다.

나는 자기만의 일로는 성공하고 있는 데도 유태인 사회에 얼굴을 내밀지 않으려고 하는 이 유태인에게, 이 《탈무드》의 이야기를 하고는, 당신도 유태인 사회의 생활에 참여하는 것이 좋지 않은가 하고 권유했다.

어떤 농부

자선 행위로 돈을 어딘가에 기부하면, 사람들은 일반적으로 자기의 돈을 잃었다고 생각하기 쉬운데 실제로는 그렇지 않다. 실제로는 남에게 돈을 주게 되면 그만큼 들어오게 되는 것이다.

당신이 자선에 돈을 쓰면 쓸수록, 돈은 다시 당신 쪽으로 돌아온다는 이야기를 할 때 나는 다음과 같은 《탈무드》의 이야기를 인용한다.

어느 곳에 큰 농가가 있었다. 그 주인은 예루살렘 근처에서 가장 자선심이 많은 농부라고 칭송되고 있었다. 해마다 랍비들이 그의 집을 방문하면, 그는 아낌없이 자선을 베풀었다.

그는 큰 농장을 경영하고 있었는데, 어느 해인가 폭풍우 때문에 과수원이 전파되고, 전염병이 퍼졌기 때문에, 그가 키우고 있던 양이나 소나 말도 모두 죽었다.

이것을 본 채권자들이 그의 집으로 몰려가 재산을 전부 차압해 버려 그에게는 조그만 땅밖에 남지 않았다. 그러나 그는,

"하나님이 주시고 하나님이 다시 거둬 가신 것이니 할 수 없지 않은가!"라면서 태연자약했다.

그 해에도 언제나 마찬가지로 랍비들이 찾아왔다. 랍비들은 전에는 그토록 부자였던 사람이 이렇게 몰락해 버렸다면서 동정했다. 농장주의 아내는 남편에게

"우리들은 언제나 랍비들에게 학교를 세우거나, 예배소를 유지하도록, 가난한 사람이나, 노인들을 위해서 그만큼 헌금했는데도 올해는 아무것도 드리지 못한다면 대단히 부끄러운 일입니다."라고 말했다.

부부는 랍비들이 빈손으로 돌아가게 할 수는 없다고 생각했다. 그래서 마지막으로 남아 있는 작은 땅의 반을 팔아서, 그것을 랍비들에게 헌금하고, 그 대신 남은 반의 땅으로 더욱 부지런히 일해서 복구해야겠다고 생각했다. 랍비들은 뜻밖의 헌금을 얻고는

매우 놀랐다.

그 후 부부가 반만 남아 있던 땅을 일구고 있는데 밭갈이하던 소가 쓰러져 버렸다. 그런데 흙탕에 빠져 있던 소를 끌어내다 보니, 소의 발 밑에서 보물이 나왔다. 그 보물을 내다 판 결과 그들은 다시 옛날대로의 농장을 경영할 수가 있었다.

이듬해 다시 랍비들이 찾아왔다. 랍비는 아직도 그 농부가 가난한 생활을 계속하고 있는 것으로 짐작하여, 조그만 옛날의 땅으로 찾아갔다. 그런데 그의 이웃 사람들이,

"아니, 그는 이제 여기에 살고 있지 않습니다. 저쪽의 큰 집에서 살고 있습니다."라고 말했다. 랍비들이 그 곳으로 찾아가자 농장주는 1년 동안에 자기에게 일어났던 일을 설명하면서 아낌없이 자선을 베풀면, 반드시 그만큼 되돌아온다고 말했다.

나는 헌금을 모을 때마다 이 이야기를 더욱 자세하게 몇 번이나 되풀이해서 말했다. 그 결과는 언제나 성공이었다.

살아 있는 바다

유태인은 온 세계의 민족 중에서 가장 자신을 중요시하는 민족일 것이다. 그럼에도 불구하고, 오늘날에는 자선 행위를 행하라고 권하든가, 또 타인에게 강요받지 않으면, 자선을 하지 않는 유태인도 있다. 그 사람들에게 나는 다음과 같은 이야기를 한다.

이스라엘에는 요르단(요단) 강 가까이에 두 개의 큰 호수가 있다. 하나는 사해(死海)이고 또 하나는 히브리어로 「살아 있는 바

다」라고 불리는 호수이다. 사해는 딴 곳에서 물이 들어오지만 다른 데로 나가지 않는다. 한편 살아 있는 바다는 물이 들어오는 대신에, 밖으로 나가기도 한다.

자선을 베풀지 않는 것은 사해와 같아서 돈이 들어오기만 하고 나가지는 않는다. 자선을 하는 사람은 「살아 있는 바다」와 같아서 돈이 들어오고 또 나간다. 우리는 살아 있는 바다가 되어야만 한다.

중국과 사자

언젠가 나는 중국에서 일본으로 온 유태인과 대화를 나눈 적이 있었다. 대개 이러한 유태인들은 중국 편으로서 일본을 싫어한다든가, 일본 편으로서 중국을 싫어한다든가, 중국이나 일본을 다 싫어한다든다, 중국도 일본도 좋아한다든가 하는 여러 가지 타입의 사람이 있게 마련인데, 이 유태인은 전쟁 중에 일본이 상해(上海)를 점령했을 때 유태인을 학대했다는 이유로 일본에 대해 별로 호감을 가지고 있지 않았다.

일본이 상해를 점령하고 있을 때, 유태인은 특별 거주 구역이 지정되어 모두 간혔으며 일본의 경비병에 의해서 감시당하고 있었다. 유태인은 자주 구타당하고, 전염병이 발생하여 많은 사람이 죽거나, 식량 사정이 나빴기 때문에 전시 중에 상당히 괴로운 추억을 갖고 있는 사람들이 많았다. 그래서 나는,

"유럽에서는 근 6백만 명의 유태인이 학살되었습니다. 전쟁중에 유럽에 있었던 유태인 만큼 비참한 자들도 없었죠, 1970년 현

재 당신은 일본에서 나에게 상해 시절의 괴로웠던 이야기를 하고 있는데, 이것은 당신이 살아 있다는 증거가 아닙니까? 《탈무드》에는 이런 이야기가 있습니다."라고 하며, 나는 뼈가 목구멍에 걸린 사자의 이야기를 해 주었다.

사자의 목구멍에 뼈가 걸렸다. 누구라도 자기 목구멍에서 뼈를 꺼낼 수 있는 자에게 큰 상을 주겠다고 사자가 말했다. 거기에 한 마리의 학이 날아와서, 그 사자를 살려 주겠다고 말하며, 사자의 입을 크게 벌리게 했다. 학은 머리를 사자의 입 속에 들이밀고, 긴 주둥이를 이용하여 뼈를 쉽게 꺼냈다.

그리고 난 뒤, "사자님! 당신은 어떤 상을 주겠습니까?"라고 물었다. 사자는 그 학이 묻는 말투에 화가 났다. 사자는 "내 입 안에 머리를 넣고도 살아나올 수 있었다는 것이 바로 상이다. 그렇게 위험한 지경이 되어서도 살아서 돌아갔다는 것이 자랑이 될 것이고, 그 이상의 상은 없다."라고 말했다.

중국에서 혹독한 고통을 받았다고 해서, 그런 것을 구실로 불만을 터뜨려서는 안 된다는 것이 나의 결론이었다.

6장. 탈무드의 발

발은 미래의 역사와 과거의 역사를 그린다. 물론 현존을 단단히 딛고 서 있는 것도 발이다. 이 마지막 장에서는 《탈무드》의 수난의 역사를 소개함과 아울러 유태인이 아닌 사람들로서는 좀처럼 이해하기 힘든 랍비의 직무에 대해서 소개한다. 동시에 동양에 대한 나의 개인적인 의견도 이 곳을 빌어서 언급했다.

수난의 탈무드

《탈무드》는 기원 후 500년에 바빌로니아에서 편찬에 착수되었다. 1334년에 손으로 쓰여진 《탈무드》가 현존하고 있는 가장 오래된 것이다. 처음으로 인쇄된 것은 1520년 베니스(베네치아)에서였다.

1244년에 파리에 있었던 모든 《탈무드》는 기독교도에 의해서 몰수되고 금서가 되었고 24대의 짐수레에 실린 채 소각되었다. 1263년에는 기독교 대표자와 유태의 대표자가 모인 공개 석상에서 《탈무드》가 기독교 정신에 어긋나는가 아닌가 하는 토론이 전개되었다. 1415년에 이르러서는 유태인이 《탈무드》를 읽는 것조차 법령으로 금지되었다. 1520년에는 로마에서 모든 《탈무드》가 압수되어 불태워졌다.

그러나 이와 같은 짓을 한 사람들은 《탈무드》를 전혀 읽어 보지도 않은 사람들이었다. 《탈무드》를 모르면 모를수록 《탈무드》를 혐오했던 것이다.

1562년에는 교회가 검열을 하여, 《탈무드》의 내용을 삭제하거나 찢어 내거나 했기 때문에 오늘날 남아 있는 《탈무드》는 완전한 것이 아니다.

언젠가 《탈무드》를 마이크로 필름에 담고 있을 때, 책갈피에서 몇백 년간이나 상실되어 있었던 《탈무드》가 발견되는 일도 있었다.

따라서 《탈무드》를 읽어 가노라면 중도에서 이야기의 연결이 되지 않는 곳이 있다. 그 곳은 5분의 1에서 6분의 1정도를 가톨릭 교회가 삭제한 곳이다. 왜냐 하면, 그리스도를 비판했다고 생각되는 부분, 혹은 비유태인에 대해 쓰여진 부분은 모두 삭제했기 때문이다.

현재 《탈무드》는 수개 국어로 번역되어 《탈무드》에 대한 관심은 세계적으로 대단히 높아지고 있다.

《탈무드》는 하나의 연구서이다. 유태인에게는 공부한다는 것이 인생 최대의 목적이다. 유태인을 조금이라도 이해하려면, 《탈무드》가 유태인에게 있어서 얼마나 중요한 것인가를 알지 않으면 안 된다. 신의 뜻을 행하는 것은, 유태인에게 있어서 가장 중요한 일이었으므로, 《탈무드》를 공부하지 않으면 살아갈 수 없었다.

그러나 《탈무드》의 공부는 지적인 연구는 아니다. 이것은 종교적인 연구이다. 유태인으로서 신을 찬미하는 최대의 행위는, 공부하는 것이다. "공부는 올바른 행동을 만든다."고 하는 것이 유태의 오랜 격언인 것이다.

고대 유태에서는 도시나 마을은, 그 곳에 있는 학교의 이름에 의해 알려져 있다. 예배소는 공부하는 장소였다. 로마인은 유태인을 비유태화하기 위해서 《탈무드》의 연구를 엄격히 금했다.

하지만, 유태인에게서 배우는 것을 박탈해 버리면, 유태인은 이제 유태인이 아닌 것이다. 이 연구를 지키기 위해 많은 유태인이 죽어갔다. 그러나 지식은 모든 것에 승리한다.

나는 유태인으로서 아침에 일하러 나가기 전에, 5시에 일어나 《탈무드》를 공부하는 사람들을 많이 보아 왔다. 점심 때, 저녁 식사 후에, 또는 버스나 지하철을 타도 유태인은 공부한다. 또 안식일에는 몇 시간이고 《탈무드》를 공부한다. 모두 20권이 있는데, 1권을 끝냈다는 것은 유태인에게 있어서는 굉장히 축하할 만한 일이며 친척이나 친한 친구를 모두 초대해서 성대한 잔치를 벌인다.

유태인에게는 기독교도에 있어서 로마 법황과 같은 최고 권위자가 없다. 유태인에 있어서 최고의 권위는 《탈무드》이다. 《탈무드》를 얼마만큼 공부했는가 하는 것만이 권위를 측정하는 척도가 된다.

그 《탈무드》의 지식을 제일 많이 갖고 있는 사람들이 랍비이며, 그 때문에 랍비는 권위가 있다고 생각되는 것이다.

내 용

《탈무드》는 6부로 나뉘어져 있다. 1.농업 2.제사 3.여자 4.민법과 형법 5.사원 6.순결과 불순이다.

《탈무드》의 구성에는 규칙이 있다. 반드시 미시나(Mishina)라는 부분에서 시작한다. 미시나는 유태의 오랜 가르침, 약속 등이 구전으로 전해진 부분이다. 이 미시나의 부분은 기원 후 200년에야 모아졌다. 5백 그램 가량의 아주 가벼운 책이다. 여기에서 다른 의결이란 아무것도 없다.

이 미시나를 둘러싼 방대한 의견이나 토론이 《탈무드》인 것이다.

이 토론은 반드시 둘로 나뉘져 있다. 하나는 「하라카」라고 불리는 의론이며, 또 하나는 「아가다」라고 불리는 의론이다.

유태인은 세계에서 가장 종교의 계율을 엄하게 지키고, 종교에 심취하고 있는 사람들이라고 흔히 말하는데 유태인의 언어 중에는 종교라는 단어가 존재하지 않는다. 그 까닭은 유태인의 생활 자체가 종교이기 때문에 별히 종교라는 말을 사용하지 않기 때문이다.

하라카는 유태적인 생활 양식이라고 번역해야 한다. 인간의 모든 행동을 거룩한 것으로 승화시키려 하는 것이다. 제사·건강·예술·식사·회화·언어·대인 관계 등, 생활을 다스리는 모든 것이 이 하라카에 있지 않으면 안 된다. 그리스도 기독교는 그리스도를 믿음으로써 기독교도가 되는데, 유태인은 그러한 일이 없다. 행동 행위만이 유태인을 유태인으로 만드는 것이다.

아가다는 《탈무드》의 3분의 1을 차지하고 있다. 이것은 철학·신학·역사·도덕·시·속담·성서의 해설·과학·의학·수학·천문학·심리학·형이상학 등 인간이 가진 모든 지혜를 포함한 것이다.

랍비라는 직업

지난날 로마인이 유태인을 지배하고 있었을 무렵, 그들은 유태인을 멸망시키려고 여러 가지 방법을 동원하여 탄압했다. 어떤 때에는 유태인의 학교를 폐쇄시키고, 예배를 금하고, 책을 불태우고, 유태인의 여러 가지 축제일을 금지하고, 랍비를 교육하는 것을 금한 적도 있었다.

랍비가 교육을 끝내면, 보통 학교의 졸업식에 해당하는 임명식이 있는데, 로마는 만약 유태인으로 랍비 임명식에 나간 자는, 임명한 사람이나 임명받은 사람 모두를 사형에 처하고, 그런 일이 일어난 도시나 마을은 멸망시킨다고 포고했다. 이것은 로마가 그 때까지 행한 탄압 수단 중에서 가장 현명한 조치였다.

그 까닭은, 도시를 불태우거나 멸망시켜 버리는 위험을 범한 랍비는, 대단한 책임이 돌아갈 뿐더러 물론 어느 나라처럼 랍비가 없어도 잘 되어 가는 사회도 있지만, 유태의 사회에 있어서 랍비가 없어진다는 것은, 유태의 사회가 완전히 기능을 상실하게 되는 것이 되기 때문이다. 랍비는 정신적인 지도자이며 변호사이며, 의사이며, 유태인에 있어서 모든 권위를 대표하고 있다. 로마인도 그것을 충분히 알고 있었으므로 그와 같은 조치를 취했다고 생각된다.

어떤 랍비가 로마인의 책략을 꿰뚫어보고, 그가 가장 사랑하는 다섯 명의 제자를 데리고 도시를 빠져 나가, 두 산 사이에 있는 무인 지대로 들어갔다. 그것은 만약 그 곳에서 붙들려서 처벌을 받더라도, 도시가 함께 불태워지지 않으리라고 생각해서였다. 그는 가장 가까운 도시로부터 2마일 가량 떨어진 장소에 있었다.

거기에서 그는 다섯 명의 제자를 랍비로 임명했다. 그러나 그들은 로마인에게 발견되었다. 제자들은,

"랍비여! 당신은 어떻게 하시겠습니까?"하고 물었다. 그러자 랍비는, "나는 이만큼 나이를 먹었으니 괜찮지만, 너희들은 랍비의 일을 계속해야 하니 빨리 도망쳐라!"하고 명령했다. 다섯 명의 제자들은 재빨리 도망쳤다. 늙은 랍비는 붙잡혀서, 3백 번이나 칼로 난자당한 후 죽었다.

내가 이 이야기를 하는 이유는 랍비가 유태인 사회에서 얼마나 중요한가를 보이기 위해서이다. 일종의 상징이라고 행각해도 좋다.

《탈무드》가 얼마나 중요한 지위를 차지하고 있는가를 이해하지 못하고는 결코 유태 문화를 이해할 수 없다. 원칙적으로 모든 유태인은 《탈무드》의 모든 것에 통하고, 《탈무드》에 담겨진 가르침과 《탈무드》의 이치 맞추려는 조화에 통달하지 않으면 안된다. 매일 유태인은 일정한 시간을 《탈무드》 공부에 할애하지 않으면 안 되게 되어 있다. 이것은 단순히 학문으로서만이 아니고, 종교적인 의무이기도 하다.

그 까닭은, 유태인에 있어서는 신을 공경하고 신을 경배한다는 것은 즉, 공부한다는 것이다. 그리고 유태인이라도 《탈무드》를 매일 공부하면, 하나의 깨달음과 같은 경지에 도달한다.

랍비 중에서의 상하 관계나 서열이라는 것은 없다. 랍비끼리는 아무런 단체도 만들지 않는다. 물론 어떤 랍비는 다른 랍비보다

현명하다고 간주되어 어려운 질문을 받기도 하고 또 어려운 의식 때에는 그 랍비가 맡게 된다.

오늘날 이스라엘의 종교 학교에서는, 9세부터 《탈무드》 공부를 시작한다. 그리하여 고등학교 과정을 마치게 되는데, 이러한 종교 학교에서는 《탈무드》 이외에는 공부시키지 않는다. 따라서 학생은 10년에서 15년 동안 《탈무드》 연구에만 열중하게 되는 것이다.

미국의 랍비를 양성하는 학교에 가려면, 먼저 일반 대학에 들어가서 학사 학위를 받아야 한다. 랍비를 양성하는 학교는 대학원에 해당되기 때문이다. 랍비가 되는 공부를 하기 위해서는 매우 엄격한 시험을 거치며 4년에서 6년 동안 《탈무드》를 처음부터가 아닌 중간에서부터 배우게 된다. 그것은 그 전에 이미 많은 것을 배워 왔다고 인정되기 때문이다. 따라서 입학 시험도 배우 까다롭다.

입시 과목은 먼저 성서·히브리어·아랍어·역사 ─ 이것은 자그만치 천 년의 역사이므로, 역사가 짧은 나라와는 달리 대단한 분량이다. ─ 유태 문학·법률·《탈무드》, 심리학·설교학·교육학·처세 철학·철학이 있고, 그 밖에 몇 가지 논문도 써야 한다. 어느 것이나 대단히 어려운 시험이다. 더구나 졸업 때에는 4년~6년간 배운 것에 대한 최후의 시험이 또 행해진다.

이들 과목 중에서 가장 기본이 되고 중심이 되는 기둥은 《탈무드》로서 반 이상의 시간이 《탈무드》에 배당된다. 《탈무드》 이외의 과목은 교수의 강의로 수업이 행해지는데, 《탈무드》에 대한 강사는 보통 강사나 교사가 아닌 뛰어난 인격자가 선택된다.

그 까닭은, 이러한 학교에서 《탈무드》를 가르칠 수가 있다는 것은 뛰어난 현자이며, 그 주위에서 볼 수 없는 위대한 인물이라고 판단되기 때문이다. 《탈무드》의 교사는 유태 문화가 배출할 수 있는 가장 뛰어나고 현명한 인격자인 것이다. 이것은 《탈무드》의 말을 빌어서 말한다면, 왼손으로 학생을 차갑게 떠밀고, 오른손으로는 따뜻이 끌어안을 수 있는 재능의 소유자인 것이다.

학생 쪽도 《탈무드》의 교사에 대해서는 전혀 다른 반응을 보인다. 《탈무드》는 혼자서 공부하지 않고, 두 사람이 한 조가 되어서 공부한다. 큰 소리로 낭독하고 모두 모여서 외우기도 한다. 두 사람의 조가 하나의 그룹을 만들어서 3년간이나 공부를 계속한다.

《탈무드》의 교사는 결코 어떻게 공부하라고는 강요하지 않으므로, 자신이 판단하지 않으면 안 된다. 자기 스스로 《탈무드》를 생각하고, 《탈무드》를 읽고, 여러 가지 《탈무드》의 문제를 풀고 난 뒤 두 사람이 모이는 학급이 나온다. 《탈무드》는 단지 읽는 것만이 아니고, 그 참다운 의미를 밑바닥에서부터 파악하지 않으면 안 된다. 대략 한 시간의 수업을 받기 위해서는 4시간 가량 공부해 두지 않으면 안 된다. 그러나 고학년으로 올라갈수록 한 시간의 《탈무드》 수업을 받기 위해서 20시간 씩 준비하기도 한다.

《탈무드》의 과목은 하나하나 가르치는 것이 아니라, 아주 대략의 줄거리를 이야기하고, 어떻게 공부하면 좋은가 방향을 제시할 뿐이다. 저학년에서는 모두 테이블을 둘러싸고 앉아 있고 교사는 같은 방의 다른 장소에서 듣고 있다. 물론 수업을 위해 준비하고 있는 단계에서는, 그 선생에게 여러 가지 모르는 부분을 질문할 수 있다.

《탈무드》의 학급은 반드시 그리스어와 라틴어를 말할 수 있어야 한다. 그리고 그리스나 로마의 문화적 생활에 정통해 있지 않으면 안 된다.

랍비가 되기 전의 학생은, 독신이라면 기숙사에 들어간다. 대략 백 명 가량의 학생이 함께 생활하기 때문에, 하나의 학생 사회라고 할 수 있다. 함께 식사하고 서로 이야기한다. 그러나 거기에는 수도원과 같은 엄숙한 분위기는 전혀 없다. 저녁때는 농구 따위를 하면서 즐긴다. 따라서 일반 사회에서 격리된 수도원과는 근본적으로 다르다.

무난히 졸업할 수 있게 된 사람은, 처음 2년간은 학교를 위해서 일해야 한다. 학교를 위한 봉사란, 종군 랍비가 되어도 좋고, 혹은 랍비가 없는 마을에 가서 봉사할 수도 있다는 말이다. 나는 종군 랍비로서 공군에서 2년간 봉사한 경험이 있다.

이 같은 2년이 지나면 두 가지 길 중에서 하나를 선택할 수 있다. 하나는 대학에서 학생들을 가르치는 것이고, 그 이외의 사람들은 나처럼 유태인 사회의 랍비가 되는 것이다.

하나하나의 교구는 딴 교구에서 독립되어 있으므로, 가톨릭처럼 랍비가 어디로 파견된다는 식의 일은 없다. 그것은 여러 유태인의 지역 사회로부터 랍비의 양성학교로 편지가 와서, 우리에겐 랍비가 없으니 한 달에 얼마 만큼의 보수로 랍비가 될 사람을 구해 달라는 신청을 하게 된다. 그러면 졸업이 가까워진 랍비는 자기가 그 곳에 가고 싶다고 학교의 사무국에 신청한 다음 그 지역 사회에 직접 가서 면접 시험을 받는다.

지역 사회가 어떤 랍비를 선택하는가는 자유지만, 랍비 쪽도 자유로히 선택할 권리가 있다. 그러므로 지역 사회도 여러 명의 랍비 후보자와 만날 수도 있고, 랍비 쪽에서도 여러 곳으로 가 보아서, 가지가 바라는 장소를 선택할 자유가 있다.

이야기가 잘 되면 그 지역 사회의 예배소에 속하는 랍비가 될 수 있는데, 일반적으로는 2년 정도가 임기이다. 보수와 그 밖의 조건은, 그 지역 사회와 랍비 사이의 계약에 의해 맺어진다.

예배소나 교구 혹은 지역 사회는 우연히 생기는 것이어서, 어떤 도시의 경우 이 도시에 모인 유태인의 세대가 어느 정도의 수에 이르게 되면, 예배소를 두자는 의견이 나오게 된다. 반대로 말하면, 예배소가 없는 곳에서는 유태인이 살지 못한다. 유태인은 아침 일찍 일어나서 세수를 하고, 아침밥을 먹는 것과 같이 예배소가 필요하며 아이들의 교육을 위해 유태인 학교, 즉 예배소가 필요한 것이다.

그래서 대체로 유태인이 20가구 정도가 되면, 예배소를 설치하여 랍비를 초빙한다.

하나의 지역 사회에 많은 랍비가 있어도 좋겠지만, 그것은 몇 명 정도의 유태인이 그 지역에 살고 있는가에 따라 정해진다.

지역 사회의 재원은 기본적으로는 그 사회에서 한 가족 단위로 분담금으로 조달되는데, 잘 사는 사람은 1년에 한 번씩 기부를 한다.

오늘날의 랍비의 역할은 유태인 학교의 책임자이며, 예배소의 관리자이며 또한 설교자이다. 그는 모두를 대신해서 공부하고, 요람에서 무덤에 가기까지 유태인 사회에 있어 문제의 해결자인 것이다. 아기가 태어나면 그를 맞아들이고, 죽으면 매장하고 결혼할 때도 이혼할 때도 그 자리에 입회한다. 좋을 때나 나쁠 때나 항상 얼굴을 내민다. 따라서 그는 학자이며, 또 목사이기도 하다.

15세기까지 랍비는 보수가 없었다. 그 때문에 대개는 다른 직업을 가지고 있었다. 15세기 이후부터는 랍비의 보수를 지역 사회가 부담하게 되었다.

「랍비」라는 말은 1세기경에 사용되기 시작했는데, 히브리어로는 「교사」라는 뜻이며 영어로는 「리바이」라고 불렀다.

유태교에서는 시간이라는 것은 대단히 중요한 개념이므로, 가장 중요시되고 있는데, 장소라든가 지역이라는 공간의 개념은 과히 중요시하지 않는다. 따라서 기독도교에서와 같은 성역이라는 말은 없지만, 랍비는 일반적으로 성인이라고 칭송된다.

유태인의 생활

일출과 동시에 일어나서, 먼저 손을 씻고, 식사하기 전 30분 가량 기도문을 외우지 않으면 안 된다. 기도할 때에는, 팔과 머리에 성스런 상자를 매달고, 목띠를 감고서 기도한다.

집에서 기도문을 외워도 좋지만, 대개는 가까운 예배소에 가서 예배를 본다. 그러나 예배소에서나 집에서도 기도의 말은 똑같다. 예배소에 가면 다른 사람들도 모두 모여서 기도문을 외우고 있으므로 함께 기도할 수 있다는 이점이 있다. 그리고 심리적으로 자기 혼자서 기도하면 기도가 이기적으로 되기 쉽고, 집단으로 기도하면 집단의식이 강해진다.

그리고는 아침 식사를 한다. 그 때 다시 손을 씻고 짧은 기도를 한다. 그리고 먹는다. 만약 친구나 가족과 함께 식사할 때에는, 반드시 《탈무드》에 대한 화제를 택해야 한다. 그리고 식후에도 기도하는데, 그 때 친구나 딴 사람이 있으면, 함께 목소리를 맞추어 기도한다. 그 다음에 각자의 일터로 나간다.

오후에는 정오에서 일몰까지의 사이, 대체로 5분 정도의 짧은 기도문을 외우지 않으면 안 된다.

그리고 밤에는 가까운 학원에 가서 공부한다. 그 까닭은 유태인은 하루 중에 어느 때든 시간을 내어 공부하지 않으면 안 되기 때문이다.

유태인의 장례

죽은 사람에게는 경의를 표하지 않으면 안 된다. 죽은 사람은 항상 보호되지 않으면 안 된다.

먼저 몸을 깨끗이 씻는다. 그 때는 지역 사회에서 가장 교육 수준이 높고 존경을 받고 있는 사람이 죽은 사람의 몸을 씻는다. 그것은 유태인 사회에서 대단한 명예로 여겨지고 있다.

그리고 될 수 있는 대로 빨리 매장해야 하는데, 관례상 화장하지 않고 매장한다. 원칙적으로는 죽은 다음 날에 매장하게 된다.

죽은 사람을 조금이라도 알고 있던 사람은 반드시 장례식에 참가해야 한다. 그 중에 한 사람, 예컨대 랍비가 조사를 읽고, 상주가 기도의 말의 한다. 그들은 같은 예배소에 가서, 같은 기도문을 앞으로 1년간 매일 올리게 된다.

매장이 끝나면, 가족은 집으로 돌아온다. 1주일 동안 이와 똑같은 일을 집에서 되풀이한다. 마루에 앉아서, 한 개의 촛불을 계속 켜놓은 채 거울에는 모두 덮개를 씌워, 항상 10명의 친구가 모여서 기도문을 외게 된다.

상주는 1주일간 집에서 밖으로 나가지 않는다. 예배소에도 그
1주일간이 끝나야 가게 된다. 1주일 동안에 그 가족을 알고 있는
사람은, 그 집에 가서 조문을 한다. 그 1주일이 끝나면, 가족은
집 밖에 나가서 집 둘레를 한 바퀴 돈다.

1개월간은 얼굴을 씻어서는 안 된다. 1년간은 화려하고 즐거운
장소에 나가서는 안 된다. 그 후는 해마다 기일이 돌아올 때마다
상을 입는다.

장례식에서 돌아온 가족은 달걀을 먹는다. 유태인의 죽은 이에
대한 사고법은, 사람은 누구라도 가족이 죽으면 슬퍼하지만, 1주
일간 상을 치른 뒤에 밖으로 나간다는 것은, 그 이상 상복을 입
어서는 안 된다는 뜻으로, 슬픔은 너무 깊어도 건강에 해롭다는
죽은 사람에 대한 유태인의 생각을 잘 나타내 주고 있다. 그래서
1주일 후에 밖에 나가서 집 둘레를 한 바퀴 도는 것이다.

달걀을 먹고 집 주위를 원을 그리고 걸어야 한다는 것은, 원은
시작도 끝도 없으므로 생명도 원과 같이 끝이 있어서는 안 되며,
항상 돌고 있어야 한다는 것을 의미한다. 살아 있는 사람은 계속
해서 살아야 한다는 것이다.

가장 슬픈 기간은 1주일간이다. 그 다음 1개월 간의 초상의 기
간이 있지만, 이 기간은 앞의 1주일간 만큼 큰 슬픔에 잠기지 않
는다. 다음의 1년간도 슬픔은 덜해진다. 1년 후에는 기일을 제하
곤 상을 입지 않는다. 이 1년간 상을 입는 것은 부친이나 모친의
경우만이고, 다른 사람의 경우는 1주일 내지 1개월로 상이 끝난
다.

나의 부친이 사망했을 때도 나는 매우 슬퍼서 식사를 할 수 없

었다. 그러나 그래도 달걀을 먹지 않으면 안 되었다. 그 까닭은 그 때의 식사는 의무적이기 때문에 꼭 먹어야 한다는 데에 의미가 있다. 죽은 이만이 살아 있는 인간을 지배하고 있는 것이 아니고, 계속 살아가야 하는 중요성을 유태인은 가르치고 있다. 자살은 큰 죄이다.

장례식은 부자나 가난한 사람이나, 학자나 교육이 없는 자라도, 유태에서는 전부 똑같은 관, 똑같은 옷으로 행한다. 인간의 지위나 부귀에 의해서 장례식의 형태가 변하지는 않는다. 말하자면 인간의 평등이라는 것을 존중하는 것이다.

예배소에서 똑같은 모자를 쓰고 모두 같은 모습으로 기도하는 것도 그 때문이다.

제 2 부. 유태인은 누구인가?

유태인에 얽힌 신화

당신은 유태인을 싫어하십니까?

만약 그렇다면 그것은 편견이다. 서구화(西歐化)된 사회, 혹은 기독교 선교사의 영향이 강한 사회에서는 유태인에 대한 편견이 몹시 심하다.

첫째로 당신은 유태인에 대해서 얼마나 알고 있을까?

어떤 사람이 유태인에게 이렇게 말했다.

"세계의 모든 나쁜 일은 유태인이 일으킨다."

"그렇습니다. 그 말대로입니다. 그리고 자전거를 타고 있는 사람들도 그렇지요."

라고 유태인은 대답했다. 그러자 그는 다시

"도대체 어째서 자전거를 탄 사람이 나쁘단 말이오?"

라고 물었고 유태인은,

"그렇다면 어째서 유태인은 왜?"

라고 반문했다.

유태인 만큼 독특한 민족은 없다. 그래서 사람들이 싫어하는 것일까? 유태인들은 유태인들만의 세계를 가지고 있다. 이것은 유사(有史) 이래 변하지 않고 있다. 그렇다면 다른 민족과 어떻게 다른 것일까? 이 질문에 대답하기 전에, 당신에게 또 한 가지 질문을 해 보고 싶다.

유태인은 도대체 이 세계에 몇 사람이나 살고 있을까?

1억? 8천만 명? 5천만 명?

우리들은 유태인의 수를 생각할 때마다 가슴이 쓰리고 아파진다. 아마도 예수 그리스도가 태어났을 무렵의 유태인의 인구는 당시의 어느 민족 못지않게 많았을 것이다. 그리고 어떤 학자의 설에 의하면, 만약 역사를 통해서 유태인에 대해 자행해 온 학살이나 박해가 없었다면, 오늘날 유태인의 인구는 2억 정도는 될 것이라고 한다. 2차 대전 때만 해도 나치 독일의 손에 의해 유럽에서 6백만 명이 계획적으로 학살당했다.

오늘날 세계에 살고 있는 유태인은 2천만 정도도 되지 않는다. 겨우 1천 3백만 명 정도에 지나지 않는다. 이 중에서 약 2백 8십만 명의 유태인이 옛 땅이자 새로 건설된 조국(祖國)인 이스라엘에서 살고 있으며, 나머지는 세계 각처에 흩어져 살고 있다.

1천 3백만 명이라고 하면 뉴욕이나 도쿄·파리 등과 같은 큰 도시의 인구와 별 차이가 없고, 또 만약 전체 인구가 하나의 큰 나라를 이루고 있다고 해도 세계에 존재하는 나라들을 인구순으로 열거한다면 중간 쯤의 눈에 띄지 않는 자리에 들어갈 것이다. 그런데도 유태인은 세계의 자연과학·사회과학·정치·예술·음악·문학·경제·경영·언론 등등 모든 분야에서 성공한 사람들이 기라성처럼 허다하게 있다. 어떤 이유에서인지는 모르나 유태인은 스포츠만은 서툴지만, 다른 분야에서는 모두 세계에서 제1위나 제 3위 정도까지는 들어가 있을 것이다.

그리스도·마르크스·아인슈타인·프로이트·벨그손, …오펜하이머·로스차일드·하이페쯔·트로쯔키·디스렐리·키신저, 더 이상 이름을 열거하면 도움은 되겠지만 전화 번호부처럼 지루해지겠기에 그만 두지만, 인간이 활동하는 모든 분야에서 빛나는 업적을 남긴 유태인으로 누구나 그 이름을 들으면 알 수 있는 사람만 든다 해도 천 페이지 정도는 금방 메울 수 있을 것이다.

만일 유태인이 없었다고 한다면 아마도 오늘날의 세계의 사회 과학이나 과학 기술이 현재 만큼 진보하지 못했으리라는 것은 틀림없다. 나치 독일의 과학 기술 수준만 해도 지극히 낮은 데에 머물고 있었을 것이다. 그리고 성공한 유태인은 흔히 독일인이라든가, 프랑스인 등의 국적(國籍)으로 알려지고 있는 경우가 많다.

아인슈타인 — 독일 국적을 가지고 있었으나 나치에게 추방되어 미국으로 망명했다 — 은 이렇게 말하고 있다.

"유태인은 무엇인가 커다란 업적을 남기면, '그는 독일인이다'라는 말을 듣고, 무엇인가 나쁜 일을 저지르면 '저놈은 유태인이다'라는 말을 듣는다. 그래서 유태인들은 흔히 '레닌이 유태인이 아니어서 정말 다행스러운 일이다'라고 말하면서 자위하고 있다."

물론 세계의 모든 진보가 유태인이 이룩한 업적에 의한 것이라고 말한다면, 그것은 너무 지나친 과장이다. 유태인은 그 숫자가 세계 인구에 비해서 적고, 세계에는 다른 많은 민족이 있으므로, 도저히 세계의 모든 진보를 유태인이 독점할 수는 없는 일이다.

그런데, 당신은 아마도 이런 이야기를 들은 일이 있을 것이다. 유태인이 세계의 청치·금융·비즈니스의 많은 부분을 지배하며 움직이고 있다는 것을. 이것도 유태인이 세계의 모든 문명·문화의 진보를 가져왔다고 하는 것과 똑같은 심한 과장이다.

히틀러는 유태인이 독일의 정치·경제를 지배하고 있다고 주장하며 반(反)유태주의를 선동했다. 그런데 그 무렵에 뉴욕 대학의 한 강사가 강연을 통해서 반론을 제기했다.

"독일 국민 6천 5백만 명 중 겨우 백·분의 일에 지나지 않는 독일의 유태인 6십 5만 명이 독일의 정치 경제를 지배한다면 게르만 민족보다도 우수한 민족은 바로 유태인들이 아닌가?"

이것은 1934년 때 있었던 일이다. 이 해에 히틀러는 독일인이 세계에서 가장 우수한 민족이라고 한창 선전하고 있었다.

환경의 작품인 유태 민족

그러나 유태인이 세계를 지배하고 있다는 이야기는 터무니없는 과장이라고 할지라도, 흔히 그런 말을 듣게 되는 것을 제 3자적인 입장에서 본다면, 어떤 뜻에서는 유태인에 대한 찬사(讚辭)가 된다. 이와 같은 오해를 낳을 정도로 유태인들이 우수하다는 의미가 될지도 모른다.

말하자면 유태인은 성공하는 사람을 낳는 확률이 가장 높은 민족이라는 이야기가 된다. 나는 유태계 미국인이므로 자주 야구의 예를 들게 되는데, 세계의 여러 민족을 야구 팀으로 비유한다면, 유태인은 가장 타율이 높은 민족이다. 어떤 의미에서는 인류 중에서 가장 우수한 야구팀이라고 해도 좋을 것이다.

이스라엘은 건국한 이래 3십 년밖에 안 되는 이민(移民)의 나라인 데도, 돌과 모래밖에 없는 사막지대에서 푸르른 녹색혁명을 일으켰고, 공업화를 추진시켜 주변을 둘러싸고 있는 1억 인구 이상의 아랍 여러 나라로부터 여러 번에 걸쳐 전면적인 공격을 받았지만, 1967년의 6일 전쟁에서 보았던 것처럼 빛나는 승리를 거두고 있는 것으로도 미루어 알 수 있다.

또 한 가지 미국의 예를 들어 보기로 하자. 미국에는 현재 미국 전체 인구의 3%가량의 유태인이 살고 있다. 그런데 미국의 노벨상 수상자들 중에서 유태인이 차지하고 있는 비율은 대체로 25% 정도이다.

역사적으로 유태인의 업적을 생각해 보자

7일로 되어 있는 일 주일을 만든 것은 누구인가? 뒷날 기독교·회교도가 파생(派生)한 일신교(一神敎)를 생각해 낸 것은 누구인가? 최초로 의무 교육을 실시한 것은 누구인가?

이런 일들은 모두 해낸 것은 고대 유태인이다. 해부학·의학을 위시해서 사회복지 제도, 재판 제도도 고대 유태인이 기초를 만든 것이다. 말하자면 유태인이 지은 집 안에 기독교라든가 회교·의학·민주주의 따위의 가구(家具)들이 들어차 있는 것과 같다.

왜 이런 일이 생기게 되었을까? 유태인이 다른 민족보다도 선천적으로 우수했기 때문일까? 그러나 어떤 민족이 우생학적으로 핏줄에 의해서 다른 민족보다 머리가 좋다든가 재능이 뛰어다는가 하는 말은 미신이라는 말 이외에는 어느 것으로도 설명할 수 없다. 머리카락 색깔이 검다든가. 눈이 파랗다든가. 키가 크다든가 하는 등의 육체적인 조건은 피가 결정한다. 그러나, 민족의 우열(優劣)이라든가, 민족성이라고 하는 것은 피가 아니라, 어떤 민족이 성장해 온 역사 가운데서 배양되는 전통과 문화에 의해서 결정될 수 있는 것이다.

그런 뜻에서 말한다면 우연이며, 다른 민족도 유태 민족과 똑같은 환경과 조건 아래에 놓여지면 우리와 같은 업적을 남길 수 있을 것이다.

물론 내가 여기에서 말하는 「우리」라는 것은, 발명·발견이라든가, 새로운 학설을 창시했다든가, 세련된 예술을 만들어 낸다는 개인적인 입장에서 말한다면, 높은 사회적인 지위에 오른다든가,

많은 수입을 올린다든가 하는 일에만 편의적으로 한정시키고 있다고 말할 수 있다.

이 척도로는 물론 어떤 민족이 다른 민족보다 모든 면에서 우수하다고 말할 수는 없다. 어떤 인종은 높은 나무에 올라가 열매를 따는 일에 뛰어나다든가, 또 다른 인종은 공기총을 사용해서 멀리에 있는 새를 쏘아 맞추는 솜씨가 기가 막히게 좋다. 그리고 또, 무엇이 뛰어나고 무엇이 뒤떨어져 있다고 하는 기준은 민족에 따라서 또 문화에 따라서 다르며, 더구나 개인에 따라 천차만별인 법이다.

만약 어떤 한 면만을 거론해서 어떤 민족이 그 면에서 세계에서 가장 뛰어나다고 한다면, 그것은 마치 올림픽에서 한 가지 종목에 항상 우승을 하는 민족이 있다고 해서 그 민족이 세계에서 가장 우수한 민족이라고 하는 것이나 마찬가지이다.

확실히 독일은 제본(製本) 만들기에는 뛰어나지만, 그렇다고 해서 그것 때문에 세계에서 가장 우수한 민족이라면서 온 세계에 자기 선전을 한 것은 독일인들의 큰 착각이었다.

세계에 있는 여러 민족의 선천적인 능력은 차이가 없는 것이 확실한 듯하다. 이것은 올림픽을 예로 들어 보아도 각 민족마다 각 능력에 별다른 차이가 없음을 알 수 있을 것이다.

그러므로 유태인이 태어나면서 유독 우수하다고는 말할 수 없다. 유태인 아이들도 정글북에 나오는 이리 소년 모글리처럼 이리 무리 가운데서 자라게 되면 이를 드러내어 울부짖기도 하고, 네 발로 기기도 할 것이므로, 따라서 프로이트나 아인슈타인이 될 만한 확률은 아마 거의 없을 것이다.

이와 같은 인간은 주위의 환경에 의해서 만들어짐이 틀림없다.

유태인은 유태의 환경이 만들어 낸 작품인 것이다. 하지만 문화라든가 전통이라든가 환경이라든가 하는 것은 소프트 웨어로서, 몇천 년에 걸쳐서 개발된 것이다. 그래서 유태인의 문화나 전통은 공적인 면에서나 사생활 면에서도 가장 성공률이 높은 인간을 탄생시키는 소프트 웨어라고 말할 수 있다.

절대적인 진리의 유태교

그러면 먼저 유태 민족의 발생에서부터 오늘날에 이르기까지의 역사를 규명해 보기로 한다.

첫째, 유태교와 유태의 문화가, 배우는 것을 지상(至上)의 목표로 삼고 있다는 것이다(그렇다고 해도 유태교가 유태 문화이고, 유태 문화가 곧 유태교이다.). 또 하나는, 유태인이 오랜 역사를 통해서 모든 박해를 끝내 이겨 내고, 끝끝내 살아남았다는 것이다. 그리고 세 번째는, 유태인은 지극히 현실적인 사람들이라는 것이다.

나는 어느 때인가 일본인 학생과 이야기를 나눈 적이 있다.

"예? 《구약성서》 라고요?"

이 젊은이는 이렇게 되묻고는 눈이 둥그레졌다. 이 정도의 일로 놀라는 것을 보아도 세계는 유태인에 대해서 너무나도 모르고 있는 것이다.

그는 유태인이 수천 년이나 되는 예전에 쓰여진 《구약성서》를 2,3일 전에라도 출판된 책처럼 생활의 일부로 삼고 있다는 데 놀란 것이다. 그에게는 《구약성서》가 무엇인가 곰팡이 냄새나는 고물(古物)로 밖에는 비치지 않은 것 같았다. 유태교는 《구약성서》에 기초를 두고 있다. 그리고 유태인에게 있어서 《구약성

서》는 매일 아침마다 읽게 되는 잉크도 채 마르지 않은 조간신
문처럼 신선한 것이다.

여기서는 편의상 《구약성서》라고 부르고 있지만, 이것은 기독
교도가 부르는 명칭이며, 유태인은 그리스도를 하나님의 독생자
로 인정하지 않고 있으므로, 유태인에게 《성서》는 하나밖에 없
다. 유태인에게는 《구약성서》가 곧 《성경》이다.

《성서》, 히브리어로는 《도라(가르침)》라고 하는 유태인의 역사
책이기도 하다. 이 가운데에 유태 민족이 어떻게 발생했고, 세계
의 타민족들이 모두 태양이라든가, 달이라든가, 산이라든가, 짐승
따위를 신(神)들로 숭상하는 다신교(多神敎)를 신앙하고 있을 때
에, 신은 한 분밖에 계시지 않다고 하는 일신교(一神敎)에 어떻게
눈을 떴는가? 그 신이 유태인을 선택받은 민족(選民)으로 선정하
여 무엇을 가르쳤는가 하는 것 등이 기술되어 있다.

유태인들은 오늘날까지 《성서》의 가르침을 굳게 지켜 왔다.
유태인은 기원전 천 8백 년 경에 현재의 이스라엘이 있는 땅에
이주해 온 유목민이었다. 《성서》에 최초의 유태인으로서 등장하
는 유태인 아브라함은 이 무렵에 살고 있었던 사람으로 생각된
다.

유태인은 이스라엘 땅에 정착한 후에도 이집트에 노예로 끌려
가기도 하고, 바빌로니아로 납치당하기도 했으며, 또 이 사이에
유태인의 왕국이 일어났다가는 붕괴하기도 했다. 마지막으로 이
스라엘은 기원 70년에 로마에 의해 정복당했다. 이 때부터 유태
인은 조국에서 쫓겨나 세계로 흩어져 갔다. 그리고 1천 8백 년
이상이나 계속된 이산(離散:디아스 포라)의 역사로 들어가게 되
는 것이다. 디아스포라는 유태인이 세계로 흩어져 나간 것을 뜻

하는 말이며, 원래는 그리스어로 「널리 흩어지다」라는 뜻을 가지고 있다.

1605년에 예수회의 선교사인 마태 리치가 중국에 들어갔을 때, 하남성(河南省) 개봉(開封)에 유태인 사회가 존재하고 있는 것을 발견했다. 개봉에 있던 유태인 사회는 잡혼(雜婚)으로 인종적(人種的)으로나 생활 관습적으로나 상당히 중국화(中國化)되어 있었는데, 그 때까지 시나고그(기도소:祈禱所)를 가지고 있었으며, 유태교의 계율을 지키면서 살고 있었다.

이스라엘을 이스와이에「사악:賜樂(중국식 발음)」라는 표기로 불리워지고 있었다. 중국의 기록에 의하면, 7세기 무렵부터 유태인이 중국 각지에 살고 있었던 것으로 되어 있다. 유태인은 「주우프(구홀:求忽)」라고 불리워지고 있었다.

이스라엘 땅에서 추방당한 유태인들 중 많은 사람들이 유럽 쪽으로 흘러갔다. 중근동 지방(中近東地方)에 남은 유태인은 아랍인이나 터키인으로부터 2급 시민으로 취급받았지만, 그다지 가혹한 박해는 받지 않았다. 그러나, 이 유랑(流浪)의 역사가 계속되는 동안 유럽에서의 유태인은 기독교도들의 끈질기고도 가혹한 박해에 직면하게 되었다. 왜 박해를 받아야만 되었을까.

이것은 결코 유태인들의 혈통 때문은 아니었다. 유태인은 우생학적(優生學的)으로 특별한 민족이기 때문에 박해를 받은 것도 아니었다. 유태인은 유태교를 버리고 기독교로 개종만 하면 기독교 사회 안에 흡수되어 박해를 받는 일은 없었다.

예를 들어 크리스토퍼 콜럼버스는 개종한 유태인이었다는 설을 주장하는 사람이 있다. 이처럼 개종한 유태인들도 많았다. 그러나, 대부분의 유태인은 소수 민족으로서 타국에 살면서 아무리 심한 박해를 받아도 유태교를 버리지 않았다. 그것은 유태인들이 유태교가 절대적인 진리라는 것을 확신하고 있었기 때문이다.

이산(離散)의 쓰라림을 맛보면서도 1천 8백 년 이상의 오랜 세월 동안 타민족에 동화(同化)되지 않고 유태인의 독자성을 지켜 왔다는 것은 놀라운 일이 아닐 수 없다. 세상에 또 다른 유례가 없는 일인 것이다. 이것은 유태인이 성서를 현실적인 것으로서 그 가르침을 정신과 생활을 바쳐 주는 기둥으로 굳게 지켜 나왔기 때문이다. 그래서 유태인에게 있어서 《성서》란 결코 낡은 책이 아닌 것이다.

배움의 민족 유태인

유태인이 이스라엘에서 추방당한 후, 「게토」로 알려진 유태인의 거리라든가. 유태인 부락이 스페인으로부터 러시아·터키·중국에 이르기까지 온 세계에 탄생하게 되었다. 한 민족이 멸망한다는 것은 보통 국토(國土)를 잃는다는 것을 말한다. 좀더 정확하게 말하자면, 스스로의 종교라든가 문화를 버리고 강자에게 동화되는 것을 말한다. 유태인은 국토는 잃었지만, 민족은 멸망되지 않았다는 것을 보여 주었다.

천 8백 년 이상이나 되는 오랜 세월 동안 유태인들은 스스로를 지키기 위한 칼도 창도 갖고 있지 않았다. 어쩌다가 외부의 습격으로부터 유태인의 거리를 지키기 위해 높은 벽을 쌓은 일은 있었지만, 나라가 없었으므로 지켜야 될 국토도 군대도 가지고 있지 않았다.

그래서 유태인들이 사신들의 문화를 지키기 위해서 사용한 무기는 배우는 일이었다. 《성서》를 배움으로써 유태인이 되었으며, 아이들에게 《성서》를 배우게 하여 그가 유태인임을 전한 것이었다.

유럽에서는 중세부터 「교육이 없는 유태인은 찾아 볼 수가 없다. 유태인 이외의 사람으로 양육된 유태인 외에는」이라는 말이 생겼을 정도이다.

하지만 이것은 유태인이 이스라엘에서 추방을 당하고 나서부터 유태인임을 지키기 위해 시작한 일은 아니었다. 유태 사회에서는 원래 학문이 가장 숭고한 것으로 여겨졌으며, 랍비가 사회에서 가장 존경을 받는 지위를 차지하고 있었다. 유태의 어린이들이 즐겨 듣는 옛날 이야기에 나오는 영웅은 용맹스러운 기사나 왕자가 배우는 일이 곧 신을 찬미하는 것이었다. 그래서 유태인 남자는 고대로부터 바아 미쯔바(성년식:成年式)때가 되면 《성서》나 기도서를 읽을 수 있어야만 되었기 때문에 유태인은 누구나 다 글을 읽을 수 있었으므로 문맹자(文盲者)가 없었다.

유태인은 앞에서 말한 것처럼 이 세상에서 처음으로 민주주의를 실현한 민족이다. 이스라엘에 가 보면 알 수 있는 일이지만, 유태 사회는 철저한 평등주의 사회이다. 고대 유태 사회에서부터 이 평등주의는 존재하고 있었다. 그래서 평등하게 전원이 교육을 받는 것이다.

그러므로 경건하면 경건할수록 《성서》를 연구하지 않으면 안 되었기 때문에 배우는 일과 생활은 하나가 되었다. 유태인은 《성서》이외에도 많은 책을 탄생시켰는데 성전(聖典)인 《탈무드》가 그 전형적인 것이다.

《탈무드》는 「위대한 연구」라는 뜻을 가진 말이다. 이것은 2백 5십만 자로 이루어져 있는 유태 민족 5천 년에 걸친 생활 규범(生活規範)의 방대한 집대성이며, 수백 년에 걸쳐서 편집된 것이다.

《성서》에 관한 수만 명의 랍비들의 토론이 수록되어 있어 유태인의 사고 방식을 잘 나타내 보여 주고 있다. 유태인은 하나

하나의 문제를 모든 시점(視點)과 각도에서 본다.

예를 들면 유태인은 인간의 생명을 지극히 귀중하게 여긴다. 《탈무드》를 펼치면 《성서》에서 아담이 최초에 어째서 인간으로서 단 한 사람이었는가에 대한 토론이 실려 있다. 그것에 대한 답은 처음에 아담이 단 하나의 인간이었던 이유는 한 사람의 인간을 죽이는 일이 전 인류를 멸망케 하는 것과 마찬가지라는 것을 가르치기 위함이라는 것이다. 아담 이후에도 한 사람의 인간에게 그의 세계는 단 하나밖에 없다. 그를 죽이는 것은 하나의 세계를 멸망시키는 일이 된다는 것이다.

여기에서 길게 신학적인 논쟁을 소개하는 것은 그만 두기로 하자. 유태인 자신도 옛날 유태인의 참을성에 질릴 정도로 긴 논쟁들이 많이 있다. 그러나, 그와 동시에 《탈무드》에는 간단한 지혜도 많이 실려 있다.

"인간은 입이 하나인데 귀는 두 개가 있다. 어째서일까?"라고 랍비가 묻는다. 한 사람이 대답한다.

"이야기는 두 배로 듣지 않으면 안 되기 때문이다."

"사람은 눈은 흰 부분과 검은 부분으로 이루어져 있다. 그런데 왜 검은 부분으로 보여지는 것일까?"

"그것은 세계를 어두운 면부터 보는 편이 좋기 때문이다. 신께서 인간이 맑은 면에서부터 보아 너무 낙관적이 되지 않도록 훈계하고 있는 것이다."

경건한 유태인 남자는 지금도 「키파」라고 하는 작고 둥근 모자를 쓴다. 기도소(祈禱所)에 들어가 기도를 할 때에는 누구나 다 이것을 써야만 된다. 외국인 관광객도 쓴다.

"어째서 키파를 써야만 되는가?"

라는 물음에 대하여 《탈무드》는 이렇게 대답한다.

"인간에게 자기보다도 높은 자가 있다는 것을 항상 생각하게 하기 위해서이다."

「헤브라이(히브리)」라는 말은 「다른 한쪽에 선다」라든가 「상대한다」라는 말이다. 요컨대 유태인은 항상 또 한 가지의 다른 시각으로 보는 법을 찾는다. 이러한 훈련에 의해서 만들어진, 지적 호기심에 가득 차 있는 민족이 유태 민족이다.

이 지적인 호기심은 몇천 년에 걸친 배움의 전통에 의해서 육성된 것이다. 「3일간이나 《탈무드》에 접하지 않는 자는 유태인이 아니다」라는 격언이 있다.

이스라엘에는 많은 경건한 유태교들이 있다. 유태인에게는 율법에 의해서 매일 《성서》를 공부하는 것이 의무로 되어 있으며, 미국에도 이처럼 경건한 유태인들은 많다. 물론 나도 그 계율을 지키고 있는 경건한 유태인 중의 한 사람이다. 그러나 유태인은 계율을 지키지 않았다고 해서 유태인의 전통을 잃고 있는 것은 아니다.

어렸을 적부터 배우는 것은 유태인의 민족적인 전통으로, 교육이야말로 유태인에게 있어서는 무엇보다도 중요한 일이다. 유태교가 유태인을 만들게 되므로, 유태인은 배우지 아니하면 유태인이 될 수 없는 것이다.

박해 속에서 얻은 자신과 지혜

유태인은 긴 역사를 통해서 박해를 받았으며, 몇 번이나 되풀이해서 재산을 몰수당했고, 집은 불태워졌으며, 살고 있던 땅에서 추방당했다. 그런데도 생활을 해 올 수 있었던 것은 이 교육 덕택이었다. 죽임을 당하지 않는 한 교육은 약탈당하는 일이 없었던 것이다.

유태인이 역사의 흐름 가운데서 얼마나 심하게 박해를 당했는가는 나치스에 의한 대량 학살을 통해서도 알 수 있을 것이다. 나치스의 대량 학살은 기독교 사회였기 때문에 가능한 일이었다. 그 이유는 유럽의 기독교도는 오랜 세월 동안 전염병의 유행에서 기근(饑饉)에 이르기까지 어떤 나쁜 일이 일어나면 그것을 모두 유태인 탓으로 돌렸다. 유태인을 6백만 명이나 한꺼번에 학살한 것은 처음 있는 일이었다고 치더라도, 그와 같은 소지는 언제나 충분히 있었다.

나치스와 유태인의 갈등은 히틀러가 뮌헨의 맥주집에서 나치당을 만들었을 때 갑자기 생긴 일은 아니었다.

유태인은 그리스도를 신으로 인정하지 않았으며, 유태인으로서는 천주, 예수, 마리아 등 많은 신성(神性)을 띤 여러 신이 있는 기독교는 다신교(多神敎)로 생각될 수밖에 없었다. 유태인에게 있어서 신은 오직 하나인 여호아 신이있다.

하긴, 중세(中世)의 기독교도는 마녀 재판(魔女裁判)을 열어 14
세기에서 18세기 사이에 수백만 명에 이르는 같은 유럽인을 죽였
다. 하지만 우리들도 일상 생활에서 무엇인가 나쁜 일이 생기면,
누군가 다른 사람 탓으로 돌리고, 혹은 많은 민주주의 국가에서
처럼 "공산주의 탓이다"라든가, "정치가 나쁘다"든가 하며 지극히
속 편안하게 모든 책임을 하나의 것에 전가해 버리는 경향(傾向)
이 있다.

"유태인이 나쁘다"고 하는 것도 같은 맥락인 것이다.

아리스토텔레스가 살고 있었던 시대의 고대 그리스인은 1년에
한 번씩 아테네의 거리에서 노예를 한 사람 끌고 돌아다니면서
모든 죄와 과오를 무고한 그에게 뒤집어씌워서 죽였다. 고대 유
태인은 1년에 한 번 제사를 지내는 날에 한 마리의 양에게 모든
죄를 지게 하여 예루살렘으로부터 사해(死海) 쪽으로 향해 사막
으로 놓아 보냈다. 이것이 바로 「속죄의 양」이다. 그리스도가 전
인류의 죄를 짊어지고 죽었다고 하는 것도 똑같은 발상에서 나온
것이다.

고난은 인간을 갈고 닦아 단련시킨다고 한다. 유태인이 다른
민족에게서는 볼 수 없는, 상상도 할 수 없는 박해를 이겨 내면
서 끝까지 유태인임을 부정하지 않는 것은, 천 8백 년 이상을 얼
마나 시련에 잘 견디어 냈는가를 보여 준 일이다.

그리고 재산이라든가 생명의 위험에 직면하면서 살아 남기 위
해서는 큰 지혜가 꼭 필요했었다. 어떤 뜻에서는 오랜 역사를 바
라보면, 유태인은 우수한 자만 살아남는다고 하는 법칙에 따라
도태되었으며, 유태인 중에서도 지적(知的)으로 뛰어난 자만이 살

아남았다고 할 수 있다.

그리고 유태인은 고난을 능히 이겨 낼 수 있는 자신(유태교가 절대로 옳다고 하는)과 힘을 가지고 살아왔다. 유태인이 자신들의 문화에 확고부동한 자신감을 갖고 있는 데에 그 저력(底力)이 있는 것이다.

유태인은 다른 여러 민족으로부터 「태초(太初)의 민족」이라는 별명으로 불리워지고 있다. 그리고 틀림없이 역사를 통해 세계에서 가장 교육 수준이 높은 민족이다. 미국의 통계에 따른다면 오늘날 유태인은 미국 인구의 약 3% 정도밖에 되지 않는데, 대학에의 진학률은 7, 8%이다. 또 미국의 정신분석 전문의의 13.4%, 변호사의 8%, 수학자의 7%가 유태인이다. 미국의 대학에서 최상위(最上位) 성적을 얻은 자가 전체 미국의 피에 베터 카파 협회 (존 F. 케네디라든가 맥나마라가 이 협회 회원이다)의 회원이 되는데, 그 중의 33%가 유태인이다.

유태인은 사명감을 지니고 있다. 이것은 《성서》에서 온 것이다. 유태인은 《성서》의 창세기에서 신은 인간에게 미완성의 세계를 주고 만인이 행복하게 살 수 있는 보다 좋은 세계를 만들라고 명령했다고 풀이하고 있다. 그래서 유태인들은 신으로부터 이러한 사명을 부여받았다고 믿어 왔다.

이러한 민족의 전통은 신을 부정한 칼 막스에게서도 살아 있었다. 사회과학·철학·자연과학 등등 모든 영역에서 세계를 개량(改良)하려고 하는 욕망은 유태의 피 속에서 연연히 흐르고 있다. 물론 이와 같은 전통은 지키며 박해를 받아 온 유태인이 그와 같은 사회를 만들기 위해 정열에 불탄 것은 당연한 일이었을 지도 모른다.

칼 막스는 낡은 유태인의 계율이라든가 전통을 싫어했는지는 모르지만, 그는 유태인이 항상 먹고 있는 피글스(서양식 김치, 과일 초·설탕·향료 따위에 담근 것)만큼이나 유태의 전통에 젖어 있었다.

유태인은 나치스 독일의 폴란드 점령 지역에 있었던 아우슈비치 강제 수용소의 죄수가 되었어도 「애니 마아민」이라는 노래를 지어 불렀다. 「나는 내일을 믿고 있다」고 하는 노래이다. 이것은 죽어 간다는 것을 알고 있었던 죄수 아닌 죄수들이 만들었으며 죽어간 죄수들의 입에 오른 노래였다. 선율도 아름답다. 그들은 밝은 내일과 보다 좋은 세계가 반드시 오리라는 것을 믿고 있었다. 그들은 유태인이었기 때문이다.

유태의 독자성을 지킨 정신의 벽

유태인의 거리에 둘러쳐져 있는 벽은 물리적(物理的)인 것이었으나, 보다 굳건한 것은 정신적인 벽이라고 할 수 있다.

적의(敵意)에 가득 찬 주위의 기독교도들이 거리의 벽을 부수려고만 한다면 언제든지 부술 수 있다. 사실 이런 일은 너무나도 자주 일어났다. 유태인이 오늘날까지 유태인으로서의 독자성을 잃지 않은 것은, 물리적인 벽이 두텁고 견고했기 때문이 아니라, 유태인 가(街)의 주위에 둘러쳐 놓은 정신적인 벽이 얼마나 튼튼했는가를 말해 준다.

그리고 유럽에 봉건제도로부터 인간의 해방을 지향한 시대가 도래하고, 유태인이 겨우 유태인 거리에서 풀려 나와 물리적인 벽이 제거된 오늘날에 와서도 유태인들은 이 정신적인 벽만은 계속 지니고 있다.

그래도 매주 금요일 일몰(日沒)부터 토요일의 일몰 전까지 계속되는 안식일이 이제는 계율을 지키지 않게 된 많은 유태인에게 있어서는 어리석게 보일 때가 있을 것이다. 안식일에는 일을 해서는 안 되게 되어 있다. 이 안식일에는 물건을 산다든가 심지어는 요리를 하는 일까지도 일체 하지 못하게 금하고 있으므로, 주부는 금요일의 일몰 전에 모든 것을 준비하여 일몰 전에 불 위에 올려놓는다. 불을 켜는 것도 금지되어 있다. 그래서 안식일이 시작되기 전부터 불도 켜 둔 채로 놓아 둔다. 담배도 피워서는 안 된다.

유태인은 금요일 밤에는 흔히 유태인이 아닌 친한 손님을 저녁 식사에 초대한다. 하지만, 담배를 좋아한다면, 아무리 유태인이 기도문을 노래하면서 식사를 하는 것이 신시하고 흥미롭다고 해도 그 집에 가지 않는 것이 좋다. 어쨌든 불이 없는 곳에서 연기가 피어오르지 않으니까.

또, 유태인은 안식일이 되면 온 가족이 함께 지내며, 함께 신을 공경하고, 아이들의 공부를 보아 준다. 그렇지만 글씨를 써서는 안 된다.

안식일에는 이 밖에도 교통 수단을 이용하는 것도 금지되어 있다. 물론 엘리베이터도 타서는 안 된다.

경건한 유태교도라면, 이와 같은 계율(戒律)의 그물 속에서 생활해야만 된다.

일상적인 식사에도 지켜야 될 계율이 많이 있다. 새우·오징어·낙지·문어·조개류·돼지고기를 먹는 것을 금하고 있으며 랍비가 계율에 따라서 도살해서 처리하지 않은 쇠고기·양고기·닭고기도 먹을 수가 없다. 더구나 금하고 있는 음식물이 일단 닿았던 접시에 음식물을 담아 먹는 것도 허용되지 않는다. 따라서 유태인은 유태인이 아닌 사람의 집에서는 식사를 할 수 없게 된다.

유태인은 얼굴에 상처를 입혀서는 안 되므로, 수염을 깎을 수 없다(그런데 전기 면도기의 사용은 허용된다.).

식사에 관한 계율은 뜨거운 사막에서 식중독에 걸리지 않도록 하는 지혜에서 나왔을 것이고, 얼굴에 상처를 나게 해서는 안 된다는 가르침은, 오늘날에도 스스로 얼굴이나 몸에 칼자국 등을 새기는 아프리카인들에게서 볼 수 있듯이, 인류학자가 말하는 신체의 변용(變容)이 성서시대(聖書時代)에 아프리카에서 널리 행해지고 있었던 것에 대한 교훈일 것이다.

이와 같은 엄격한 계율은 유태인들이 디아스포라(이산)의 시대를 통해서 지켜왔다기보다도, 계율이 유태인을 유태인다운 유태인으로 계속 지켜왔다고 할 수 있다. 군인은 군대다운 행동을 함으로써 스스로를 납득시켜 군인답게 되는 것이며, A라는 집단은 다른 집단과 다르다는 것을 행동으로 표시함으로써 자기들의 집단이 다른 집단과 다르다는 것을 서로 확인해서 단결을 강화하는 법이다.

하지만, 계율을 버린다 해도 유태인들은 다른 민족과는 달리서 오랜 세월 동안 지녀온 습성이나 발상은 없어지지 않는다. 유태인은 세계의 인간을 유태인과 다른 민족으로 나누어서 생각한다. 아무래도 유태의 세계 대(對) 다른 세계라는 관념을 버릴 수가 없는 것이다.

광신을 배제하고 알맞음을 존중하는 유태인

유태인이 굳건한 정신의 벽을 끝내 지켜왔다고 하면 유태인은 신이 지시한 정의(正義)를 지키며 보다 좋은 세계를 만드는 사명감에 불탄다고 하는 광신적(狂信的)인 사람들의 집단처럼 생각될지도 모른다. 그것은 천만의 말씀이다.

도대체 그렇게 혹독한 박해를 받고도 살아 남았다고 한다면 천 8백 년 이상이나 광신(狂信)만을 가지고 정신적으로 견뎌 낼 수가 있었을까? 어떤 사람은 살아가기 위해서는 기뻐하기도 하고 슬퍼서 울기도 할 필요가 있다. 유태인은 세계에서 가장 혹심한 핍박을 받은 민족이었기 때문에 그만큼 희노애락(喜怒哀樂)을 풍부하게 지녀왔다. 그렇지 않았다면, 아무리 강인한 정신의 소유자라도 늘 긴장만 하고 있다면 좌절하지 않을 수 없었을 것이다.

원래 유태인은 이산(離散)의 생활로 들어가기 전부터 생활에서의 균형이라고 하는 것을 소중히 여겨왔다. 유태인 중에는 광신자가 없다. 그런데, 예루살렘에 있는 「통곡의 벽」 앞에서 몸을 가늘게 떨고 흔들면서 기도하는 열성적인 유태교 신자들의 모습을 본다면, 외국에서 온 관광객들의 눈에는 광신적으로 비칠 지도 모른다. 그들 역시 광신자는 아니다. 왜냐 하면 유태교에서는 광신을 배제하기 때문이다.

다만, 통곡의 벽은 서기 70년에 로마군이 예루살렘의 신전을 파괴했을 때 단 하나만 남은 서쪽의 벽이며, 이산의 생활을 하는 동안 유태인은 아침과 저녁의 기도를 "내년에야말로 꼭 이스라엘에서"라는 말로 끝맺었으므로, 고대 이스라엘의 상징인 통곡의 벽 앞에 선다는 행위가 강렬한 감동을 일으키게 되는 것이 당연하다. 통곡의 벽은 언제일지는 몰라도 반드시 돌아가게 될 날이 올 조국의 상징인 것이다.

유태에는 고대로부터 은자(隱者)가 없다. 신을 위해서 쾌락은 물론 가족도 생활도 버리고 산으로 들어가 숨는 성자(聖者)는 없었다.

오늘날에도 일(비즈니스든 연구든, 무엇이든)을 위해서 가정 생활이나 인생의 다른 즐거움을 모두 희생시켜 버리는 유태인은 없다. 한 가지 일에만 치우쳐서 다른 것 전부를 희생시킨다는 것은 유태에서는 미덕(美德)이 아니다.

유태교의 랍비는 학자, 지역사회의 지도자, 상담역을 겸하고 있는데, 결혼을 하고 보통 인간생활을 하고 있다. 가톨릭의 신부나 수녀와 같이 평생 동안 이성(異性)을 알아서는 안 된다고 하는 수행자는 유태인들이 보면 비인간적인 것이다.

그것은 인간을 만들어 성(性)을 부여한 신을 모독하는 일이 되는 것이다. 유태인은 누구든 독신으로 지내는 것은 신을 배반하는 일이라고 생각해 왔다.

기독교도와 비교하는 것을 용서해 주기 바란다. 이렇게 하는 것은, 독자들이 기독교에 대해서는 잘 알고 있으므로 그것과 비교함으로써 유태인에 대해서 쉽게 설명할 수 있기 때문이다. 유태인은 성(性)을 기독교도와 같이 불결하다고 명시하지는 않는다.

신이 인간에게 성의 쾌락을 준 이상 나쁜 것일리가 없다. 그래서 이성(異姓)을 보고 마음 속으로 색정을 품으면 육체가 간음한 것과 같다고 하는 신약 성서의 가르침은 유태인과는 전혀 인연이 없는 말이다. 반대로 유태는 부부라 할지라도 쾌락이 수반하지 않는 성교(性交)는 해서는 안 된다고 금하고 있다.

유태인의 금전에 대한 태도도 똑같다. 기독교도는 금전을 성과 마찬가지로 죄가 많고, 불결하며, 백 보를 양보한다 해도 필요악(必要惡)으로 밖에는 생각하지 않는 것 같다.

그러나, 유태인은 이와 같은 터부에 속박당하지 않는다. 여기에서도 돈이란 좋게도 나쁘게도 되는 것이라고 보고 있다. 유태인은 "금전은 기회를 제공한다"고 옛날부터 말해 왔다. 유태인의 세계에서는 가난한 것을 나쁜 것으로 보지는 않지만 기독교도들처럼 깨끗하다느니 천국이 저의 것이라고 자랑하는 일은 없다.

하지만 유태인은 식욕·음주·성·금전에 한하지 않고 모든 일에서 지나침을 싫어한다. 유태인은 알맞음이라고 하는 것을 전통적으로 배우고 있다.

돈에 대해서 말한다면, 돈이 모일수록 자선을 베풀어야만 된다. 유태인 사회는 세상에서 가장 자선을 강조하는 사회이다. 이것은 어린 시절부터 자선용(慈善用) 저금통을 받아 자선의 가르침을 받아 왔기 때문이다.

유태인과 자선에 대해서 조금 더 설명한다면, 영어에서(다른 유럽에서도) 자선은 「챌러티(charity)」라고 하는 것처럼 「베푼다」고 하는 뜻이다. 그러나 헤브리이(히브리어)에서는 자선과 정의(正義)는 똑같이 「제다카」라는 말로 표현된다. 《성서》에서 노아는 「제다카(정의의 사람)」이었다는 것이 되풀이해서 나온다.

꿈 많은 낙관주의자

　유태인들은 지식을 중요시하는 것과 같은 정도로 지혜를 존중한다. 유태인들은 지혜가 없는 지식은 해로운 것이라고 생각한다. 기독교도는 지식을 편중하는 경향이 있다. 과학이 가장 진보했던 나라인 독일에서는 세계를 앞질러서 V1, V2와 같은 로켓에서 제트기까지도 만들었었다. 그런데도 나치스의 광신자들은 히틀러를 총통 관저의 주인공으로 만들어 버린 것이다.

　인간을 죽여 먹어버린 아프리카인과 인간을 죽여서 비누를 만든 독일인과 어느 쪽이 문명적이었을까?

　유태인의 또 한 가지 특성은 웃음을 좋아하는 민족이라는 것이다. 아마도 유태인 만큼 조크(익살)가 많은 민족은 없을 것이다. 이렇게 된 이유 중의 하나는 박해를 견디며 살아가기 위해서는 웃음이 필요했기 때문이다. 웃음은 도피처였으며, 상대는 물론 자신까지도 웃음의 대상으로 삼음으로써, 상대에 대해서 순간적이나마 우월한 지위를 되찾고, 또 자기로부터 초월할 수가 있었던 것이다.

　그러나 또 한 가지 면을 보면, 짧은 이야기로서의 조크에서 생기는 웃음은 지극히 지적(知的)인 것이다. 조크의 웃음은, 사물을 한 발 비켜 서서 뜻밖의 다른 각도에서 바라봄으로써 생긴다. 「

헤브라이(히브리)」라는 말의 뜻은 「또 한쪽에 선다」라는 것을 상기하기 바란다. 모든 각도에서 보는 능력이 있어야 비로소 웃을 수 있다. 이것이 재치이며 기지이다.

유태인의 가정에서나 혹은 회합에 모이면 곧 조크를 교환한다. 이것은 일종의 머리를 부드럽게 하는 체조이다. 프로이트나 아인슈타인은 모두 조크의 명수였다. 아인슈타인은 "상대성 원리도 뛰어난 조크와 마찬가지로 우주의 진리에의 실마리를 구하려고 하는 것이다."라고 말했다.

그리고 유태인이 웃음을 좋아한다고 하는 것은 유태인이 낙관주의자라는 것을 말해 주고 있다. 마아크 샤갈의 그림은 유태인 거리에서 사는 유태인의 인생관을 전형적으로 잘 나타내고 있다. 하늘을 떠돌아 다니는 연인(戀人)들이라든가, 가축, 달콤한 몸, 꽃다발 등은 유태인 거리의 세계이다. 하긴 유태인은 살고 있는 지역의 영향을 받았으므로, 샤갈의 그림의 세계는 동시에 슬라브인 농민의 로맨티즘을 다분히 나타내고 있다. 유태인은 꿈이 많고 낙관적이다.

유태인을 오해하게 된 근원과 진상

　아마도 이 세상에서 유태인 만큼 오해를 받고 있는 민족은 없을 것이다. 이것은 무어라 해도 기독교도가 그리스도의 복음과 함께 유태인에 대한 편견을 퍼뜨렸기 때문이다. 기독교도는 강자(强者)였으며, 강자의 소리일수록 멀리 크게 전해지는 법이다.

　유태인은 20세기에 들어와 독일에 의해 강제적으로 가슴에 유태인임을 표시하는 기장(記章)을 붙이게 했다. 그러나, 이것은 무엇 하나 새로운 일은 아니었다. 예를 들어 로마 교황은 1215년에 제 4회 라테란 회의에서 유럽에 거주하는 전 유태인에게 노랑색의 모자를 쓸 것과 배지를 달 것을 명했다.

　나치스는 유태인이 쓴 저서는 모두 불태워 버렸다. 이것도 많은 전례가 있었다. 1239년에 로마 교황 그레고리우스 9세는 모든 《탈무드》를 몰수하여 불태워 버리도록 명령했다. 그러므로 파리나 로마에 가는 일이 있으면, 관장의 아름다움에 감탄하는 데 그치지 말고, 이 곳에서 매일 《탈무드》가 연기를 올리면서 태워졌었다는 것을 상기해 주기 바란다.

　많은 사람들이 돈에 관해서도 유태인에 대하여 편견을 가지고 있다. 금전에 매달린다. 돈을 위해서라면 무슨 짓이라도 한다. 유태인은 빈틈 없는 장사꾼이라고 말한다. 이것은 특히 셰익스피어의 〈베니스의 상인〉에 의해서 널리 전파되었다.

먼저 객관적인 사실부터 말해 보기로 하자. 유태인은 셰익스피어가 태어나기 전에 영국에서 추방을 당했었다. 그래서 셰익스피어가 살고 있던 시대에는 영국에는 틀림없이 단 한 사람의 유태인도 없었을 것이다. 셰익스피어는 유태인에 대한 편견을 근거 없이 그저 믿고 있었을지도 모른다.

그리고 또, 금전에 아부한다고 하더라도, 유럽에서 기독교도가 돈을 멸시하고 있었을 때 환(煥)이라든가 은행 제도를 만든 것은 유태인이었음을 상기해 주기 바란다. 유태인은 그리스도 교회가 금리(金利)를 죄악시하고 있었을 때 돈 자체를 당연한 것이라고 생각하고 있었다.

하긴 오늘날 모든 은행이 금전에 때묻은 사람들에 의해서 경영되고 있다고 한다면, 이것도 하나의 선경지명일 것이다.

서기 70년에 이스라엘에서 추방당한 후 유럽에 유태인 농민은 한 사람도 없었다. 그 이유는, 중세기의 유럽에서 유태인의 토지 소유를 법률로 금하고 있었기 때문이다. 또, 유태인은 제조업자의 조합(組合)인 「길드」에 가입하는 것을 금하고 있었으므로, 제조업에 종사할 수도 없었다. 그래서 유태인은 상인(商人)이 될 수밖에 없었다.

그리고, 또 유태인은 기독교도의 대다수가 글을 읽지 못하고 자기의 손가락을 세는 것이 고작이었을 무렵에 이미 모두가 높은 교육을 받고 있었으므로, 장사에서도 곧 재능을 발휘할 수 있었다. 그래서 왕이나 귀족들은 다투어 유태인을 지배인으로 고용했었다. 그리고 언제나 교육을 받은 유태인 상인 쪽이 우수했으므로, 기독교도 상인들은 대부분 유태인과의 경쟁에서 이길 수 없었다. 그렇게 되자 기독교도들은 영주(領土)를 부채질하여 유태인의 재산을 몰수하든가, 장사의 경쟁에서 진 데 대한 설명을 할 때, 상대가 정직하고 또 일 이상을 셀 수 있다는 사실을 인정하지 않고, 반대로 교활하다고 말한 것이다.

또, 만약 유태인이 금전에 대한 집착만으로 움직였다면, 왜 기독교도에 동화되려고 하지 않았을까? 유태의 신은 단 돈 1센트도 되지 않는다. 1096년의 제 1회 십자군이 팔레스타인으로 향했을 때에, 유럽 각지를 통과하는 대군은 유태인 거리에서 유태인들에게 기독교의 세례를 받든가, 아니면 죽이겠다고 위협했다.

그 때문에 수만 명에 이르는 유태인들이 집단 자살을 했다. 물론 이 때 십자군의 습격을 받지 않은 유태인 거리도 있었다. 이와 같은 유럽의 역사를 통해서 개종한 유태인은 박해를 받은 일이 없었다.

유태인은 모두 부자라고들 한다. 이것은 잘못된 말이다. 유럽에서는 대부분의 유태인이 유태의 거리로 쫓겨들어 갔기에 빈민 생활을 면할 수 없었다. 유태인 거리는 빈민가였다. 그런데, 유태인이 유태인 거리에서 해방되어 유럽인과 동등한 시민권을 부여받고 난 후에는, 유태인은 근면한 데다가 교육 수준이 높았으므로, 사회의 상부층으로 옮겨가는 속도가 아주 빨랐다.

미국에서의 경우만 보아도, 유태인 이민은 거의 전부가 처음에는 가난뱅이였는데, 오늘날에는 대개 중류 이상의 생활을 하고 있으며, 대도시의 빈민가에서 유태인을 찾는 것은 바다에서 나비를 찾는 것이나 마찬가지로 어려운 일이다. 그렇다고 해서 모두 부자라고 하는 것과는 거리가 멀다.

유태인은 유태 인종에 속한다는 것도 잘못이다. 인종학적으로 말해서, 유태인이라고 하는 인종은 존재하지 않는다. 유태교를 믿는 사람이 유태인이 된다. 그러므로 인도인·멕시코·중국인도 당장에라도 유태인이 될 수 있는 것이다.

유태인은 독일어의 사투리인 이디슈어를 사용한다(이디슈 문학도 있다. 카프카는 그 작가 중의 한 사람이다).

이 이디슈어도 독일·폴란드·루마니아·에스토니아·우크라이나에는 각각 다른 사투리가 있다. 이와 같이 세계로 이산한 유태인은 그 땅의 피가 섞이고, 풍토·문화·관습에 의해서 그 곳의 영향을 깊이 받고 있다. 앞에서 샤갈의 그림에 대해서 말했는데, 러시아에서 살고 있는 유태인은 대개 슬라브의 농민들처럼 사람이 좋고 로맨틱하다. 이탈리아의 유태인들은 역시 이탈리아적이라고 할 수 있다. 유태 요리만 해도 지방에 따라 다르며, 그 나라의 영향을 다분히 받고 있다.

세계 여러 곳에서부터 유태인이 이주해 온 이스라엘을 보면 잘 알 수 있다. 예멘에서 온 유태인과 독일에서 온 유태인은 유태인으로 보이지 않는다. 다만 유태교라고 하는 공통점에 의해서 맺어져 있을 뿐이다.

유태인을 판별하려면 코를 보면 안다고 하며 매부리코를 하고 있다고 흔히 말한다. 이것도 잘못이다. 매부리코의 유태인이 자주 만화에 등장하는데, 터무니없는 말이다. 매부리코를 가지고 있는 것은 서부 러시아에 살고 있는 유태인과 중근동(中近東)에 있는 유태인 뿐이다. 그러므로 육체적인 특징으로 유태인을 판별하려고 해도 헛수고로 끝난다. 유태인은 아시아인이므로, 검은 머리카락과 검은 눈을 가진 사람이 많다. 그렇지만, 금발도, 붉은 머리도 있다.

그러면 겉으로 보아 유태인을 가려 내는 방법을 가르쳐 드리기로 하겠다. 그 방법이 있다고 한다면 눈이다. 유태인은 어쩐지 슬픈 듯한 눈동자를 가지고 있다. 오랜 세월에 걸친 박해 때문이다. 그리고 오늘날 살아 있는 유태인 중에서 나치스 학살의 유족(遺族)이 아닌 사람은 한 사람도 없다. 나도 대부분의 친척을 잃었다. 당시 세상에 살고 있었던 유태인 세 사람에 한 사람 꼴로 나치스의 희생물이 된 것이다.

이스라엘의 국가(國歌)를 들어 본 일이 있을지 모르겠다. 어쩐지 슬픈 듯한 이스라엘 국가의 선율을 듣고 눈물이 나오지 않는 사람은 희한하다고 말할 수 있다. 유태인의 역사를 알고 나서 듣는다면 누구든 감동을 금치 못할 것이다.

유태인은 배타적(排他的)이라고 하는데, 여기에도 오해가 있다. 유태인 거리에서 폐쇄집단(閉鎖集團)을 만들어, 그 안에서 비밀스러운 일을 하면서 외국인에게는 엿보지 못하게 한다는 인상이 상당히 퍼져 있다. 하지만 그런 일은 없다. 이것은 오랫동안 유태인을 유태인 거리에 가두어 놓고 밖에서 그 안으로 들어가지 않으려고 했기 때문에 생긴 일이다.

확실히 유태인은 독특한 계율이라든가 생활 습관을 가지고 있다. 그렇다고 해서 "독특하니까 폐쇄적이다"라고 할 수는 없다. 더구나 유태교는 종교인 동시에 유태인의 생활 전체이다.

유태인의 종교 의식이나 일상 생활을 보고 싶다면, 외국에 간 김에 호텔에서 가까운 기도소(祈禱所)를 찾아가면 된다. 누구에게나 기꺼이 보여 줄 것이다. 유태인 중에서는 가정에 초대해 주는 사람도 있을 것이다.

또, 유태인은 이름을 보면 알 수 있다고 아는 체하는 사람도 있다. 이것은 어느 정도까지는 옳은 말이다. 하지만 유럽의 유태인이 어떻게 해서 이름을 갖게 되었는가, 그 역사를 아는 사람은 극히 소수일 것이다.

유럽에서 사는 유태인이 이름을 갖게 된 것은 약 150년 전이다. 그 때까지는 이스라엘 초대 수상인 데이비드 벤그리온(그리온의 아들인 데이비드)하는 식으로 누구의 아들 누구라는 이름이라든가, 칸타(가수), 슈피켈(거울상), 바르샤프스키(바르카바), 크라인(꼬마) 하는 식으로 직업, 거주지, 외견상의 특징 등이 이름을 대신하고 있었다.

그런데, 18세기 이후가 되어 오스트리아의 요셉 2세, 프랑스의 나폴레옹 1세, 프러시아 정부 등이 잇따라 유태인 등록부를 만들기 위해 유태인에게 강제적으로 성을 갖게 했다. 그렇다고 누구나 자기가 좋아하는 이름을 사용할 수 있었던 것은 아니다. 각국 정부는 유태인들로부터 돈을 빼앗기 위해서 이름을 팔았다. 좋은 이름은 값이 비싸게, 나쁜 이름은 값이 싸게 판 것이다.

값이 비싼 이름에는 꽃이나 귀금속의 명칭이 붙었다. 로젠타알(장미), 아이제버그(철) 등이 비쌌고 동물 이름에서만 딴 워르프슨(이리) 등은 값이 쌌다. 돈을 지불하지 못하는 사람은 프레서(비계덩이), 힌터게시쯔(엉덩이) 등이 주어졌는데, 오늘날에는 이름을 바꾸었기에 이런 이름은 찾아 볼 수가 없다.

그러므로 이름만 보면 당장에 알 수 있다고 하는 것은 잘못된 말이다.

마지막으로 또 한 가지, 유태인이 세계를 정복하려는 음모를 꾸미려 하고 있다는 설이 있는데, 이것은 20세기 초에 유포되었던 《시온의 의정서(議定書)》를 주된 근거로 삼고 있다. 이 《시온의 의정서》에 의하면, 1897년에 스위스에서 열린 제 1회 세계 시오니스트 회의에서 유태인이 세계를 정복하려고 하는 비밀 결의를 한 것으로 되어 있다.

그리고 그 이전에도 세계의 유태인 대표가 프라하의 유태인 묘지에서 백 년 동안에 한 번씩 정기적으로 세계 지배의 음모를 꾸미는 회의를 가졌다는 것이다. 그러나 오늘날에 와서 이것은 반유태주의를 정책으로 내세운 제정 러시아 정부의 비밀경찰에 의해서 날조된 것이었다는 것이 통설로 되어 있다.

유태인들은 세계를 지배하려고도, 세계를 유태화하려고도 생각하지 않고 있다. 첫째, 유태교에는 선교사가 없다. 유태인은 오랫동안 신에게 선택을 받은 민족으로서, 자신들의 민족만이 자기들의 신의 명령을 지키면 되고, 다른 민족에게 유태교를 선전하려고도, 강요하려고도 한 일이 없다. 만약 유태인이 세계 정복을 노리고 있다면, 자전거를 타고 세계 정복을 계획하는 일도 있을 것이다.

제 3 부. 유태인의 처세술

1장. 학문에 대해서

어느 랍비의 유서

사랑하는 내 아들아!

책을 네 정다운 벗으로 삼을지어다.

책꽂이나 책장을 네 기쁨의 밭, 기쁨의 정원으로 가꿀지어다.

책의 낙원에서 훈훈한 향기를 느껴라.

지식의 고귀한 열매를, 그리고 장미를 네 자신의 것으로 만들어라.

지혜의 꽃다운 향기를 맡아 보아라.

만일 네 영혼이 충만되었거나 피로해 있다면 정원에서 정원으로, 이랑에서 이랑으로 이곳 저곳의 풍경을 감상해 보아라.

그리 되면 새로운 기쁨은 용솟음치고 네 영혼은 희망에 차 도약할 것이다.

쥬다 이본 티본(1120? − 1190, 그라나다 태생, 의사, 철학자)

넓은 지식보다는 배우려는 태도가 더 중요하다

사람은 일반적으로 나이가 많아지면 무엇인가를 배우려는 의지가 약해진다는 말은 유태인에게는 좀 어울리지 않는 말이다. 인간은 나이를 먹었어도 배울 수 있다. 배움으로써 젊음을 되찾을 수 있다. 청춘이란 단순히 나이만 가지고 하는 말이 아니다. 태도를 가지고 하는 말이다. 불치하문(不恥下問)이란 말이 있듯이 나이가 많은 사람이 아랫사람에게 묻기를 좋아한다는 것은 배움으로써 젊음을 유지하는 태도인 것이다. 근대 의학에 의해서도 여실히 증명된 사실이지만, 유태인이 2000년 전에 쓴 저서에도 그렇게 서술되어 있다.

유태인은 생명이 붙어 있는 한 끝까지 배웠다. 배우는 것이 그들의 성스러운 임무이며 보람이라고 생각했기 때문이다. 유태인들은 천국으로 돌아갈 마지막 순간까지 인간은 배움의 길을 걸어야 한다는 확고한 신념을 가지고 있었다. 아무리 위대한 교직자라도 배움을 계속하지 않으면 안 된다는 굳은 신념이었다. 학문에는 왕도가 없으며, 배움에는 끝이 없는 것이다. 이덧쉬어의 「학자」라는 말은 히브리어의 「람단」에서 유래된 말로 「람단」이란 식자(識者), 즉 알고 있는 사람이란 말이 아니라, 배우는 사람이란 뜻을 가지고 있다.

방대한 지식을 자랑하는 사람보다 배우고 있는 사람 쪽이 더 훌륭하고 가치가 있다고 생각하여 왔으며, 지금까지도 아니 미래까지도 유태인은 그렇게 생각하고 있을 것이다.

지식보다 지혜를 더 소중히 한다

인간에게 있어서 가장 중요한 것은 무엇일까? 그것은 지성이라고 말할 수 있을 것이다. 왜냐 하면 그것은 유태인의 종교적 전통에서 오는 사고 방식이기 때문이다.

그러나 그 후 유태인들은 장구한 세월에 걸쳐서 수없이 많은 박해를 당해야 했다. 도시가 불태워지고 재산을 몰수당하는 경우가 많았다. 그래서 유태인의 어머니가 아이들에게 묻는 수수께끼에 다음과 같은 것이 있다.

"만약 네 집이 불태워지고 재산을 모두 빼앗겼다면 너는 도대체 무엇을 가지고 도망가겠느냐?"

이 물음에 아이들은 돈을 가지고 도망간다든지, 보석을 가지고 도망간다고 대답하기 마련이다.

이런 경우에는 "형태도 색깔도 냄새도 없는 것이다."라고 암시를 주면서 묻는다. 그래도 대답을 못하면, 어머니는 가지고 갈 것은 돈도 보석도 아닌 지성이라고 일깨워 준다. 세상의 어느 누구도 지성을 빼앗을 수는 없는 것이며, 지성은 생명이 붙어 있는 한 몸에 지니고 다닐 수 있기 때문이라는 것이다.

유태인에는 이와 같은 경우의 많은 격언이 있다.

"여행 도중에 고향 사람들이 보지도 못하고 모를 것 같아 보이는 책이 발견되면 서슴없이 그 책을 꼭 사 가지고 고향으로 돌아오라."

"만일 생활이 궁핍해서 물건을 팔아야 할 경우에는 먼저 금·보석·집·토지를 팔아라. 최후의 순간까지도 팔아서는 안 될 것은 오직 책이니라."

"책은 설사 적이라 할지라도 빌려 달라고 하면 주저하지 말고 빌려 주어야 한다. 만약 그렇지 않으면 당신은 지식의 적이 될 것이다."

지식의 상징은 책이다. 1736년, 라트비아의 유태인가(街)에는 책을 빌려 달라고 하는데 빌려 주지 않는 사람에게는 벌금을 물린다는 조례(條例)까지 정해져 있었다. 또 유태인의 가정에서는 책꽂이를 침대 다리 쪽에 놓아서는 안 되고 머리 쪽에 놓아야 한다는 풍습이 전해 내려오고 있다.

유태인 사회에서 지성이 얼마나 중요시되고 있는가 하는 예로서, 학자는 왕보다 더 훌륭하고 존경을 받는 대상이 되었다. 이것은 유태인만이 자랑할 수 있는 전통이다. 여타 민족의 대부분은 왕후 장상(王侯將相), 귀족, 상인을 학자보다 더 우위에 놓고 있다.

그만큼 유태인들은 학문을 소중히 여기고 있으나, 지식보다는 지혜를 더 소중히 여겨 왔다. 이것은 아무리 많은 지식을 가지고 있어도 지혜를 갖추지 않은 사람은 많은 책을 등에 짊어진 당나귀와 같다고 전해지기 때문이다.

지식은 아무리 많이 모아도 좋은 목적에 사용되지 않으면 오히려 해독을 끼치며, 또 오로지 지식을 모으는 것만으로는 책을 책장에 쌓아 놓은 것과 다름 없는 것이다. 지식은 지혜를 갈고 닦기 위하여 몸에 지니고 있는 것에 불과하다.

지식을 무조건 맹목적으로 익히는 것도 경시되었다. 단순한 지식이라면 모방에 불과하기 때문이다. 배우는 것은 어디까지나 자기 자신이 스스로 생각하는 힘을 기르기 위한 기초 작업이다. 히브리어에서는 지혜자를 「홋헴」이라고 부르는데 「홋헴」은 「호프마(지혜)」를 가지고 있고 그것을 사용할 수 있는 사람을 가리킨다. 「홋헴」으로 높이 알려진 자가 있었고, 또 옛날의 위대한 랍비들은 대부분 목자나 구두 수선공이었다.

이런 지혜자들 중에서 가장 뛰어난 지혜가 있는 사람은 「탈밋드 홋헴(〈탈무드〉에 정통한 자)」이라고 불리며 《탈무드》나 《토라》에 정통하고 있었다. 이와 같은 사람은 어떤 공식적인 정규 교육에 의해서 생겨나지 않으며 어떠한 칭호도 「탈밋드 홋헴」을 만들 수 없다고 생각되었다.

열심히 배우는 젊은 학도가 지식을 쌓고 지성을 닦는 동안에 통찰력을 얻고 또 교만하지 않고 겸허함을 배우면 「홋헴」으로 불리운다. 겸허함이야 말로 학식과 함께 존중되었다. 자기 자신이 행복하다고 느끼는 사람은 행복하고, 포도는 익어갈수록 아래로 처지듯 지혜 있는 사람은 겸허해야 한다. 「탈밋드 홋헴」은 평생 동안 배움을 잊지 않고 부지런하여 많은 사람들로부터 지혜로운 자라고 생각되는 사람이 그렇게 불리어졌다.

고대 유태 사회에서 「탈밋드 홋헴」은 세금이 면제되었다. 이러한 혜택을 주는 이면에는 지혜자의 존재가 사회 전체에 유용하다고 보는 절대적인 사상이 깔려 있기 때문이다. 그뿐만 아니라, 사회 전체가 부조하여야 한다고 생각했기 때문이다.

다음은 유태인 사회에서 「홋헴」을 어떻게 존경하였는가를 보여주는 한 예이다.

「홋헴」과 부자와는 어느 편이 더 위대한가? 그것은 「홋헴」이다. 왜냐 하면 「홋헴」은 돈의 고마움을 알지만, 부자는 「호프마」의 고마움을 모르기 때문이다.

학식이란 시계와 비슷한 것이다

아무리 학식이 풍부한 사람이라고 해도 그 학식을 자랑해서는 안 된다. 마찬가지로 자기가 남보다 잘났다든지, 힘이 강하다든지 하는 일을 자기 스스로가 말해서는 안 된다. 사람들이 모두 그런 것을 싫어하고 미워하기 때문이다.

《탈무드》에서는 학식과 능력을 값진 시계와 같은 것이라고 비유하고 있다. 요컨대 자기가 가지고 있는 것을 자랑해서는 안 된다. 사람들이 물어 올 때 비로소 시계를 내놓아야 더욱 값진 것이 된다.

이러한 사람만이 비로소 아무리 퍼내도 그칠 줄 모르는 깊은 샘물처럼 학식이 넘쳐 흐르는 것이다. 유태인은 학식을 우물에 비하여 "근원이 깊은 우물물은 아무리 퍼내도 마르지 않는다. 얕은 우물은 곧 없어진다."라고 말한다. 돈이나 보물은 곧 잃어버릴 수도 있지만, 지식은 언제나 몸에 붙어다닌다. 그러므로 「배우는 일은 한평생의 직업」이며, 「나는 성생으로부터 많은 것을 배웠고, 친구들로부터도 더 많은 것을 배웠다. 그러나 가장 많이 배운 것은 학생으로부터다.」라는 겸허한 생각이 생긴다.

"지혜는 겸허를 낳는다."고 아브라함 벤 에즈라는 말하고 있다.

교육에는 두 가지 종류가 있다

하늘은 도대체 어디서부터 시작되는가? 이러한 질문을 받았을 경우 무엇이라고 대답할 것인가? 그것은 당신의 발 밑에서부터 시작된다고 말할 수도 있다.

개미를 예로 들어 생각해 본다면. 개미가 하늘을 쳐다본다면 그 높이는 얼마나 될 것인가? 당신의 구두 근처에서부터 하늘이 시작된다고 봐도 틀린 말이 아닌 것이다.

그렇다면 세계는 도대체 어디서부터 시작되는 것일까? 세계는 바로 당신 자신으로부터 시작된다고 봐야 한다. 하지만 대개의 경우 다음과 같이 말하는 것이 일반적인 생각이다.

"나는 이 세계를 훌륭히 만들 수 있는 능력 같은 것은 전혀 가지고 있지 않다. 나는 아주 무력한 존재다."

이렇게 생각하고 자기는 세계의 일부가 아닌 것처럼 자포자기하기가 일쑤다. 이러한 사고 방식은 매우 잘못된 생각이다. 절대로 무기력하다고 자기 자신을 생각해서는 안 된다.

모든 문제는 인간으로부터, 자기 자신으로부터 출발하고 있다. 당신은 세계가 안고 있는 어려운 문제를 크게 만들 수도 있고, 어려운 문제를 해결하기 위하여 당신의 힘을 빌려 줄 수도 있다. 당신은 절대로 무력한 존재가 아니고 적어도 당신의 힘으로 당신 주위의 세계를 바꿀 수 있는 능력이 있을 것임에 틀림없다.

먼저 자기를 둘러싸고 있는 세계에서 가장 중요한 것은 무엇인가? 그것은 두말 할 것도 없이 가족이다. 그런데 가족 관계가 원만하게 이루어지고 있는 사람은 애석하게도 그렇게 많지가 않다. 그 다음으로 자기 일이 있고, 또 자기가 살고 있는 지역 사회가 있다. 어떻게 하면 보다 나은 세계를 건설할 수 있을 것인가? 그것은 첫째로 배움으로서 보다 좋은 환경을 만들 수 있다. 배운다는 것은 학교에 다닌다든지, 책을 읽는다든지 하는 것만이 아니고, 주위 환경의 모든 사람들이 무엇을 원하고 있는가를 배우는 것도 중요한 문제 중의 하나이다.

내가 일본에 대하여 우려하고 있는 것의 하나는 배운다는 것이 학교 교육이나 직업에 필요로 하는 기능 교육과 같은 것으로 인식되었다는 사실이다. 일본에서는 애석하게도 공부한다, 배운다는 것이 오로지 생활 방편으로서의 이해 득실과 결부되어 있다는 사실이다.

배운다는 것은 좀더 폭이 넓은 것이 아니고는 인간이 진지하게 살아가는 데 있어서 보탬이 될 수가 없다. 배운다는 것은 그 목적이 좀더 인간다운 생활을 하기 위함에 있어야 한다. 인간으로서의 매력을 더하는 데 있다.

그러나 오늘날에 있어서 학문은 선악의 개념을 분명히 제거해야 한다고 생각되고 있다. 이를테면 과학에 있어서는 사실만을 밝힐 뿐 선악 관계에는 전혀 무관하다고 생각되고 있다. 과학이란 당연히 그래야 한다는 것이다. 그러나 그런 생각은 과학이 인간의 도구임을 망각한 데서 오는 그릇된 생각이다. 인간이 과학을 제대로 이용하려면 최종적으로 선악까지도 판단해야 한다. 따라서 어디까지나 객관적 학문은 그것만으로는 우리들의 도구임에 불과한 것이다.

과학 기술은 인간 생활을 크게 향상시켰다. 과학 기술의 발달로 선진공업 사회에서는 사람들을 지난날의 굴욕적인 빈곤으로부터 해방시켰다. 과학이야말로 인간 생활을 크게 향상시킨 원동력이었다. 그렇기 때문에 과학이 인류에게 공헌한 만큼 과학의 힘을 인정하는 것은 당연하지만, 과학의 힘을 과대 평가한 나머지 자신도 모르는 사이에 과학 만능주의에 빠지기 쉽다.

인간 생활에서는 무엇이 가치가 있으며, 무엇이 나쁜가라는 가치 판단이 명확하지 않으면 안 된다. 좋고 싫고만을 일삼으면서 생활하는 인간은 자칫 가치 판단을 그르칠 우려가 있다. 이해 득실도 또한 마찬가지이다. 순간만의 이해 득실에 얽매어 찰나적으로 변하는 사람은 여러 사람들의 신뢰를 받지 못한다. 여러 사람의 신뢰를 받는 변하지 않는 그런 것이 바로 신용이란 것이다.

선악의 판단은 한 사람의 인간으로부터 시작된다. 《탈무드》에서는 「평범한 사람보다 뛰어난 사람은 두 가지 교육을 받고 있다. 그 하나는 교사로부터 받는 교육이요. 다른 하나는 자기 자신으로부터 받는 것이다.」라고 가르치고 있다.

인간은 누구나가 모두 음(陰) 양(陽)의 두 가지 면을 가지고 있다. 아무리 선한 자에게도 그늘이 있고, 또한 어떠한 악인에게도 빛이 있게 마련이다. 그러므로 그늘이 있다고 해서 부끄럽게 생각하는 것은 자신을 망치는 행위가 된다. 빛 부분을 갈고 닦아 더욱 빛나게 하면 되는 것이다. 거꾸로 빛 부분이 있다고 하여 자만심을 가져서는 안 될 것이다. 그늘 부분을 줄여 없애도록 노력해야 할 것이다.

인간도 교육도 세계를 위하여 유용한 것이 되어야 한다.

옛날의 랍비들은 자기 자신만을 위하여 살아 가서도 다른 사람만을 위하여 살아 가서도 안 된다고 생각했다. 자기 자신만을 생각하는 사람은 천하고 다른 사람만을 위하는 자는 광신자(狂信者)가 되어 버린다.

다른 사람을 넘는 것보다 자신을 넘어라

인간은 선천적으로 게으른 동물이다. 때문에 새로운 사람과 사상(事象)에 대하여 끊임없은 관심을 갖지 않으면 단조로운 생활이 반복되어 버린다.

알버트 아인쉬타인 박사는 "인간은 항상 새로운 것을 생각하지 않으면 인형과 같이 되어 버린다."라고 가르치고 있다. 공연히 자신의 습관에 따라 행동하게 되어 버리고 만다. 토마스 만은 "습관은 인간에게 있어 잠자고 있는 것과 같다. 어린 시절이나 청소년기에 시간이 가는 것이 길다고 느껴지는 것은 늘 새로운 것을 대하게 되므로 자극이 강하게 작용하기 때문이다. 반대로 중년이 지나면 1년이 너무 빨리 지나간다고 느껴지는데, 이것은 너무나도 많은 습관이 쌓이고 쌓였기 때문이다."라고 말하고 있다.

오늘의 생활 속에서 대중과 매스 미디어에 대하여 생각해 보자. 아침에 일어나 직장으로 출근하기 전에 라디오 뉴스에 귀를 기울이거나 조간 신문을 펼쳐 보고 숟가락과 젓가락은 입을 향하여 오르내린다. 혹은 전철, 버스 속에서 신문을 훑어볼 수도 있다. 회사나 직장에 도착하기가 바쁘게 신문을 펼쳐 들지도 모른다. 이와 같이 신문이나 라디오가 뉴스를 센세이셔널하게 다루고 있다.

대부분의 사람들이 왜 신문이나 라디오에 귀를 기울이는가? 진실을 알기 위해서일까? 주변에서 일어나고 있는 일들을 자기만이 모르고 있는 게 아닌가 하는 불안감 때문일까? 신문을 보거나 라디오를 듣는 것은 우리 생활에서 습관화되어 있다. 매일 매일 시시각각으로 새로운 뉴스가 홍수처럼 계속해서 밀려 나온다. 그리고 우리들은 매일 먹는 식사와도 같이 새로운 뉴스를 소화시켜 버리고, 아무것도 남는 것이 없게 된다. 그러면 또 다음 날에는 신문이나 텔레비전이라는 그릇에 새로운 음식이 담겨 나오는 것이다.

텔레비전은 교육 프로나 교양 프로보다는 흥미 위주로 된 정도가 낮은 프로의 시청률이 훨씬 높다. 눈으로 먹는 것이라고나 할까? 영양은 거의 없다. 내 자신도 텔레비전이 처음 등장했을 때 텔레비전 앞에서 떨어질 줄 모르고 오락 프로에 열중했던 기억이 생생하다. 그러나 상당한 시일이 경과된 후에야, 음식과 같이 꼭 먹어야 하는 것도 아닌데 꼭 보고 싶어하는 습관이 붙어버렸다는 것을 깨닫게 되었다.

그러나 솔직히 말해서 텔레비전뿐만 아니라, 우리의 일상 생활속에서 습관화된 버릇으로 인하여 빼앗기는 시간이 예상외로 많다는데 주의를 기울이게 된다. 다시 한 번 우리 생활을 돌이켜보며 반성해 볼 일이다.

지난 해 나에게 배달된 일본 신문에 다음과 같은 기사가 실려있었다.

「요즈음 대성황을 이루고 있는 외국어 학원 야간 교실에서 샐러리맨들의 모습이 많이 눈에 띄는데 그 중의 90%가 거의 결석하는 일이 없다」는 통계가 나와 학습 의욕이 대단함을 보여 주었다.

최근 일본에서는 외국어 학습뿐만 아니라, 샐러리맨들의 자기계발 풍조가 고조되어 가고 있다. 정기적으로 모이는 학습회를 비롯하여 강연이나 세미나의 횟수도 수 년간 상당수 증가되는 추세에 있다.

이것은 매우 고무적인 현상으로서 일본 사회가 급속도로 풍요로워지고 지적인 인재가 더욱 필요하게 되어 있기 때문이다. 인건비의 상승과 아울러 사람들의 욕망도 또한 다양화 되었다. 이다양화가 사회 형성의 요소를 기하급수적으로 증가시켰다.

사회 발전의 요소가 증가하는 만큼 변화를 가져오는 요인의 연결상도 점점 불어나고 있다. 그리고 그 변화하는 양상도 예측하기가 곤란하게 되어 가고 있다. 이에 대처하여 자기 자신 속에 될수록 많은 지적(知的) 요소를 지니고 또한 축적하고 있는 인재가 절실히 필요하게끔 되어 가고 있다.

근면과 부지런한 것만으로는 사회가 요구하는 일을 충족시켜 주지 못한다.

항상 새로운 것을 배우고 진취적인 기상을 가져야 한다. 지성은 은수저와 마찬가지로 자주 닦지 않으면 퇴색하기 쉽다. 그리고 서로 다른 것을 많이 공부하면 그것들을 서로간에 연결시켜 새로운 지식이나 통찰력을 창출해 낼 수 있다. 서로 다른 요소들이 상호 작용하여 자신도 상상할 수 없을 만큼의 좋은 생각이 떠오르는 것이다.

인생의 최대 목적은 무엇인가? 그것은 자기를 낳는 것이 최대의 임무이다. 사람은 누구나 어머니의 태로부터 출생한다. 이것은 생물적인 생(生)이다. 생물적인 생 다음에 인간은 다시 한 번 태어나야 한다. 즉 자기가 자기를 낳는 것이다.

모든 인간은 다 자기 나름대로의 창조력을 갖추고 있으나, 거의 모든 사람이 스스로 간직하고 있는 창조력을 개발할 줄 모르고 있다. 다른 사람을 넘으려고 하는 것보다도 자기 자신을 넘어서려고 끊임없이 노력하는 사람이 언젠가는 반드시 다른 사람보다 뛰어나게 되는 것이다.

어버이가 아들에게 주어야 할 것

최근 어버이들은 자기가 이루지 못했던 것을 자녀로부터 얻으려는 잠재의식이 강하다. 이를테면 아들에게 자동차를 사 준다거나 용돈을 지나치게 많이 주거나, 또는 능력 이상의 좋은 학교에 보내려고 하는 것이 그와 같은 어버이들의 심정이다. 그러나 그렇게 하지 않더라도 어버이가 가지고 있는 애정, 근면성, 겸허함, 겸양정신 같은 것을 아이가 충분히 계승하는 것만으로도 사실은 충분한 교육이 되는 것이다.

아이가 좋은 기업체에 취직해 주기를 희망하거나, 명문 학교에 입학하기를 바라는 것은 물론 나쁜 일은 아니다. 그러나 어버이가 갖지 못했던 것을 아이에게 가지게 한다든가, 어버이가 이룩하지 못했던 것을 자식에게 강요하는 나머지, 어버이가 소유하고 있는 귀중한 것을 자식들에게 베풀지 못하는 수가 있다.

"다섯 살 된 자식은 당신의 주인이고, 열 살이 된 자식은 노예이고, 열다섯 살 난 자식은 동등하게 된다. 그 후부터는 교육시키는 방법여하에 따라 벗이 될 수도 적이 될 수도 있다."고 《탈무드》는 말한다.

어버이와 선생은 산과 같다

캘리포니아주의 수도 새크라멘트 소재 주 의회의 건물에는 다음과 같은 글귀가 새겨져 있다.

「향토의 높은 산들보다 더 높이 솟아오르는 인간을 만들자.」

이 말과 비슷한 사고 방식이 유태인의 사상에 잠재해 있다.

히브리어로 「하림」은 산, 「호림」은 양친, 「오림」은 교사를 가리키는 말이다. 이 말에서 뜻하는 바와 같이 양친과 교사는 산처럼 높은 존재로서 일반 사람보다 한층 높게 솟아올라 있다고 생각했다.

산이 하늘보다 더 높이 솟으려고 산의 정상이 공중으로 솟아오르듯, 유태인들도 그들 자식들을 보다 높은 곳에 오르게 하려고 노력하고 있다. 아이들이나 공부하는 학생들은 이 산과 같이 높은 정상에 다다르지 않으면 안 된다고 가르치고 있다.

유태 민족은 다른 민족에 비해서 교육열이 특히 강하다. 세 살 때부터 매주 엿새, 하루 여섯 시간에서 열 시간까지 공부에 열중하도록 한다. 교사의 집이나 학교에서 《토라》 《탈무드》를 암기토록 하여 장래의 「바미츠바(성인식)」 교육에 대비하는 것이다.

2장. 역경에 대한 도전

아직도 최후의 한 수가 남아 있다

인류 역사가 시작된 이래 보다 나은 사회를 건설하려고 인간은 여러 가지 적들과 끊임없는 전쟁을 계속해 왔다. 그 중에서도 우리들의 내부나 주위 환경에 있는 악과의 투쟁에서 승리하는 것이 가장 큰 난제로 되어 있다. 신문에는 위안을 주는 시사보다는 오히려 폭력, 고통, 혼란의 도가니 속으로 빠져 들어가는 세계의 모습을 담은 기사들이 더 많다. 이러한 상황 속에서는 어떻게 살아가야 할지 당황하는 때도 있다. 그래도 깊은 감명을 주는 이야기를 들을 때면 새로운 희망과 새로운 용기가 솟아오른다.

어느 유명한 박물관의 한쪽 벽 눈에 잘 띄지 않는 곳에, 매우 눈길을 끄는 그림 한 폭이 걸려 있다. 이 그림에는 인간과 악마가 체스(서양 장기)를 하는 모습이 그려져 있는데, 제명을 「장군」이라고 붙이고 있다. 이 테마는 무척이나 탁월한 것이라고 나는 생각한다. 인간은 지금까지 쌓아 올린 모든 지혜, 통찰력, 경험, 전략을 동원하여 악의 상징인 악마와 결투를 벌이고 있는 것이다.

인간이 이길 것인가? 악마가 이길 것인가? 쌍방이 모두 전력

투구를 하고 있다. 무엇보다도 이 시합(곧 인간 생황을 말함)은 매우 중요한 한판 승부인 것이다. 그러나 유감스럽게도 악마가 「장군」을 걸고 있는 장면이어서 악마가 이길 것 같이 보여진다. 인간도 전력을 기울이고 있으나 인간 쪽이 수세에 몰려 있는 것이다.

이 박물관에서 관람하고 있던 한 사람이 그림에 담겨진 의미에 깊이 감동하여 그의 눈이 그림 속으로 끌려 들어갔다. "악마가 인간에게 감히 도전을 하다니?" 무의식중에 그의 입에서 그런 말이 튀어나왔다. 더욱 우울한 기분이 된 그는 그 그림을 뚫어지도록 응시했다.

그리고 나서 그 사람은 갑자기 펄쩍 뛰면서 소리쳤다.

"그렇다! 그래!"

박물관은 큰 소리를 내지 않고 조용히 관람해야 하는 장소이다. 큰 소리를 낸 그 사람은 여지없이 쫓겨나고 말았다. 그러나 그는 또 먼저 서 있던 곳으로 다시 돌아오더니 그 그림 앞에 서 있는 게 아닌가. 조용히 뚫어지게 들여다보고 있던 그의 생각이 쌓이고 쌓여 또 고함을 질러댔다. 그러자 이번에도 마찬가지로 밖으로 쫓겨났다. 세 번째로 그림이 있는 자리로 오자 평상시의 정숙한 분위기를 되찾기 위한 목적으로 특별 감시원이 그 자리에 배치되었다.

이번에는 그의 주위에 사람들이 모여들고 있었다. 그는 또 소리를 질렀다.

"틀린다, 틀려. 「장군」이 아니다. 또 한 수가 남아 있지 않은가? 아직도 희망은 있다."

주변에 모였던 사람들도 그제서야 장기판을 주목하고 있었다.

실제로 말해서 인간은 외통수로 몰려 패배한 것처럼 보였으나, 장기의 명수인 그는 이미 장군을 당했으나 아직 꼼짝달싹 못하는 「외통수」는 아니고, 또 한 번의 수가 남아 있음을 알게 되었다. 인간에게는 또 한 수가 남아 있음으로써 구제될 수 있으며, 아직 희망이 있는 것이다. 그제서야 주변에 모여 있던 사람들이 그 의미를 깨달은 것이다.

맞아! 악마가 인간을 장기판으로 유혹하여 지금은 비록 궁지에 몰려 있지만, 최후의 한 수만은 언제나 인간 편에 있다. 칠전팔기, 기사회생의 한 수가 인간에게 아직 희망을 주고 있다.

주위 환경이 모두 곤경과 장애물뿐인데 어떻게 하여 그 한 가닥 희망을 키워나갈 수 있을 것인가? 인간은 언제나 장기의 작전을 생각해 볼 필요가 있을 것이다. 모든 악과 정면 대결하는 것도 괜찮겠지만 악의 반대인 선을 굳히려고 노력한 경험이 있는가, 다시 반문해 보고 싶다.

질병과 싸울 때 세균이나 독소따위를 제거하는 일보다는 병에 걸리기 이전에 자기 몸을 강인하게 단련하는 것이 최선의 방법이다. 강인한 신체는 외적에 저항하는 힘이 강하기 때문에 예방이 되는 것이다. 생명의 저울은 항상 희망과 절망 사이를 가늠질하고 있는데, 생명을 지키는 힘인 희망의 무게를 더함으로서 저울을 인간에게 유리한 방향으로 기울일 수 있다. 절망과 맞싸우는 일보다 희망을 유지해 나가는 편이 훨씬 유효한 것이다.

살아가기 위해 인간은 끊임없이 성실하고 용감한 품성을 함양해야 하며, 자기 자신을 똑바로 알기 위해서도 그와 같은 능력을 발휘해야 한다. 우리들의 최대의 적은 이성을 잃은 본능적인 욕망, 사리사욕, 곧 양심적 행동을 방해하려는 본능인 것이다.

공포·소심·무기력·겁장이따위는 항상 인간의 활동을 억제하려 하고 있다. 행복한 사회를 만들 경우 희망은 곧 행복과 일치된다. 더 나아가 그것은 우리 인간의 최대의 행복이라는 사실을 염두에 새겨 둘 필요가 있다. 중국의 명일(明日)이라는 뜻은 「밝아오는 날」이라는 뜻인데 명일의 이미지에는 지혜와 환희가 피부로 느껴지는 뉘앙스가 있다.

여기서 또 하나 재미있는 우화를 소개하기로 하자, 세 마리 개구리가 어쩌다가 밀크통 속에 빠져 버렸다. 첫째 개구리는 '모든 것이 다 팔자 소관이다.'라고 생각하며 꼼짝도 하지 않았고, 둘째 개구리는 '이 밀크통 속에서 도저히 빠져 나갈 수 없으며, 밀크도 깊어서 어쩔 도리가 없다'고 생각하여 손도 써 보지 못한 채 빠져 죽고 말았다. 그러나 셋째 개구리는 비관하지 않고 현실을 직시하는 태도로서 '내가 실수했군, 어떻게 하면 좋을까? 무슨 방법이 있을 텐데'라고 하면서 코를 밀크통 위로 내밀고 뒷발로 차분히 헤엄쳐 보리라고 생각했다.

그러는 동안에 무엇인가 좀 단단한 것에 발이 닿아 서게 된 것이다. 헤엄치면서 밀크를 휘젓는 동안에 우유가 버터가 되어 그 위에 서게 된 것이다. 그래서 셋째 개구리는 무난히 밀크통 속에서 빠져 나올 수 있게 되었다.

여러분들도 계속해서 헤엄치고 노력한다면 결국에는 성공할 것이다.

하루는 일몰로부터 시작된다

하루라고 하면 보통 아침부터 밤까지를 말하는 것으로 생각한다. 그러나 유태인 사회에 있어서는 그와 정 반대로 되어 있다. 유태인이 바쁘게 살아남은 비결이 여기에 있는지도 모른다.

유태인의 하루는 일몰부터 시작된다. 한 가지 예를 들면 안식일의 「사바스」는 금요일 일몰시부터 시작하여 토요일 일몰시에 끝난다. 이처럼 하루라는 관념에도 유태인의 특성이 나타나 있는 것이다.

《탈무드》에서는 랍비들이 어째서 하루의 시작을 일몰시부터 정했느냐에 대해 논쟁을 벌이고 있다. 그들의 마지막 결론은 밝아져서 시작하고 어두워져서 끝나는 것보다는 어두워져서 시작하여 밝아져서 끝내는 편이 더 좋다는 것이었다. 이러한 생각은 인생에 있어서도 마찬가지이다. 이것은 아마도 유태인의 낙관적인 인생관을 뜻하는 것인지도 모른다.

유태인은 매사에 있어서 낙관적이다. 시간이 지나면 반드시 좋은 결과가 오는 것이라고 생각하고 있다. 물론 그와 못지 않게 노력도 많이 한다. 그리고 어떠한 역경에 처해도 절대로 포기하는 일이 없다. 항상 희망을 가지고 있다. 헤엄치기를 계속한 세 번째 개구리의 이야기를 상기해 주기 바란다.

희망은 장래를 자기 것으로 만드는 강한 도구이다. 희망을 버리지 않는 한 인생은 장래의 꼬리를 잡고 있는 것이다. 그 곳에서 절대로 손을 떼어서는 안 된다. 희망을 송두리째 끊어 버리는 것은 죽음과 마찬가지다.

인생에는 세 개의 문이 있다고 생각한다. 그 첫째는 과거로 통하는 문이고, 둘째는 현재로 통하는 문이다. 나머지 마지막 문은 미래로 통하는 문이다. 이 세 개의 문 가운데 어느 한 문이라도 닫혀있어서는 안 된다. 그리고 어느 문 안에도 보물 상자가 놓여 있다는 희망을 가지고 노력하는 것이 인생의 목적이다.

훌륭한 업적을 가진 노인이 존경받는 것은 과거의 문 속에 보물이 있기 때문이며, 한창 때의 청춘 남녀가 아름답게 보이는 것은 현재의 문 안에 보물이 있기 때문이다. 또 아이들은 왜 사랑스러운가? 미래를 상징하는 보물이 있기 때문이다.

맑은 날이 있으면 흐린 날이 있기 마련이다. 인생에 있어서 과거는 돌이킬 수 없는 것이다. 용기만 잃지 않는다면 인간이 자유로히 창조할 수 있는 미래가 있는 것이다. 절대로 실망해서는 안 된다. 실망하는 자는 패배하는 것이다.

말이 하늘을 날지 못한다면

유태인은 항상 낙관적이다. 아무리 절망적인 상황에 처했어도 반드시 좋아진다는 신념을 버리지 않는다. 이러한 신념이 없었다면 오늘날 유태인은 한 사람도 살아 남지 못했을지도 모른다.

유월절(踰越節)이 되면 유태인은 언제나 「아닌 마닌」이라는 노래를 전원이 합창한다. 「아닌 마닌」이란 히브리어로 「나는 믿는다」라는 뜻을 가지고 있다. 이 노래는 아우슈비츠의 죄수들이 작사 작곡한 것으로 흉금을 울리는 아름다운 노래이다. 그들은 죽음으로부터 도저히 피할 수 없는 극한 상황에 처해 있으면서도 「구세주가 올 것이라고 믿고 있다. 그러나 구세주가 나타나는 시간이 늦어지고 있다.」는 내용을 노래하고 자신들을 위로했다. 자기 자신이 용기와 희망을 버리지 않는 한 아무도 그것을 빼앗을 수는 없다.

그 같은 절망의 골짜기에서도 구세주가 나타나는 시간이 조금 늦어지고 있다고 이야기한 것이다. 구세주는 세계가 잘 될 것이라는 상징이다. "나는 믿는다" "아직도 믿고 있다"라고 그들은 노래를 불렀다.

유태인의 옛 동화에 「하늘을 나는 말」이라는 이야기가 있다.

옛날 어떤 사람이 왕의 노여움을 사 사형 선고를 받았다. 그 사람은 왕에게 살려 달라고 탄원서를 냈다. 「나에게 1년 동안이라는 여유를 주면, 왕이 가장 아끼는 말에게 하늘을 나는 방법을 가르치겠습니다.」

1년이 지나도 날지 못하거든 그 때는 사형에 처해도 달게 받겠다고 말했다.

이 탄원이 받아들여지자 같은 동료 죄수들이 "설마 말이 하늘을 날 수 있겠는가?"하고 빈정대자, 그 사람은 다음과 같이 대답했다. "1년 이내에 왕이 죽을지도 모른다. 혹은 내가 죽을지도 모르는 일이며, 또 그 말이 죽을지도 모른다. 1년 이내에 무슨 일이 일어날지 미래지사를 누가 알 수 있겠는가? 1년이 지나면 말이 날 수 있을지도 모르는 일이다."

이 이야기는 인생은 무한한 가능성을 지니고 있다는 것을 대변해 주고 있다. 희망을 버려서는 안 된다. 그러나 희망도 어디까지나 노력이 뒤따라야 한다는 뜻이다. 「희망에 기대고만 있으면 아무것도 되지 않는다.」는 것은 움직이지 않는 것이다. 그렇게 되면 단순한 희망이라는 것은 무용지물일 뿐인 것이다.

고난은 인간을 강하게 만든다

유태인은 성서 시대부터 박해 속에서 살아오면서도 유태인이라는 긍지를 버리지 않았다. 강인한 저항력을 가지고 있는 것은 역시 유태의 긴 역사에 연유하는 것이다.

유태인은 자기들의 역사를 소중히 여긴다. 유태인의 역사는 유태인 한 사람 한 사람이 체험한 역사와도 같다. 유태인이 당한 박해의 비참한 이야기들은 너무나도 많다.

나치 독일이 동유럽을 점령했을 때 어느 한 가족의 이야기는 끝까지 희망을 버리지 않는 유태인의 강인한 의지를 보여 주고 있다.

유태인은 무지개가 희망의 상징이라고 생각하고 있다. 이것은 소나기가 쏟아진 뒤에는 반드시 아름다운 무지개가 하늘에 뜨기 때문이다. 유태인은 늘 무지개가 나오는 것을 믿으며 살아왔다. 아무리 박해당하고 짓밟혀도 반드시 살아 남는다는 희망을 갖기 때문이다. 그래서 역경에 견딜 수 있는 것이다.

우리 주변을 살펴 보면 무언가 사소한 장애에 부딪히면 곧 좌절하여 포기해 버리는 사람들이 있다. 예를 들면 곗돈이 좀 밀렸다고 하여 귀중한 생명을 버린다든지, 입학 시험에 실패했다고 해서 젊은 생명을 버리기도 한다. 그러나 유태인에게 있어서는 이 정도의 역경이라는 것은 역경이라고 부를 가치조차 없는 것이다.

어떠한 역경에도 지지 않는 용기는 역경을 체험해 보지 않은 사람은 모른다고 할지도 모른다. 그러나 체험하지 않고서도 역사상의 선인들이 체험한 것을 거울 삼아 자기 것으로 만들 수가 있는 것이다.

생명은 빼앗길지언정 신념은 절대로 바꾸지 않는다

신념은 생명보다 귀중한 것이다.

제 2차 세계대전 당시 동유럽의 어느 유태인 집에서 일어났다고 하는 이 이야기는 언제 어디서 생각해도 나를 감동시킨다. 동유럽에 있는 이 나라는 나치스에게 점령되어 있었다. 어느 날 읍내 광장에서는 나치스의 장교에 의하여 강제로 집결된 유태인들이 열지어 서 있었다. 그 열로부터 중년의 한 학교 교사가 끌려나왔다. 나치스 장교는 이 교사가 유태교를 버리면, 다른 사람들도 그에 따르리라고 생각했다.

"유태교를 버리시오. 그렇게 하면, 일생 동안 먹고 사는 데에도, 또 생활에도 아무런 곤란이 없게 해 주겠소."라고 장교는 큰소리로 협박했다.

"싫습니다."라고 깡마른 교사는 대답하였다. "너희들의 신 따위 저주해 버려라. 네 신을 저주하면, 네 생활도 가족도 지킬 수 있을 것이다."

"싫소"라고 교사는 단호하게 말했다.

"유태교의 신은 버려라. 그러면 우리들이 너를 지켜 주마."

"절대로 안 됩니다."라고 교사는 한층 침착해진 태도로 다시 대답했다.

"절대로 안 된다고? 도대체 네놈은 자신이 무엇을 하려 하고 있는지 알고나 있느냐. 만일 이대로 고집을 부린다면 본보기로 죽여 버리겠다. 내 말에 순순히 따르지 못하겠느냐."

광장에 모인 유태인들은 긴장한 채 떨고 있었다. 어떤 자의 시선은 장교에게 꽂혀 있었고, 어떤 자는 교사를 보고 있었다. 여자들 중에는 공포에 질려 눈을 아예 감고 있는 사람도 있었다.

"유태인 쪽이 네놈의 목숨보다 소중하더냐? 자기 자신보다 더 소중하다는 거냐? 자기 가슴에 물어 보아라. 이 바보같은 녀석아."

"당신이 내 신념을 바꿔 놓을 수는 없습니다."

"신을 버리겠다고 한 마디 말만 하면 된다."

"싫소"라고 교사는 새파랗게 질린 얼굴로 말했다. 장교는 권총을 빼들더니 바로 손을 내밀어 교사를 겨냥하여 쏘았다. 총 소리가 울리며, 총알은 교사의 어깨에 박혔다. 그 순간, 교사는 허우적거리며 쓰러졌다. 교사는 피를 흘리며 고통스러운 표정으로 "아도셈 호 할로컴, 아도셈 호 할로컴(신은 신, 신만이 신)"이라고 힘없는 소리로 나직이 부르짖었다.

"이 개새끼, 이 더러운 유태인 놈아!"라고 장교는 소리쳤다. "우리 쪽이 네놈의 신보다 훨씬 강하다는 것을 아직도 모르겠느냐? 네 목숨은 신이 결정하는 것이 아니고, 바로 이 내가 결정하는 것이다. 네가 한 마디, 유태교를 버린다고만 하면 병원으로 옮겨 주마. 그리고 네 상처를 치료해 주고 네 가족과 살게 해 주마."라고 장교는 말했다.

"싫소"라고 교사는 숨을 몰아쉬며 말하였다.

장교는 잠시 멍하니 서 있었다. 순간, 장교의 얼굴에 공포의 빛이 스쳤다. 그리고 장교는 권총을 아래 쪽으로 대고 또 한 발을 쏘았다. 두 발, 세 발, 네 발째의 총 소리가 울리는 가운데 교사가 "싫소, 싫어"라고 중얼대는 소리를 유태인 군중이 들었다.

그리고 교사는 숨을 거두었다.

이 이야기는 뒷줄에 서 있었던 교사의 아들이, 처음부터 끝까지 하나하나 놓치지 않고 지켜 본 것을 이야기한 것이라고 한다. 그리고, 이 아들은 아버지가 무신론자이며 신을 믿지 않았다는 사실을 덧붙여 말하였다.

뭐니뭐니 해도 인간의 가장 핵심이 되는 것은 신념이다. 신념을 가지지 않은 인간은 설득력이 부족하다. 인간이 타인을 믿는 참된 근거가 되는 것은, 그 사람이 자신을 가지고 있느냐 어떠냐 하는 것이다. 그리고, 자신은 신념의 근원이다.

사람이 당신을 신뢰할 때 대체 그 사람은 무엇에 의지하려는 것일까? 그것은 당신 자신이다. 자신의 핵에 해당되는 것이 신념이며, 이것은 설사 생명과 바꾸는 한이 있더라도 지켜야 할 것이다. 긍지를 가진다는 것은 중요한 일이다. 긍지는 신념이 없는 자에게는 가식으로 되기 쉽다.

"아도셈 흐 할로컴, 아도셈 흐 할로컴"이라는 말은 장구한 역사를 통하여 유태인의 순교자가 부르짖는 말이다.

신념을 긍지라는 말로 표현해도 좋다.

흔히 우리는 영어로부터 인용한 외래어를 써서, "저 사람은 프라이드가 높다"라고 말한다. 이와 같은 경우에는, 좀 사소한 일이 있어도 긍지를 손상당했다고 생각하여 신경질적으로 되는 사람을 가리키는 수가 많다.

그러나 긍지와 겉치레는 서로 다른 것이다. 타인에게 자존심을 훼손당했다고 생각하고 곧 화를 벌컥 내는 사람은 사실은 긍지가 있다고는 말할 수 없다. 타인으로부터의 평가에 민감하므로 자극을 받으면 흥분하게 된다. 이와 같은 사람들은 타인의 평가에 따라서 자기를 측정하기 때문이다. 그러므로 사람들의 눈치로만 살아가려고 한다.

참다운 긍지는 자기를 자기에게 대하여 자랑스럽게 생각하는 것이다. 타인에 대하여 자기를 자랑스럽게 생각하는 것은 참다운 의미의 긍지라고는 볼 수 없다.

일본에서 생활하는 동안 내가 하나 신경을 쓰게 된 것은, 일본에서는 「명예」라는 말이 사회적으로 높은 평가를 받는다는 의미로 치우쳐서 사용되고 있는 것 같은 느낌이 든다는 것이다. 영어로 honor ― 곧, 「명예」라고 하면, 자기에 대한 명예를 의미한다. 명예를 지니고 있는가 어떤가는 최종적으로 자기에 대한 문제로서, 주위와는 아무런 관계가 없는 것이다. 긍지도 명예도 개인의 내면적(內面的) 문제인 것이다.

이와 같이, 참다운 긍지를 가지며 명예를 존중하는 사람은 남으로부터 신뢰받게 되는 것이다.

대중에게는 용기가 없다. 대중은 흥분할 따름이다. 오합지졸이다. 용기라든가 신념, 긍지는 개인으로부터만 생기는 것이다. 일본 사람들은 너무나도 조직에 강하기 때문에 집단의 신조나 긍지를 가지고 있다고는 느껴져도, 일본이라는 배지를 떼고 한 개인으로 돌아가면 아주 약하다고 생각되는 사람이 적지 않다. 용기마저도 집단에 속하고 있는 것같이 생각되는 것이다. 그래서 무엇인가 사정이 있어 회사를 사직하거나 정년이 되어 오래도록 근무한 회사를 그만 두면, 힘이 없는 빈 껍질과 같은 인간이 되고 만다, 인간 부재(non-person)인 것이다.

그러나, 이와 같은 사람은 원래 어느 조직체에 속하여 있을 때부터도 인간 부재였던 것이다. 용기나 긍지를 임시로 빌어 쓰고 있었던 것이 불과하다.

결국은 아름다움이란, 무엇이 아름다운가 자기 자신이 결정할 수 밖에 없다.

긍지나 명예는 자기 자신에게 묻는 것이지, 결코 남의 눈치로 헤아리는 것은 아니다. 어디엔가에 절대로 움직일 수 없는 자기의 설 자리를 가지고 있는 것이 인간의 존엄성을 밝히는 것이 된다.

3장. 균형에 대해서

돈이나 섹스는 절대로 더러운 것이 아니다

"유태인은 금욕 주의자가 아니다."라고 하는 말은 매우 의미심장한 말이다.

그것은 다시 말해서 유태인에게는 청빈이라는 개념이 없다고 말할 수 있다.

그러나 젊어서 고생은 사서 한다는 말이 있듯이 가난은 경우에 따라 유익할 수도 있다는 것이 일반적인 생각이다. 물론 이런 경우는 가난을 딛고 일어서서 성공했을 때의 경우를 말한다.

만일 그렇지 못할 경우에는 비참한 것이다, 그러나 젊었을 때의 가난한 체험은 성공에의 실마리가 되는 절호의 기회를 포착할 수가 있다. 가난으로부터 벗어나려고 하는 충동만큼 강한 힘은 없다. 젊은 시절에 가난했던 것은 감사해야 할 일이다.

그러나 중년이 되어서도 가난한 것은 불행한 일이다, 젊음은 원인이며, 중년은 결과이기 때문이다. 젊은이는 이것을 깨달아야 할 것이다.

유태인은 돈이나 섹스를 더러운 것으로 생각하지 않는다. 아니,

오히려 인생에 도움이 되는 것이라고 생각하고 있다. 그래서 가난을 죄악이라든가, 수치스러운 일로는 보지는 않으나 미덕이라고 생각하지도 않는다.

부족하지 않은 상태가 좋다.

특히 빈곤은 인간의 행복에 있어서는 커다란 적이 된다.

'나는 가난하지만 정신적으로는 독립하고 있다.'고 생각하는 것은 매우 어리석은 일이다.

《성서》에도 「지혜가 힘보다 낫지만 가난한 자의 지혜는 멸시를 받고, 그 말은 받아들여지지 아니한다.」(전도서 9-16)라고 쓰여져 있다. 《성서》의 시대로부터 오늘날까지 인간의 사회는 조금도 달라지지 않고 있는 것이다.

그런데 유태인 사회에도 거지가 있었다라고 말한다면 놀라는 사람이 있을지도 모른다. 그런데 실제로 동유럽의 마을이나 도시에 개인이나 집단으로 거지가 반드시 있었다. 그들은 「쉬노렐」이라고 불리는데, 한 집 한 집을 찾아다니면서 구걸을 하는 일 따위는 없었다.

그 곳의 거지는 물론 하나의 직업이었으며, 신의 허락을 받은 존재였다.

그들은 사람들의 선행(선행)의 대상이 되어 있었던 셈이다.

쉬노렐 중에는 대단한 독서가들도 많았는데, 《탈무드》에도 환하게 통달한 자들이 적지 않았다. 그들은 시나고그(유태인의 교회당)의 단골이기도 하며, 교우의 한 사람으로서 《토라》나 《탈무드》의 토론에도 참가했다.

이러한 이유 때문인지, 《탈무드》에는 가난한 자를 변호하는 취지의 격언들도 엿보인다.

「가난하다고 해서 바보 취급을 해서는 안 된다. 그들 중 학문이 있는 사람도 많은 법이다.」

「가난한 자를 업신여기지 말라, 그들의 셔츠 속에는 영지의 진주가 숨겨져 있다.」

수전노가 되지 말라

인간이 모든 것을 자신의 것으로 하려고 하면 곤란하다.

사람들은 솔선해서 서로 나누어 가지려고 하는 자의 주위에 모여들기 마련이다.

나누어 주는 일은 중요한 것이다. 그러한 교훈을 갈릴라야해와 사해가 우리에게 던져 준다.

사해는 해면 밑 392미터에 있는데, 오늘날에는 요양지로 각광을 받고 있다. 주위는 온통 사막으로 둘러싸여 있으며 대안에는 요르단령이 펼쳐지고 있다. 사해의 물은 염분이 짙어, 사람이 물속에 들어가더라도 빠지는 일이 없다. 물의 비중이 무거워서 몸이 떠오르고 마는 것이다. 그러나 갈릴라야해는 담수로서 물고기가 많이 살고 있다.

그리스도가 고기잡이를 한 곳으로도 유명하며, 오늘날에는 「세인트 피이터스피시(성 베드로의 물고기)」라는 외관은 그로테스크하지만 맛이 좋은 물고기가 명물로 등장하여 그것을 요리하는 몇 개의 레스토랑이 물가에 늘어서 있다. 해변에는 많은 수목이 수면에 가지를 드리우고, 새들이 모여서 지저귀고 있는 싱싱하고 아름다운 세계이다.

이 갈릴라야해에 비해 사해 쪽은 생물이 아무것도 살고 있지 않다. 주위에는 나무도 없고, 새가 지저귀는 일도 없다. 사해 위에 떠도는 공기조차도 답답하게 느껴진다, 그리고 사막에 살고 있는 동물이 물을 마시러 나타나는 일도 없다. 그래서 옛 사람들이 「사해」라고 이름을 붙인 것 같다.

갈릴라야해는 요르단강에서 물을 끌어들이고 있다.

그러나 사해처럼 그냥 부지런히 모으기만 하지는 않는다. 갈릴라야해는 요르단강에서 받아들인 물을 또다시 사해로 흘려 보내지만 사해는 물이 흘러나갈 곳이 없다.

받아들이는 것은 모조리 제 것으로 만들어 버리고 만다.

그래서 유태의 현인들은 갈릴라야해는 받아들인 몫만큼을, 다시 남에게 주고 있으니까 언제나 생기가 넘치고 있으며, 사해는 모든 것을 제 것으로 만들어 버리고 달리 주는 일은 하지 않으니까 죽어 있다고 말한다.

받기만 하고 주는 일이 없다는 평판을 받고 있는 사람들에게는 무언가를 생각하게 하는 교훈이 아닐까. 우리들은 갈릴라야해와도 같이 받은 만큼 꼭 줄 수 있는 인간이 되어야 할 것이다.

시간은 인생이다

내가 뉴욕에서 고등학교에 다니고 있을 무렵, 교사이던 랍비 한 사람이 차고 있던 시계의 뒤에는 「시간을 소중히 하라」는 경구가 새겨져 있었다. 그는 언젠가 시계를 풀어서 우리들에게 보여 주었다. 너무나도 진부한 방법이 아닌가 하고 많은 학생들이 생각했다.

그 랍비는 우리들이 그다지 감탄하는 표정을 보이지 않자, 시계를 팔목에 다시 차고 다음과 같이 말했다.

"미국에는 「타임 이즈 머니(시간은 돈이다」라는 속담이 있는데, 나는 이것에는 큰 잘못이 있을 수 있다고 생각한다. 왜냐 하면, 이것은 중대한 오해를 초래하기 쉽기 때문이다. 만일 시간이 돈이라면, 이러한 경우밖에 생각될 수 없다. 이것은 우선, 자신의 시간을 어떻게 쓰면 좋은가를 모르는 사람이 있거나, 아니면 돈을 어떻게 쓰면 좋은가를 모르는 사람에게만 들어맞는 말일지도 모른다. 애석한 일이다. 우선 시간은 돈보다 훨씬 귀중한 것이다. 왜냐 하면 이 두 가지 것은 전혀 상관 관계가 없기 때문이다. 돈은 모을 수 있으나, 시간을 모을 수 없다. 한 번 잃어버린 시간은 되돌릴 수가 없다. 남에게 시간을 빌릴 수도 없다. 게다가 인생이라는 은행에 앞으로 얼마나 시간이 남아 있는지조차 알 수가 없다. 그러므로 「타임 이즈 머니」라는 말은 틀렸으며, 「타임 이즈 라이프(시간은 인생이다)」라고 해야 한다."고 랍비는 말했다.

이 말을 들은 우리 학생들은 그제서야 모두 감탄했다.《탈무드》에는 인간을 재는 데는 네 가지의 척도가 있다고 쓰여져 있다. 돈, 술, 계집, 시간에 대한 태도인 것이다.

그런데 이 네 가지의 것에는 공통점이 있다. 매력적인 것이지만, 도를 지나쳐서는 안 된다는 것이다. 그리고 또 그 랍비는 우리가 졸업하기 직전에 이렇게 말했다. "소년은 부모가 생각하는 것보다 3년 빨리 어른이 된다. 그리고 자신이 그렇게 되었다고 생각하는 2년 뒤에 어른이 된다. 너희들도 그렇다." 이것은 함축성 있는 말이었다. 랍비는 《탈무드》의 말이라고 했다.

그리고 "인생에서 돈, 술, 여자, 시간은 도를 지나쳐서는 안 된다. 처음의 세 가지는 누구나 알 수 있는 것이다. 그러나 시간에 대해서는 그다지 주의하지 않는 법이다. 사람들은 자신도 모르게 헛된 일에 시간을 낭비하기 쉽다."고 말했다.

"어른이 되거든, 내가 이렇게 너희들에게 말한 것을 상기해 주기 바란다."라고도 말했다.

그 외에 그는 다음과 같은 이야기도 했다.

어느 때에 두 사나이가 악한에게 쫓겨서 깊은 골짜기의 낭떠러지까지 왔다.

골짜기 저쪽과 연결된 한 개의 로프가 매어져 있을 뿐이다. 그래서 두 사람은 이 로프를 타고 건너가기로 했다.

먼저 첫번째의 사나이가 곡예사처럼 재빨리 건넜다. 두 번째의 사나이가 아래를 내려다보니 아슬아슬한 깊은 골짜기가 있다. 그는 양 손을 입에다 대고 외쳤다.

"너는 어떻게 해서 그렇게도 멋지게 건넜지. 무슨 요령이라도 있나?"

첫번째의 사나이가 대답했다.

"이런 밧줄을 타고 건너는 것은 처음이었으므로 잘 몰랐지만, 한쪽으로 기울어질 것같은 때에는 다른 한쪽에 힘을 넣어 균형을 취했기 때문이겠지."

이것은 인생을 줄타기에 비유한 이야기이다. 인생 만큼 균형을 취해서 살아가지 않으면 안 되는 것도 없다. 아마도 유태의 처세술의 에센스는 균형을 취하는 데에 있을 것이다. 무슨 일이든 지나치거나 도 못미치는 일이 없도록, 적절히 하는 데에 있다.

잡초나 녹슨 것도 필요할 때가 있다

어느 때에 한 농부가 정원의 잡초를 뜯고 있었다. 허리를 굽힌 얼굴에서는 땀방울이 뚝뚝 떨어졌다. "이 지긋지긋한 잡초만 없다면 정원이 좀더 깨끗해질 텐데, 어째서 신은 이와 같은 잡초를 만들었을까?"하고 그는 혼자서 푸념했다.

그러자 이미 뽑혀 마당의 한구석에 누워 있던 잡초가 농부에게 대답했다.

"당신은 나를 지긋지긋한 존재라고 말했지만, 나도 한 마디 할 말이 있다. 당신은 모르고 있지만 우리도 도움이 되고 있다. 우리는 뿌리를 흙 속에 뻗음으로써 흙을 다지고 있다. 그러므로 우리를 뽑은 뒤에는 흙이 매우 자주 갈라질 것이다. 우리는 또 비가 내렸을 때에는 흙이 떠내려 가는 것을 막아 주고 있다. 또 건조한 시기에는 바람이 모래먼지를 일으키는 것을 막아 주고 있다. 그러므로 우리는 당신의 정원을 지켜온 것이다. 만약 우리가 없었더라면 당신이 꽃을 가꾸려고 하더라도 비가 흙을 씻어 내고, 바람이 흙을 불어날렸을 것이다. 그러므로 꽃이 아름답게 피었을 때에 우리의 수고를 상기해 주기 바란다."

농부는 이 말을 듣자 자세를 바로 하고 이마의 땀을 닦았다. 그리고 미소지었다. 그는 그 이후부터 잡초를 소홀히 하지 않았다.

녹이 슨 것이 도움이 안 된다고 생각할지도 모른다.

그러나 그렇지도 않다. 신의 창조 행위는 나날이 진전된다. 인간도 이런 창조의 행위에 참가하고 있다. 자연의 법칙에 의하면 우리는 매일 새로 태어난다. 지식에서 패션에 이르기까지 매일 변해 가고 있다. 그러므로 세계는 창조의 행위가 시시각각으로 전진되고 있다고 생각하는 것이 옳다. 이와 같은 창조적인 역할에 한몫 끼어들고 있다.

우선 창조를 위해서는 낡은 것을 부수지 않으면 안 된다. 새로운 것이 태어나는 드라마의 그늘에서 낡은 것이 썩어가는 수가 있다.

녹이 슨다는 것은 낡은 것을 제거하고 새로운 것을 낳을 준비를 하고 있는 것이다.

만약 부수는 일이 없다면 세계는 잡동사니로 가득 차고 만다.

인간에게서도 녹슨 것과 비슷한 현상을 볼 수 있다.

우리는 오래 전에 행해진 일을 잊기 때문에 모든 과거의 기억을 간직하지 않아도 된다. 그래야만이 또한 새로운 문제에 대해 분명히 생각할 수가 있는 것이다.

나이가 들면 이와 기억이 나빠진다고 하는데, 신은 나이 든 사람에게 편안함을 주기 위해서 기억력을 약화시키고, 부드러운 것만이 노인의 몸에 들어가도록 하기 위해 이빨을 약하게 만드는 것이 틀림 없다.

사람에게 가장 중요한 것은, 모든 것에 대해서 감사하게 생각하는 일일 것이다.

감사하는 마음은 겸허한 태도에서 솟아나오는 법이다.

그리고 겸허해지면 자신이 보는 시야가 크고 넓어진다.

여태까지 상대하지도 않았던 사람이나 무엇이 눈에 들어오게 될 것이다.

그리고 농부에게 말을 건 잡초와도 같이 저편에서 당신에게 접근해 올 것이다.

우리는 모두 상인과 비슷한 존재인 것이다. 허리를 굽신거려야 하는 상인은, 뻣뻣한 상인보다 고객이 많은 법이다.

그러나 비굴해져서는 안 된다. 상대의 마음에 들기 위해서 무엇이든 좋으니까 허리를 굽신거린다는 것은 아니다.

겸허함은, 긍지라는 우물에서 솟아나는 물인 것이다. 그러므로 일단 상대가 전혀 도움이 되지 않는다고 판단되면 잘라 버리지 않으면 안 된다. 관용의 마음은 끝이 없어도 시간에는 끝이 있다. 겸허함과 관용을 혼동해서는 안 될 것이다.

실패를 기념해야 할 일로 돌려라

유태인은 일찍이 패배한 날이나 굴욕의 날을 기념한 매우 보기 드문 민족이다. 유태인은 종종 패배의 천재라고 일컬어져 왔다. 이런 말들이 나오게 된 까닭은 유태인은 패배를 기억하는 데서 힘이 생겨난다고 믿기 때문이다. 다른 민족은 승리한 날만을 기념하고 실패한 날은 잊으려고 노력한다.

그러나 실패를 잊어서는 안 된다. 왜냐 하면 실패는 너무나도 귀중한 교훈이기 때문이다. 실패 만큼 좋은 스승은 없는 것이다.

유태인의 축제일 중에서 가장 대대적인 것은 유월절의 축제이다. 영어로는 패스 오버라고 한다. 일찍이 유태인들이 이집트에 노예로 사로잡혀 갔다가 해방되어 이스라엘의 땅으로 되돌아온

날을 기념하는 낳이다.

온 세계의 유태인 지역 사회에서는 이 날에 함께 모여서 해방된 날을 축하한다.

유태인은 모세에게 인도되어 사막을 건너 이스라엘 땅까지 다다를 수 있었다.

아주 오랜 된 옛날의 일이다.

그러나 오늘날에도 패스 오버를 기념 할 때, 그 날 밤의 저녁 식사로 몇 가지의 정해진 음식이 나온다.

이것은 민족이 한 번 받은 굴욕을 글자 그대로 맛본다는 의미를 가지고 있다.

패스 오버의 날은 축제일이기도 하다.

그러나 패스 오버의 날에는 이집트에 노예로 사로잡혀 가 학대받고 모욕당한 그 체험을 흡사 어제의 사건인 것처럼 이야기하는 것이다. 패스 오버의 날에 식탁에는 쓰스레한 나물이 나온다. 이와 같은 쓰스레한 나물은 축하연의 테이블에는 어울리지 않는 것이다. 또한 유태인은 이집트에서 노예 생활을 할 때 먹었던 「맛소」라는 맛없는 빵을 먹는다. 이것은 지난날의 패배라는 쓰디쓴 맛을 맛보기 위해서 내놓는 것이다. 그리고 이 때에는 반드시 삶은 달걀이 나오고, 마지막에 「아라챠」라는 술을 마시게 된다. 이것은 최후의 승리를 의미하고 있다.

이러한 음식들은 상징적인 의미를 갖고 있다. 그렇다면 어째서 삶은 달걀을 먹는 것일까. 그것은 다른 음식은 삶거나 끓이면 모두 부드러워지지만, 달걀은 삶으면 삶을수록 딱딱해지기 때문이다.

고난을 당할수록, 패배를 거듭할수록 강해진다고 하는 의미가 담겨져 있다.

인간도 그렇지 않으면 안 된다는 것이다.

어떻게 행동하면 좋은가라는 것을 배울 때는 실제의 행동을 통해서 배우는 것이 효과적이다. 인생에는 성공하는 수도 있지만, 실패하는 수도 있다.

성공한 것만을 기억하고 있는 자는 또다시 실패한다. 성공은 사람을 방심케 하고, 안심시킨다. 모처럼 배운 것을 잊어버려서는 안 될 것이다. 인간은 스스로의 체험을 통해서 배우는 것이라고 하겠고, 그래서 그것은 미래라는 공간에 성공을 불러들여야 할 것이다.

미래에서 실패를 제거하지 않으면 안 된다.

실패의 체험을 기억해 두는 것은, 대단히 중요한 일이다. 우리는 괴로울 때에는 지난 날의 즐거웠던 일을 회상하지만 즐거울 때는 괴로웠던 일을 망각해 버리기 쉽다. 유태인의 비즈니스맨 중에는 일찍이 실패해서 혼이 났을 때의 계약서를 사무실에 장식해 놓고 있는 사람들도 있다.

배우는 일에는 고통이 따르기 마련이다.

고통을 상기하는 것도 배우는 것이 된다. 실패를 잊고자 하는 것은 인간의 본성이다. 그러므로 실패는 그것이 혼이 난 것이라면 그럴수록, 항상 상기하도록 노력하지 않으면 안 된다.

4장. 애정에 대해서

여자가 남자를 지배해서는 안 된다

여자에 대해서 이야기를 하자.

유태인은 부계사회를 만들어 왔다고 일컬어진다. 이것은 확실히 옳다. 유태인의 가정에서는 부친이 제일 권위를 가지고 있다. 그렇다고 해서 여성이 소홀히 다루어져 온 것은 아니다.

천주의 10계에서 남녀는 평등하게 다루어지고 있다. 이스라엘을 이집트로부터 해방시킨 것은 미리암이었으며, 고대 유태의 독립의 영웅으로서 데보라가 추앙되고 있다. 《성서》의 잠언(箴言) 속에서는 여성이나 어머니가 찬양되고 있다.

히브리어에서 가장 높은 가치가 주어지고 있는 말에 「라하말라트」라는 말이 있는데 이것은 「모성애」라는 뜻을 가진 말이다.

또 유태인 사회에서 남자는 독립해서 아내를 맞아들이지 않는 한, 어른으로 인정하지 않는다. 이상적인 남자는 남성의 굳셈과 여성의 상냥함을 겸비한 남자라고 한다. 《탈무드》에는 다음과 같은 아름다운 말이 쓰여져 있다.

「당신의 아내를 당신 자신을 사랑하듯이 사랑하고 소중하게 지키십시오. 여자를 울려서는 안 됩니다. 신은 그녀의 눈물을 한 방울씩 헤아릴 것입니다.」

여성은 유태의 전통 속에서 존중되어진다.

이를테면 매주 금요일의 사바스의 만찬 때는 가족이 모두 모여서 식사를 하게 되는데, 남편은 다음과 같은 노래를 부르게 되어 있다. 아내를 찬양하는 노래이다. "당신은 힘과 상냥함을 가지고 있다. 당신이 입을 열면 지혜로운 말이 나온다. 신이 당신을 축복해서 당신의 자식을 지켜 주듯이." 이 노래가 끝난 뒤에 아내는 초에 불을 켠다. 또 《탈무드》는 「만약 남녀의 고아가 있다면 우선 여자아이부터 구하라. 남자 아이는 구걸을 해도 좋으나, 여자아이가 그렇게 하는 것은 허용되지 않는다」라고 가르치고 있다.

유태인 사회에서는 아내를 때리는 일이 가장 수치스러운 일로 되어 있다. 이것은 유태인 사회 이외에서는 그렇지 않다. 중세의 기독교회 법에는 아내를 때리는 일은 필요하다면 허용되고 있었다.

영국에서는 15세기 말까지 아내를 때리는 일이 법에 의해 보호되고 있었으며, 19세기에는 아내를 파는 것도 허용되고 있었다. 이것은 토마스 하디의 〈캐스터 브리지의 시장〉을 읽으면 알 수 있다.

다른 문화권에서는 아내를 때린다는 것은 하늘에서 비가 내리듯 자연스러운 일로 되어 있다.

그러나 유태인 사회에서는 고대법 시기부터, 아내를 때리는 자에 대해서는 엄한 벌이 주어지게 되어 있었다. 또 아내가 고소를 제기하면 이혼이 성립될 수 있었으며 남편에게서 위자료를 받아 낼 수도 있었다.

유럽에는 「유태인이 굶주릴 때 그는 노래를 부른다. 기독교도가 굶주릴 때는 아내를 때린다」고 하는 옛 속담이 있다.

　이브는 아담이 잠들고 있는 동안 신이 그 늑골의 한 개를 떼내어 만든 것이라고 창세기에는 쓰여져 있으나, 고대의 랍비들은 어째서 남자가 여자를 찾고, 여자가 남자를 사모하는가를 다음과 같이 설명했다. 남자는 자신이 잃은 늑골을 되찾고, 여자는 자신이 태어난 남자의 가슴으로 돌아가려고 한다. 이런 힘이 서로 작용하여 남녀가 맺어진다고 생각한 것이다.

　최근에 이르러서야 비로소 미국에서 남편에 의해 강간당한 아내가 재판소에 고소해서 그녀의 고소가 인정된 사건이 일어났는데, 이와 같은 일은 유태에서는 고대법 시기부터 존재하고 있었다. 요컨대, 남편은 아내가 기분이 내키지 않을 때 관계를 가질 것을 강요할 수 없다는 것이다. 이른바 「남편의 강간죄」라는 것이 유태의 율법 속에는 존재하고 있었다.

　마이모니데스는, 여자는 「그녀의 의사에 반해서 남자의 의지에 강제당할 수 없다」고 서술하고 있다.

　유태인 사회에서는 이혼율이 매우 낮다. 그것은 유태인의 남성이 여성을 소중히 하는 전통에서 유래된 것이다.

　이를테면 유태인의 남편은 아내를 강간해서는 안 될 뿐만 아니라, 만약 관계를 맺을 때에도 충분히 긴 시간을 들여서 전희(前戲)를 베풀지 않으면 안 된다. 자기 혼자서 절정에 달하는 것은 금지되어 있다.

　하긴 유태인의 전통 속에도 남자 우선의 면이 상당히 강하다. 특히 교육면에 있어서는, 모든 남자는 6세가 되기까지 성서를 읽을 수 있지 않으면 안 되었으나, 여성은 반드시 그렇지도 않았다. 그러나 여성이 교육을 받는 것을 금지하고 있지는 않았다.

이를테면 로마의 유태인 사회에서는 1475년에 〈탈무드 토라 (학교)〉가 여성 교육을 위해 존재하고 있었다. 그러므로 동시대의 다른 여성들에 비하면 교육 수준이 높았다고 할 수 있다.

전후의 이스라엘에서는 세계의 어느 나라보다 앞서서 콜다 메이어와 같은 여성 수상이 태어난 것을 상기해 주기 바란다. 그러나 동시에 유태인 여성들은, 남성들이 공부하는 것을 돕고 남편의 사업이 성공하도록 도우며 육아와 가사에 힘을 기울이는 것을 소중히 여기고 있다.

하긴 창세기에 있어서 남자의 갈비뼈에서 여자가 생겨났다는 이야기는 결코 유태인만의 독특한 것은 아니다. 비슷한 이야기는 폴리네시아인, 미얀마인, 시베리아인, 타르타르인, 혹은 리포니아 주의 유키 사리난 인디언 등에도 공통되는 전설이 있다.

그렇다고 하지만 어떤 문화 인류학자는, 「갈비뼈로 여자를 만들었다」는 이와 같은 전설은 기독교의 선교사가 구약성서의 이야기를 포교하고 있는 동안에 그들의 전설 속에 잠입하고 말았다고도 주장하고 있다.

어쨌든간에 남성에 있어서 여성은 영원한 수수께끼인 것이다. 여성만큼 다루기 어려운 것은 남자에게 존재하지 않았을 것이 틀림없다.

《미드라슈》에는 다음과 같은 이야기가 실려 있다.

알렉산더 대왕이 여성만이 살고 있는 도시에 찾아왔다. 그리고 이 도시를 탈취하려고 했다. 그러자 여자들이 나와서 이렇게 말하는 것이었다.

"만약 대왕이 우리들 전원을 죽인다면, 세계는 당신에게 이렇게 말할 것입니다. '대왕은 여자를 죽였다', 만약 우리가 당신을 죽였다면. 세계는 또 이렇게 말할 것입니다. '무슨 대왕이 저럴까. 여자에게 죽었다'라니"

이 정도가 되면 남자는 입장이 난처해지지 않을 수 없다.
성서에도 남녀간의 애정에 대한 다음과 같은 말이 실려 있다.
'다투기를 좋아하는 여자와 함께 집에 있기 보다는 지붕의 한 구석 밑에 사는 편이 좋다.'
「양처는 남편에게 왕관과도 같은 것이지만, 악처는 남편의 뼈를 썩게 만든다.」

질투는 천리안을 가진다

여자는 질투심이 강하다. 사랑은 맹목적이라고 하지만 질투야 말로 맹목적이다.
그래서 유럽 속담에는 「질투는 천리안을 가진다」는 말이 있을 정도이다. 여자의 질투도 어쩔 도리가 없지만 남자의 질투도 지겨운 것이다.
잠깐 여기서 숨을 돌리기로 하자. 고대부터 유태인에게 전해지고 있는 수수께끼 중에 다음과 같은 것이 있다.
"랍비, 당신은 모든 것을 알고 있다. 그러니 만약 아담이 낙원에서 외박하고 이튿날 아침에 집에 돌아온다면 이브가 어떻게 해야 할지 가르쳐 주십시오."
이 경우 낙원에서는 아담과 이브 단 둘이서 살고 있었으므로

해답은 "이브는 아담의 갈비뼈의 수를 헤아린다"이다

이브는 아담의 갈비뼈에서 만들어졌으니까 만약 갈비뼈가 빠져 있다면 또 한 사람의 여자가 있는 셈이 된다.

하긴 질투에 미쳐도, 이 정도까지의 합리성이 있으면 이것은 벌써 대단한 것이다.

「연애는 맹목적이지만 질투는 맹목적이기 보다는 죄악이다. 보이지 않는 것까지 보고 만다」라는 속담도 있다.

질투만큼 무서운 것도 없을 것이다.

《성서》의 잠언은 「증오는 무자비한 것이며, 노여움은 세찬 물결과도 같다. 그러나 누가 질투에 견딜 수 있으랴」라고 훈계하고 있다.

질투는 보이지 않는 것까지 보았다고 여기게 한다. 꼬리에 꼬리를 물어 망상을 낳는다. 《성서》의 창세기는, 인간은 신이 먹지 못하도록 금한 금단의 나무 열매를 딴 것에서 불행이 시작되었다고 써 놓고 있다. 이 금단의 나무 열매는 실은 지식의 나무에 열려 있던 것이었다. 요컨대 인간은 지식을 갖게 됨으로써 불행해진다는 것을 경고하는 말인 것이다.

어설프게 안다는 것은 무서운 일이다.

어설프게 안다는 것은 망상의 방아쇠가 되고 마는 것이다.

그리하여 「질투에 미친 마음은 뼈까지도 썩게 만들고 만다.」벌써 이렇게 되면, 「노여움은 끝없는 홍수와도 같이 넘쳐 나와서 억누를 방법이 없어지고 만다」는 결과로 된다.

이렇다고는 해도, 서로 사랑하는 두 사람에게 있어서는 질투도 애정의 바로미터가 되는 것을 잊어서는 안 된다.

질투의 불꽃도 꺼지고 말면, 이별의 날이 가깝다는 것을 알아야 할 것이다.

조혼에는 문제점이 많다

조용하게 그러나 중요한 변화가 미국 사회에 일어나고 있다. 이것은 하나의 혁명이라고 할 수 있을지도 모른다.

젊은 나이에 결혼하는 조혼 현상이 크게 증가했다는 것이다.

그것을 우습게 생각하는 사람이 있을지도 모르나 불과 30년 전, 내가 청년이었던 시대에는 대학의 학생도, 대학원의 학생도 결혼하고 있는 사람은 정말로 적었다. 신기한 일로 취급되었던 것이다.

이런 극적인 변화가 어떻게 해서 일어났는지를 사회학자들이 분석하고 있는데 조혼은 행복감이나 안정감 등에 커다란 영향을 미치고 있는 것 같다.

나로서는 조혼이 바람직하다든가 바람직하지 않다든가 하는 문제에는 별로 관심이 없다. 다만 사실로서 받아들일 뿐이다. 그러나 조혼이 초래하는 결과에 대해서는 대단히 관심을 기울이고 있는 것이 사실이다.

우선 내가 걱정하는 것은 젊은이들이 상대를 선택할 때 몇 가지 중요한 선택의 요건을 염두에 두지 않는 일이 많다는 것이다.

이를테면 어떠한 성장 과정을 거쳤는가, 어떠한 취미를 가지고 있는가, 종교를 포함해서 어떠한 사고방식을 가지고 있는가, 하는 것들이다. 확실히 연애는 맹목적이라는 말이 있다. 그러나 이 모든 것을 사랑이 극복한다고 믿어 버리면 큰 실수를 저지르게 된다.

두 사람의 사랑이 뜨겁게 타올랐을 때는, 제 3자로서는 아무리 보아도 원만하게 갈 것 같지 않아도 두 당사자에겐 함정이 전혀 보이지 않는다.

서로가 참고 견디면 행복한 결혼생활을 할 수 있는 것으로 속 단하고 마는 법이다. 그 결과는 어떻게 될 것인가? 조혼이 실패 로 끝나는 예는 놀랄 만큼 많다. 당신의 주위를 보아도 이러한 예가 의외로 많다는 사실을 알 수 있을 것이다.

그런데 세상에서는, 결혼만 하면 모든 문제가 처리되었다고 생 각하기 쉽다.

그러나 실제로 문제는 조금도 해결되지 않는다. 해결되기는커 녕 새로운 문제가 발생하고 있는 것이다.

나는 결혼 후 2, 3년이 제일 어려운 고비라고 생각한다. 이 시기 가 지나면 결혼의 안정성도 만족감도 해마다 커져 간다. 나는 여 기서 결혼이라는 항해에 뒤얽히는 몇 가지 예를 들어서 여러분이 잘 항해할 수 있도록 도와 드리고자 한다.

첫째로 중요한 것은 상대를 충분히 이해하는 일이다. 로맨틱한 연애 중에 상대를 선택했을 경우에는, 결혼이 오래 계속되지 못 하는 일이 많다. 냉정한 현실 감각을 가지지 않았기 때문이다.

냉정한 현실 감각이야말로 기본적인 요건이라고도 말할 수 있 는 것이다.

이를테면 결혼한 후에야 비로소 상대의 거짓없는 성격이나 기 질을 알 수 있다.

결혼 전에는 사랑에 열중해서 상대를 보아도 초점에서 벗어나 는 경우가 적지 않다.

나는 몇 번이나 젊은 부부가 "이런 사람하고 결혼할 생각은 아니었는데"하고 탄식하는 소리를 들었다. 이것은 어처구니 없는 실수다. 결혼했다고 해서 인간의 기본적인 성격이 달라지는 것은 아니다. 상대의 마음을 미리 읽어내지 못했을 뿐인 것이다.

이 단계가 결혼에의 첫번째 도전이라고 할 수 있다. 겨우 서로가 잘 보이게 된 것이다. 상대가 잘 보이게 되었다는 것은 바꿔 말해서 상대도 이쪽이 잘 보이게 되었을 때가 된 것이다.

또 육체적으로 상대를 충분히 알았을 때는 정신적, 심리적으로도 잘 알 수 있었다고 할 수 있을 것이다.

연애중에는 서로가 겉모양을 되도록 좋게 보이려고 노력한다. 누가 데이트에 나설 때 수염도 깎지 않고 나서겠는가?

또 여성들은 옷이나 머리나 얼굴에 한껏 모양을 내고 데이트에 대비할 것이 틀림없다. 그런데 일단 결혼하고 나면 그 때부터 그런 것에는 관심이 없고, 있는 그대로의 자기 모습을 드러내게 된다.

확실히 두 사람의 사랑은 처음에는 불꽃처럼 타오르기 시작한다.

그러나 결혼은 이러한 충동적인 감정만으로는 유지될 수 없다.

그러므로 결혼하고 나서 일어날 만한 사태를 통찰하고 이해할 필요가 있는 것이다.

나는 상대를 진정하게 이해하기 위해서는 서로를 수용해서 긍정하는 일이 중요하다고 말하고 싶다.

여기서 수용과 긍정이라는 말에 대해서 설명하지 않으면 안 되겠다. 개인에 있어서 심리적으로 가장 중요하고 유일한 것은, 그 또는 그녀가 자신의 인생에서 최대의 가치가 있다는 생각이다.

다른 경우에도 말할 수 있으나 결혼한 두 사람에게 있어서는, 서로의 수용과 긍정은 단 한 번의 행위로는 나타나지 않는다. 결혼하고 있는 자, 특히 행복한 결혼생활을 하고 있는 자는, 서로에게 몇 번이나 되풀이해서 "두 유 러브 미"하고 묻는다. 그리고 긍정하는 대답을 기다리는 것이다. 이것이 구미에서의 일반적인 형태의 결혼이라고 할 수 있겠다.

그렇다고 해서, 나는 두 사람이 즐겁고 흡족한 결혼생활을 하기 위해서 항상 긴장된 관계를 가지라고 주장할 생각은 없다.

오히려 "두 사람이 서로 마주 보며 서로 이야기해서 서로 위로와 감사를 나타내도록 하십시오."라고 원하고 싶은 것이다. 이리하여 권태나 절망의 나락에 떨어지지 않으면, 두 사람의 사랑은 훌륭하게 열매를 맺게 될 것이다.

아무리 두 사람의 사이가 굳게 맺어져 있는 것같이 보여도, 역시 나날의 생활 속에는 갈등이나 오해가 반드시 생길 것이다. 그러할 때는 결혼이 시련을 겪고 있다고 생각하면 된다.

두 사람이 솔직하게 서로 이야기할 수가 있고, 노여움의 장벽을 넘어설 수가 있으면 이러한 결혼의 시련은 순조롭게 극복할 수 있다. 파탄은 갑자기 찾아오는 것이 아니다. 서서히 좀먹어 가는 것이다. 젊은 사람들의 결혼이 결과적으로 실패로 끝나는 것은 대부분의 경우에 예상치 않았던 사태가 차례차례로 나타나서 그 충격을 견뎌 낼 수가 없기 때문인 것이다. 그러므로 정신적으로 충분히 대처할 수 있게 될 때까지 기다렸다가 결혼은 신중히 하는 편이 좋겠다.

이것은 구태여 미국의 젊은이들만을 위한 어드바이스는 아니다. 모든 젊은이들도 꼭 경청해 주기 바란다.

《탈무드》에도 「어차피 헤어질 바에는 결혼하고 나서 보다는 약혼중에 하는 편이 낫다. 생활의 안정도 얻지 못하면서 결혼하는 것은 어리석은 자이다. 허니문은 1개월; 트러블은 평생」이라는 명언을 남겨 주고 있으니까.

5장. 웃음과 기지

유머는 강력한 무기

유머는 인간이 갖추고 있는 힘 가운데 가장 강력한 것 중의 하나다. 그런데 일본 사람의 웃음은 아무래도 상대방의 기분을 맞추기 위해서 사교적으로 웃는 경우가 많으며, 정말로 즐겁게 느껴져 웃는 경우는 적은 것 같다. 이것이 해외에서는 「재패니즈 스마일」이라는 말로 표현되고 있다.

구미인들은 이런 식으로 웃는 법이 없으므로 일본 사람은 이상야릇한 미소를 띠는 것으로 돼 버렸다. 혹은 일본 사람들은 무엇을 속이기 위해서 웃는 일도 많다. 하긴 웃음에는 이러한 기능이 있어도 좋은지 모른다. 그렇지만 좀 더 마음으로부터 웃을 수는 없을까.

아무래도 일본에서는 웃음이 정당한 대우를 받지 못하고 있는 것 같다.

강인한 정신을 몸에 익히기 위해서는 좀더 웃음을 자기 것으로 만들어야 한다고 생각한다.

일본에서 유머를 흔히 진지하지 못하다고 말하면서 멀리 한다.

예를 들어 진지한 회의 석상에서 유머를 쓴다는 것은 그 장소에 어울리지 않는다고 생각하는 것이다.

웃음은 백 약 가운데 으뜸 가는 약이라고도 말한다. 괴로울 때는 마음을 달래 준다. 싱싱한 웃음은 즐겁다. 그렇지만 웃음이 간직하고 있는 힘은 이런 것뿐만이 아니다. 유효적절하게 사용만 하면 인간이 태어났을 때부터 갖추고 있는 강력한 무기가 될 것이다.

유머가 왜 우스운가 하면 규격에서 벗어났기 때문이다. 그렇지만 유머에는 그 이상의 힘이 있다. 규격에서 벗어난다는 것은 그만큼 여유가 있다는 것을 나타내고 있다. 여유가 있기 때문에 유머라는 놀이를 할 수 있는 것이다. 처칠은 유머에 넘쳐 있었다. 그 때문에 위기를 극복한 위대한 재상으로서 영국을 승리로 이끌 수 있었던 것이다. 유머는 그 자리를 명랑하게 만들어 준다. 어쩌면 「블랙 유머」라면 그 자리를 우울하게 만들지도 모른다. 그러나 그것은 그것으로도 좋은 것이다. 우습기 때문에 사람의 마음을 풀어 주는 것이다.

현명한 사람은 어떠한 상황에 놓여 있더라도 여유를 가질 수 있다.

게다가 수준 높은 유머는 지성에서 나온다. 정말로 세련된 유머, 때와 장소에 맞는 유머는 지적으로 세련된 자만이 능히 할 수 있다. 그리고 받아들이는 자도 지성이 갖추어져 있지 않으면 안 된다.

또한 유머는 극히 오리지널한 것이다.

똑같은 것을 두 번 되풀이해서 말한다고 하면 그것은 이미 호소력이 없다. 듣는 사람을 기습한 듯한 신선한 것이 필요하다.

유머 정신이 있는 자는 자기 자신을 웃게 만들 수도 있다. 정말로 다급한 상황에 몰려 있으면 대부분의 사람은 유머를 하지 못한다. 그러나 위기에 처해 있을 때의 유머야말로 자기가 한 순간만이라도 현장에서 한 걸음 물러나 객관적으로 바라보고 웃을 수 있는 사람이라고 하는 강한 점을 보여 주는 것이 된다. 정말로 절박한 상황에 몰려 겁먹고 있는 사람에게서는 여유가 생겨나지 않는다. 불굴의 정신이 유머를 낳는다. 어떠한 위기에서도 거기서 한 걸음 물러나 바라볼 수 있는 자는 좋은 해결책을 생각해 내는 경우가 많을 것이다.

유머는 냉정을 잃지 않게 하는 약이다. 머리에 피가 완전히 올라버린 자에게서는 유머도 웃음도 기대할 수가 없다. 따라서 유머의 효용은 매우 크다고 할 수 있다.

유태인들은 웃음과 유머를 항상 소중히 해 왔다. 유태인들은 곧잘 「책의 민족」이란 말을 듣는 것처럼 「웃음의 민족」으로 일컬어져 왔다. 5000년의 역사를 통해 그처럼 가혹한 박해를 받고서도 강하게 살아남을 수 있었던 것은 웃음의 효용을 알고 있었기 때문일 것이다. 아무리 절박하게 몰려도 유태인들은 그것을 웃음으로 중화시켰다. 또한 자신들에 대해서 충분히 웃을 수가 있었다. 인간은 즐거운 때는 물론이고 괴로운 때에 오히려 웃어야 하는 것이다.

다른 민족은 농담을 그다지 귀중하게 여기지 않는다. 농담은 일시적인 기분 전환을 하는 것으로 생각해 왔다. 따라서 기호품 정도로밖에 취급되지 않았다. 동양에서도 아마 그럴 것이다.

그러나 유태인들은 웃음을 주식이라고 생각한다. 그러고 보니 히브리어에는 지혜와 농담을 똑같이 「호프마」라는 말로 표현하고 있다.

로스차일드는 런던에서 영국 황실의 마음에 들게 되어 재산을 모았으며 굴지의 부호가 되었는데, 그 무기의 하나로 농담이 사용되었다는 것은 유명한 이야기이다. 그는 유럽 대륙으로부터 가장 새로운 조크를 발이 빠른 말과 범선을 이용해서 주워 모았다. 새로 도착한 조크를 소개함으로써 궁중에서 인기를 얻어 성공의 실마리를 잡은 것이다. 조크가 어째서 우스운가. 하나의 예를 들어 보기로 한다.

히틀러가 점성가를 불러 다음과 같은 내용을 의논하였다. 히틀러는 독재자로서 암살을 극도로 두려워했다. 그러자 점성가가 "당신은 유태인의 축제일에 암살된다"고 말했다. 히틀러는 즉각 SS(친위대)의 사령관을 불러, "앞으로 유태인의 축제일에는 경비를 지금의 20배 아니 50배로 하라"고 명령했다. 그러자 점성가가 "아닙니다. 그것은 도움이 되지 못합니다. 당신이 암살당한 날이 유태인한테는 축제일이 될 테니까요"하고 말했다.

이러한 농담이 어째서 우스운가 하면 그것은 모든 농담에 공통되고 있는 의외성이 있다는 점 때문이다. 우리는 틀에 박힌 생활을 하고 있으므로 의외성이 있는 사건이나 이야기에 부딪치게 되면 무의식중에 웃게 된다.

그러나 웃음은 반항적인 것이기도 하다. 어떤 일에 몰두해 버리면 웃을 수 없는 법이다. 유태인들은 항상 권위를 의심하는 것이 중요하다는 가르침을 받으며 성장해 왔다. 권위를 상대로 웃는 것은 유태인의 힘이 되어 왔다. 프로이트, 아인슈타인이 새로운 학설을 발견한 것은 그 때까지의 학설의 권위를 의심했기 때문이다. 그리고 그들의 학설에는 의외성이 있었다.

조크나 유머는 창조력을 기르기 위한 훌륭한 훈련장이 된다. 따라서 유태인들은 그들의 자녀에게 어릴 때부터 웃음이 지니고 있는 힘에 대해서 가르치고 있다. 불굴, 의외성, 저항 정신을 몸에 익히도록 만드는 것이다. 유태인에게서 《성서》를 빼앗아 가면 유태인이 아닌 것이 된다. 이와 마찬가지로 유태인에게서 웃음을 빼앗아 가 버리면 유태인이 아닌 결과로 돼 버린다.

어쨌든 대상을 객관시함으로써 조크나 유머는 탄생된다. 비판 정신이 없어 가지고는 정말로 효과적인 조크나 유머가 될 수 없다. 소비에트의 반체제파에 긴즈부르그 등의 유태인계가 많은 것도, 또한 미국의 현대작가 가운데 유태인계 작가(필립 로스, 노만 메일러 등 다수)가 중심적인 위치를 차지하는 것도 이처럼 유태인에게는 그들 특유의 비판 정신이 몸에 배어 있기 때문이다.

유태인은 조크 만발의 민족

인간의 값어치는 비밀을 어느 정도로 지킬 수 있는가에 따라 측정된다. 그 사람이 얼마나 사려가 깊고 신뢰성이 있는가도 시험할 수 있다.

일반 비밀을 갖게 되면 누구나 그것을 이야기하고 싶어지는 충동을 느끼는 것이 인간의 심리이다. 비밀을 알고 있음으로 해서 사람들의 주목을 모을 수 있다. 누구나 비밀을 좋아하고 누구나 사람들의 주목을 받고 싶어 한다.

비밀을 말할 때 사람은 타인의 관심을 모을 수 있으므로 위대해 보인다. 그렇지만 남이 말해 준 비밀을 또 다른 사람에게 이야기한다는 것은 털어 놓은 상대를 믿는 것처럼 행동해도 사실은 비밀을 밝혀 준 상대방의 신뢰를 배반하는 결과가 된다.

랍비인 이븐 가비로르는, "비밀이 당신의 손 안에 있는 한 당신이 비밀의 주인이지만 일단 입 밖으로 나가 버린 후에는 당신이 비밀의 노예가 된다"고 말했다.

비밀에 대해 경계한 말 가운데서 내가 제일 좋아하는 것은 "비밀이라는 술을 마시게 되면 혀가 춤을 추게 되니 주의하십시오"라는 말이다.

유태인은 기지나 재치를 존중한다.

아마 그 어떤 민족보다도 존중하는지도 모른다. 그렇기 때문에 유태인들은 조크라든가 수수께끼 같은 것을 소중히 해온 것이다. 조크 같은 것은 머리를 갈아 주는 숫돌이라고 일컬어져 왔다. 그것은 의외성이 있기 때문이다.

그리하여 어린이가 사물에 대해 어느 정도 깨닫게 되면 저녁식사자리에서 아버지가 여러 가지로 수수께끼를 내놓는다. 그리하여 성인이 되면 서로 조크를 나눈다.

조크는 웃음만을 가져다 주는 것이 아니다. 이것은 의외로 정반대성이 있으므로 머리의 활동을 좋게 만든다. 머리라고 하는 기계에 쳐 주는 기름이라고 생각하면 된다. 그래서 유태인은 작은 이야기라든가 조크를 각별히 좋아해 왔던 것이다.

6장. 어리석음에 대한 충고

자만은 어리석음이다

자만심처럼 꼴불견인 것은 없다.

유태인의 오랜 속담 가운데 "태양은 당신이 없어도 솟아오르며 또한 진다"는 말이 있다.

자만하게 되면 인간은 겸허함을 잃는다. 자신을 개선하려는 마음을 잃게 된다.

자만하게 되면 실수를 범하기 쉽다.

그러나 《탈무드》는 자만심을 죄로 규정하지는 않았다. 자만은 어리석음이라고 규정한 것이다.

또한 지나친 자기 혐오도 자만의 일종이다. 지나친 자기 혐오는 자기 자신을 세계의 중심으로 보는 착각에서 비롯되기 때문이다. 그것은 자기 자랑을 뒤집어 놓은 것과 같은 것이다.

자기가 자기 자신만으로 채워져 있다고 생각하는 마음 속에는 하나님이 살 장소가 없다고 한다.

남을 칭찬하기 전에 자기를 칭찬해서는 안 된다.

이와 같은 자만심을 타이를 때 유태인은 어린이에게 《성서》의 창세기를 가르친다. 창세기에서는 인간이 맨 마지막으로 만들어진 것이다. 하나님은 처음에 빛과 어둠을 나누어 창조하셨고 이어서 하늘과 땅을, 다시 물과 육지를 나누어 창조하셨다. 그 다음으로 동물을 만들었으며 맨 마지막으로 사람이 만들어진 것이다. 따라서 인간보다 벼룩이 먼저 창조되었다. 그러니 인간이 잘난 체할 건덕지가 없다는 이야기다.

자랑이 되는 일과 자만은 분명히 구분하지 않으면 안 된다. 자랑은 건전한 것이지만 자만은 병이며 어리석은 짓이다.

자기가 자기를 칭찬하기에 앞서 남한테 칭찬을 받는 인간이 되지 않으면 안 될 것이다.

고대 유태사회의 이에시바(학교)에서는 1학년생을 현자라고 불렀다. 2학년생은 철학자라고 불렀다. 그러다가 최종 학년인 3학년생이 되면 비로소 학생이라고 불렀다고 한다.

이 이야기는 겸허하게 사람들한테 배우는 사람이 가장 지위가 높으며 학생이 되자면 몇 년 동안 수업을 쌓지 않으면 안 된다고 생각했기 때문이다. 그리하여 인간은 학생이 되는 것이 최종적인 목표라고 생각했던 것이다.

이 이야기는 오늘날에도 이에시바에 들어오는 학생들에게 가르쳐지고 있다.

모든 학생들에게 참고가 되는 이야기일 것이다.

이처럼 엄격할 정도의 겸허함에 대해서 《탈무드》는, 현인이라고 해도 지식을 자랑하는 자는 무지를 부끄러워하는 바보보다도 못하다라고 경계하였으며, 스스로 잘난 체하는 위험에 대해서는 "돈은 자만심의 지름길, 자만심은 죄악의 지름길"이라고 경고하고 있다.

일본에도 "뛰어난 경영자는 많은 것을 가지고 있으면서도 아무것도 없는 것처럼 보인다"라는 명언이 있는데, 자기가 가지고 있는 것을 남에게 자랑하지 않는 것이 현명하는 것은 새삼스럽게 다시 말할 필요가 없다.

어리석음에 대한 교훈

다음은 인간의 어리석음을 전하는 이야기이다.

체르므라는 마을이 있었다. 옛날에 어디서나 흔히 볼 수 있는 그런 작은 마을이었다. 단지 이 마을은 커다란 난제를 하나 안고 있었다.

이 체르므에 이르는 길은 험한 절벽으로 이어진 가늘고 꾸불꾸불하고 위험한 길이었다. 마을 사람들이 잇달아 절벽에서 떨어져 부상을 당했다. 이 점이 마을 사람들의 크나큰 고통거리였다.

어부가 절벽에서 떨어져 생선을 운반할 수 없게 되었을 때는 이 마을에 심각한 문제를 안겨다 주었다. 또한 우편 배달부가 절벽에서 발을 헛디며 편지를 잃었을 때에도 마을의 큰 문제가 되었다. 이윽고 우유 배달꾼이 갓 태어난 아기에게 먹일 우유를 절벽에서 엎질러 버리는 사건이 일어났을 때는 마침내 마을의 장로들이 모여서 대책을 세우기로 하였다. 이런 일이 계속된다면 마을은 폐허화 될 것이기 때문이다.

어쨌든 뭔가 손을 쓰지 않으면 안 되었다.

장로들은 모여서 머리를 짜내기 시작했다.

왈가왈부하는 중에 의견이 백출했다. 주야에 걸쳐 토론한 결과 사바스의 방문일이 가까워졌을 무렵에야 일동은 간신히 결론에 도달했다.

독자 여러분은 어떠한 결론이 나왔으리라고 생각하는가?

장로들은 절벽 밑에다 병원을 짓기로 했던 것이다.

이 이야기는 아무리 긴 시간 동안 토론해 봤자 부질없는 의논을 계속하는 한 유익한 대응책이 나오지 않는다는 것을 가르치고 있다. 병원을 만들어 봤자 생선 장사나 우편배달부는 변함없이 똑같은 실패를 거듭할 테니까.

유태인의 격언들은 어리석은 자나 어리석음을 테마로 한 것이 많다. 그러나 신랄하게 웃어넘길 수 있는 성격의 것은 없고 흐뭇하게 정다움을 느끼게 하는 것이 특색이다.

「어리석은 자는 한 시간 동안에 현자가 1년 걸려서도 대답할 수 없을 만큼의 질문을 한다.」

「구세주가 왔을 때 그는 병자들의 모든 병을 고쳐 주었다. 그렇지만 어리석은 자를 어진 자로 만들 수는 없었다.」

「현자는 어리석은 자에게서 교훈을 끄집어 낼 수가 있다. 그러나 어리석은 자는 현자에게서 교훈을 끌어낼 수가 없다.」

「어리석은 자라도 돈만 많으면 왕후와 같은 대우를 받는다.」

「어리석은 자를 가르친다는 것은 구멍이 난 주전자에 물을 부어 넣는 것과 같다.」

「어리석은 자라도 침묵을 지키고 있으면 성인처럼 보인다.」

수다스러움은 해롭다

어떤 마을에 이웃의 소문을 좋아하는 여자가 살고 있었다.

우리나라 같으면 수다쟁이라고 불리는 종류의 주부인데 약간 정도가 지나쳤다.

견딜 수 없게 된 이웃의 주부들이 모여 랍비에게 자문을 청하게 되었다.

"그 여자는 말입니다. 나에 대해서 빵 대신에 늘 과자만 먹는다고 말하고 있어요."하고 첫번째 여자가 말했다.

"난 단지 과자를 좋아한다고 말했을 뿐 아침 점심 저녁 매일 식사 대신으로 과자를 먹는다고는 말한 적이 없어요. 그런데도 그 여자는 만나는 사람한테마다 그런 이야기를 하고 있어요."

그러자 또 한 여자가 "그 여자는 말입니다, 내가 아침부터 남편이 출근하면 낮잠만 잔다고 말했어요."라고 호소했다.

또 한 여자는 "그 말 많은 여자는 나를 만날 때마다 부인은 참으로 아름답습니다 라고 말하는데, 남한테는 나이에 어울리지 않게 젊어 보이려고 화장을 지나치게 한다고 소문을 내고 있습니다."라고 호소했다.

랍비는 한 사람 한 사람의 호소를 신중히 들은 뒤에 여자들이 돌아가자, 사람을 보내어 그 말 많은 여자를 불러 오도록 하였다.

"당신은 어째서 이웃 여자들에 대해 여러 가지 말을 꾸며 소문을 내고 다니는 겁니까."하고 물었다.

그러자 그녀는 아무것도 아니라는 듯이 웃었다.

"제가 말을 만든 것은 별로 없습니다. 굳이 말한다면 현실보다 과장해서 말하는 버릇이 있는지 모릅니다. 그렇지만 진실에 가까운 것일 겁니다. 단지 이야기를 조금 재미 있게 하고 있다고 생각합니다. 저는 조금 말이 많은 편인지도 모릅니다. 제 남편도 그렇게 말했으니까요"

랍비는 잠시 생각에 잠겼다가 일단 방에서 나가 커다란 자루를 가지고 돌아왔다. 랍비는 여자를 향해 말했다.

"당신은 자신이 지나치게 말이 많다는 걸 인정했어요. 그러니 좋은 치료법을 생각해 보기로 합시다."

랍비는 그녀한테 그 큰 자루를 넘겨 주었다.

"이 자루를 가지고 광장까지 가십시오. 광장에 도착하거든 자루를 열어 가지고 이 안에 들어 있는 것들을 길바닥에 늘어놓으면서 집으로 돌아갔다가 집에 도착하거든 늘어놓고 온 것을 주워 모으면서 광장으로 다시 돌아가십시오."

여자가 자루를 받아 보니 매우 가벼웠다. 도대체 안에 무엇이 들어 있을까, 하고 그녀는 생각했다. 그녀는 광장을 향해 서둘러 갔다. 광장에 도착하여 자루를 열어 보니 안에는 새의 깃털들이 가득 들어 있었다.

맑게 개인 가을날이었으며 산들바람이 가볍게 불고 있었다. 그녀는 랍비가 시킨 대로 깃털들을 꺼내 길바닥에 늘어놓으며 집으로 돌아갔다. 집에 도착하니 자루는 어느덧 비어 있었다. 이번에는 빈 자루를 가지고 집에서 나가 길바닥에 늘어놓은 깃털들을 주우면서 광장으로 가려고 했다. 그러나 깃털들은 바람에 날려 이곳 저곳으로 날아갔다. 그녀는 랍비한테로 돌아와 말씀대로 깃털을 늘어놓았지만 몇 장밖에 주워 모을 수가 없었다고 보고했다.

"그럴 겁니다."라고 랍비가 말했다.

"말이란 그 자루 속의 깃털과 같은 것입니다. 일단 입에서 나가 버리면 이미 다시 찾을 수가 없지요."

랍비의 이와 같은 기지로 여자의 수다쟁이 버릇은 고쳐졌다.

그럼 여기서 유태 현인들의 수다스러움에 관한 명언들을 소개해 보도록 하자.

「말이 많은 것은 손버릇이 나쁜 것보다 곤란하다」

「유령을 만났을 때 도망치듯이 수다쟁이한테서 도망치십시오.」

「욕하는 자가 없어지면 싸움의 불은 꺼진다.」

「미담도 전해지는 동안에 욕이 되어 버린다.」

「풍문은 친구의 사이도 갈라 놓는다.」

「수다, 이것은 자연의 전화다.」

「보지도 못한 것을 입으로 찾아내지 말라.」

인간은 자기 자랑의 바다에서 사는 물고기다

인간에게 있어서의 자기애는 누구나 매우 강한 것이다.

일평생을 두고 자기와 로맨스에 빠져 있는 것과도 같으며 또한 쉬지 않고 자신에게 칭찬의 말을 해 주는 것과도 같을 것이다.

자신의 자녀라든가 부하를 대할 때, 그 중에서 한 사람만을 편애한다고 하면 가정이나 회사가 잘 돼 나갈 수 없는 것처럼 자기 자신의 경우에도 그것과 똑같이 말할 수 있는 것이다.

우리들은 인간이라는 집단의 일원으로서 생활하고 있다. 최저의 단위는 부부 혹은 연인 사이다. 이어서 가족, 직장의 순으로 확대돼 나간다. 그런데 자기만을 편애해 버리게 되면 다른 사람들의 반감을 사게 될 것이다. 자기애는 누구나 가지고 있는 것이니까 어느 정도까지는 피차 일반이다. 그리고 자기애는 자신을 소중히 하는 일이므로 좋은 면도 있다.

그와 같은 바탕에서 자존심과 자립성, 향상심이 자라기 때문이다. 세계에서는 어디까지나 자기가 중심이다. 그리고 인간에게는 자기가 중심이 되어 보다 좋은 세계를 건설해야 하는 권리가 주어지고 있다. 그러나 흔히 사랑은 맹목적이라고 한다. 자기애에 빠져 버리면, 남들이 그것을 얼마나 싫어하는지 알지 못하게 된다.

인간은 태어나면서부터 자기 중심이다.

이것은 유아를 보면 알 수 있다.

유아는 자기만을 소중히 한다. 그러나 성장해 감에 따라 남들을 위해 자기를 어느 정도까지 양보하지 않으면 안 된다는 것을 배워 나가는 것이다.

"어떤 인간은 평생을 두고 어른이나 노인이 되지 않고 단지 갓난애가 나이만 먹어갈 뿐이다"라는 말이 있지만, 어른이 자신만을 소중히 하는 것에는 갓난애가 그렇게 하는 것과 별로 다르지 않은 부분이 있다. 하지만 어른이 갓난애처럼 자기 자신만을 소중하게 생각해서야 되겠는가?

자기애는 인간에게 있어서 장점도 되며 약점도 된다. 칭찬을 받았는데 기쁘지 않은 사람은 없다. 인간은 동서고금을 막론하고 자기 자랑이라고 하는 바다에서 사는 생선과 같다. 노만 메일러는 "스스로 잘난 체할 필요성이 있는 사람은 정치가와 프로 레슬러와 여배우밖에 없다"고 말했다. 그러나 실제에 있어서 꼭 그런 사람만이 잘난 체하는 것은 아닐 것이다. 우리는 우리들의 일상 생활을 통해서 인간이 얼마나 자기 자랑에 약한 존재인지 많은 예를 볼 수가 있다.

내가 실수를 해도 남이 용서해 주는 경우가 많다. 그러나 주위 사람들에게서 용서를 받아 그 죄가 없어졌다고 하더라도 자기 자신이 용서할 수 없는 경우가 가끔 있다. 그리하여 시간이 경과해도 그 실수를 생각해 내면 찌르는 듯한 고통을 맛보게 되는 일이 있다. 독자들도 이러한 경험을 해 본 적이 있을 것이다.

이러한 실수는 자기 자랑에 상처를 입힌 것이기 때문에 상처가 좀처럼 치유되지 않는다. 루드 베네딕트는 제2차 세계대전 중 펴낸 〈국화와 칼〉이라는 일본인을 주제로 연구한 책 속에서, 일본인은 죄의 의식이 결여되어 있는 반면 부끄러워하는 의식을 가지고 있다고 설명했다. 죄는 개인으로부터 시작되는 개인의 문제인데 비해 부끄러움은 주위의 평가에 의해서 시작되는 것이다. 따라서 일본인들은 「여행에서의 부끄러움은 잊어버린다」는 말도 있는 것처럼 모르는 사람들 앞에서 저지른 실수에 대해서는 부끄러움을 느끼지 않게 되는 것이다.

수치와 자기 자랑은 일체가 되어 있다.

나는 베네딕트의 연구는 약간의 편견이 있다고 느꼈다. 왜냐하면 일본 사람에게도 옛날 무사들이 가지고 있었던 명예심에서는 유태교나 기독교도한테도 통하는, 개인이 자기의 책임을 묻는 「죄의 의식」을 볼 수 있다고 생각한다. 그리고 유태교도나 기독교도들 중에도 죄보다 부끄러움으로 자신을 괴롭히는 사람들이 많다는 것이다.

또 하나, 인간은 겉치레를 소중히 한다는 예를 들어 보기로 한다. 우리들은 자신의 생활을 유지시켜 주면서 돌봐 두는 사람보다 오히려 자기가 돌봐 주고 있는 사람들에게 보다 강한 호의를 갖게 되는 것이다. 여기에서도 인간의 약점이 나타나 있다. 신세를 지고 있다는 것은 자기 자랑에 손상을 주는 것이 아닐까. 인간에게는 자기가 남의 밑에 있다는 것을 인정하지 않으려는 본성이 있다.

자기를 중심에 둔다는 것은 결코 틀린 일이 아니다. 세계는 자기로부터 시작되는 것이다. 자기애도 건전한 것이다. 인간은 나라고 말할 수 있는 유일한 동물이다. 그러나 도를 지나치면 안 되는 것이다. 자기를 지나치게 사랑한다면 자기를 지키는 데 있어서도 위험한 것이다.

자기가 칭찬을 받으면 기쁘다. 이것은 어떠한 인격자라도 마찬가지다. 사람들은 자신을 인정받고 싶어 하는 것이다. 그리하여 사람들을 움직이는 데 있어서도 그 사람의 자기애에 호소하는 것이 효과적이다. 게다가 사람이 원하는 것을 해 주는 것은 친절심이기도 하다. 인간은 누구나가 격려를 받고 싶어 하는 것이다.

따라서 칭찬해 주는 것도 인생에는 필요하다. 일상 생활에서는 상대나 상대의 소지품을 칭찬하는 것이 예의로 되어 있다. 말의 선물과 같은 것이다.

좋은 선물을 남한테 가져가는 것도 사교 방법의 하나인 것이다.

그런데 《탈무드》는 칭찬의 정도에 대해서 다음과 같이 말하고 있다.

「사람을 칭찬할 때는 어리석은 자에 대해서는 강하게 칭찬하지 않으면 안 된다. 현명한 자는 약하게 칭찬해 주지 않으면 안 된다.」

이것은 의사가 투약하는 경우와 완전히 정반대가 된다. 의사는 강한 자에게는 강한 약을 조제하며 약한 자에게는 약한 약을 투여하지만 칭찬하는 말을 할 때는 지적으로 강한 자한테는 약하게, 지적으로 약한 자한테는 강하게 말하지 않으면 안 된다.

7장. 삶이라는 것

갈대처럼 살아간다

부드러워지는 것이 중요하다. 하나님께서는 흙이라고 하는 똑같은 재료로 인간을 만들었지만, 한 사람 한 사람이 다 다르다. 그리하여 서로 다른 사람들이 함께 살아나가자면 유연성을 가지고 있지 않으면 안 된다. 자기 혼자서만 세계를 살아가는 것이 아니기 때문이다.

옛날의 랍비들은 뼈의 주위에 살이 있는 것은 중요한 뼈를 지키기 위해서이며 해파리처럼 고기뿐이어도, 또한 돌처럼 뼈로만 전부 구성되어도 곤란하다고 생각했다.

랍비인 양켈은 이렇게 말했다.

"언제나 갈대처럼 바람이 불어 와도 바람에 따라 휘었다가 다시 원 위치로 돌아갈 수 있다. 바람이 없어도 자기 위치에 서 있을 수 있다. 갈대는 무엇이 되는가. 갈대는 「토라이」를 쓰는 펜이 된다. 그런데 삼목은 어떤가. 만약 북서쪽에서 강한 바람이 불어오면 쓰러져 버릴 것이며 남서쪽에서 불어와도 쓰러질 것이다. 그리하여 바람이 멎었을 때 나무는 쓰러져 있게 된다.

삼목은 무엇이 될까. 집을 짓는 재료, 혹은 장작이 되어 버린다.

갈대는 유연한 생활을 해 왔기에 좋은 여생이 약속돼 있으며, 삼목은 경직된 생활을 해 왔기 때문에 벌을 받는 것이다."

무엇 때문에 계속해서 달리는가?

한 사나이가 주위를 살피지도 않고 서둘러 길을 걷고 있었다. 랍비가 그 사람을 불러 세우고는 물었다.

"왜 그렇게 서두르는 겁니까?"

"생활을 쫓아가려고 그러는 겁니다."그 사나이가 대답하였다.

"어떻게 그렇게 생각할 수가 있습니까?"라고 하며 랍비는 계속해서 말하였다. "생활이 앞서 간다. 그래서 당신이 쫓고 있다는 것이겠죠. 그렇지만 실제로는 생활이 당신을 쫓아가고 있는 게 아닐까요. 당신은 생활이 쫓아오기를 가만히 기다리기만 하면 되는 겁니다. 그런데 당신은 자꾸자꾸 도망쳐 가려고 하고 있어요."

일에 열중한 나머지 본래의 인간다운 생활에서 멀어져 가는 사람들이 많다.

바쁘다는 건 얼핏 보기에는 근면한 일이기 때문에 칭찬해야 될 일처럼 보이지만 그렇지가 않다.

인간은 때로는 일하는 손을 멈추고 도대체 나는 왜 태어난 것일까, 어떤 사명이 부여돼 있는 것일까, 인생의 목표는 무엇인가? 하는 등의 일을 생각해 볼 필요가 있다. 이러한 기본적인 일을 생각하면 비록 정확한 해답이 나오지 않더라도 인간에게 인간으로서의 깊이를 안겨다 준다.

현대는 「노 하우(know how)」의 시대라고 일컬어진다. 갖가지 문제들이 있는 것이다. 그것을 어떻게 하면 해결할 수 있을까 하는 것이 노 하우인 것이다. 그러나 오늘날의 인간은 「노 하우」에 열중한 나머지 「노 홧트(know what)」에 대해서 생각하지 않으면 인생의 목표를 알 수가 없다.

편법에만 마음이 사로잡혀 있어 가지고는 주위 사람들에게 호소할 수 있는 힘이 결여되어 버리게 된다. 「노 홧트」를 생각하는 사람은 인간의 의미를 지니게 된다.

자신이 1이 되도록 노력하라

사람이 가장 실수하기 쉬운 일은 어떤 것일까. 실수 가운데서도 가장 전형적인 실수는 어떤 것이냐는 문제이다.

그것은 자기가 뭔가 좋은 일을 하지 않아도 누군가 남이 대신해 주기 때문에 사회는 그런대로 움직여 나간다고 생각하는 일이다. 이것은 비겁한 태도이다. 스스로 시작하지 않는 한 결코 사회가 제대로 기능을 발휘해 나갈 수는 없는 것이다.

"좋은 가족 관계를 유지하고 싶다. 보다 나은 지역 사회를 만들고 싶다. 훌륭한 국가를 만들고 싶다."라는 말을 듣게 되면 대부분의 사람들은 찬성한다는 의사를 표할 것이다. 좋은 가족 관계, 좋은 지역 사회, 좋은 일을 창조하고 훌륭한 국가를 만들려면 어떻게 해야 하는지를 잘 알고 있다.

그렇지만 단지 방법만 알고 있는 것만으로는 아무런 의미가 없다. 무엇이 좋으며 무엇이 나쁜가를 판단할 수 있는 것만 가지고

도 불충분하다. 또한 남으로 하여금 좋은 일을 하도록 호소하는 것만으로도 불충분하다.

우리는 남의 과오라든가 부정에 대해서는 매우 민감하지만, 자신에 대해서는 매우 관용적이다. 자기한테만은 특권이 있다고 생각한다. 우리들은 자기 아내나 자녀, 혹은 자기 동료라든가 윗사람 및 주위 사람들에 대해서는 엄한 기준을 설정하기 쉽다. 그러나 자기한테도 그러한 것을 일상적으로 요구하고 있는 것일까. 가장 전형적인 과오는 자기는 모범을 보이지 않고 남들이 좋은 일을 하게 될 것이라고 남에게 미루는 일이다.

좋은 가족이란 무엇을 말하는 것일까.

좋은 가족이란 가족의 구성 인원 각자가 서로 좋은 영향을 미치게 할 수 있는 가족이다. 부모나 자녀가 모두 함께 마음껏 자기 표현을 할 수 있는 환경을 만들 수 있는 가족을 말하는 것이다. 가족은 단지 공존하는 것만으로는 충분하지 않으며, 서로 상대방의 자유를 요구할 수 있고 함께 서로를 개방할 수 있어야 한다.

그렇게 하기 위해서는 가족 각자가 창조적인 노력과 관용과 인내심을 갖추고 있지 않으면 안 된다. 그렇지만 무엇보다도 먼저 자신이 솔선수범하는 모범을 보여야 한다는 것을 항시 염두에 두어야 한다. 솔선해서 모범을 보여 줄 수 있는 사람은 상대방이 알아차리지 못하더라도 묵묵히 모범을 보여야 한다. 그렇게 되면, 언젠가는 사람들이 따라오기 마련이다. 남에게 맞추어 부화 뇌동만 하고 있다면 모범을 보여 줄 수 없다. 모범을 보인 많은 사람들은 역사에 의해 기록되지 않을는지도 모른다. 그러나 오늘날 이 세상이 좀더 제대로 돼 있고 살기 좋은 면이 있다면 그것은 그러한 무명인들이 남긴 유산 덕분인지도 모른다.

히브리어로 1은 「에하트」라고 말하는데 그것은 숫자의 1을 의미할 뿐만 아니라, 유니크하다는 의미도 가지고 있다. 항상 자기가 1이 될 수 있도록 노력하지 않으면 안 된다. 1이란 가장 명예로운 숫자인 것이다. 모범은 자기로부터 시작되어야 한다. 우선 좋은 가족을 만드는 일부터 시작하자. 좋은 가족을 창조하는 것은 가족뿐만이 아니고 좋은 일, 좋은 지역 사회를 만드는 일과도 통한다.

도대체 참다운 지도자란 무엇일까. 그것은 모범을 보여 줄 수 있는 인간이다. 시작을 만들 수 있는 인간이다.

두 번째부터는 따르는 인간이 되는 것이다.

8장. 죄와의 대결

"노오"라고 말할 수 있는 용기를 가져라

천사와 인간은 어떻게 다른 것일까?

천사의 특성은 그들은 항상 깨끗해서, 절대로 부패하는 일이 없다는 것이다. 그러나 그들의 결점은 진보 향상하는 일이 없다는 점이다. 인간의 결점은 부패하는 것이며, 인간의 장점은 무엇이든지 향상시킬 수 있다는 것이다.

인간은 이와 같은 장점과 단점을 가지고 있다. 물론 장점을 쓰면 힘이 된다.

인간은 완전무결해질 수 없다. 완전은 단지 이상인 것이다. 그리고 이상은, 넓은 바다에 있는 선원을 유도하는 밤하늘의 별과도 같은 것이다. 선원이라면 알고 있듯이 별을 뒤쫓아서 바다를 항해해도 하늘의 별에 다다를 수는 없다. 그러나 별을 쫓아가 별에 가까워지려고 함으로써 올바른 항로를 따라 항해할 수 있는 것이다.

인간에 있어서의 이상도 마찬가지인 것이다. 불완전하지만 완전함에 접근하려고 함으로써 올바른 길을 걸을 수 있다. 올바른 길을 걷기 위해서는 용기가 필요하다. 힘이 없으면 걷지 못한다.

그러나 걷기 위해서는 용기가 필요하다. 힘이 없으면 걷지 못한다. 그러나 자신을 자신의 힘으로 강제할 수는 있어도, 타인의 힘으로 자기를 강제할 수는 없다. 고대의 랍비들은 타인을 그렇게 하려고 생각한다면 여자와도 같은 우아함이 필요하다고 설명하고 있다.

신은 인간에게 남자의 굳셈과 여자의 우아함을 주셨다. 완전함을 구하는 것은 어려운 일이며 타인에게 그렇게 요구하는 것도 잘못이다. 그러나 완전하게 될 수 없다는 것을 알면서도 완전에 가까워지려고 하는 인간은 겸허한 사람이다.

겸허한 사람은 자신의 힘을 남겨 두고 있다. 그러나 자만한 자는 자신의 힘 이상으로 발돋움을 하고 있다. 그렇기 때문에 겸허한 사람 쪽이 강한 것이 된다.

이것은 자신(自信)과 자만의 차이이기도 하다. 자신을 가지고 있는 사람은 자신의 힘의 한계를 알고 있으나, 자만한 자는 자신의 힘의 한계를 알지 못한다.

《탈무드》에서는 "자신이 할 수 있는 일을 성취하려는 것이 인간이며, 지신의 하고 싶은 일을 바라는 것은 신이다"라고 말하고 있는데, 몇 번이고 되풀이해서 읽으면 이 아이러니를 이해할 수 있다. 겸허함 속에서만이 사람들을 인도할 수 있는 힘이 나온다. 겸허한 인간은 또 관용을 지니고 있기도 하다. 진정한 여자의 우아함이란 관용을 말하는 것이다.

그렇다고는 하지만 원칙이 없는 관용은 단정치 못한 것이 되고 만다. 명확한 한 가닥의 선이 없으면 안 된다.

나는 일본의 젊은 아가씨들 사이에서, 무엇이든 "좋아, 좋아"하고 허락하는 부친이 「스마트하며 이해심이 많고 좋은 아빠」라는 이미지가 심어지고 있다는 말을 들은 적이 있다. 관용을 지닌 아빠라고 하는 말일 것이다.

　정치가들 중에서도 어떤 일이 일어나면, 덮어 놓고 그와 같은 현상을 빚은 사회가 나쁘다고 말해서 이해심을 나타내는 자가 있다. 내가 일본에 있을 무렵에는 대화라는 말이 유행하고 있었다. 상대방이 하는 말에는 무엇이든 귀를 기울일 필요가 있다고 생각한다. 대체 그래도 좋은 것일까. 천만의 말씀이다.《탈무드》도 가르치고 있다.「타협해서 득이 있다고 생각하면 큰 오산이다. 큰 손해를 보게 된다.」

　젊은 시절에는 마르크시스트였으나 그것을 극복하여 나치 독일에 쫓겨서 런던으로 옮긴 철학자로 칼 만하임이 있다. 그는 "리버럴리스트는 중립성과 관용 정신을 겸비한 것이 실수였다. 만약 그 때에 '노오'라고 똑똑히 거절했더라면, 나치스는 정권을 잡지 못했을지도 모른다"라고 말했다.

　나치스나 공산주의 운동이라는 전체주의는 이와 같은 중립주의나 그릇된 관용 정신의 허점을 이용해서 신장되어 나가는 것이다.

　「노오」라고 말하려고 할 때에는「노오」라고 외칠 만한 용기를 가지고 있지 않으면 안 되는 것이다.

　대화하는 중에도 노오라고 말할 수 있는 용기가 없으면 안 되는 것이다.

명성에 도전하는 사람이 되어라

인간은 좋아하는 것을 두려워해서는 안 된다.

돈, 술, 섹스 등의 매력이 있는 것은 모두 위험한 것이다. 그렇기 때문에 이러한 것을 대하는 태도에 의해서 인간을 평가할 수 있다. 명성도 그러하다. 확실히 인간은 명성을 얻지 않으면 안 된다. 사람들로부터 「저 사람」하고 일컬어질 만한 명성을 얻지 않으면 안 된다. 사람으로서 무시당하는 것만큼 굴욕적인 일은 없다. 또 남에게 자기의 존재를 인정받으면 인정받을수록 생활의 안정과 발전에 직결된다.

《탈무드》는 "명성은 얻지 않으면 안 되는 것이기도 하다. 명예는 잃어서는 안 되는 것이기도 하다"고 말하고 있다. 이 경구는 "그러나 명성은 자신이 구해서 얻어지는 것은 아니다. 명성은 사람들에 의해서 자연히 주어져야 하는 것이다"라고도 말하고 있다.

그렇다고는 하지만, 그와 같이 책 속에서 설교하는 저자조차도 스스로 명성을 찾고 있을 것이다. 어린이도, 어른도 사람들에 의해서 인정받고 싶은 것이다. 때문에 《탈무드》에서는 "명성을 찾아서 달리는 자는 명성을 뒤쫓지 못한다. 그러나 명성에서 벗어나려고 달리는 자는 명성에 의해서 붙잡힌다"라고 말하고 있다.

제 4 부. 유태의 격언

1장. 돈의 가치

두툼한 지갑이 훌륭하다고 할 수는 없지만, 빈 지갑도 좋은 것은 못 된다

「비어 있는데도 세계에서 가장 무거운 것은 무엇인가? 그것은 빈 지갑이다.」

「물건이 가득 든 주머니는 무겁다. 그러나 빈 주머니 쪽이 더 무겁다」

유태에는 돈에 관한 속담이나 격언이 내가 아는 것만 해도 헤아릴 수 없을 정도로 많다. 돈은 인생에 있어서의 중대사다.

「성서는 빛을 던져 주고 돈은 따뜻함을 던져 준다.」

이렇게 말하면 어떨까? "세상에는 세 가지 중대사가 있다. 돈, 돈, 돈,"

돈은 중요하다. 「돈은 어떠한 더러움도 씻어 내는 비누와 같다」

돈은 힘이 강하다. 「금화가 울리면 욕이 잠잠해진다.」

돈은 가볍다. 「무거운 돈지갑을 무겁다고 생각하는 사람은 아무도 없다.」

유태인은 마음이 든든할 때에는 "아이, 이 이"하고 외친다. 허

덕일 때에는 "오이, 오이, 오이"한다. 돈을 가지고 있다 해서 언제나 "아이, 이, 이"라고 단언할 수는 없다. 그러나 돈이 없으면 언제나 "오이, 오이, 오이"이다.

어쨌든 돈은 근사한 것이다. 학자랍시고 돈이 더럽다든가, 인간을 타락케 한다는 소리는 하지 말자. 돈보다도 인간 쪽이 훨씬 위에 있다. 돈에 의해 타락할 만큼 나약한 인간이 되어도 좋을 것인가?

당신이 가진 물건을 그것을 필요로 하는 사람에게 파는 것은 장사가 아니다. 당신이 가지지 않은 물건을 그것이 필요하지 않은 사람에게 파는 것이 장사다

엽총을 갖고싶어 하는 에스키모에게 자기가 소유하고 있는 엽총을 파는 것은 참다운 장사가 아니다. 장사치고는 너무 쉽다. 누구나 할 수 있는 장사이기 때문이다.

진짜 장사는 그대가 가지고 있지도 않은 제빙기 따위를 그것이 전혀 필요치 않은 에스키모에게 몇 대씩이든 팔아 치우는 능력이 있는 것이다. 그리고 그 물건을 흡족하게 생각하도록 해 주는 것이다.

장사를 한다는 행위는 냉엄한 것이다.

유태인은 중세 유럽에서 오랫동안 박해를 받으면서 떳떳한 일자리를 가질 수 없었으므로, 유태인 거리에 사는 주민 대다수는 브로커가 됐다.

그들은 장사의 냉엄함에 익숙해졌다. 유태인 거리에서 보면 없

는 것을 권하여 팔고 나서 그 물건을 찾으려고 허둥대는 우스꽝
스러운 이야기들이 있다. 많은 유능한 장사꾼들은 이렇게 하여
성장해 갔던 것이다.

가난한 사람에게서 돈을 빌리는 것은 못생긴 여자와 키스하는 것과 같다

　유태인은 오랫동안 가난하게 지냈으므로 돈을 서로 융통했었
다. 그러기에 돈을 빌려 주는 것과 꾸는 것에 관한 속담도 많다.
　이와 같은 속담에 설명을 덧붙일 필요는 없을 것이다. 그러나
돈을 꾸는 것에 관한 유태의 속담에는 빌려 주는 법, 꾸는 법을
가르치기에 앞서 돈 빌려 주는 일 자체에 대해서 훈계한 내용이
많다. 하지만 유태인은 중세의 천주교도와는 달리 돈을 더러운
것으로 멸시하고 돈을 빌려 주고 이자 받는 일을 죄악시하는 일
은 없었다.
　나는 곧잘 유태인과 천주교도의 돈과 섹스에 대한 태도를 예로
들어 비교하고 있지만, 돈도 섹스도 인간 생활에서 빼놓을 수 없
는 것일 뿐만 아니라 유용한 것이다. 유태인은 사람에게 유익한
것이라면 악한 것일 까닭이 없다는 입장을 택하는 것이다.
　중세 유럽에서 유태인에게 돈 빌려 주는 예가 많았던 것은, 천
주교회가 천주교도들에게는 이자를 받고 돈 빌려 주는 것을 금했
기 때문이다.
　그러나, 돈을 빌려 주거나 꾸는 일이 결코 도덕에 어긋나는 일
은 아니라고 믿지만, 돈을 빌려 주고 꾸고 하는 것만큼 유쾌하지

못한 일도 없다.

「친구를 원수로 만드는 가장 좋은 방법은 돈을 빌려 주는 일이다.」

이 속담은 전형적인 것으로 되어 있다.

매춘부의 얼굴에 침을 뱉으면 그 매춘부는 비가 온다고 말한다

매춘부는 「세계에서 가장 역사가 깊은 직업」이라고 말하고 있다. 성서의 내용에도 매춘부가 자주 등장하며 또 중세의 유태인 거리에는 매춘부들이 많았었다. 오늘날의 유태인은 노력한 보람이 있어서 모두들 풍요로운 생활을 하고 있으므로, 유태인 매춘부를 만나는 일은 거의 없을 것이라고 생각한다.

매춘부의 얼굴에 침을 뱉았을 때 그 여자가 "어머나, 비가 뿌렸네요."라고 말하는 것은 무슨 뜻일까? 매춘부는 돈을 위해서라면 무슨 짓이든 한다는 뜻이다. 비단 매춘부가 아니더라도 이 세상에는 돈을 위해서라면 어떤 일이든지 한다고 하는 인간들이 있다.

이것은 우화적으로 하는 얘기지만, 예컨대 누군가에게 5백 원을 준 뒤에 얼굴에 침을 뱉아 놓고 "비가 뿌렸다"고 말한다면 "그렇군, 비가 뿌렸군"하고 말할 사람은 없겠지만, 만일 이 5백 원이 5십만 원 또는 1백만 원이었다면 결과는 어떻게 됐을까.

〈격언 모음〉

O. 「좋은 수입만큼 좋은 약은 없다」

O. 「지식을 너무 가지면 사람이 늙지만, 돈을 너무 가지면 사람
   이 젊어진다」

O. 「만일 돈을 당신이 가지고 있지 않다면 매우 귀중해 보인다
   」

O. 「돈은 어떤 문이라도 열 수 있는 황금 열쇠다」

O. 「인생에 필요한 것은 의·식·주 그리고 돈」

O. 「돈을 사랑하는 것만으로는 부자가 될 수 없다. 돈이 그대를
   사랑하지 않으면 안 된 다」

O. 「자기가 가지고 있는 돈을 벌 수가 있을까? 쓰지 않으면 버
   는 것이 된다」

O. 「부자가 되는 방법 한 가지가 있다. 내일 할 일을 오늘 하고
   오늘 먹을 것을 내일 먹으면 된다」

O. 「겨울에 땔감을 사는 데 써야 할 돈을 여름에 놀면서 쓰지
   말라」

O. 「누구나 개처럼 가난해지는 일도 없고 돼지처럼 부자가 되
   는 일도 없다」

O. 「부자도 굶주릴 때가 있다. 어떤 때인가? 의사로부터 굶으라
   고 지시를 받았을 때다」

O. 「가난한 자에게는 적이 적고, 부자에게는 친구가 적다」

O. 「돈으로 세상 모든 것을 살 수가 있다. 그런데 한 가지만은
   살 수 없는 것이 있다. 그것은 상식이다」

O. 「만일 부자가 자기 대신 죽어 줄 사람을 고용할 수 있다면

가난한 사람은 풍족하게 지낼 수 있으리라」

O.「현금은 가장 유능한 중개인이다」

O.「아낄 줄 모르는 상인은 털이 나지 않는 양과 같다」

O.「곰이 아직 수풀 속에 있는데 그 가죽을 팔아서는 안 된다」

O.「빌린 돈을 갚는 자는 신용을 배로 늘린다」

O.「빌린 돈을 갚지 않는 자는 도둑질을 하는 것과 같다」

O.「빌린 돈은 어떤 돈이건 입구는 크게 열려 있고 출구는 좁
　다」

O.「요리를 먹고 빚쟁이를 피해 도망다니는 것보다 양배추를
　먹고 당당히 거리를 활보하는 편이 낫다」

O.「빌릴 때 웃지 말라. 만일 웃으면 갚을 때 울게 되리라」

O.「만일 사람에게 돈을 빌려 주고서 그 사람이 사실상 돈을
　갚을 수 없음을 알았으면 그의 집 근처에 가서는 안 된다」

O.「가난한 사람은 4계절 밖에 고생하지 않는다. 봄, 여름, 가을
　겨울이다」

O.「의학은 가난을 제외한 모든 것을 치료할 수 있다」

O.「가난에 견딜 미모는 없다」

O.「밭에 돈을 뿌리면 어리석은 자를 수확한다」

2장. 마음의 양식

하늘과 땅을 웃기려면 고아를 웃겨라. 고아가 웃으면 하늘과 땅이 모두 웃을 테니까

히브리어에 「훕파」라는 말이 있다. 이 말은 한 마디의 외국어로 표현하기는 어렵다. 「극도의 무례」라든가, 「이보다 더 사람을 우롱하는 건 없다」라는 뜻을 가진 말이다.

예를 들어 설명하자면 다음과 같다. 한 소년이 부모를 죽이고 경찰에 체포되어 재판에 회부된다. 그런데 소년은 재판장에게 이렇게 말한다.

"재판장님! 자비를 베풀어 주소서. 저는 고아입니다!"

물론 이것은 농담이다.

로드 공항에서 총기 난동 사건을 일으킨 오카모도가 공판장에서 "스타가 되고 싶었다"고 말했을 때, 이스라엘 사람들은 모두 "훕파로군"하고 비웃었다.

"하늘과 땅을 웃기려면 고아를 웃겨라"라는 말은 결코 「훕파」가 되라는 말이 아니다. 어떠한 어두운 곳에도 웃음은 있다는 뜻이다.

고아란 불행한 사람을 상징한다. 그러므로 불행한 사람을 웃길

수 있으면 이 세상이 밝아진다는 의미다. 대수롭지 않은 동정어린 웃음이 이 세상을 밝게 만드는 일도 있는 것이다.

유태에서는 부모가 돌아가도 한 달 이상 슬퍼해서는 안 된다. 유태의 하나님은 밝음, 즐거움, 그리고 웃음을 좋아하시는 분인 까닭이다.

"죄를 언제까지나 참회하고만 있어서는 아니 된다. 우울증에 빠져 하나님을 대할 수 없기 때문이다. 마음 속으로 깊이 반성하고 두 번 다시 과오를 되풀이하지 않을 것을 맹세하고 나서 기쁨으로 하나님께 봉사하라."

이 밖에 《탈무드》에는 쾌활하지 않으면 안 된다는 많은 가르침이 나온다.

한 가지 예를 더 들어 보자.

"재판소애서 벌금을 물었으면 휘파람을 불면서 나오라."

이 때문에 유태인은 외국인들로부터 종종 뻔뻔스럽다는 오해를 받는다. 그러나 그 이면에는 이와 같은 인생 철학이 잠재해 있는 것이다.

남을 행복하게 만드는 것은 향수를 뿌리는 것과도 같다. 뿌릴 때 자기에게도 몇 방울 정도는 묻으니까

유태인은 선물 보내기를 좋아한다. 이것은 유태에서는 자선을 베푸는 것이 의무로 되어 있기 때문인지도 모른다.

히브리어로 자선이라는 말과 정의라는 말은 같은 「쩨다카」라고 말해지는데, 영어로 자선을 뜻하는 「채리터」라는 말의 어원은 라

턴어로 「기독교도인의 사랑」이라는 말이며, 「베풀다」라는 뜻을 가지게 되었다. 유태인에게 있어서 자선은 베풀어 주는 것이 아니라 당연한 것으로 되어 있다.

유태인은 어떤 가정이든 어릴 때부터 작은 저금통을 받게 되는데 이 저금통은 자선을 위한 것이다. 저금통이 채워지면 「쉬나고케」를 통하여 자선에 사용된다.

그러나 자선에는 한도가 있다. 수입의 어느 한도 이상을 자선에 돌리는 일은 금지되어 있다. 풍족한 사람인 경우 수입의 5분의 1을 자선을 위해 내놓아야 하지만, 보통 가정은 10분의 1이다. 물론 가난한 사람은 받는 쪽이 된다.

오늘날의 사회 복지 제도의 밑바탕이 된 구민법이 영국에서 햇빛을 본 것이 17세기였다. 그 때 이스라엘에는 이미 유태교의 율법에 따라 복지 제도가 확립되어 있었다는 점에서 유태인의 「쩨다카」 관념이 얼마나 강했는지 짐작할 수 있을 것이다.

유태인은 동족끼리는 서로 형제처럼 지낸다. 그러므로 형제가 곤란해졌을 때 돕는 것은 당연한 일이다. 하기야 《탈무드》는 남의 자선에 기대어 살아가는 것에 만족해서는 안 된다고 힘주어 훈계하고 있지만, 오늘날에도 유태인 지역 사회 안에 가난한 자가 있으면 수입에서 서로 내놓으며 생활을 보살펴 주고 있는 실정이다.

친절이나 선행을 해서 다른 사람을 기쁘게 하면 자기 자신도 함께 즐거워지는 것이다.

행복을 추구하려면 만족에서 멀어지지 않으면 안 된다

인간은 행복하지 않는 한 만족하지 않는다. 이것은 누구나 알고 있는 사실이다. 그러나 행복이란 무엇인가? 행복이란 어떤 상태를 말하는가? 도대체 행복의 척도는 어떻게 잴 것인가? 사람마다 답이 다르고, 더구나 대부분의 사람은 이 같은 물음에 선뜻 대답하기가 어려울 것이다.

당연한 일이다. 인간은 한평생 동안 이 문제에 답하려고 살아가는 것이다. 나도 모른다. 귀하도 모른다. 저 사람도 모른다. 모두가 알지 못하고 있는 것이다.

행복을 어떻게 재면 좋을까? 그 암시를 드리겠다.

행복은 얻음으로써 잴 수 있는 방법이 있다. 대부분의 사람들은 얻음에 따라서 행복을 재고 있다.

다른 하나는 잃음으로써 재는 방법이다. 이 방법은 건강과 질병의 관계와 비슷하다. 우리들은 건강할 때는 건강에 대해서 그다지 감사할 줄 모른다. 건강을 잃었을 때 건강을 되찾고자 하는 것이다. 질병은 아픔이나 괴로움 따위를 몸에서 느낄 수 있다. 그러나 건강할 때에는 몸에 아무것도 느껴지지 않는다. 행복도 마찬가지다. 행복한 때에는 느껴지지 않는 것이 아닐까? 잃어버렸을 때에야 비로소 아픔이라든가 괴로움을 맛보게 되는 것이다.

사람들은 그렇게 되고 난 뒤에야 곧잘 "나는 행복했었다."고 회상한다.

언제나 아직도 더 불행이 있을 것이라고 생각하라

어떤 마을에서 한 가난한 남자가 랍비를 찾아와 눈물어린 호소를 했다.

"랍비님! 저의 집은 비좁은 데다가 아들들이 주렁주렁 매달려 있고 마누라로 말하자면 세상에 그런 악처는 더 없을 겁니다. 아마도 이 마을에서 제일 형편없는 여편네일 것입니다. 랍비님, 어쩌면 좋죠?"

유태교에서는 기독교와 달라서 이혼을 허용하고 있다. 더 이상 어떻게 할 수 없을 때에 한해서 랍비의 허락을 얻으면 된다.

"염소를 가지고 있나?"

랍비가 물었다.

"물론입죠. 유태인치고 염소 없는 사람이 있을라구요."

그 가난하고 불운한 유태인이 대답했다.

"그러면 염소를 집 안에 넣어서 기르도록 하게."

그 남자는 야릇해하는 얼굴을 하며 돌아갔다. 그러나 그는 다음 날 다시 찾아왔다.

"랍비님! 이젠 더 이상 견딜 수 없어요! 못된 여편네에다가 또 염소까지란 말입니다! 이젠 끝장이라구요!"

랍비가 물었다.

"닭을 치고 있나?"

"물론입지요. 도대체 닭을 치지 않는 유태인도 있다고 생각하십니까?"하고 남자는 대답했다.

닭은 유태인들이 즐겨 기르고 있다.

"그러면 닭을 모두 집 안에 넣어 기르도록 하게."

그 남자는 이튿날 또 찾아왔다.

"랍비님! 이젠. 말세입니다."

"그렇게도 싫은가?"

"마누라에 염소에 닭이 열 마리! 아이구 맙소사."

"그렇다면 말일세"하고 랍비는 말했다. "염소와 닭을 밖으로 내보내고 내일 다시 한 번 오게."

이튿날 그 가난한 남자가 찾아왔다. 혈색도 좋아졌고 마치 황금의 산에서 내려온 것처럼 두 눈은 기쁨으로 빛나고 있었다.

"랍비님! 염소와 닭은 내보냈더니 저희 집은 바야흐로 궁전 같사옵니다! 선생님께서는 1천 배나 축복받으시기를!"

이미 해 버린 일을 후회하는 것보다 하고 싶었던 일을 하지 않았을 때의 후회가 더 크다

해 버린 일을 후회하는 것과 해 보고 싶었던 일을 하지 않은 것을 후회하는 것 중에서 어느 쪽의 미련이 강하게 남을까?

노인들에게 물어 보면 거의가 다 하고 싶었는데 하지 않은 일이 더 후회가 깊다고 대답할 것이다.

인간은 실패로 인하여 큰 것을 잃어버린다 해도 그 때마다 그것에 대응할 만한 교훈을 얻고 있는 것이다. 그러나 하고 싶었는데 하지 않은 일에서는 그러한 가능성이 없다. 실패는 유한하지만 가능성은 무한하다는 인간의 낙관적인 본성의 힘이 작용하고 있다. 인간은 너무 낙관하는 것일까? 그러나 인간의 온갖 진보는 가능성을 믿는 낙관에서 생기고 있다.

잘못 저지른 일, 곧 실패는 경험이 된다. 실패는 성공의 비료라고도 말할 수 있다. 그리고 인간은 실패를 후회해도 경험과 교훈의 가치를 알기 때문에, 가능성을 아주 매장해 버린 것보다는 그 후회가 가볍게 끝나는 것이다.

실패는 성공의 토양을 만드는 데 유익하지만, 일을 하지 않았다는 것은 가능성이라는 토양 그 자체를 상실하게 되는 것이다.

포도송이는 무거울수록 아래로 처진다

이 말은 인간은 겸손할수록 허리가 낮아진다는 뜻이다.

유태에는 이런 옛 이야기가 있다.

솔로몬 왕이 어느 날 하나님으로부터 광장한 선물을 받았다. 견직 융단이었는데 이것을 타고 하늘을 날아 어디든지 갈 수 있었다. 그래서 솔로몬 왕은 다메섹에서 아침식사를 하고 메대에서 저녁식사를 하는 꿈과도 같은 생활을 할 수가 있었다.

왕은 현명한 사람이었다. 그는 온갖 동물이나 곤충들의 말을 알아들을 수 있었다.

어느 날이었다. 솔로몬 왕이 이 융단을 타고 보통 때처럼 하늘을 날고 있었는데 아래서 개미들이 이야기하는 소리가 들려 왔다. 여왕개미가 개미들에게 하늘에 솔로몬 왕이 날고 있으니 숨도록 하라고 명령하는 것이었다.

솔로몬 왕은 땅 위로 내려와 여왕 개미를 붙들고 물었다.

"너는 어째서 개미들에게 숨으라고 말하는 거냐?"

여왕개미는 다음과 같이 대답했다.

"그것은 폐하께서 이 세상에서 가장 훌륭한 분이라고 생각하기 때문입니다. 그런 분은 매우 무서운 법이니까요."

솔로몬 왕은 여왕개미를 보고 웃었다.

"너는 이렇게 작다. 그리고 내가 하늘을 나는 것처럼 높이 갈 수는 없겠지?" 여왕개미는 솔로몬 왕의 머리 위로 날면서 말했다. "자아, 보세요. 내가 더 높이 날 수 있지 않습니까?"

마음을 밭갈이하는 것은 두뇌를 밭갈이하는 것보다 더 소중하다

이 말은 「바른 것을 배우기보다 바른 것을 행하는 것이 훨씬 낫다」는 말과 같은 뜻이다.

한 랍비가 제자들 중에서 한 사람을 저녁식사 때 초대했다.

랍비는 이 제자에게 "포도주를 마시기 전에 외우는 기도문을 드리시오"라고 했다. 그런데 학생은 처음 몇줄 밖에 외우지 못했다.

다른 기도문에 대해서도 모두 그러했고, 지금까지 가르친 다른 여러 가지 것도 거의 외우지 못했다.

랍비는 그 제자를 나무랐다. 젊은이는 식사가 끝나자마자 고개를 푹 숙인 채 돌아갔다.

며칠 뒤 랍비는 이 젊은 제자가, 앓고 있는 사람이 있으면 그 집에 가서 거들어 주고 가난한 사람이 있으면 스스로 일해 돈을 보내는 등 많은 선행을 쌓고 있다는 사실을 알게 되었다.

랍비는 부끄러웠다. 그래서 그는 제자들을 모아 놓고 이렇게 말했다.

"마음에 생각한 것이 바로 행동으로 나타난다. 그러나 아무리 많은 책을 읽어 많이 알고 있다고 해도, 마음을 밭갈이하지 않는 다면, 알고 있는 데 그치고 만다."

사람이 죽으면 시체는 벌레에게 먹혀 버린다. 그런데 살아 있으면서도 근심에게 먹혀 버리는 수가 흔히 있다

　이것은, 사람은 살아 있으면서도 죽을 수 있다는 것을 상징적으로 설명한 말이다.

　지나치게 걱정해서는 안 된다. 첫째, 정신뿐만 아니라, 건강에도 나쁘지 않은가

　다음과 같은 죠크가 있다.

　모세가 친구인 아브라함에게서 100코펙을 꾸었다. 기한이 만기가 되어 내일 아침까지는 어떻게 해서든지 반제하지 않으면 안 되었다. 그런데 수중에는 한 코펙도 없었다.

　모세는 그 생각 때문에 잠을 이루지 못하고 이불 속에서 몇 번이나 몸을 뒤척였다. 마침내는 일어나 무슨 좋은 수가 없을까 하고 골똘히 생각에 잠겨 방 안을 서성대기 시작했다.

　"당신 도대체 뭘 하고 있는 거예요? 이젠 주무세요." 아내 리브가가 침대에서 불러댔다. 모세는 내일 아브라함에게 빚진 돈을 갚아야 할 터인데 한 코펙도 없다고 이야기했다.

　그러자 아내가 말했다.

　"당신은 바보군요. 그 일 때문이라면 오늘 밤 잠을 이루지 못하고 서성거리지 않으면 안 될 사람은 아브라함이 아니겠어요."

내일 일을 너무 걱정하지 말라. 오늘 이제부터 일어날 일조차
도 모르고 있지 않은가

　사람은 사소한 일로 늘 걱정을 해서는 안 된다. 누구든 앞을
내다볼 만큼 위대한 식견을 가진 사람은 없는 법이다.
　너무 지나치게 비관한다거나, 너무 지나치게 낙관하는 일은 자
기의 앞이 완전히 환하게 내다보이는 체하고, 자기가 잘났다고
착각하는데 지나지 않는다. 사람은 누구나 지나치게 낙관할 만큼,
또는 지나치게 비관할 만큼 잘나지는 못한 것이다.
　세상에서 저 사람은 행운아니 불운아니 하는 것은 이제부터 무
슨 일이 일어날는지 전혀 알지 못한다는 것을 말하고 있는 것이
다.
　낙관도 비관도 인간의 힘이 내일에 미치지 못하는 데서 생겨난
다.
　내일 일은 지나치게 걱정해서는 안 되는 것처럼 지나치게 낙관
해서도 안 된다.
　이제부터 일어날 일을 알지 못하기에 인생은 정녕 즐거운 것이
다.

하루하루 조금씩 자살해 가는 인생은 이 세상에도 저 세상에
도 속할 수 없다

　조금씩 자살을 한다는 것은 매우 이상한 말로 들리겠지만, 이

속담은 다음과 같은 뜻을 내포하고 있다.

매일 조금씩 자살한다는 것은 사물에 대해서 지나치게 고민하거나 또는 지나치게 후회하여 생기를 잃고, 이로 인해 점점 정신적인 전강이나 육체적인 건강을 해쳐 나중에는 보람없이 썩어 버리는 인생을 가리킨다.

유태인들은 매일의 생활을 즐기지 않으면 안 된다는 가르침을 받고 있다.

인간은 매일 새로운 기회라는 혜택을 입으며, 또 나날이 새로운 기회에 의해 제공되는 도전으로 가득 차 있다. 이 날과 저 날이 다르기 때문이다. 그러므로 지나치게 비관해서도 지나치게 후회해서도 지나치게 고민해서도 안 된다.

그러나 매일 조금씩 자기를 죽여 가는 자는 이와는 정반대의 생활 태도를 취하고 있다. 그리고 유태의 세계에서 자살 행위보다 더 큰 죄는 없다.

일찍이 유태에서는 자살자는 묘지에 매장할 수 없었다. 묘지에 묻히지 못했다는 것은 유태인 사이에서 완전히 말살된다는 뜻이다.

날마다 조금씩 자기를 죽여 가는 자는 이 세상을 즐기지 않고 있으므로 이 세상에 살고 있다고 할 수 없다. 또 자살자는 말살되어 버리기 때문에 저 세상에도 속할 수가 없는 것이다.

행복에서 불행으로 바뀌는 것은 한 순간으로 충분하다. 그러나 불행에서 행복으로 옮기기 위해서는 영원한 시간이 필요할 수도 있다 사람이 행복의 정점에서 고난의 밑바닥으로 굴러 떨어지는 데는 한 찰나밖에 필요하지 않다. 그러나 불행한 인간이 행복을 얻기 위하여는 한평생이 걸릴지도 모른다. 사람은 누구나 매우 욕망이 크고 만족감을 쉽게 얻을 수 없으므로 자기의 주위나 환경에 대해서 만족하는 일을 한평생 걸려도 못 깨닫게 되는 일마저 있게 된다.

나에게는 종종 싸우고 난 부부들이 상담하러 찾아온다. 그 가운데는 이혼까지도 생각하고 있는 심각한 부부도 있다. 그런 경우, 나는 "하루 또는 한 주일 동안 생각하고 나서 또 오시오"하고 말하는 대신에 "3년 동안 생각하고 나서 또 오시오"라고 타이르는 경우가 많다. 왜? 불행으로부터 행복하게 되기 위해서는 오랜 시일 또는 영원에 맞먹는 그런 시간을 걸고, 그 방법을 생각하고 얻으려고 하지 않으면 안 되는 경우가 많기 때문이다.

〈격언 모음〉

O. 「마음의 문은 입이고, 마음의 창은 귀다」
O. 「마음에 붙이는 약은 없다」
O. 「인류를 사랑하는 일은 쉽지만, 인간을 사랑하는 일은 어렵다」
O. 「당신이 어떤 사람에게 복수하면 뒤에 개운치 않은 기분이 들 것이다. 그러나 당신이 어떤 사람을 용서하면 뒤에 좋은 기분이 들 것이다」

○. 「사람의 자신을 상하게 만드는 자는 사람의 육체를 상하게
    만드는 자보다도 더 죄가 무겁다」

○. 「자기가 의롭다고 생각하고 있는 의인보다는 자기가 나쁘다
    고 생각하고 있는 악인이 더 존귀하다」

○. 「남을 속이는 것보다 자기를 속이는 것이 쉽다」

○. 「인간의 가장 친한 벗은 지성이며, 최대의 적은 욕망이다」

○. 「인간은 있는 것을 소홀히 하고 없는 것을 탐낸다」

○. 「악은 처음엔 달고 나중엔 쓰다. 선은 처음에 쓰고 나중에
    달다」

○. 「천국의 문은 기도에 대해 닫혀 있어도, 눈물에 대해서는 열
    려 있다」

○. 「앓고 있는 사람이 앓는 사람을 위해 기도드릴 때 그 기도
    의 힘은 배가 된다」

○. 「만일 한쪽 다리가 부러졌으면 두 다리가 모두 부러지지 않
    은 것을 하나님께 감사드려라. 만일 두 다리가 모두 부러졌
    으면 목이 부러지지 않을 것을 하나님께 감사드려라. 만일
    목이 부러졌다면 뒤엔 걱정할 일이 없다」

○. 「부자는 호주머니에다 하나님을 모셔 두려고 하지만, 가난한
    사람은 마음 속에다 모셔 두려고 한다」

○. 「포도주를 마시고 있는 시간을 시간 낭비라고 생각하지 말
    라. 그 사이에 당신의 마음은 쉬고 있기 때문이다」

○. 「사람을 싫어한다는 건 가려운 데를 긁는 것과도 같은 것이
    다. 가려운 데는 긁을수록 더 가려워지고 싫은 사람의 일은
    생각하면 할수록 더 싫어진다」

○. 「누구나 거울 속에서 자기가 가장 좋아하는 사람을 본다. 사

람은 자기의 피부병은 더럽다고 생각지 않지만, 남의 피부
병은 더럽다고 생각한다」

O. 「사람의 얼굴이 다른 것처럼 사람이 가지고 있는 비밀도 각
각 다르다」

O. 「어떤 사람은 정직한 사람이라고 일컬어지지만, 훔칠 능력이
없기 때문에 그렇게 일컬어질 뿐이다」

O. 「선인의 나쁜 면이 악인의 좋은 면보다도 좋다」

O. 「어떤 사람이건 어딘가가 잘못되어 있는 법이다」

O. 「벌레는 과일이 썩어진 뒤가 아니면 속으로 들어가지 않는
다」

O. 「영웅이 되는 첫걸음은 용기를 갖는 일이다」

O. 「아무런 수단이 없을 때, 단 한 가지 방법이 있다. 그것은
용기를 갖는 일이다」

O. 「노예도 현실에 만족하고 있으면 자유로운 인간이고, 자유로
운 인간도 현실에 만족하고 있지 않으면 노예가 된다」

O. 「돈이 없어졌을 때는 인생의 절반을 잃게 되고, 용기가 없어
졌을 때는 모두를 잃게 된다」

O. 「너무 지나치게 후회해서는 안 된다. 옳은 일을 할 용기가
해를 입고 마니까」

O. 「실패를 극도로 두려워하는 일은 실패하는 일보다 더 나쁘
다」

O. 「당신의 의지의 주인이 되고 당신의 양심의 노예가 되어라」

O. 「지나치게 겸손한 것은 거만한 것과 마찬가지다」

O. 「세상에는 두 종류의 왕이 있다. 땅을 지배하는 왕과 자기
자신을 지배하는 왕이다」

3장. 가르침의 길

이상이 없는 교육은 미래가 없는 현재와 같다

마르크스, 프로이트 등과 같이 세계를 개혁한 유태인의 이름을 들어 보면 유태인 가운데는 개혁자가 많음을 알 수 있다.

유태인 중에는 과학의 정설을 크게 뒤바꾼 사람이나 개혁자들이 많다.

그렇다면 유태인의 이상이란 무엇인가?

유태인들은 성서의 창세기에서, 하나님께서 사람을 만드시고 사람의 손에 이 세계를 맡기실 때, 이 세계를 보다 살기 좋은 곳으로 만들 책임을 유태인에게 맡기셨다고 가르치고 있다.

이 성서에서 말하는 세계란 정의가 실현되는 세계이다. 이 땅위에서 사람들이 부유하고 평등하며, 평화로 충만하고 하나님을 부르는 그런 세계, 하나님은 곧 정의시다, 라는 이러한 가르침을 어릴 때부터 몇 번이고 되풀이해서 들으며 자라기 때문에 나중에는 강한 소원이 되고 만다.

대부분의 종교는 보수적이다. 그러나 유태교에 있어서는 가르침을 지키고 있는 것만으로는 부족하다. 사람을 만들어 내지 않으면 안 되는 것이다.

더욱이 세계 곳곳에 흩어져 유태인 거리에서 발이 묶이고, 인간 이하의 인간으로서 멸시받았던 일은, 이러한 전통에 가중되어 유태인들로 하여금 정의의 실현과 공평한 사회를 보다 강하게 동경하게 되었을 것이다. 그래서 유태인 중에서 많은 사회 개혁주의자들이 배출되었다.

아우슈비츠의 수용소에서 수감자들이 지어서 모든 사람이 부른 "나는 믿는다오, 영원한 평화의 그 때가 오리라는 것을…"이라는 노래가 있다. 아마 다른 민족이었다면 전혀 다른 노래를 지었을지도 모른다.

이것이 유태인의 본질인 것이다.

바른 것을 배우기 보다 실천하는 것이 훨씬 어렵다

비슷한 속담으로 「행동은 말보다 더 웅변이다」라는 말이 있다. 논리나 학문은 잘 생각해 보면 행동을 전제로 하고 있다. 또 이런 유명한 속담도 있다. 「최고의 지혜는 친절과 겸허」, 「영리함보다는 친절한 것이 더 좋다」

그런데 여기서 이론과 실제가 다르다는 것을 가르치는 유태의 옛 이야기를 들어 보자.

고대 이스라엘의 어느 읍의 학교에서 교사가 학생에게 "2분의 1 더하기 2분의 1은 몇이냐?"라는 문제를 냈다. 그랬더니 그 학급에서 가장 성적이 좋은 학생이 맨 먼저 손을 들고 "선생님 2분의 1입니다"하고 대답했다. 교사는 깜짝 놀라 "2분의 1과 2분의 1을 더하면 어째서 2분의 1이 되느냐? 절반과 절반을 더하면 몇

이 되느냐? 다시 한 번 해보렴"하고 말했다. 한참 생각하더니 학생은 "선생님 아무래도 2분의 1입니다"라고 대답했다.

교사는 안타까워서 "그러면 네가 이리 나와 선생님 앞에서 써보렴"하고 한 장의 종이를 꺼냈다. 그 학생은 종이 위에 「$\frac{1}{2}+\frac{1}{2}=\frac{1}{2}$」이라고 썼다. "어째서 2분의 1이 되는 거지?"하고 교사가 물었다. "위의 1과 1을 더해 2이고 아래의 2와 2를 더하면 4가 되는데 그것을 2로 나누면 2분의 1이 됩니다"하고 학생은 대답했다.

교사는 놀라서 이번에는 사과를 가져다가 둘로 쪼개고 "여기 반쪽 짜리 사과 두 개가 있다. 이것을 더하면 어떻게 되는 거지?"하고 물었다. 학생은 "한 개의 사과입니다"하고 대답했다.

"사과의 경우는 1개이고 종이에다 쓰면 어째서 2분의 1밖에 안 되느냐? $\frac{1}{2}+\frac{1}{2}=1$이라는 것이 증명되지 않았느냐?"라고 교사가 말하자 학생은 다시 종이 위에 「$\frac{1}{2}+\frac{1}{2}=\frac{1}{2}$」이라고 쓰고는 "실제로는 확실히 1개로 되지만 지상에서 이론적으로 증명하면 2분의 1밖에는 안 됩니다"라고 대답했다.

독자 여러분은 이론과 실제가 어떻게 다른지 알았을 것이다. 그런데 실제 쪽이 언제나 우위에 있는 것이다.

자기의 결점을 고칠 수 없다고 자기 향상의 노력을 체념해서는 안 된다

유태 고전의 하나인 《미드라슈》는 "좋은 곳에는 반드시 작은 악이 따른다"고 말하고 있다. 인간은 신이 아니므로 완전한 선인이 될 수는 없다. 하지만 완전한 선인이 될 수 없다고 해서 자기

를 향상시키는 일을 체념해서는 안 된다. 인간은 누구나 결점을 지니고 있으며 단점이 있다. 물론 단점을 고치려고 하는 것은 값진 일이다. 그러나 결점을 극복하는 일이 어렵다고 해서 체념해서는 안 된다.

인간은 누구나 단점을 가지고 있듯이 장점도 가지고 있다. 완벽한 현자가 없듯이 완전한 우자도 존재하지 않는다.

그래서 단점보다는 장점을 크게 하면 좋은 것이다. 그렇게 하면 결점을 완전히 억제할 수는 없을지라도 장점이 훨씬 커지며 단점은 점점 소멸돼 버리고 마는 것이다. 장점을 조장하는 일은 단점을 감소시키는 최선의 방법이라고 할 수 있는 것이다.

생물 중에서 인간만이 웃는다. 인간 중에서도 현명한 자일수록 잘 웃는다

유태인만큼 농담을 소중히 하는 민족도 없다. 괴로울 때 웃음을 제공해 주었을 뿐만 아니라, 그 웃음 속에 커다란 교육 효과가 담겨져 있다고 생각하고 있기 때문이다. 확실히 성실한 것은 좋은 것이다. 그러나 너무 성실 일변도로 굳어져 버리면 하나밖에 볼 줄 모르게 되고, 생각하는 품이 좁아진다. 유머, 위트, 조크로서 풋내기 성실의 길에서 잠깐 벗어나, 사물을 바라볼 수 있는 여유를 가져야 하겠다.

아인쉬타인은 이렇게 말했다.

"자연과학이든, 사회과학이든 진보는 언제나 연상력에 의해 초래된다. 하나의 일에서부터 무언가 남이 생각 못하는 일을 연상

할 수 있는 능력이 필요한 것이다."

농담을 이해함에는 멋진 두뇌의 반응(연상력과, 다각적이고 폭넓은 지식)이 요구되고 끊임없는 훈련도 요구되는 것이다.

그러므로 농담을 무시해서는 안 된다.

아주 어리석은 자보다 반쯤 어리석은 자가 더 어리석다

세상에서 「완전히」어리석다고 할 자는 존재할 수 없고, 자기가 완전히 어리석다고 자인하는 자도 없을 것이다. 인간이 자기를 아주 부정하고 자조심의 흔적도 없이 산다는 것은 있을 수 없는 일이다. 누구나 자기는 존귀한 것이다.

여기서는 어설픈 지식을 휘두르면 자기도 남도 상처를 입게 됨을 훈계하고 있는 것이다. 「선 무당 사람 잡는다」는 한국 속담과 같은 뜻이다.

사람은 때때로 사람들 가운데서 자기가 인정받으려는 욕망 때문에 어설픈 지식을 피력한다. 이러한 유혹은 의외로 강한 것이다. 그리고 이런 때는 자기 자신이 어설픈 지식밖에 가지고 있지 않음을 알고 있는 것이다.

염소에게 수염이 있다고 해서 랍비가 될 수는 없다

나도 수염을 기르고 있다. 랍비 가운데서는 수염을 기르고 있는 사람들이 많다.

그것은 성서에는 얼굴을 비롯해 몸에 상처를 내는 것을 금하고 있기 때문이다. 따라서 면도칼을 사용할 수가 없으므로 수염을 깎을 수가 없었던 것이다. 그런데 전기 면도기가 발명되고 나서 전기 면도기라면 얼굴에 대도 좋은 걸로 되었다. 도대체 전기 면도기로 얼굴에 상처 낸 자의 이야기를 들은 일이 있을까?

랍비는 히브리어로 「나의 선생님」이라는 뜻이지만, 지역 사회의 현자요, 지도자이다.

그래서 이 속담은 아무리 외모를 꾸며도 내용이 갖추어지지 않으면 의미가 없음을 비유하고 있는 것이다.

만일 수염의 형태로 사람을 평판한다면 염소가 세상에서 가장 현인이 될 것이다. 물론 말할 나위도 없지만, 역으로 내가 수염이 있다고 해서 염소가 되지는 않는다.

어리석은 자에게는 노년이 겨울이고 현명한 자에게는 노년이 황금기다

사람은 모두 나이를 먹는다.

그렇다면 젊었을 때 무엇을 했으면 좋을까?

고대의 한 랍비는 이렇게 이야기하고 있다.

"자기가 멀지 않아 나이를 먹어 노년이 됨을 알고, 노년을 향해 마음의 준비를 하는 일이다"라고. 그것은 노년을 향해서 자기를 창조해 가는 일이다. 또 이 같이 함으로써 젊은 시절부터 노인을 존중하게 된다.

인간은 궁극적으로는 「내가 무엇을 할 것이냐(what I do)」보다도 「나는 무엇이냐(what I am)」에 대해 더 큰 비중을 두어야 한다.

그런데 오늘날의 소비 만능사회는 나는 무엇이냐라는 면보다는 내가 무엇을 하느냐를 더 존중하고 있다. 그래서 활동적인 일이 칭송을 받고 있다. 텔레비전의 광고 방송이나 잡지나 신문에 실린 광고를 보아도 젊음과 활동적인 일에 지나친 찬사를 보내고 있다. 젊음이 강조되는 문화인 것이다.

장년기에 들어가도 노년에 이르러도 젊은 것, 활동적일 것이 요청되고 있다.

이처럼 사회에서도 노년은 패배이고 겨울인 것으로 취급된다. 무엇을 하느냐가 무엇이냐보다 훨씬 더 중요하다고 생각되어지기 때문이다.

패배만이 기다리고 있는 사회란 얼마나 쓸쓸하고 삭막한 사회일까?

이 격언이 옳다면 오늘날 우리는 어리석은 자들의 사회 속에서 살고 있다고 말할 수 있다.

노인을 존중하지 않는 젊은이는 행복한 노후를 기대할 수 없다

"젊으시군요"라는 인사를 듣게 되면 초로기에 들어섰다는 조짐을 피부로 느끼게 된다.

다음에는 조금 더 나이를 먹게 되면 화장실에 들어갔다가 바지의 지퍼 올리는 걸 깜박 잊게 된다. 그리고 더욱 더 나이를 먹으

면 지퍼를 내리는 것조차 잊어버리게 된다.

이건 이스라엘 사람들이 하는 농담이다.

노인이 존중되는 사회에는 안정성이 있다. 왜냐 하면, 노인은 시끄럽게 잔소리를 해도 조용하기 때문이다. 그리고 노인은 젊은 이에게 착한 일을 권한다. 어쩌면, 노인이 선행을 하라고 설득하는 것은 이제 와서는 스스로 나쁜 짓을 하거나 나쁜 보기를 보일 만큼 기력이 없기 때문인지도 모르겠다. 그렇다고 해도 나쁜 일을 할 수 없는 사람들을 존경하는 사회는 좋은 사회임에 틀림없다.

늙어가는 것을 두려워할 것은 못 된다.

젊었을 때부터 노인을 진정으로 존중해 온 자만이 자기가 연로해졌을 때 자존심을 가질 수 있다. 비참한 노년을 보내고 싶지 않다면 노인을 존경해야 한다. 노인을 존중하지 않는 자는 늙어서 벌을 받는다.

〈격언 모음〉

○ 「몸의 무게는 잴 수 있으나 지성의 무게는 잴 수 없다. 왜냐 하면 체중에는 한도가 있지만, 지성에는 한도가 없기 때문이다」

○ 「어떤 현인이 "당신은 어떻게 현인이 되셨습니까?"라는 질문에 "나는 오늘까지 식용 기름보다는 등불 기름에 더 많은 돈을 썼기 때문이오."라고 대답했다」

○ 「사람은 가장 큰 지식을 책으로부터 얻는다」

○. 「사람에 따라서는, 공부하는 데 너무나 시간을 소비하기 때문에 진실을 알 틈이 없게 되는 경우가 있다」

○. 「교사에게서 배우는 것보다는 친구에게서 배우는 것이 더 크고, 학생으로부터 배우는 것은 더욱 크다」

○. 「자신이 먼저 배우고 나서 사람을 가르쳐라」

○. 「비만, 돈, 만심은 기억력에 해롭다」

○. 「귀머거리는 정말 귀머거리가 아니다. 글로 적은 것이면 읽을 수 있다. 진짜 귀머거리는 남의 의견을 들으려고 하지 않는 자다」

○. 「학자들 가운데도 당나귀를 닮은 자들이 있다. 그들은 그저 책을 운반하고 있을 따름이다」

○. 「학자들 가운데는 값비싼 비단을 실은 약대에 비유되는 자들이 있다. 약대와 비단은 서로 인연이 없다」

○. 「게으른 자의 두뇌는 맹인이 횃불을 가진 것과도 같다. 그것은 아무런 의미도 없는데 무거울 따름이다」

○. 「글을 짓는 일은 수표를 끊는 것과 마찬가지다. 사상이 없는데 글을 쓰려는 것은 은행에 잔고가 없는데 수표를 끊는 것과도 같다」

○. 「한 번 뱀에게 물린 자는 새끼를 보고도 놀란다」

○. 「물에 빠진 자는 내미는 칼날이라도 붙잡는다」

○. 「임금은 나라를 지배하지만, 현인은 임금을 지배한다」

○. 「현인은 돈의 고마움을 알지만 부자는 지혜의 고마움을 모른다. 그러므로 현인이 더 훌륭하다」

○. 「현인에게 매맞는 것이 어리석은 자로부터 키스를 받는 것보다 낫다」

○. 「현명한 자는 빵을 자를 때 열 번 달아 본 후에 자르고, 어리석은 자는 열 번을 잘라도 한 번도 달아 보지 않는다」

○. 「어떠한 현인이든 제자의 의견을 듣지 않는 자는 새로운 진보와 발달을 가져올 수 없다」

○. 「열매가 많이 열린 나무는 바람에 흔들리지 않는다」

○. 「금은 흙탕 속에서도 번쩍번쩍 빛난다」

○. 「고목은 바람이 불면 큰 외침소리를 낸다」

○. 「호도나무에서 사과 열매를 따려고 하지 말라」

○. 「개가 의자에 오르는 것을 내버려 두면 식탁에까지 올라온다」

○. 「사람에 따라서는 구두와 닮은 사람이 있다. 싸면 쌀수록 요란하게 삐걱거린다」

○. 「동물은 나면서부터 완성되어 있다. 그러나 사람이 갓 태어났을 때는 원료에 지나지 않는다. 이 원료를 써서 어떤 인간을 만드느냐는 부모의 책임이다」

○. 「왜 아이들은 성장함에 따라서 부모를 잊어버리는 것일까? 그것은 부모의 교육이 나쁜 탓이다」

○. 「아이들은 부모가 하는 말을 그대로 되풀이한다」

○. 「부모의 타이름을 듣지 않는 아이는 성장해서 아이가 생기면 그 아이가 또 그의 타이름을 듣지 않게 된다」

○. 「게으른 젊은이는 불평만 털어놓는 부모가 된다」

○. 「한 아버지는 열 아이라도 교육시킬 수 있으나, 열 아이는 한 아버지도 봉양 못한다」

○. 「현명한 아들은 아버지를 기쁘게 하고, 미련한 자식은 어머니를 슬프게 한다」

○. 「자식은 학자 앞에 나서면 어리석지만, 아버지 앞에서는 현명하다」

○. 「인간이 바꾸려 해도 바꿀 수 없는 것이 하나 있다. 그것은 자기의 부모다」

○. 「제아무리 지식을 갖춘 사람이더라도 어린아이로부터 가르침을 받을 수 있다」

○. 「사람들은 왜 아이를 좋아하게 되는 것일까? 사람들의 결점을 날카롭게 비판하는 일이 없기 때문이다」

○. 「형제간의 원수는 그 어떤 원수보다도 사이가 나쁘다」

○. 「손자 하나가 아들 셋보다 더 귀엽다」

○. 「만약 나이를 먹고 싶지 않거든 목을 매달아라」

○. 「유연성을 지닌 자는 아무리 나이를 먹어도 젊어질 수 있다」

○. 「늙은이는 자기가 두 번 다시 젊어질 수 없음을 알고 있으나, 젊은이는 자기가 늙어감을 알지 못한다」

○. 「말이나 소는 젊었을 때에 밭을 갈고, 사람을 태우고, 차를 끌고 하는 일을 가르치지 않으면 안 된다. 나이 든 소나 말에게 가르칠 수는 없다. 사람의 경우도 마찬가지다」

○. 「젊은 나무는 바람에 견디어 낼 수 있으나, 늙은 나무는 바로 부러진다」

○. 「어릴 때는 어린이답게, 늙었을 때는 노인답게 행동하라」

○. 「우리들은 아이가 태어났을 때 기뻐하고 사람이 죽었을 때 슬퍼한다. 그러나 그것을 반대로 해야 할 것이다. 아이가 태어났을 때에는 이제부터 어떤 일이 일어날 것인가 모르고, 사람이 죽은 때에는 그가 무슨 일인가 이루어 놓은 것

을 알 수 있기 때문에」

○. 「얹을 물건보다 더 값비싼 선반을 만들지 말라」

4장. 남자와 여자

연애가 아무리 좋아도 테니스에는 무용지물

연애는 멋진 것이다.

그러나 여러분, 특히 청춘 남녀들이여! 연애는 골프, 낚시, 야구, 입학 시험. 비행기 조종, 저금, 빙상 스케이팅에는 직접 쓸모가 없다. 그리고 일상 생활에도 역시 쓸모가 없는 것이다.

연애는 인생의 모든 것은 아니다. 사랑은 생활의 모든 것을 충족시킨다고?

그럴 리가! 연애가 만일 모든 것이라면 비가 내리고 있는 날에 천장이 없으면 대신 지붕이 되어 줄 것이고, 추운 날에는 대신 털가죽이 되어 줄 것이다. 연애를 하고 있는 에스키모는 바다표범의 털가죽이나 얼음집을 만들지 않고서도 에덴 동산의 아담과 이브처럼 지낼 수 있을 것이다.

일상 생활에는 빵, 생선, 채소, 커튼, 구두, 전화, 칫솔, 월급봉투 등의 많은 것들이 필요하다.

그러므로 이 말은 연애가 만능이라고 생각하는 자를 훈계하고 있는 것이다. 유태인은 건전한 생각을 가지고 있으므로, 연애 지상주의자는 없으며 더구나 정사하는 자도 있을 수 없다.

금과 은은 불 속에서 충분히 단련된 다음에야 비로소 빛난다

이 말은 「정열 때문에 결혼하더라도 정열은 결혼 만큼 오래 가지 못한다」는 경우를 다시 설명하는 데 잘 인용된다.

확실히 금과 은은 정열이라는 불로 한 번 달구어지고 녹여지지 않으면 아름다운 금 그릇이나 은 그릇이 되지 않는다. 언제나 뜨겁고 녹혀져 있는 것으로는 실생활에 소용이 되지 않는다.

남자와 여자도 결혼하고 나면 정열보다도 차가워진 금 그릇이나 은 그릇처럼 냉정히 생활 전선에 뛰어들어야 즐거운 결혼 생활을 보낼 수 있는 것이다.

정열은 불과 마찬가지로 없어서는 안 되지만 불 만큼이나 위험하다

불은 인간을 추위에서 지키고 음식을 마련하고 생활을 편리하게 하는 도구를 만드는 데 있어서 빼놓을 수가 없다. 전기가 발명되기까지 불이 없었다면 한낮에 한해서만 책을 읽을 수 있었을 것이다.

다른 한편으론 불은 집을 불사르고 파괴나 전쟁에 사용된다.

연애, 분노, 업무를 창조함에 있어서 정열은 불과 마찬가지로 빼놓을 수가 없다. 그러나 정열은 종종 자기 자신이나 가정이나 사회를 파괴해 버리는 일이 있다.

정열은 「또 하나의 불」이다.

이 불이 없으면 인간은 살아갈 수가 없다. 정열은 쓸모가 있다. 그래도 조심하지 않으면 활활 타서 화상을 입게 된다. 몸을 망치는 일도 잇다.

옛날에 유럽이나 이 곳의 거리에서는 해진 뒤 잠자리에 들기 전에 거리를 파수꾼이 "불조심! 불조심!"하고 외치며 돌아다녔었다.

우리는 매일 정열의 불을 자신 속에서 불태우고 있다. 그러므로 마찬가지로 "불조심! 불조심!"하면서 자신을 경계하지 않으면 안 되는 것이다.

결혼의 굴레는 무거운 것이다. 때로는 남녀 둘이서뿐 아니라, 아이들도 함께 운반해야 하기 때문이다

많은 사람과 사귀는 것은 어렵지 않은 일이다. 자기가 싫은 자는 피하면 되고, 비록 싫은 자가 있더라도 몇백 명이나 몇십 명에 하나니 어떻다고 할 것이 없겠다.

미국의 유명한 만화 주인공이 모두 아이들인 어른들의 만화에 〈피너츠〉라는 것이 있다. 이 만화는 스누피라는 개로 유명하다. 작가는 스누피의 사육주 찰리 브라운에게 이렇게 말을 시키고 있다.

"나는 인류를 사랑하고 있지만 인간은 싫단 말이야"

인관 관계에서는 일대 일의 교제가 가장 어렵다. 아무리 친한 사이라도 함께 지내게 되면 상대편의 좋지 않은 면이 눈에 띄게

된다.

결혼은 남녀가 공동생활을 영위하는 일이므로 상대의 나쁜 면이 일 분의 일로 드러난다. 그리고 자기의 나쁜 면도 상대에게 그대로 드러나게 된다.

결혼 만큼 미화(美化)해서 전해지고 이야기되는 일도 별로 없다. 그렇게라도 하지 않는다면 결혼을 겁내고 결혼하는 자가 없어질 것을 염려해서일까?

두 사람이 공동생활을 영위한다는 것은 인생의 중대사다.

아이는 부부를 결합시킨다. 아이를 키우는 일이 거룩한 의무임은 말할 나위도 없지만, 둘은 아이에게 공통된 관심을 기울인다. 그리고 아이가 보태짐으로 해서 부부는 1대 1의 관계에서 복수의 관계로 발전해 간다.

아이는 결혼이라는 「황금 사슬」을 함께 운반해 주는 것이다.

훌륭한 말에는 채찍이 있고 현인에게는 충고가 있다. 마음이 아름답고 재주 있는 여자도 남자가 없으면 제 구실을 못한다

국왕에게는 왕관, 개미에게는 사탕, 여치에게는 오이라는 식으로 세상에는 맞는 짝이 있다. 이 속담은 짝 맞춤에 대한 설명이다. 하긴 생각해 보면 속담 풀이는 그렇게 좋은 짝 맞춤이 아닐지도 모른다는 생각을 하면서 이 글을 쓰고 있다.

속담은 암시다. 그러므로 설명을 길게 덧붙이는 것은 "여기서 하나만 암시를 줍시다!"하고 나서서 한 시간 동안이나 연설하는 것과 같은 일일지도 모른다.

유태 사회에서는 남녀가 일정한 연령에 이르렀는데도 결혼하지 않으면 제 몫을 다하는 사람으로 인정되지 않는다.

특히 여성이 그처럼 생각하는 것은 세계 공통인 듯하다.

왜 그럴까?

다음 속담은 이 물음에 대한 대답을 대신하고 있다.

「여자가 남자보다도 젊어서 결혼하지 않으면 안 된다는 것은 여자 쪽이 못된 짓을 하면 두드러지게 눈에 띄기 때문이다.」

자식은 결혼할 때 신부에게 혼인 증서를 주고 어머니에게는 이연장(離緣狀)을 내밀지 않으면 안 된다

유태인을 가리켜 공리적 민족이라고들 한다. 유태인의 지혜는 오랜 경험에 의한 것이다.

유태인은 결혼하면 한 집에 살지 않는 것이 통례로 되어 있다. 부모는 신혼부부가 새 주택을 장만할 수 있도록 원조한다. 한 지붕은 좋지 않은 것이다.

그건 시어머니와 며느리가 잘 어울리지 않는다는 사실을 잘 알고 있기 때문이다. 어느 편이 나쁘다는 것은 아니다. 그저 잘 어울리지 않는 것이다.

세상에는 "왜?"하고 반문해서는 안 되는 것이 있다. 물론 위에서 아래로 흐른다는 따위의 관습이다.

「한 채의 집에 시어머니와 며느리가 사는 것은 두 마리 고양이를 한 자루에 넣는 것과도 같다」는 속담도 있다.

이것은 남자 입장에서 본 것이지만 미소를 자아내게 한다. 「아

담은 세상에서 가장 행운아였다. 의붓엄마가 없었기에」라는 말도
있다.

초혼은 하늘에 의해 맺어지고 재혼은 사람에 의해 맺어진다

유태교에서는 이혼을 금지하고 있지 않다. 물론 이혼은 바람직
한 것이 못 된다.

그래도 이혼하고 싶은 부부는 랍비에게로 가서 아무리 해도 잘
안 된다는 사실을 설명하고 인정을 받으면 이혼이 허락된다.

결혼, 얼마나 어려운 것인가!

불행한 결혼은 계속할 것이 못 된다. 좋은 결혼은 남자에게 날
개를 주지만, 대부분의 사람들은 둘이서 오랫동안 잘 어울릴까에
대해서 미처 생각지 못하고 외로움을 쫓아버릴 동반자를 구하려
고 결혼한다. 유태인 남녀는 20대 중반에 이르면 결혼해야만 한
다는 가르침을 받는다. 성서에 「낳아라, 번성하라」고 명령조로 쓰
여져 있는 것이다.

결혼은 의무인 것이다. 결혼은 여섯 가지의 요소로 성립되어
있다고들 한다. 한 가지 요소가 「애정」이고, 나머지 다섯 가지는
「신뢰」라고 한다.

또, 결혼은 처음 3주 동안 서로를 관찰하고, 다음 3개월 동안
서로 사랑하고, 그 다음 3년 동안 싸우며, 또 다음 30년 동안은
서로 용서해 가며 보낸다고 한다. 한층 더 부정적인 말로는 독신
자는 공작(孔雀)이고, 약혼한 남자는 사자처럼 거동하고, 결혼하
면 우마가 된다는 말도 있다. 그러므로 결혼할 때는 신중하지 않

으면 안 된다.

이상적인 남성은 남자의 강인함과 여자의 상냥함을 겸비하고 있다

유태인은 한쪽에 치우치는 일을 싫어한다. 하나님께서 하늘과 땅, 빛과 어두움 등 대응되는 것을 만드신 것은 인간이 언제나 대응하는 조건을 갖추고 있음을 보이시기 위해서였다고 생각해서다.

인간은 언제나 두 가지가 대응하는 환경에서 살아가며, 대응되는 것 두 가지를 가지고 있다.

그러므로 한쪽에 치우치지 않도록 균형을 유지하지 않으면 안된다.

남자에게는 늠름함과 여자의 상냥함이 공존해 있지 않으면 안된다는 것도 이 때문이다.

〈격언 모음〉

O. 「첫사랑의 여성과 결혼하는 자만큼 행운아는 없다.」
O. 「인생에서 늦어도 무방한 것은 두 가지가 있다. 결혼과 죽음이다.」
O. 「미인은 보는 것이지 결혼하는 것이 아니다.」
O. 「모든 신부는 아름다워 보이고, 모든 죽은 자도 정중해 보인

다. 그러나 모든 결혼이 다 경사스럽고 모든 죽음이 다 경건한 것은 결코 아니다.」

○ 「남자는 우선 집을 짓고 들에 포도를 심어 포도원을 만들고 나서 아내를 맞이할 것이다. 이 차례를 뒤바꿔서는 안 된다.」

○ 「아내는 남편에 대해서 신혼 시절에는 창부처럼, 다음엔 비서처럼, 그 다음엔 간호사처럼 행동하지 않으면 안 된다.」

○ 「하나님께서는 아내의 눈물을 헤아리신다.」

○ 「남성이 여성과 관계를 맺고 기쁨과 슬픔을 느낄 수 있으면 그 남자는 젊었다는 증거다. 중년이 되면 어떤 여성과도 기뻐하게 된다. 그리고 여성을 만났는데 기쁘지도 슬프지도 않게 되면 늙었다는 증거다.」

○ 「열 나라를 아는 일이 자기의 아내를 아는 것보다 오히려 쉽다.」

○ 「남자를 늙게 하는 것 네 가지가 있다. 불안, 노여움, 아이들, 그리고 악처다.」

○ 「아무리 사랑이 중요하다고 생각하더라도 사랑하는 상대가 없으면 뜻이 없다.」

○ 「한창 연애에 열중하고 있을 때에는 자기와 연애를 하고 있는지 상대편과 연애를 하고 있는지 잘 생각하라.」

○ 「연애를 하고 있는 자는 유리눈이 되어 있다.」

○ 「인간은 세 가지 것을 숨길 수가 없다. 기침, 가난, 그리고 연애다.」

○ 「연애를 하는 딸을 집에 가두어 두는 것은 1백 마리의 벼룩을 울타리 안에 넣어 두는 것보다 어렵다.」

○. 「여자는 여섯 살이 되어도, 예순 살이 되어도 결혼식 행진곡
　　이 들리면 춤을 추어댄다.」
○. 「딸을 학자에게 출가시키기 위해서 전 재산을 소비하라.」
○. 「여자를 재는 데에는 세 가지 척도가 있다. 요리, 복장, 남
　　편. 이 세 가지는 여자가 만드 는 것이다.」

5장. 입과 혀의 재앙

쓸데없는 수다는 장례식장에 흥겨운 음악을 틀어 놓은 것과 같다.

　유태인의 세계에서는 말들이 홍수처럼 범람하고 있다. 그렇다고 해서 유태인은 말에만 힘이 있는 수다쟁이들은 아니다. 흔히들 이스라엘은 가래와 괭이와 기관총이 만든 나라라고 말하기도 한다. 또 이스라엘에서는 늙은이는 성서에 달라붙고, 젊은이는 사냥총에 달라붙어 있다고들 말한다.

　말만으로는 백만 자를 써도 눈 앞에 있는 은단갑을 단 1센티미터도 옮겨 놓을 수가 없다. 그러나, 물론 이스라엘에서는 동시에 사막 위에다가 비닐을 깔고 그 위에 흙을 수북하게 담고 야채나 과일을 재배하여 넓은 모래땅을 녹색으로 바꾸는 일도 실현되고 있다. 어디서나 과학적인 건설이 진행되고 있다.

　유태인은 수다 떨기를 좋아하고 너무 말이 많다고들 한다. 그래서 지나치게 수다스러움에 대한 경구가 많은 것이다.

사람은 지껄이는 것은 쉽게 배우지만, 침묵은 좀처럼 배우기
힘들다

　이것도 그렇다.
　유태인은 이론적인 논쟁을 즐기며 수다스럽다. 아무튼 한 마디
할 것을 열 마디는 할 것이다. 그래서 말을 조심하라는 경구가
많이 있다. 그러나 이것은 유태인뿐만 아니라, 인간이 일반적으로
지니고 있는 약점이기도 하다.
　「지혜의 둘레의 담은 침묵이다」라는 말은 누구나가 교훈으로
삼아야 할 처세법이다.
　자기의 반생을 돌이켜보면 함부로 입을 놀리거나 한 마디 말한
것을 후회하는 일은 많아도, 침묵을 지키고 있던 것을 후회하는
일은 없을 것이다. 듣는 일은 지혜를, 수다스러움은 후회를 가져
오는 경우가 많다.
　침묵도 하나의 말이다. 그리고 이 말을 배움으로써 어휘를 풍
부히 한다. 많은 어휘를 알면서도 침묵이란 말을 모르면 '예'라든
가 '아니'라든가 '좋다'든가 '싫다'든가 하는 기본적인 말을 모르는
것과 같은 것이다.

인사치레로 하는 말은 고양이처럼 남을 할퀸다. 하지만 그러
는 사이에 걸려 들고 만다

　어질기로 이름이 높았던 슈멜케가 어느 읍의 지도자가 되어 달
라는 초빙을 받았다.

그는 읍에 도착하여 여인숙에 들어가더니 방에 틀어박혀 몇 시간이 지나도록 나오지 않았다. 환영회의 시간이 다가오자 읍의 대표는 걱정이 되어 의논도 할 겸 해서 그의 방을 방문했다.

문 앞에 서서 엿보니 랍비 슈멜케는 방 안을 빙빙 돌며 무언가 소리 높이 외치고 있는 것이었다. 잘 들어 보니,

"랍비 슈멜케, 당신은 위대하다!"

"랍비 당신은 천재다!"

"당신은 생애의 지도자다!"

라고 자기 자신을 향해 외치고 있었다.

10분쯤 듣고 나서 읍의 대표는 방으로 들어갔다. 그리고 왜 그런 기묘한 행동을 했느냐고 물었다. 랍비는 대답했다.

"나는 내가 엉터리라는 말이나, 찬사에 약하다는 걸 알고 있소. 오늘 밤에는 모두가 융숭한 말로 나를 격찬할 게요. 그러므로 예사로워지려는 것이오. 더구나 누구든 자기 자신을 칭찬하는 우스움은 알 만한 것이오. 그러므로 지금 되풀이하고 있는 말을 내가 오늘 밤에 또 들으면 진진하게 받아들이지 않아도 되지 않겠소."

「본인 앞에서는 지나치게 칭찬하면 안 된다. 사람을 칭찬할 때에는 그늘에서 칭찬하라」이것은 칭찬하는 쪽에 대한 격언이다.

거짓말을 입 밖에 내지 말라. 진실 가운데도 입 밖에 내서는 안 되는 말이 있다

거짓말을 하는 것이 나쁜 일임은 누구나 어릴 때부터 몇 번이고 가르침을 받았기에 잘 알고 있다. 그리고 진실은 당당하게 이

야기하라는 가르침을 받으며 자란다.

그런데 진실 가운데도, 말해서는 안 될 것이 있다.

하나는 사람을 언짢게 만드는 진실이다. 진실에도 거짓말과 같은 정도로 폐가 되는 진실이 있는 것을 잊어서는 안 된다. 못생긴 여성 앞에서 "당신은 못생겼다"고 말해도 안 되고, 부스럼이 난 사람 앞에서 부스럼 이야기를 해서는 안 된다. 남편의 회사가 도산한 부인에게 하필이면 파산한 회사를 화제로 골라서 이야기할 필요는 없는 것이다.

입 밖에 내서는 안 될 또 하나의 진실은 비밀이다. 자기의 비밀, 남의 비밀에 대해서 이야기해서도 안 된다.

진실도 거짓만큼이나 위험한 것이다. 진실도 면도칼처럼 조심해서 다루지 않으면 안 된다.

거짓말쟁이는 뛰어난 기억력을 가지고 있어야 한다.

유태교는 「율법의 종교」다. 물론 계율을 지키는 경건한 유태인이라면 율법은 하나님의 명령이므로 옳은 것이라고 할 것이다.

그러나 유태인은 고대로부터 무슨 까닭에서인지 극히 현실적이고 타산이 강했다. 따라서, 모세가 시내산 꼭대기에서 하나님으로부터 받은 「주님 십계명」도 옳으니까 믿는다기 보다는, 죽이지 말라, 훔치지 말라라는 가르침을 지키는 것이 가장 생활과 밀접한 관계를 가지고 있다는 것을 경험에 의해 체험했으므로 거룩한 가르침으로 받아들인다. 사실 성서에는 의학이나 섹스의 구체적인 내용이 많이 있다. 성서는 처세술의 교본이기도 하다.

이 《탈무드》의 말도 거짓말쟁이는 수지가 안 맞는다는 것을 설명하고 있다.

역설적인 표현으로 「진실을 이야기함으로 무슨 소득이 되는가? 무엇을 이야기했는가를 기억하고 있을 필요가 없는 것이다」라는 속담도 있다. 도덕은 어느 나라에서나 타오르는 듯한 정의감에서 나왔다기 보다는 생활의 편의를 도모하기 위하여 생겨난 것이다. 유태인이란 더욱이 현실적인 사람들이었으므로 기독교처럼 추상적이고 애매한 도덕을 내세우는 것보다는 율법에 의해 구체적으로 자세하게 인간의 바른 행동을 정했던 것이다.

그 쪽이 편리한 것이다. 거짓말을 하면 당장에는 어느 정도의 이익을 올릴지 모르지만, 긴 안목으로 보면 경제 효과는 없는 것이다.

남에게 말할 수 없는 고통 만큼 큰 고통은 없다

이 속담은 두 가지로 해석할 수 있다.

남들이 알지 못하는 것을 알고 있다는 것은 우월감을 주는 일이다. 그리고 그 정보가 상대방과 관련되어 있는데 상대는 모르고, 자기만 알고 있을 경우는 더욱 그러하다.

인간에게 있어서 우월감에 잠기려는 욕망은 매우 강하다. 비밀이 지켜지기 어려운 것은 이 때문이다.

다른 한편으로 인간에게는 고독으로부터 해방되고 싶다는 강한 욕망이 있다. 고립당한다는 것만큼 무서운 일도 없다.

사람들이 남에게 이야기할 것이 아닌 일을 누설해 버리거나 털어 놓고 마는 것은, 남에게 이야기함으로써 자기와 공통된 경험을 시키고, 고독에서 도피하려 하기 때문이다. 인간은 직접 사물을 체험할 뿐만 아니라, 읽고 듣고 함으로써도 경험이 가능하므로 남에게 이야기하는 일은 상대에게 그 경험을 공유케 하는 것이 된다.

그리고 친한 사람에게조차 이야기할 수 없는 것처럼 고통스러운 것은 없다. 인간은 시간이나, 소유물이나, 정보를 서로 나누어 갖는 일로 해서 친해져 간다. 친함이란 다름 아닌 서로 나누어 갖는 것이다.

어느 편이건, 인간은 본래 비밀에 견딜 수 있게 되어 있지는 않은 것 같다.

그대의 친구는 친구를 가졌고, 그 친구도 친구가 있고 그 친구에게도 친구가 있다. 그러니 친구에게 말하는 걸 조심하라

자기가 들은 비밀을 남에게 말하고 싶어 하는 충동은 강한 것이다.

성서의 잠언은 이렇게 말하고 있다.

「두루 다니며 한담하는 자는 남의 비밀을 누설하나니 입술을 벌릴 자를 사귀지 말지니라.」

비밀은 지켜져야만 한다. 그대의 입은 금고인 것이다. 금고는 안이하게 너무 자주 열어서는 안 된다.

입을 금고에 비유한다면 열리기까지 시간이 많이 소요되는 금고일수록 정교하고 고급품이다. 이 경우는 또 남의 험담을 입 밖

에 내는 것을 훈계하고 있다. 중상이나 욕은 친구로부터 친구에게 옮겨짐으로써 퍼져 나간다. 그리고 그대의 부주의 탓으로 그 사람의 원한을 사게 된다.

〈격언 모음〉

O. 「현인은 눈으로 본 것을 사람들에게 이야기하고, 어리석은 자는 귀로 들은 것을 이야기 한다.」

O. 「귀로 무엇을 듣고. 눈으로 무엇을 볼 것인가를 자기 임의대로 결정하기는 어렵다. 그러나 입은 임의대로 할 수 있다.」

O. 「혀는 마음의 펜이다.」

O. 「남의 입에서 나오는 말보다도 자기 입에서 나오는 말을 더 주의 깊게 들어라.」

O. 「자기의 말을 자기가 건너갈 다리라고 생각하라. 탄탄한 다리가 아니면 그대는 건너지 않을 테니까.」

O. 「버릇이 나쁜 혀는 버릇이 나쁜 손보다 더 나쁘다.」

O. 「슬기로운 말은 슬기로운 행위에게 진다.」

O. 「"예를 들자면"하는 말을 들으면, 그런 예가 되지 않는다고 생각하는 것이 좋다.」

O. 「말은 약과 같아서 신중히 사용하지 않으면 안 된다.」

O. 「맞은 아픔은 언젠가는 없어지지만, 모욕당한 말은 영원히 잊혀지지 않는다.」

O. 「입에서 곧바로 나오는 말 중에는 사람의 귀에 언짢은 말이 많다.」

○.「쉽게 답하는 자는, 쉽게 과오를 범한다.」

○.「말은 그대의 입 안에 들어 있는 동안은 그대의 노예지만, 일단 밖으로 나가면 그대의 주인으로 바뀐다.」

○.「그대가 비밀을 숨기고 있는 한, 비밀은 그대의 주인이다. 그러나 그대가 그것을 이야기해 버린 순간부터 그대는 비밀의 주인이 된다.」

○.「밤에 이야기할 때에는 목소리를 낮추고, 낮에 이야기할 때는 주위를 잘 살펴라.」

○.「사방을 바라볼 수 있는 들판이라도 흙이 조금 둔덕을 이루고 있으면 비밀을 이야기하지 말라.」

○.「여자에게 비밀을 이야기하기 전에, 여자의 혀를 자르라.」

○.「자기의 일을 자랑하는 것이, 남의 욕을 하는 것보다 낫다.」

○.「중상은 온갖 무기보다도 무섭다. 화살은 보이는 데까지밖에 쏠 수 없지만, 중상은 멀리 있는 동네까지 멸망시킬 수가 있다.」

○.「모든 거짓말은 금지되어 있으나, 한 가지만은 예외가 있다. 평화를 가져오기 위해 사용하는 거짓말이다.」

○.「거짓말을 하지 않으면, 중재인이 될 수 없다.」

○.「너무 질문해서는 안 된다. 너무 질문하면 하나님께서 이렇게 대답하신다. "그렇게도 알고 싶으면 하늘나라로 오너라"」

○.「제아무리 아름다운 목소리로 우는 새도 식사할 때는 입을 다물지 않으면 안 된다.」

○.「침묵을 지키는 것도 하나의 대답이다.」

○.「웅변적인 침묵도 있을 수 있다.」

O. 「침묵은 어진 자를 더 한층 현명하게 한다. 그러므로 어리석은 자는 침묵이 얼마나 귀중한 것인지 헤아릴 수 없다.」

O. 「어리석은 자가 잠자코 있을 때는 어진 자 측에 끼이게 된다.」

O. 「어리석은 자를 어떻게 가릴 수 있을까? 어리석은 자는 지나치게 수다스럽다.」

O. 「몹시 수다를 떠는 어리석은 자는 고장나서 틀린 시간을 가리키고 있는 시계와 같고, 잠자코 있는 어리석은 자는 고장나서 움직이지 않는 시계와도 같다. 후자 쪽이 훨씬 낫다.」

O. 「영혼도 휴식이 필요하므로 사람들은 잠을 잔다. 입에도 휴식을 주고 남의 말에 귀를 기울여라.」

O. 「싸움을 진정시키기 위한 특효약은 침묵이다.」

O. 「만일 즐겁게 장수하고 싶거든 코로 숨쉬고, 입은 잠궈 두어라.」

O. 「어리서은 자가 현인인 체 하는 방법은 간단하다. 입을 다물고 있으면 된다.」

6장. 교제에 대해서

아무리 친한 벗이라도 지나친 접근을 삼가라

"친구란 석탄과 같은 것이다"라고 《탈무드》는 말한다. 불타고 있는 석탄이다. 적당한 거리까지 접근하지 않으면 따뜻해지지 않는다. 그러나 너무 접근하면 몸을 태워 버린다.

그리고 이것은 아내에게도 합치되는 말일 것이다. 사람이 사람을 독점하려고 해서는 안 되는 것이다.

애매모호한 친구보다 명확한 적이 낫다

사람이 가장 다루기 어려운 것은 애매한 친구다. 과연 진정한 친구인지 그렇지 않으면 적인지 확실히 구별할 수 없는 사람은 정말로 곤란한 존재다. 인간은 누구나 친구를 만나면 경계를 늦춘다. 그러나 그 사람이 분명히 적이라는 것을 알고 있으면 그 적이 내게 무엇을 요구하며 무엇을 요구하지 않고 있느냐 하는 것을 분명히 알 수 있다.

그러므로 사람과 사귈 때 애매하게 친구인 체하는 것은 극히 비겁한 일이다. 분명한 적이 되는 편이 훨씬 낫다.

꿀을 만지다 보면 조금은 맛볼 수 있다

나쁜 환경에 몸을 담고 있는 자는 아무래도 그 영향을 받기 쉽다. 좋은 환경에 있는 자도 마찬가지다. 사람에게는 협조심이 있으며 매우 높은 적응성이 있기 때문이다.

그러므로 사람과 교제할 때는 그 사람이 처해 있는 환경이나 그 사람의 과거를 충분히 고려해야 할 것이다. 거기까지 자라온 세계나 현 시점에서 몸담고 있는 환경의 척도를 몸에 지니고 있을 것이기 때문이다.

인간의 본성은 착한 것임에 틀림없으나, 그렇다고 해서 모든 사람들이 다 선인이란 법은 없다. 그리고 사원에서 자란 자나, 수도원에서 생활하고 있는 자가, 무신론을 믿거나 악인이 되는 것이 어려운 일처럼 술집의 여자나 카지노와 같은 도박장에서 일하는 자가 정직하기도 어려운 일이다.

자기가 바르게 살고 가족이나 사람들의 도움이 되려면, 자기를 확립하고 있어야 한다. 그러기 위해서는 자기를 주의 깊게 지키고 있어야만 한다.

방앗간집과 굴뚝집이 싸우면 방앗간집은 검어지고 굴뚝집은 하얘진다

현명한 사람은 싸움을 하지 않는 법이다.

인생을 살아가는 데 있어서 가장 큰 재산은 무엇일까? 그것은 친구다. 그리고 인간은 누구나 한평생 동안 만나는 사람들의 수 효가 한정되어 있다.

싸움은 자기의 재산을 가장 빨리 탕진하는 방법이다. 피차간에 소득이 없는 일이기 때문이다.

싸움은 졸렬한 자기 주장의 방편이다. 현명한 사람일수록 자기 주장을 할 때는 보다 온화한 방법을 취하는 법이다.

감정에 사로잡혀서 자기 주장을 하려고 할 때 싸움이 일어난 다. 지혜를 가지고 상대를 설득하려고 하는 자는 감정을 드러내 지 않는다. 이쪽이 감정을 내면 상대도 감정을 내어 도전해 온다.

현인은 상대가 감정적으로 대해도 자기의 감정을 간수해 둔다.

싸움은 할 짓이 아니다.

손님과 생선은 사흘만 지나면 악취가 난다

아무리 남의 집에 초대받아 크게 환영을 받아도 너무 오래 머 물면 안 된다. 《탈무드》에서는 「손님은 비와 같다. 적당히 내리 면 기뻐하지만 계속 내려서는 안 된다」고 훈계하고 있다.

이와 비슷한 속담은 많다. 「손님은 첫날에는 닭을 대접받게 되 지만, 이틀째는 달걀로 되고, 사흘 째에는 콩이 된다.」

지금은 스피드 시대다. 옛날의 하루는 두세 시간 꼴이 되어 버 리고 말았다. 주인 쪽에도 문제가 있다. 찾아오는 손님에 대해서 문을 여는 일은 쉬우나, 돌려보낼 손님에 대해서 문을 여는 것은 어려운 일이다. 그리고 그 동안에 그 집안 사람의 표정은 시계 대용품처럼 되어진다.

물론, 지나치게 일찍 돌아가도 안 된다. 그러므로 여기서도 「중용」즉, 균형이 중요시된다.

어느 쪽이든 지나쳐서는 안 된다.

평판보다 좋은 소개장은 없다

아키바는 위대한 랍비였다.

그의 임종이 가까워지고 있을 때 아들이 말했다.

"아버지, 아버지의 친구들에게 저의 학문이 얼마나 뛰어난지 얼마나 실력이 있는지 추천해 주셔요."

아키바는 대답했다.

"아들아, 그럴 수 없다. 나는 추천하지 않겠다. 평판이야말로 최선의 소개장인 것이다."

이 이야기에서처럼, 평판이라는 것은 언제나 수천 장의 소개장이 세상을 향해 제출되는 것과 같으며, 업적이 가지는 소리이다. 그리고 업적 만큼 평판할 수 있는 웅변가는 없다. 그 소리는 높고도 넓게 전해진다.

스스로 웃을 수 있는 자는 남의 비웃음을 사지 않는다

자기를 향해서 웃을 수 있는 자는 자기를 객관화시킬 수 있다.

말하자면 자기를 밖에서 냉담하게 바라볼 수 있다는 것이다. 그건 자기의 우스꽝스러움을 알고 있다는 것이다.

너무나도 자기 중심적인 자는 자기를 다른 사람과 마찬가지로 냉정하게 바라볼 수 없다. 밖을 내다볼 눈은 있어도, 안으로 들여다볼 눈은 가지고 있지 못하다. 이런 자는 남을 향해 웃을 수는 있어도 남이 웃으면 성내면서 자기의 어디가 우스꽝스러운지는 모른다.

자기의 우스꽝스러움을 인식하는 자는 그것을 고칠 수 있고 또 남에게 웃음을 사도 너그러움으로 받아들일 수 있다.

사람은 누구든지 웃음의 대상이 되는 것이다. 그러므로 세상은 즐거운 것이다.

웃음은 여유다. 그리고 자기에게 대해서 여유를 가질 수 있는 자는 자기를 곤경에 몰아넣어 버리는 따위의 일을 저지르지 않는다.

자기를 향해 웃을 수 있는 자는 남을 향해 웃을 때 온건하다. 웃었다 해도 그 웃음 때문에 남에게 상처를 입히는 일이 드문 것이다. 더구나 자기를 철저하리만큼 궁지에 몰아넣는 일 따위도 하지 않을 것이다.

표정은 최악의 밀고자다

고대 이스라엘 시대에 있었던 일이다. 어느 군사령관에게 전령이 달려와 적에게 중요한 요새를 빼앗겼다는 사실을 보고했다.

사령관은 매우 당황하는 기색이 역력했다.

그런데 아내가 사령관을 그의 방으로 데리고 가서 말했다.

"저는 당신보다도 더욱 나쁜 일을 당했습니다."

"도대체 무슨 일이란 말이오?"

"저는 당신의 표정에서 당신이 낭패한 것을 읽었습니다. 요새는 잃어도 다시 되찾을 수 있습니다. 그러나 용기를 잃는 것은 당신의 군대를 전부 잃는 것보다도 나쁜 일입니다."

요리는 남비에서 만들어지는데 사람들은 접시를 칭찬한다

이 속담은, 사람들은 종종 틀린 것을 오히려 칭찬하는 실수를 한다고 훈계하고 있다.

예를 들자면, 얼마 전 내가 이스라엘에서 들은 조크 가운데 다음과 같은 것이 있다.

예루살렘에서 어떤 남자가 버스를 탔는데 육중한 한 미국인 부인이 강아지를 데리고 앉아 있었다. 강아지가 한 사람 몫의 좌석을 차지하고 있었다. 그는 지쳐 있었기에 부인에게 영어로 "미안하지만 이 자리를 비워 주실 수 있겠습니까?"하고 물었다. 그런데 부인은 못 들은 체하고 있었다. 그는 다시 한 번, "미안하지만 이 개 대신에 저를 앉게 해 주십시오"하고 말했다. 이번에는 부인이 옆으로 머리를 세차게 저었다. 남자는 화가 나서 강아지를 버스 창 밖으로 내던졌다. 그러자 옆에 앉아 있던 남자가 말했다. "나쁜 건 강아지가 아니라 그 여자 쪽이 아니오?"

이 이야기는 사람이 성낼 때 엉뚱한 것에 성을 내고 마는 때도 있다는 것을 훈계하고 있다.

지성으로써 사람들에게 사랑받으려는 것은 사막에서 물고기를 잡으려는 것과도 같다

 사막에서 물고기를 잡으려 한다는 것은 헛수고를 뜻하는 말이다. 그리고 지성이 있다는 것은 지식이 풍부하게 가지고 있는 자임을 가리킨다.
 지식을 풍부히 가지고 있는 자는 사람들에게 존경을 받는다. 편리하기 때문이다. 그러나 그는 지식 때문에 존경받는 것이지 인간으로서 사랑받고 있는 것은 아니다.
 반대로 아름다운 마음을 가진 사람은 인간으로서 사랑을 받는다. 처음에는 지성이 있는 사람이 아름다운 사람보다 존중받는 듯하지만, 결국은 아름다운 마음을 소유한 쪽이 이기게 된다.
 하긴 아름다운 마음과 풍부한 지식을 겸비하고 있다면 더 이상 마음 든든한 일은 없다. 이 같은 사람들이야말로 지도자가 되기에 안성맞춤이다. 그 같은 사람은 사막에 가 있어도 사람들이 물고기를 가져다 줄 것이다.

〈격언 모음〉

 ○.「세 가지 유형의 친구들이 있다. 끼니와도 같아서 매일 거를 수가 없는 친구, 약과 같아서 가끔 있어야만 할 친구, 그리고 질병과 같아서 피하지 않으면 안 될 친구다.」

○. 「바늘귀라도 두 친구가 통과하기에 지나치게 작은 구멍은 아니지만, 원수지간이 돼 버린 친구에게는 넓은 세상도 좁기만 하다.」

○. 「싸움은 냇물과 비슷하다. 한 번 작은 시내가 되면, 큰 강으로 변해 다시는 작은 시내로 되돌아가지 않게 된다.」

○. 「두 사람이 싸웠을 때, 타협을 구하는 쪽의 인격이 높아진다.」

○. 「친구가 꿀을 가지고 있다고 해서 그 친구까지도 핥아 버리면 안 된다.」

○. 「친구와 돈 거래를 하지 않으면 친구를 잃지 않는다.」

○. 「만약 상대를 물고 늘어질 능력이 없으면 이빨을 보이지 말아라.」

○. 「많은 사람들 앞에서 치욕을 당하게 하는 것보다는 그 사람의 피를 흘리게 하는 쪽이 낫다.」

○. 「친구들의 결점을 꼬집어 내는 자는 친구들에게 혜택을 받지 못한다.」

○. 「파리 같은 인간은 남의 상처 받은 자리에 꾀어들고 싶어한다.」

○. 「사람을 한쪽 손으로 밀었으면, 다른 한쪽 손으로 그 사람을 끌어당겨라.」

○. 「적에게 숨기지 않으면 안 되는 일은 친구에게도 숨겨라.」

○. 「나쁜 친구는 그대의 수입은 계산해도 그대의 경비를 헤아리려 하지는 않는다.」

○. 「만일 사람을 사랑할 수가 없으면 인사치레하는 것을 배워라.」

○. 「말을 부리는 데는 먹이로 유도하는 것이 채찍으로 때리는 것보다 훨씬 낫다.」

○. 「누구든 붙임성이 있는 사람을 조심하라.」

○. 「친구인 체하는 자는 철새와 비슷하다. 추워지면 날아가 버린다.」

○. 「동료가 없어도 자기만으로 해 나갈 수가 있다는 생각은 잘못된 것이다. 동료가 없으면 자기만으로 해 나갈 수 없다고 생각하는 것은 더욱 잘못된 것이다.」

○. 「인간은 혼자서 밥을 먹을 수는 있으나, 혼자서 일할 수는 없다.」

○. 「모두가 서 있을 때 당신 혼자만 앉으면 안 된다. 모두 앉아 있을 때 서도 안 된다. 모두 웃고 있을 때에 울면 안 된다. 모두 울고 있을 때 웃어도 안 된다.」

○. 「처음 만나는 사람에게 경의를 표하라. 그러나 그만큼 의심하라.」

○. 「사람을 대하는 가장 좋은 방법은 랍비처럼 존경하여 다루고, 도둑처럼 의심하는 것이다.」

○. 「좋은 손님은 도착하자마자 반기게 된다. 나쁜 손님은 돌아가자마자 반기게 된다.」

○. 「어리석은 자를 바보 취급해서는 안 된다. 어리석은 자가 있기에 그대가 현명해지는 것이다.」

○. 「현명한 적은 상대를 현명하게 만들지만 어리석은 친구는 상대를 어리석게 만든다.」

○. 「만일 자기에 대한 정당한 평가를 듣고 싶다면 이웃 사람들 사이에 떠도는 말에 귀를 기울여라.」

○. 「어떤 사람에게 한 번 속으면 그 사람을 저주하라. 만일 같은 사람에게 두 번 속으면 자기 자신을 저주하라.」

○. 「이웃 사람은 소중하므로 사랑하지 않으면 안 된다. 비록 천한 직업을 가지고 있더라도.」

○. 「마늘을 먹을 때는 둘이서 먹어라.」

○. 「훌륭한 예의 범절이란 어떤 것일까? 남의 무례함을 용서하는 것이다.」

○. 「예의 범절을 알고 있는 자는 예의 범절을 모르는 자를 알아차리려고 하지 않는다.」

○. 「세상에는 의견을 물어서는 안 되는 것이 세 가지가 있다. 여자에게 그녀의 친구에 대해서, 겁쟁이에게 전쟁에 대해서, 장사꾼에게 에누리에 대해서이다.」

○. 「인간이 타인으로부터 존경을 받기 위해서는 무엇이 필요할까? 첫째로 가장 바람직한 것은 지성이다. 만일 그에게 지성이 결여돼 있다면, 돈을 가지고 있지 않으면 안 된다. 그리고 만일 그가 돈을 가지지 못하고 좋은 아내를 가지고 있으면 결점을 숨길 수 있다. 만일 좋은 아내가 없다면 침묵을 지켜야 한다. 만일 침묵할 수 없으면 바보들 속으로 들어가라. 그러면 존경을 받게 될 것이다.」

7장. 삶의 지혜

양배추에 붙어서 사는 벌레는 양배추가 이 세상의 모두라고
생각한다

  세계는 넓다. 제아무리 제트기를 타면 뉴욕까지 열 시간 남짓
이면 갈 수 있다고 해도 세계는 역시 넓은 것이다.
  그럼에도 불구하고 자기가 사는 마을이나, 읍이나 자기 나라밖
에 모르는 사람이 있다. 이런 사람은 자기의 작은 세계가 이 세
상의 모두라고 생각하는 경향을 가지고 있다. 그래서 자기의 작
은 세계에서의 습관이나 사물에 대한 견해만으로 모든 일을 판단
해 버린다.
  사람은 마을이나 국가나 지역에만 갇혀 버리는 것이 아니다.
자기의 성장 내력, 회사, 직업, 계급과 같은 것에 갇혀 버리는 일
도 있다. 양배추는 여러 군데에 있는 것이다. 그리고 스스로를 가
두어 버림으로써 자유를 잃고 만다.
  유태인은 사방으로 흩어져 전 세계를 떠돌아다녔기 때문에 하
나의 세계에 집착당하는 일이 드물다. 하긴 이런 격언이 있는 것
으로 보면 유태인 세계에도 양배추가 많이 존재했던 것은 사실이
겠지만.

양배추에 안주하려는 것이 대부분의 인생이다. 거기에서 빠져 나오는 데에는 용기가 필요하다. 안주하고 있는 것이 뜻밖에도 더 좋을지도 모른다. 만일 그가 노인이라면.

영에서 하나까지의 거리는 하나에서 천까지의 거리보다 멀다

사람들 중에는 천을 열심히 구하는 나머지 하나를 업신여겨 마 침내 영밖에 얻지 못하는 자가 있다.

천을 갖고 싶으면 하나를 소중하게 여기지 않으면 안 된다.

일확천금을 노려서는 안 된다. 하나를 만드는 데는 인내력이 필요하다. 영에서 하나를 만들고 소중히 하는 것을 배우면 천을 만드는 것은 뜻밖에도 쉬워지는 것이다.

위대한 상인을 보면 모두 영에서 하나를 만드는 것의 소중함을 잘 알고 있다. 영에서 하나를 만드는 것이 하나에서 천을 만들어 내는 것보다 어려움을 알고 있는 자만이 천, 만, 십만을 만들 수 있는 것이다.

행운에 의지하려고만 해서는 안 된다. 행운에 협력해야 한다

행운, 세계를 떠돌았던 유태인 만큼 행운을 추구했던 사람들은 없을 것이다.

한 땅에 오래 정착하고, 확고한 사회를 형성하고 있는 사람들 은 그 정도로 행운을 필요로 하지 않는다. 그러나 압박받고 차별

받고 가난한 탓으로 일정한 삶의 자리를 갖지 못했던 유태인들은 행운을 동경했다.

그러나 행운이 찾아온다고 해도 그것은 나비와도 같은 것이다. 사람들 스스로가 붙잡지 않으면 안 된다. 행운을 나비에 비유한다면, 아름답고 진기한 나비가 가까이에 찾아왔다는 것이 되겠다.

행운을 자기 것으로 만들려면 역시 노력이 필요하다. 무엇보다도 행운이 찾아오는 것을 끝까지 살피는 훈련이 필요하다. 감각을 날카롭게 하지 않으면 안 된다.

그저 행운을 기다리고 있어서는 안 된다. 행운은 만인 곁에 찾아오지만, 스스로 수중에 들어와 주지는 않는다. 금방 스쳐 가는 것이다.

선행에 대한 최대의 보수는 한 번 더 선행을 할 수 있게 된다는 것이다

악을 두려워하던 자도 한 번 악을 범하고 나면 두 번째 악을 범하기가 쉬워진다. 한 번 악을 범한 뒤에는 간단히 악의 포로가 되어 악의 구렁텅이로 빠지고 만다.

인간은 적응성이 높은 동물이다.

한동안 만나지 못했던 사람이 아주 달라져 버린 일이 있다.

"허어, 자네가 말이야"

"그 사람이 설마."

"몰라 보게 변했군 그래."

이런 이야기는 우리의 일상 생활에서 종종 듣는 것들이다.

그런데 사람들은 악에 대해서 두려움을 가지고 있는 것과 마찬가지로 선에 대해서도 두려움을 안고 있다.

선행은 어려운 것이 아닌가, 나와는 인연이 먼 것이 아닌가, 나 같은 자가 할 수 있을까 – 사람들은 이렇게 생각하며 뒷걸음질 친다.

그러나 선도 한 번 행하고 나면 간단한 일인 것이다. 그리고 두 번째 선을 행하는 일은 더욱 쉬운 일이다. 그러니 이제부터 해 보시는 게 어떨까요?

착한 일보다 나쁜 짓이 더 빨리 퍼진다

《탈무드》에 다음과 같은 이야기가 나온다.

랍비가 제자로부터 이런 질문을 받았다.

"하나님께 경건한 자가 기도드리고 바른 행동을 하도록 주위 사람들을 강하게 이끌지 않는 이유는 무엇입니까?"

랍비는 반문했다.

"우리는 언제나 좋은 일을 행하여 바로 살도록 사람들에게 권하고 있지 않으냐?"

"그러나 악한 자가 사람들을 악한 일로 이끄는 것이 훨씬 강한 힘을 가지고 있으며, 또 사람을 악한 일로 끌어 들여 폭력조직을 늘리려고 할 때 우리보다 더 열심히 하고 있습니다."라고 제자는 말했다. 랍비는 대답했다.

"바른 일을 행하고 있는 자는 혼자서 걷기를 두려워하지 않는다. 그러나 악한 일을 하고 있는 자는 혼자서 걷기를 두려워하기 때문이다."

사람은 시간보다 돈을 더 귀중히 여기지만, 돈 때문에 잃어버린 시간은 돈으로 사지 못 한다

한평생 동안 사람이 사용할 수 있는 가장 귀중한 것은 돈이 아니라, 시간이다. 《탈무드》가 사람은 돈이나 부를 무한정 손에 넣을 수가 있지만, 일생의 시간은 한정되어 있다고 가르치고 있기 때문이다.

《탈무드》는 "한정되어 있는 것은 무엇인가?" 묻고 있다. 사람의 생명과 시간이다. 돈보다는 시간이 더 귀중한 것이다. 그런데도 사람들은 돈을 사용할 때는 신중해도 시간을 낭비하는 일에 대해서는 별로 신경 쓰지 않는다.

그리고 사람은 남의 돈을 맡아 사용하게 되면 긴장하여 세심한 주의를 한다. 타인에게 금전적인 부담을 의탁하는 일에는 신경을 날카롭게 곤두세운다. 그럼에도 불구하고 약속 시간에 늦거나 또 하찮은 용건이나 시간을 지연시킴으로써 남의 시간을 잡아먹거나 낭비하는 일에는 그다지 관심을 기울이지 않는다.

이것은 사람들이 시간보다 돈을 소중히 여기고 있음을 단적으로 보여 주고 있다.

시간도 돈도 모두 다 중요한 것이다. 그러나 둘 중에서 시간이 더 귀중함을 잊어서는 안 된다.

시간적인 부자, 시간적인 가난뱅이라는 관념이 있어도 좋겠다. 금전적으로 가난한 사람도 시간적인 가난뱅이가 되고 싶지는 않을 것이다.

돈으로 시간을 살 수는 없으나, 시간으로 돈을 살 수는 있는 것이다.

악인은 눈과 비슷하다. 처음 만났을 때는 순백하고 아름답게 보이지만 금방 흙탕과 진창으로 변한다

악인은 처음에는 사람 앞에서 아름다운 세계를 묘사해 낸다. 그것은 마음껏 바라보는 은백색 눈에 덮인 광경과 비슷하다.

그러나 현실이라는 태양의 빛이 쬐이면 눈은 녹고 온통 흙탕물인 추악한 형태로 탈바꿈하게 된다. 악인이 아름다운 세계를 그대 앞에 만들어 낸다고 해도 속아 넘어가서는 안 된다. 내일 눈을 뜨면 흙탕물의 세계로 변해 있을지도 모르니까.

고대의 랍비 리치나아는 이렇게 말하고 있다.

"나는 자기의 일을 눈처럼 순결하다고 말하는 자를 좋아하지 않는다. 눈은 이내 녹아서 흙탕과 진창으로 변해 버리기 때문이다."

아무리 길고 훌륭한 쇠사슬이라도 고리 한 개만 부러지면 무용지물이 된다

이것은 유태인에게 있어서 가장 중요한 속담들 중의 하나이다.

유태인은 성서의 가르침을 수천 년 동안이나 지켜왔다. 따라서

오늘까지도 수천 년 전과 같은 유태인으로서 존재하는 것이다. 하나 하나의 세대가 쇠사슬이 되어 연결되어 왔기 때문이다. 만일 유태인이 유태인임을 포기했다면 그 쇠사슬이 제아무리 훌륭한 것이라 해도 이미 쇠사슬로서의 가치가 상실되었을 것이다.

또 하나의 의미는, 유태인 모두 한 가족이며 전 세계에 흩어져 있어도 유태인이라고 하는 대가족으로서 뭉쳐져 있다는 것이겠다. 이것도 역시 유태인을 크고 훌륭한 쇠사슬이라고 생각하고 있다. 그런데 만일 한 사람의 유태인이 유태인이기를 포기함으로써 그 고리가 부서져 버리면, 유태라고 하는 대가족 체제는 쉽사리 무너져 버린다.

그래서 유태인들은 어릴 때부터 이 속담의 가르침을 받으며 자란다.

아무리 고급 시계라도 한 시간의 길이는 같으며, 아무리 위대한 사람에게 있어서도 한 시간의 길이는 다르지 않다

세계에서 민주주의를 맨 먼저 실현한 민족은 유태 민족이다.

유태인은 일반적으로 비공식적인 복장을 좋아한다. 이스라엘에서 윗옷에 넥타이를 매고 있는 자는 정부 고관들 중에서도 드물다.

모세 다얀은 6일 전쟁의 영웅이고 국방상이었다. 바로 그가 매일 아침 자택에서 나와 국방성이 보내는 차에 오르면 젊은 사병 운전사가 말한다.

"모세, 오늘 아침엔 어딜 가지?"

유태인은 딱딱한 것을 싫어한다. 그래서 가끔 예의를 모른다는 말을 듣는다. 그러나 유태인은 사람이란 모두 비슷한 것이지 특별히 잘난 사람은 없다고 생각하고 있는 것이다.

이것은 고대 이스라엘로부터의 전통이다. 게다가 외계로부터 격리된 유태인 거리에서는 해방되기까지 모든 행동을 같이 했으므로 영주도 지주도 존재하지 않았는지 모른다.

열쇠는 정직한 자를 위해서만 존재 가치가 있다

집을 비우고 외출할 때 왜 문을 자물쇠로 잠그는 것일까? 이것은 정직한 사람이 안으로 들어가지 않도록 하기 위해서다.

왜냐 하면, 악인이 만약 그 집 안으로 들어가 물건을 훔치려고 한다면 자물쇠가 잠겨 있건 말건 결국은 들어가고야 만다. 그러나 정직한 사람이라도 만일 문이 열려 있으면 유혹에 못이겨 들어가 버릴지도 모른다.

그러므로 우리가 집을 비우고 외출할 때 혹은 차에서 내릴 때 자물쇠를 잠그는 것은 정직한 사람에게 나쁜 일을 시키지 않기 위해서다.

우리는 사람을 유혹해서는 안 된다. 유혹하지 않기 위해서는 자물쇠를 잠글 필요가 있다.

따분한 남자가 방에서 나가면 누군가가 들어온 듯한 느낌이 든다

따분한 남자란 어떤 사람인가?

고대의 랍비들이 의논한 결과 결론은 교양이 없다든가 학문을 통달하지 못했다든가, 어느 만큼 박식하다든가 따위와는 결코 무관하다. 누구나 다 아는 바와 같이 학식이 풍부한 사람도 몹시 따분할 수가 있다.

사람을 따분하게 만드는 남자란 남의 관심을 끌지 못하는 사람을 말하는 것이다. 그래서 랍비들은 따분한 남자를「남이 어떻게 느끼고 있는지 무시하고 남의 기분을 이해하려고 하지 않으며 사람들과 어울릴 수가 없는 자」라고 정의했다.

아인쉬타인과 같은 대학자라도 만일 남의 기분을 살피려고 하지 않았다면 따분한 인간이 될 수 있다. 그가 물리학에 대해서 전혀 문외한인 농부를 만나 상대성 원리에 대해 일방적으로 몇 시간을 이야기했다고 하자. 그가 나갔을 때 그 농부는 누군가가 들어온 듯한 기분이 들 것이다.

성공의 문을 열기 위해서는 밀거나 당겨야 한다

빌딩의 문이 자동식이 아닐 경우 밀거나 당기거나 하는 표시가 있지만, 성공의 문도 그 앞에 그냥 서 있기만 해서는 자동적으로 열리지 않는다. 인간이 성공의 문을 열기 위해서는 자기 스스로 밀거나 당기지 않으면 안 된다.

〈격언 모음〉

○. 「이미 훌륭한 지도자가 있으면 지도자가 될 생각을 해서는
안 된다. 그러나 훌륭한 지도자가 없는 곳에서는 지도자가
되기 위해 힘써야 할 것이다.」

○. 「개 두 마리가 합심하면 사자를 죽일 수도 있다.」

○. 「말은 차를 끄는 데 소용된다. 소도 차를 끄는 데 소용된다.
그러나 소와 말을 같은 차에 부려서는 안 된다.」

○. 「하나님으로부터 용서받을 수 없는 네 가지 죄가 있다.
　　(1) 같은 일을 몇 번이고 참회하는 일.
　　(2) 같은 죄를 되풀이하는 일.
　　(3) 다시 한 번 되풀이할 생각으로 죄를 범하는 일.
　　(4) 하나님의 이름을 모독하는 일.」

○. 「마음은 하나님의 은혜를 받고, 육체는 푸줏간의 혜택을 받
고 있다.」

○. 「인생에는 언제나 좋은 곳과 나쁜 곳이 있다.」

○. 「양식집에 들어갈 때는 될 수 있는 대로 웨이터에 가까운
식탁에 앉아라.」

○. 「땅바닥에 엎드려 누우면 넘어지는 일은 없다.」

○. 「너무 높이 오르지 않는다면 높은 데서 떨어질 염려는 없다.」

○. 「계획 없이 너무 멀리 떠나면 안 된다. 되돌아오는 길이 멀
어지기 때문이다.」

○. 「배고플 때는 노래를 불러라. 다쳤을 때는 웃어라.」

○. 「어떤 밧줄이라도 너무 잡아당기면 끊어져 버린다.」

○. 「술, 자신, 반성, 섹스는 정당한 양으로 도를 지나치지 않으면 활력소가 된다.」

○. 「값비싼 유리는 너무 찬 것을 넣어도 너무 뜨거운 것을 넣어도 갈라져 터져 버린다.」

○. 「너무 지나치게 소유하고 있으면 무엇인가 빠져 나간다.」

○. 「물고기가 잡히는 것은 낚시꾼이나, 낚싯대 때문이 아니다. 낚싯밥으로 달려 있는 미끼 때문이다.」

○. 「법은 존중하되 재판관은 존중하지 말라.」

○. 「쥐를 탓하지 말고 구멍을 탓하라.」

○. 「만약 사태가 호전되지 않았으면 참고 기다려라. ― 그렇지 않으면 더욱 악화될 것이다.」

○. 「누구나 나쁜 일을 하면서 거들어 달라고 할 수는 없지만, 좋은 일을 할 때는 거들어 달라는 것이 낫다.」

○. 「어두워지면 사람은 빛을 아쉬워한다.」

○. 「인생은 어두운 밤과 같은 것이다.」

○. 「양초는 앞에서 가지고 있어야 제 구실을 한다. 뒤에서 가지고 있어서는 쓸모가 없다.」

○. 「파리를 때려 잡을 때에만 속도는 쓸모가 있다.」

○. 「시계는 일어나는 시간을 알기 위해 사용할 것이지 잠잘 시간을 알기 위해서 사용할 것은 아니다.」

○. 「잠꾸러기는 담요를 입은 채 세상을 살아가고 있는 것과도 같은 것이다.」

○. 「이 세상에서 그대가 영원히 죽지 않는다는 생각으로 모든 일을 계획하라. 그리고 저세상을 위해서는 내일 죽는다라고 생각하고 계획하라.」

○. 「좋은 일을 하려고 할 때 처음에는 가시밭 산길을 걷지만, 이윽고 평탄한 길로 들어선다. 나쁜 일을 하려고 할 때 처음에는 평탄한 길이지만, 얼마 지나지 않아 가시밭 산길로 들어서게 된다.」

○. 「무엇이 선인지를 알고 있는 것만으로는 아무런 쓸모가 없다. 선은 행함으로써 가치가 있는 것이다.」

○. 「사람이 죽어 하나님을 만나 뵐 때 가져갈 수 없는 것이 있다. 첫째로 돈이고, 그 다음은 친구와 친척과 가족이다. 그러나 좋은 행실은 가져갈 수 있다.」

○. 「사람은 세 가지 것으로 지탱된다. 즉, 그의 자식들, 그의 돈 그리고 그의 선행이다.」

○. 「어떤 오르막길에도 내리막길이 있다.」

○. 「천사의 장점은 결점이 없는 것이지만, 결점은 진보할 수가 없는 것이다. 사람의 장점은 결점이 있는 것이다.」

○. 「사람은 사람이 말하는 것보다 낮고 사람이 생각하는 것보다 높다.」

○. 「천사라 하더라도 두 가지 일을 동시에 할 수는 없다. 〈미드라슈〉」

○. 「아무것도 선택하지 않는다는 것은 어떤 한 가지를 선택한 결과가 된다.」

○. 「작은 불이라도 큰 것을 태울 수 있다.」

○. 「하늘을 나는 천 마리의 새보다도 조롱 속에 있는 한 마리의 새가 더 낫다. 〈미드라슈〉」

○. 「1온스의 행운은 1파운드의 황금보다 낫다.」

○. 「행운의 혜택을 받기 위해서는 지혜가 필요 없다. 그러나 이

행운을 활용하기 위해서는 지혜가 필요하다.」

○. 「지혜 없는 자가 행운의 혜택을 받는 것은 구멍 뚫린 자루에 가루를 넣고 짊어지는 것과도 같다.」

○. 「행운과 불운의 차이는 한 걸음밖에 떨어져 있지 않으나, 불운에서 행운은 백 걸음이나 떨어져 있다.」

○. 「건강처럼 큰 보배는 없다.」

○. 「수면만큼 좋은 의사는 없다.」

○. 「저녁밥을 먹지 않으면 편안히 잘 수 없다.」

○. 「위의 ⅓을 먹을 것으로 채우고, 또 ⅓을 마실 것으로 채우고, 나머지 ⅓은 비워 두라. 위는 머리와 달라서 무제한으로 밀어 넣을 수는 없기 때문이다.」

○. 「만일 한 사람이 "당신은 당나귀다"라고 말해도 참견할 것 없다. 두 사람이 말하면 걱정하라. 세 사람이 그렇게 말하면 자신을 위해 안장을 사러 가라. 〈마드라슈〉」

○. 「한 사람이 "당신은 취했다"라고 말하면 주의하라. 만일 둘이서 그렇게 말하면 마시는 속도를 늦추라. 만일 셋이 그렇게 말하면 드러누워라.」

○. 「만일 술에 취한 자가 물건을 팔았다면, 그가 판 행위는 효력을 가진다. 만일 술에 취한 자가 샀다면 그가 산 행위는 효력을 가진다. 그리고 만일 술에 취한 자가 살인을 범했다고 해도 그 행위는 벌을 받아야 할 것이다.」

○. 「브랜디는 악의 사자다. 위를 향해 보냈는데 머리 쪽으로 잘못 기어오르고 만다.」

○. 「술은 정신과 육체를 결합시킨다.」

○. 「인생은 현인에게 있어서는 꿈이고, 어리석은 자에게는 놀이

이며, 부자에게는 희극이고, 가난한 사람에게는 비극이다.」

O.「현인은 누구냐? 모든 사람으로부터 배울 수 있는 사람이다.
강한 사람은 누구냐? 감정을 누를 줄 아는 사람이다. 풍부
한 사람은 누구냐? 자기가 가지고 있는 것으로 만족하는
사람이다. 사람들에게 사랑받는 사람은 누구냐? 모든 사람
을 칭찬하는 사람이다.」

쉬운
탈무드 wisdom

초판 1쇄 인쇄 2020년 1월 5일
초판 1쇄 발행 2020년 1월 10일

엮은이 김영진
원 작 마빈 토케이어
발행인 김현호
발행처 법문북스(일문판)
공급처 법률미디어

주소 서울 구로구 경인로 54길4(구로동 636-62)
전화 02)2636-2911~2, **팩스** 02)2636-3012
홈페이지 www.lawb.co.kr

등록일자 1979년 8월 27일
등록번호 제5-22호

ISBN 978-89-7535-797-8 (03800)

정가 14,000원

이 도서의 국립중앙도서관 출판예정도서목록(CIP)은 서지정보유통지원시스템 홈페이지(http://seoji.nl.go.kr)와 국가
자료종합목록 구축시스템(http://kolis-net.nl.go.kr)에서 이용하실 수 있습니다. (CIP제어번호 : CIP2019048614)